有爱的青春陪伴者

千帆过境尽余生 2

千帆过境尽余生

十里酒香 著

四川文艺出版社

图书在版编目（CIP）数据

千帆过境尽余生．2 / 十里酒香著．-- 成都：四川文艺出版社，2021.10

ISBN 978-7-5411-6089-9

Ⅰ．①千… Ⅱ．①十… Ⅲ．①长篇小说－中国－当代 Ⅳ．① I247.5

中国版本图书馆 CIP 数据核字 (2021) 第 145641 号

QIAN FAN GUO JING JIN YUSHENG 2

千帆过境尽余生 2

十里酒香 著

出品人　张庆宁
责任编辑　邓　敏
封面设计　刘　艳
版式设计　西　楼
责任校对　汪　平

出版发行　四川文艺出版社（成都市槐树街 2 号）
网　　址　www.sewys.com
电　　话　028－86259287（发行部）　028－86259303（编辑部）
传　　真　028－86259306

排　　版　长沙大鱼文化传媒有限公司
印　　刷　长沙鸿发印务实业有限公司
成品尺寸　145mm × 210mm　开　本　32 开
印　　张　10　字　数　330 千字
版　　次　2021 年 10 月第一版　印　次　2021 年 10 月第一次印刷
书　　号　ISBN 978-7-5411-6089-9
定　　价　42.80 元

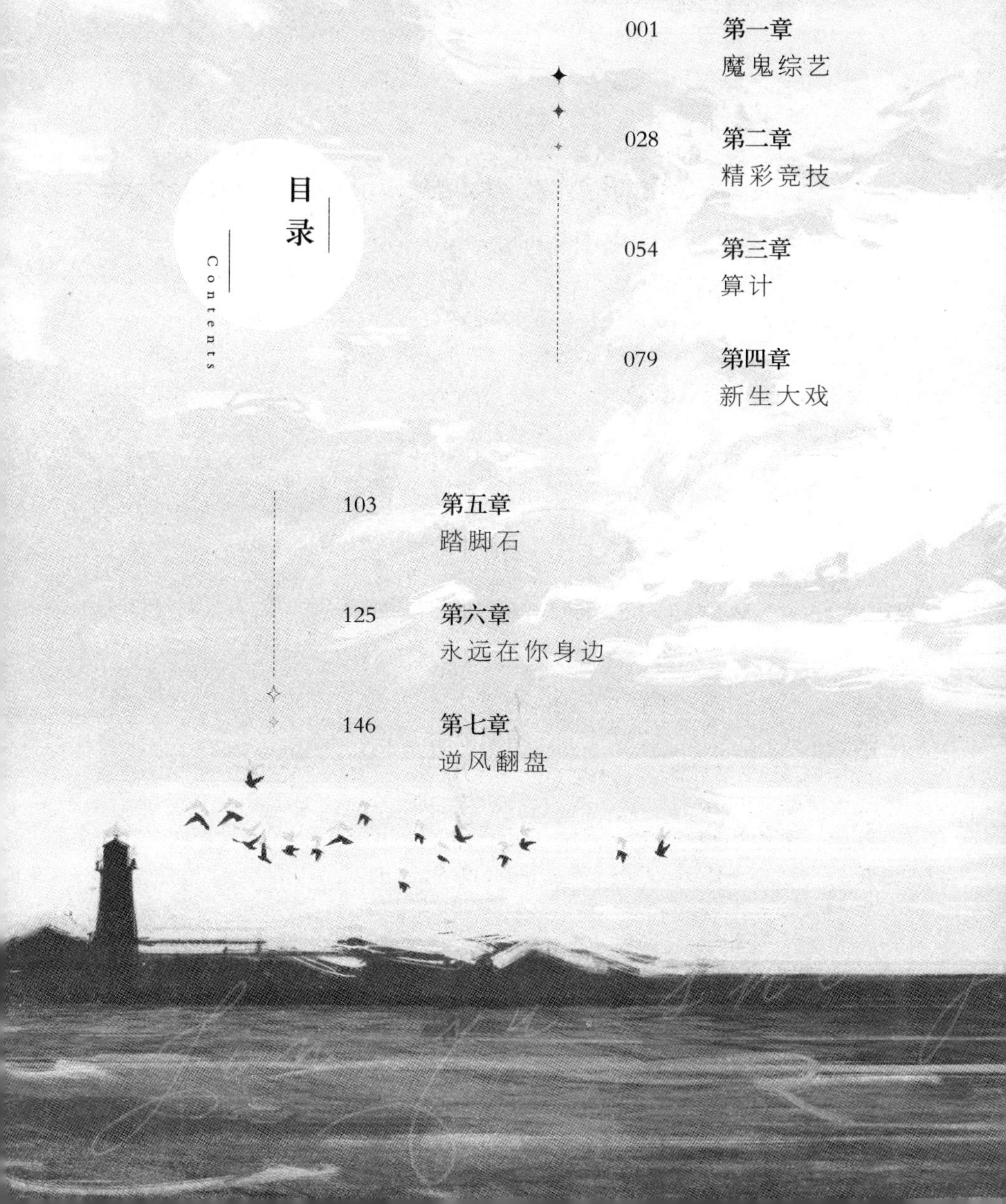

目录

Contents

目录

Contents

魔鬼综艺

第一章

1 以后也都不要来了

余千樊在心底轻叹了一口气。

“你在干什么？”余千樊皱眉道。

栗锦以为他说的是她不问自取的事情，立刻举手说：“我和土地的主人说过了，他允许我摘的，我付钱了！”

“谁问你这个了！”余千樊心情很差，“为什么要生吃？”

他觉得花生生吃对身体不太好，任何东西都是煮熟了吃比较好。

“我是想拿回去煮的，这不是饿嘛。”栗锦冲他笑，“先吃两颗没毛病的，没有这么多讲究。”

余千樊仍旧不高兴，眸光沉沉地看着栗锦。

栗锦感觉自己的脸都要被他盯出个洞来了。

“对不起。”栗锦最终还是选择老老实实地道歉。

余千樊深吸了一口气，沉着脸拽着小姑娘往农户家走。

跟拍立刻跟上。

“我的花生！”

栗锦很着急地去兜花生。

余千樊抿唇，扭头就走。

栗锦战战兢兢地跟上，转身问跟拍：“大哥，你说他是不是生气了？”

跟拍还挺幽默的。

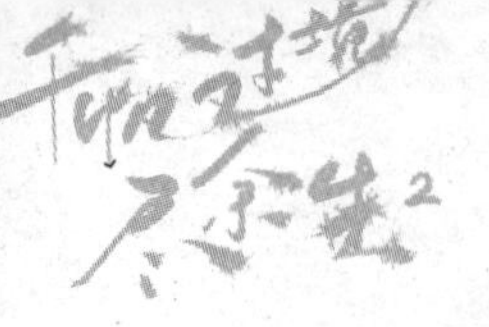

“二弟，大哥也不知道呢。”

“你回去休息吧。”余千樊看着跟拍，“栗锦没吃晚饭，吃完了也休息了，你们看着剪辑就行了。”

他神情冰冷，跟拍也不敢多说什么。

总导演说过，如果余千樊心情好的时候他们可以讨价还价一番，但余千樊心情不好的时候就要麻溜儿地滚蛋。

跟拍大哥是滚蛋了，留下栗锦和余千樊两人在厨房里面。

“为什么不吃晚饭？”余千樊声音变得严厉起来。

没了摄像机，栗锦也随意起来，她坐在板凳上，舒展四肢打哈欠：“有点事情要办。”

其实是刘燕那边已经搞清楚了，还做了亲子鉴定，李颖是无论如何都不想让刘燕进门，但栗亮这辈子最大的遗憾本来就是没有一个儿子。

现在小乐的出现都快让他乐疯了，栗亮怎么可能不帮着刘燕母子。

栗锦则是在电话里又帮着刘燕烧了一把火，现在栗家可谓是乱成一团。

只有李颖、李淡淡她们没什么力气搞事情了，栗锦才能安安心心地在外面做自己的事情。

不然她们过得太舒服的话，栗锦可是要睡不着觉的。

折腾那边的事情折腾了太久，反倒是忘记了吃晚饭。

“你给我煮饭吗？”栗锦探出身子问。

余千樊忍无可忍地摁着眉心，刚要拒绝就听见栗锦说：“你要是不给我做的话，那我就吃生花生啦。”

他瞪了栗锦一眼。

“滚去烧火！”

栗锦麻溜儿地站起来：“好嘞！”

得亏栗锦拿了不少花生回来，煮了满满一大锅之后也勉强能填饱肚子。

她一向是少吃多餐，毕竟身材还是要的。

肚子总算不咕咕咕闹腾之后，栗锦才慢悠悠地晃回自己的小阁楼酣然入睡。

她睡得好，但有两个人却辗转反侧。

何晗住的也是农家院子，其实和栗锦的差不了多少，但他看着泛黄的墙壁，还有脚下连瓷砖都没有铺的水泥地，躺在床上的时候总觉得有虫子在他身上跳跃。

他什么时候受过这种罪?

何晗咬紧了牙齿，想到了第一名的栗锦，心中不满。

栗锦肯定住在很好的院子里。

这个女人真是一点都不聪明，她不是喜欢自己吗？为什么不悄悄地提出换房子？至于节目组那边，让他们睁只眼闭只眼就好了。

何晗捏着鼻子，心里却不合时宜地冒出一个小小的疑惑——

栗锦……真的还喜欢自己吗?

要不改天找个时间试探一下吧。

同一时间，木槿也浑身不舒服，她把自己带过来的床单被套全部铺上也还是觉得不舒服。

“什么破地方！”她小声地嘀咕，“感觉床都要发霉了！”

不过，不管他们是不是想睡，或者睡得舒不舒服，第二天太阳还是照常升起了。

村里什么都没有，就是空场地多。

大家换上了运动服，站在露天的场地上各自排课。

栗锦排到的正好是舞蹈课，她穿了一身运动服，在农村的路面上可以说是健步如飞。

而木槿的衣服都很好看，但是不方便活动，即便是上表演课，在这种环境里也是相当不容易。

栗锦完美地拉完筋，趁着摄像师们休息的时间去看了一眼等会儿的菜色。

土豆。

番薯。

南瓜!

栗锦呆住了。

不!

花生、南瓜之类的偶尔吃一顿是享受，可她正餐想吃肉!

恰好这时候总导演走过来说：“想吃肉？”

栗锦猛点头。

“那就在下午的比赛里好好表现，赢的那个组合才有肉吃，只有一个组合有哦。”总导演提点了一下栗锦。他觉得栗锦继昨晚的爆点之后，下午说不定还能给他弄个收视爆点出来。

栗锦舔了舔唇。

余千樊从身后将冰水抵在她的脸上。

“想什么，笑得这么蠢气？”余千樊靠着桌子，仰头灌下冰水，几滴水珠从他唇畔滑落，勾得栗锦视线也跟着下去了。

“今天下午是不是有组合？”栗锦笑眯眯道，“到时候你参赛吗？”

余千樊挑眉：“怎么，想提前笼络我？”

“这不是跟着亲人有肉吃嘛。”栗锦笑嘻嘻的。无论是技术型比赛还是力量型比赛，全场肯定没有人比余千樊更好。

这家伙可比自己全能多了。

余千樊正要说话，旁边传来了一个声音——

“千樊老师，有人来探班。”

旁边的竞技生们纷纷将视线投了过去，只见一个高个子长裙女人提着食盒站在外面。

她的碎花长裙迎风飘扬，容貌气质绝佳。

裴婉等了很久都不见余千樊回家，心中有些忐忑，她最终决定主动出击。

聪明的女人会懂得随时更改战术。

“千樊前辈。”裴婉笑得很好看，“听伯母说你来这边工作，正好我来这边办事情，想着我们好多年没见了，就顺便过来看看你，你不会嫌我麻烦吧？”裴婉半开玩笑地道。

众人你看看我，我看看你。

“女朋友？”

“不是吧，没听说好几年没见了吗？”

余千樊盯着裴婉看了半晌，他觉得这张脸很眼熟，但想不起来这个人是谁了。

“你……”

见余千樊一副见到陌生人的表情，裴婉心里咯噔一下，赶在他说话之前，立刻抢话道：“我是裴婉，你肯定是忘记了。”

她把食盒递给余千樊：“一点吃食。就算是感谢你在我出国之前辅导我的那些问题。”

众人互相对视一眼，吃惊地想。

还给做辅导了呀？

有猫腻！

余千樊看见食盒就想到了栗锦那馋肉的样子。

他转身回头看，却发现栗锦的视线冰凉地落在裴婉身上。

“呵……”栗锦冷笑了一声，不是针对余千樊，纯粹是讨厌裴婉。

她也不想问刚才的问题了，转身去找胡狼、胡兔，问：“你们今天下午要不要和我组队啊？”

余千樊的脸色迅速地阴沉下来。

“怎么了师兄？”裴婉轻笑。

余千樊把食盒放回她手上。

“是不想吃吗？”裴婉笑容变得勉强起来，“那我下午再给你送。”

“不用送了。”

裴婉笑容消失。

余千樊神情冷漠，接着说：“其实我连你的名字都想不起来，担不起你这一句师兄。

“下午不必来了。

“以后也都不要来了。”

2 我和我的大铜勺

这话真是极其伤人。

但众人并不觉得有什么奇怪的。

圈子里的人谁不知道余千樊是什么作风？

那些往他身上摔的女人，他都能单手将人家拎着甩出去。

“什么啊，我以为这个会有点不一样呢，原来还是自己一厢情愿贴上来的。”

“困了困了，想睡觉。”

“没意思，无聊。”

大家一边打着哈欠，一边热身。

裴婉一张脸顿时气得花容失色。

原本大学的时候，余千樊已经很不近人情了，没想到两三年过去，他不仅没有变好，反倒是更加冷漠了。

裴婉用力地掐了一把自己的掌心，才没让脸上露出狰狞的神情。

“那下次宴会上再见吧。”裴婉的手腕也算是好得不行，“往后合作的机会还有很多，师兄这么说我有点难过，要是我真对师兄有什么想法的话，这会儿肯定要心碎了。”

她深吸一口气，故作洒脱地笑着说：“那师兄你忙，下次有合作再见面的话可别认不出我来。”

她能自动隔绝众人替她尴尬的眼神，自顾自地说完开头和结尾也是很厉害了。

至少比那些被余千樊拒绝了一次就哭天抢地的女人段位要高多了。

裴婉保持着自己优雅的步调离开，哪怕一上车便直接砸烂了整个食盒，拽着自己的头发开始歇斯底里地尖叫。

但是人前她还是那个进退自如的裴婉。

这边，栗锦已经和胡兔、胡狼说好了。

下午的时候，余千樊宣布了比赛规则。

既然比的是综艺感，那就肯定是有恶整环节的。

比如中午的各种粗粮饭菜，和现在发在他们手上的捕鱼服。

这衣服肥大厚重，穿上身十分闷热。

“诸位竞技生，啃了一整天的粗粮，现在感觉怎么样？”晴天笑眯眯地发问。

底下的人哭丧着一张脸：

“想吃肉！”

“我也想吃肉！”

“吃肉！”

总不可能一点肉都不吃吧，他们年纪小，还没有到一吃就发胖的年纪，再加上在训练的时候是高消耗，不吃肉能量确实是跟不上。

“那我就让你们吃鱼！”晴天是调动气氛的一把好手，她随手在那个泥塘里一指，“那里面我们只投放了一条鱼。”

“一条？”

众人发愁，怎么又搞这一套啊。

晴天眯起眼睛笑了笑，抛出了一个重磅炸弹！

“不过是一条重达二十斤的鱼。”

二十斤?

栗锦伸出自己手臂比了比，二十斤的话得比自己的手臂还要长还要大吧?

她掰开手指头算，那能吃多少顿?

“二十斤的鱼啊，你们能吃多久啊。”晴天笑眯眯地道，“我给你们两分钟，穿好你们的捕鱼服。”

众人拎起捕鱼服，女孩子都是有些不情愿地开始穿，男孩子显得有些兴奋。

但是，女孩子里面有一个异类。

栗锦早在晴天说鱼有二十斤的时候就已经把捕鱼服给穿好了，正跃跃欲试地准备往泥塘里扑。

余千樊在旁边看着，有些无奈地皱眉。

“两人一组搭档，给你们三分钟时间。抓到的鱼不可分享，只能由获胜的那一组享用。”

两人?

正准备去找胡兔、胡狼的栗锦愣住了。

那边兄妹俩也不明白怎么会突然有这么一个转折。

“怎么办?”胡兔不想扔下栗锦一个人。

余千樊好整以暇地看着栗锦，小骗子，看你现在怎么办!

栗锦正愁着，何晗突然走了过来，他有心想要试探栗锦是不是还喜欢他。

“栗锦，和我一组吧?”

栗锦背心一麻，下意识地就说：“不行，我和别人说好了的。”

她可是要吃鱼的，要是和何晗一组……还得分他鱼肉?

青天白日的做什么大头梦呢?

况且何晗怕鱼，只能帮倒忙。

但她不能当着镜头说不想和何晗一组，一时嘴快就下意识说有约了。

何晗眯起眼睛：“谁?”

栗锦是在逃避他?难道栗锦真的已经不喜欢他了吗?

“嗯……”栗锦抿唇思考了半天，细长的手指最终往余千樊的方向一戳，“我们总判长。”

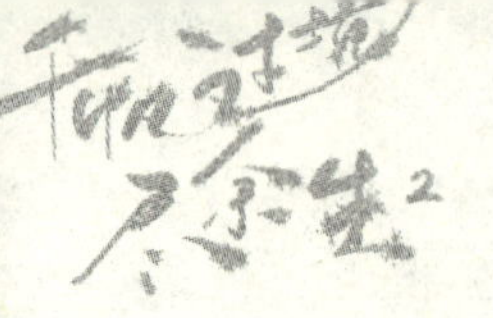

余千樊漠然地看着她。

其他已经找好了伙伴的人仿佛一瞬间被摁下了消音键，刚才裴婉被拒绝的样子还浮现在眼前，栗锦怎么……

怎么这么不要命呢?

栗锦心里也忐忑，余千樊跟她没说定啊!

这家伙要是拆台怎么办?

算了!

他要是拆台她就耍赖!

栗锦在心底默默地打定了主意。

余千樊慢悠悠地套上捕鱼服，这个比赛本就是大家都参加的，几个导师已经自己组好队了。

余千樊慢条斯理地迎着众人的目光盯着栗锦看了一会儿。

栗锦的心脏怦怦直跳。

下一刻，余千樊挑眉道："过来啊，不是要组队吗?"

众人："……"我去！真的啊!

早知道他们也去邀请总判长试试了，栗锦怎么就这么机灵呢?

栗锦心底大松了一口气，选好捕鱼的道具就屁颠屁颠地往余千樊那儿跑过去。

余千樊见到她手上拿着的工具，皱紧了眉头。

"你拿这个干什么?"

别人都是拿轻便的大渔网，只有栗锦，拿了个……看起来就很重的大铜勺?

"等会儿有用!"

栗锦自信满满地拽着余千樊往前走。

所有人都围着泥塘站好了，总导演拿着大喇叭，喊:"准备……出发!"

话音落下的一刻，所有人猛地冲了下去。

栗锦更是如同一支离弦之箭一样，可惜刚迈出一步就被余千樊拽住了衣服背带，她猛地倒弹回来，靠在了余千樊的胸口上。

"慢点走。"余千樊语气里带着几分笑意，"走得越快，陷得越深。"

话音落下，那边就传来几声扑通，不少人因为跑得太着急，导致双腿陷进了泥里拔不出来。

"哎哟!"

“我的腿！”

栗锦被余千樊拉着背带慢慢地走入泥塘。

她四处搜寻，鱼倒是没找到，却看见木槿和何晗组队了。

也是，这两个人加在一块儿应该是有点镜头的。

“你拿这个有什么用啊。”看着栗锦拿到的工具，木槿得意地甩着自己拿到的，“得拿网子才行，还轻。”

说着，木槿一网兜下去。

本来她只是想要炫耀给愚蠢的栗锦看，但没想到下面的泥地里突然甩出一条粗壮的尾巴，比手臂还长的鱼猛地弹射而出。

“啊！”木槿被这巨大的鱼身给吓住了，尖叫着要后退。

何晗脸色煞白地僵立在原地。

“快！上啊！”

旁边的几个男孩子拿着网兜就扑了过来。

可是这条鱼实在是太大了，它扑腾着摇摆尾巴，把那些网兜全都甩开了。

而搭档的那些女孩都被这条怪鱼吓了一跳，手脚都软了，还怎么抓鱼?

摄像师镜头端得稳稳的，眼看着那条鱼就要重新钻进泥里，一道身影猛地从旁边冲了出来。

她飞扬的短发，高举起的铜勺，还有那双满是食欲的眼睛闯入镜头。

铜勺扬起，反衬着一抹阳光，而后对着鱼头就狠狠地砸了下去。

栗锦浑身上下的每一个细胞都在向众人传递着四个字——

给老子死!

3 你愿意和我组队吗?

栗锦脸上的神情实在太恐怖。

网兜可以网住鱼，但是这些竞技生显然没有这么大的力气，再加上泥塘又影响了他们的发挥。

但是铜勺不一样。

众人眼睁睁地看着那巨大的铜勺重重砸在鱼脑袋上，被砸破的鳞片和泥水一起溅开。

总导演手上的瓜子都吓掉了。

二十斤重的大鱼，没看见别的女孩都被吓到尖叫了吗?

栗锦的脑子到底是什么做的?

这还没完，她把鱼敲晕了之后，又狠狠往前一扑。身后的余千樊没来得及抓住她，只能眼睁睁看着她整个人把鱼压在了身下，那鱼被一敲一压，就只剩下一点气，还顽强地甩着尾巴。

“这是我的了！”栗锦高声宣布，“游戏结束！”

木槿手上的网兜掉在了地上。

栗锦身上全都是泥巴，甚至头发上也都是，就像一只滚了一摊泥的小野猪，手里还死死地抱着鱼。余千樊看着她，觉得有些无从下手。

“你先起来。”余千樊忍着自己的洁癖。

“不起！”栗锦恨不得把自己的腿都盘到鱼身上去，“起来要是被别人抢了怎么办？”

栗锦非常理解地说：“你有洁癖我知道！我会自己把鱼拎回去的！你等我缓缓，我现在手抖，没力气，我歇好了我就把这鱼扛……”

栗锦剩下的话都被她给吞了下去。

因为下一刻，余千樊两只手直接抓住了她的肩膀，将她整个人提了起来。

栗锦抱着鱼，余千樊提着栗锦，一步步往岸边走去。

中间他似乎是觉得这样提着有点累，直接改成了环着她的腰，半拖半抱地将人拽上了岸。

全场一片寂静。

栗锦整个人都蒙了，她觉得自己就是个没有感情的抱鱼机器。

那些还拿着渔网的竞技生根本不敢拦，余千樊肯下泥潭，他们觉得他已经够给节目组面子了，现在他居然亲自拉着一头泥猪……不对……亲自拉着栗锦上岸?

直到鱼尾在怀里又倔强地甩了一下，栗锦才恍然回神，她脸上的泥巴都要结块了。

栗锦对着镜头露出一个特可爱的笑。

“我们总判长这是饿了吧？”她笑眯眯地伸出手，往余千樊那边递过去，“搭档！来击一个掌！”

余千樊漠然地看了她一眼，扭头就走，这没心没肺的笑容和那天比心的那个人简直就是一模一样。

众人长舒一口气，对嘛！这才是余千樊！刚才估计是为了快点结束比赛才抱的栗锦。

栗锦心里也是一松。

要是刚才余千樊真的拍上来，她反倒是不知道该怎么收场才好了。

栗锦抱着自己的大鱼往前走。

“现在胜利的那一组可以来领取食材做午饭了。”总导演拿着大喇叭笑眯眯地说，“其他人的食材自己去地里摘，然后统一在广场那边做饭，依照现在这样两人一组自己做自己吃啊！”

底下顿时一片愁云惨淡。

“好累啊，还得去摘菜。”

“做饭？完蛋啊，我们两个人都不会做啊。”

“是电磁炉吗？”

总导演嗤笑了一声，还电磁炉，想得挺美。

栗锦洗完澡出来的时候，看见余千樊已经在广场上属于他们的炉灶旁摆开了工具。

“千樊老师，我帮你！”

栗锦看着已经被料理干净的鱼，再次感慨了一声余千樊除了脾气不好真是哪儿哪儿都好。

“把土豆削了。”余千樊递给她两颗土豆。

栗锦搬着板凳坐下就开始做事。

太阳暖洋洋地洒在这两人身上。

跟拍的摄像师看得真是心情舒畅，不知道为什么，拍了那么多人，他还是觉得栗锦和余千樊这两人看起来最舒服。

摄像师迈开双腿感慨：“真好啊……大家和和睦睦，不是挺好的嘛……”

“栗锦！”

余千樊忍无可忍的声音打断了摄像师的好心情。

摄像师立刻转过摄像机。

栗锦手上的土豆……为什么缩水了一半？

栗锦吓了一跳，手上的土豆掉到了一堆土豆皮里，她尴尬地说：“我可以解释的，我就是想削得平整点。”

余千樊深吸了两口气。

栗锦自觉地把土豆放下了："要不我给你烧火吧？我火烧得贼厉害！"

说完，她往灶台上看了一眼，人家余千樊早就点上火了。

"……"

气氛略有点尴尬。

余千樊无奈地转身，从一堆番茄里挑了一个个头最大的递给栗锦。

栗锦不明所以："要洗吗，挺干净的啊！"

"不是洗，让你吃。"余千樊指了指旁边的板凳，"坐那儿吃，多吃点，少说话。"

栗锦："……"

余千樊转过去拿起菜刀把案板上的大葱切成两断后，又转身皮笑肉不笑地加上一句："吃慢点。"

栗锦："……"最好吃到你把饭做完，然后我就不会在你耳边念念叨叨了是吗？

摄像师肩膀不断抖动。

憋笑实在太辛苦了，这两人的互动真是贼有点。

不过也得亏栗锦不要脸……不是，心态好，换别的小姑娘要是被这么嫌弃，可能早就不知道自己的手该往哪儿放了。

于是，那些辛苦拔完菜回来的人就看见他们最尊贵的总判长在叮叮当当地切菜，栗锦则是舒舒服服地在旁边啃着番茄，就差在自己脑袋上顶"乖巧"两字了。

一瞬间，众人真是百感交集。

有了二十斤的鱼，都不用做别的菜了，加点蔬菜就行。

只是这么大的鱼，就算是农村的那种大锅也只能勉勉强强放下。

浓郁的鱼香从余千樊手下的锅里飘出去，众人顿时觉得自己手上的萝卜白菜一点都不香了。

"千樊老师，这么多鱼肉一个碗还装不下吧？"旁边的人忍不住探头探脑凑过来想要分一点。

余千樊看着手边的盘子皱眉。

就在这时，一个巨大的铁盆从中间横插进来，"当"的一声放在了案板上。

栗锦不知道从哪儿弄来了个脸盆。

"这是新的！"她看起来很兴奋，"用这个装！"

余千樊：“……”她也就这个时候还算是挺机灵的了。

众人：“……”栗锦真的是严防死守了！

这一顿栗锦吃了整整三碗饭，吃完之后，她一把夺过余千樊手上的碗，二话不说直奔洗碗区。

她觉得自己再不干点什么的话，等节目播出的时候就真的要被喷了。

余千樊看着自己手上空空如也，觉得太阳穴隐隐作痛。

他还没吃饱……

他起身往栗锦的方向走去。

摄像师全都下工吃饭去了，旁边等待了很久的何晗瞄准了这个机会，他今天就要试探一下栗锦是不是还喜欢他。

他越过余千樊，来到栗锦身边。

“栗锦。”何晗抿唇，“接下来如果还有比赛的话……你愿意和我组队吗？”

4 你开个价吧

栗锦刷碗的动作一顿，余千樊的神情阴沉下来。

余千樊想起了栗锦在看何晗的时候，不一样的眼神。

无论是爱还是恨，那都是看何晗一个人的眼神。

就好像此刻。

栗锦目光复杂地盯着何晗，完全注意不到还站在身后的他。

“你和我？”栗锦指了指何晗和自己。

不对啊。

记忆里这个时候，何晗可是避她如蛇蝎啊。

还是后面她穷追猛打，何晗才答应了她的追求，现在回想起来那也不过是因为后面她在圈子里火了，名气大过何晗了而已。

“是啊。”何晗见到栗锦吃惊的样子，心里略微有了一点底——栗锦肯定是觉得受宠若惊了吧。

他是栗锦的高中学长，当时她就天天追在他屁股后面跑。

“我……”我为什么要和你组队这句话还没说出来，她就听见身后传来余千樊的声音。

“接下来是抽签的环节。”余千樊一只手按上了何晗的肩膀，眸光黑沉，“你来问她又有什么用？”

他脸上带着笑，但看起来并不是高兴的笑。

“规则是我定的，不如来问问我，同不同意让你们在一起组队。”

何晗只觉得搭在自己肩膀上的那只手好像要把他的肩膀给捏碎：“原来是抽签啊，我以为还是自主组队呢。”

栗锦甩干净手上的水：“我洗完了，回去休息了。”

何晗立刻说：“顺路，一起吧。”

他今天吃饭的时候就想过了，栗锦的镜头肯定会很多，比起敌对，他愿意以“温柔大哥哥”的人设站在栗锦身边，实在不行也可以勉为其难地和栗锦炒一波CP，至于最终的名次，到时候和栗锦商量一下，如果她愿意退出，他也不是不能和她交往看看。

何晗脑中已经把接下来的路线定好了，跟着栗锦走了一会儿之后发现余千樊也不紧不慢地走了过来。

“千樊老师也顺路吗？”何晗勉强笑着问。

余千樊随意应了一声，和栗锦两人并排走在前面。

何晗气得牙痒痒，他倒是要看看余千樊能红到什么时候。

三人往村子里走去，到路口的时候发现一个白发苍苍的老奶奶蹲坐在那里摆摊算卦。

“还有这东西？”栗锦吃了一惊。

摄像师没跟着他们，她就往老奶奶那儿多看了一眼。

谁知道这一眼直接让那老奶奶抬起了头。

“算一卦？”老奶奶脸上的皱纹舒展开。

“不了。”栗锦一愣后直接回绝，“我不信这些。”

老奶奶也不生气，只是拨弄着面前的书：“那真是可惜，你和后面这小伙子有缘分哦。”

栗锦一愣，她旁边是余千樊，后面是……何晗。

余千樊放在口袋里的手逐渐握紧。

“嘶！”老奶奶在栗锦的脸上看了看，又在何晗的脸上看了看，“是一对儿啊。我算得没错啊……你俩是有姻缘线的。”她神神道道地晃着脑袋，“有的！肯定是有的！”

栗锦神情漠然，姻缘线？

上辈子可能有吧，但这辈子肯定是断了的。

她没管老奶奶，直接往村里头走。

余千樊眸光沉沉，站着没动。

何晗倒是挺遗憾的，怎么这时候摄像师都不在呢，不然肯定能带一波话题。

“小伙子，你要不要算？”老奶奶突然看向余千樊，“我可以给你算便宜点。”

余千樊脚步一顿，再转身时，他将手从口袋里拿出来。

“不必了，我和前面那位一样，也不信这些。”

说完，他便接着往前走。

何晗冲着老奶奶点了点头，也追了上去。

栗锦根本没有把老奶奶的话放在心上，她的人生、她的命数都是握在她自己手里的。

第二天清晨，栗锦被底下的声音吵醒了。

“栗锦，快下来啊，今天的比赛要抽签呢！”

太阳还未完全升起，微风凉爽。

栗锦磨磨蹭蹭地穿好了衣服，打着哈欠走下楼。

“这是什么？”她在一片朦胧的晨光里看见一个长长的大箱子，箱子的两边有好多好多的线。

“抽签铃铛啊。”胡兔开始做伸展运动，“总导演说两边的人互相抽到了同一条线就是一组，有一条线上是绑着铃铛的，有铃铛的那一组是队长。”

栗锦点点头。

总导演揉了一下睁不开的眼角，对着众人说：“嗯，由于爱豆组这边有一位竞技者因为身体原因不能参加接下来的活动，需要从导师这边挑一个来补充，有没有……”

总导演的话还没说完，一个声音突然插进来。

“我来吧。”余千樊今天穿了一身黑色运动服，更衬得他肤如牛奶。

“啊？哦……好。”总导演愣愣地点头。

“现在爱豆组的人，女孩子站到箱子左边，男孩子站到右边。”

胡兔拽着栗锦立刻站好。

栗锦抬起头往前面一看，何晗和余千樊两人居然站在了一块儿。

何晗在心底祈祷，一定要抽到栗锦！最好是抽到队长组的，这样镜头肯定就是最多的！

栗锦就没有想这么多了，游戏都还不清楚，可以说她都还没睡醒，整个人都是蒙的。

忽然，她觉得浑身一凉，抬头对上了余千樊的目光，像是介于黑夜和白昼交替那一刻的混沌晦暗。

她的心脏被无形揪紧。

余千樊伸出手捏住了一根长线。

有没有缘分，不是一个算命的说了算的，所以……栗锦，我和你有缘分吗?

他要用自己的眼睛来确认，如果结局真的定好了，那他也要用自己的双手来改写。

一切准备就绪，总导演伸出手："三，二，一，掀开！"

箱子上面那层被掀开，一根细细的红色线顿时绷紧。

"叮当"一声脆响。

穿在那根线上的小巧铃铛在阳光下颤动。

余千樊顺着线看过去，对上了捏着同一根线的栗锦。

她似乎是有点吃惊，但很快就染上了笑容，阳光爬上她的眉梢驱散了黑夜留下的最后一份冷。

"我们又是一组呢，请多指教啊，千樊老师。"

一户人家的院子里，一个老太太正在清点一沓钞票，笑得嘴巴都合不拢。

她儿媳妇拿着一盆脏衣服走出来，一见到那沓钞票立刻瞪大了眼睛。

"哟！妈，你哪儿来的这么多钱?"

老太太在自己的手指头上蹭了点口水，一边清点一说得意地说："我昨儿个不是去摆摊嘛，碰到了个人傻钱多的。"

她也不过就是随口那么一说，没想到还真有人上钩了！

想到昨天晚上的情景，老太太就眯起了眼睛。

那三个年轻人走了，老太太以为一天要吃空了呢，没想到过了一会儿，那三人中长得最好看、口口声声说不信的男人又重新走了回来。

他满脸阴郁，将一沓钱丢在了她的摊上。

“开个价。

“断刚才那两人的缘分要多少！”

5 每个人的一念之间

栗锦和余千樊又抽到了同一组，并且还是抽的队长组。

所有人都实名羡慕了。

“栗锦，你这运气也太好了吧？”

“我这是什么手气啊！”

“跟着咱们千樊老师走肯定就赢定了。”

演员组的人也很快就抽完了。

木槿是和一个男生搭档。那男生有些傻大个，长得也不算特别好看，从木槿的神情上可以看出她是不满意的。

而且演员组的队长还是一个高位段的女孩子，演技也算不错。

何晗也是抽到了一个算不上出色的女孩子，但是他要维护自己的人设，立刻对那女孩露出了灿烂的笑容。

“把东西发下去。”

总导演直接让人拿出来很多作战服、头盔以及水墨枪。

“这次的比赛你们可以当成是真人 CF。分为两个比赛场地，每个场地一共有半个小时的时间，第一个场地在村内西边的废弃工场里，第二个场地在这里废置的医院里。

“哪组抽到第一个场地，哪组的成员就可以先入驻，另一组就是留守者，先入驻场地的成为进攻者，半个小时之后如果还没分出胜负那就换成第二场地，当然，进攻者和留守者也换一换。

“留守者是有绝对优势的，你们可以布置一些不伤及人身安全的陷阱。

“最终胜利的那个组，今天节目组会给你们这边的温泉券作为奖励。”总导演笑眯眯地说。

“队长出来抽签！”

余千樊和演员组的那一位女孩子走了出去，两个纸团，余千樊抽到了医院，而另一个则是工厂。

演员组的人欢呼起来，工厂是第一个场地，也就是说他们能占到先机。

如果再努力一把，直接在第一个场地就把爱豆组的那些人都解决，那岂不是都不用交换场地了？

总导演敲了敲自己的大喇叭：“孩子们，攻还是守，当你的队友们遇到麻烦的时候，救还是不救，都需要你们精准的判断力。

“有的时候，胜败不过在你们的一念之间而已。

“行了！装上你们的弹药衣服，你们可以两人一组活动，也可以自己单独活动，还可以多人活动。

“现在演员组先进工厂，给你们半小时的准备时间，爱豆组原地待命。”

木槿等人立刻就走了，栗锦穿上防护甲，戴上头盔和护目镜，这些枪都是颜料枪，射程远，如果衣服被颜料染中那就是代表死亡出局。

胡兔兄妹问余千樊：“千樊老师，我们没有什么战略吗？”

余千樊心情还不错，想了想说：“你们分散开，小心一点就行。”

他们对场地也不熟悉，最关键的一点余千樊没说，那就是他们彼此也不算熟悉，没有默契，合成一团倒是容易被人一网打尽，不如各自作战。

栗锦一边给自己的水壶灌水，一边扭头看余千樊，他其实就是懒得想吧，毕竟组织大家是一件很累人的事情。

休息了好一会儿，直到总导演说时间到了大家才起身。

栗锦挨在余千樊身后。

“你在干什么？”余千樊扭头看栗锦。

栗锦压低声音，这次没有跟拍，但周围一路上布置了很多的摄像头。

“你比我高啊，我躲在你后面，那子弹打来也不是先打我。”栗锦讪笑，“至少咱们两个二保一对不对？”

他伸手直接抓住栗锦的背带：“这里还不在他们的射程范围里，给我走前面来。”

栗锦：“……”

像是拎小鸡仔一样被拎到了前面，栗锦耸肩，把枪扛了起来。

她和余千樊是夹在中间那批人里进的废工厂，里面还留了不少废器械，正好成为他们的遮挡物。

“你觉不觉得这里鬼气森森的？”栗锦戳了戳走在自己前面的余千樊。

“好好看路。”余千樊用手指抵在栗锦的额头上，将她稍微推远了一点，“别离我这么近，容易被发现。”

总导演在监视器前面看着所有人的进展。

“哟！”他看向了栗锦和余千樊的那块屏幕，“这两人的姿势……很标准啊。”

他神情有点古怪，余千樊姿势标准他能理解，毕竟余千樊拍了不少枪战片了，但是栗锦这脚步身法就好像也被人教过一样。

“砰砰砰！”

工厂里突然响起了枪声。

余千樊转身压住了栗锦的脑袋往下蹲，两人就躲在一个大铁桶的后面，枪声离他们很近。

余千樊看见前面不远处有个演员组的人正在探头探脑的，刚进来的两个爱豆组的人显然是被他解决掉了。

“你没碰过枪，等会儿躲我后面，我来解决……”余千樊的话还没说完，就感觉一柄枪从后面绕过来架在了他的身上。

“嘭”的一声，伴随着枪声的震动带得他肩膀一颤。

“我去！”那探头探脑的人怒骂一句，胸口顿时中了一枪，按照说好的规则，他无奈地看了一眼天，躺下默默装尸体。

危险解除，栗锦收起枪站了起来，她毫不在意地拍了拍自己的肩膀。

“就看着我大显身手吧！”

她又很骚包地弯腰对着最近的一个摄像头指了指自己的方向：“我！枪王！”

她是学过枪法的，演员可能就是这样，虽然算不上精通，但勉强什么都会一点儿。

余千樊看她嘚瑟个不行，脸上也露出了笑。

但这两人都不知道的是，就在他们身后的一处并没有安置摄像头的小门里，木槿趴在门缝边上看着。

她是可以开枪的，但是她忍住了。

她弯腰，再次确认了一下这地方是没有安置摄像头的，她脸上的神情变得扭曲起来。

如果这个节目没有栗锦，她一定能登顶，凭什么所有的目光都要汇聚在栗锦身上?

木槿手指微颤地拿起了旁边的一块木板，定好了位置放着，上面插满了尖锐生锈的钉子。

木槿悄悄比量了一下等会儿如果栗锦冲进来时会经过的路线，这小房间里面的光线很暗，谁也不会注意旁边拉着的线。

到时候栗锦会被这根线绊倒，然后面朝下跌落。

木槿脸上浮现了一个恐怖的笑容。

到时候……栗锦的脸就会扎在这块木板上。

她遏制不住内心的快意，轻声说："栗锦，毁了你的脸，看你还能不能继续走这条路！"说完，她转身往门口走去，得先想办法把栗锦引过来！

而在她离开之后，房间旁边的一个小柜子慢慢地推开了一条缝，何晗震惊地看着那块钉子木板，简直不敢相信自己的眼睛。

木槿要用这个弄坏栗锦的脸?

何晗咬牙，伸出手去。

只要他想，他就能藏起那块钉子板。

手指触碰到尖锐的钉子，何晗突然看向了自己衣服上的"2 号"。

如果没有栗锦的话……

他伸出去的手，最终还是顿住了。

6 抱歉，走火了

何晗只是沉默地关起了柜子门。

他神情狰狞，额头抵在柜子上，野心和良知在交战。

只有他知道木槿的打算，只有他能救栗锦。

"我救了栗锦的话，谁来救我？"何晗喃喃自语。

本来柜子里不算闷热的，可这会儿他整个人在不断发着虚汗。

他想起了自己还没成名时在圈子里受到的冷遇和白眼。

想到了栗锦在舞台上光芒万丈的样子。

他低头摘下了自己的序号，2 号!

一个永远屈居于 1 号的可悲数字。

何晗重重地给了自己一个巴掌。

他轻声喃喃："何晗你清醒一点，你连自己都救不了还想帮别人？"

如果在这个节目里不能翻盘，那他就会成为一个彻头彻尾的笑话。

"就当自己聋了！瞎了！"何晗咬牙，"栗锦走了，对谁都好！"

木槿悄悄地趴在门缝上看，那边余千樊把栗锦留在了原地，自己上前去查探情况。

木槿看准时机，从门里跑出去，对着栗锦旁边开了一枪。

栗锦吓了一跳，迅速弯身在原地打了一个滚，转身看见木槿。

木槿拔腿就跑。

栗锦抬脚追上去，一迈步跨进屋子，视线猛地一暗。

“咚！”

那边的木槿像是撞到了什么东西，栗锦抬脚往那边走过去。

但是下一刻，她感觉脚下仿佛绊到了什么东西，整个人猛地往前倒。

躲在角落的木槿狠狠握拳！

她的计划马上就要成功了！

若栗锦毁了脸，反正只要她咬死不承认，谁也不会知道她在这里放了钉子板。

至于栗锦的那些粉丝，顶多就闹一段时间，马上就会遗忘的。

她还不了解粉圈那些人的性质吗?

想到这里，木槿眉梢都高高扬起来了。

但就是这一刻，风吹起小窗口的帘子，一丝光亮泄进来，栗锦看见了那寒光铁钉。

以前拍戏时学的那些动作戏在这一刻展现了用处，栗锦整个人往旁边一扭，另一只手松开枪抓住了旁边的桌子。

“咚”的一声，她躺在了地上，摔在了钉子板的旁边，只差一点点，那些钉子就会戳进她的眼睛里！

一瞬间，她想到了刚才那么近距离木槿居然没打中，还有刚才绊倒她的那根线，以及这块钉子板的摆放位置。

一股寒意顿时袭上栗锦的脊背。

寒意过后就是磅礴的怒意，她虽然在圈子里见识过不少下三烂的事情，但这种歹毒的招数仍然见一次恶心一次。

栗锦另一只手快速抄起那个钉子板。

木槿没看清楚栗锦摔哪儿了，她急不可待地过来验收自己的战绩，却忘记了刚才栗锦叫都没叫一声。

就在她靠近栗锦的那一刻，栗锦猛地从地上爬起来，那块钉子板狠狠地砸在了她的肩膀上。

“啊！”

铁钉刺入肉里，木槿刚要发出一声惨叫，栗锦立刻从旁边扯出一块不知道废弃了多久的抹布塞进木槿的嘴巴里，然后又抽出藏在裤子里的绳子反手将木槿绑起来。木槿几次挣扎想要站起来，但是依旧被栗锦压得死死的。

栗锦绑好她的手将她推进角落。

下一刻，栗锦直接夺走了她的枪狠狠地摔在地上。

“嘭”的一声，里面的颜料炸开了。

一起炸开的还有躲在柜子里的何晗的心脏。

栗锦这一系列操作看得他手指冰凉，尤其是直接把钉子板反手拍在木槿身上的动作，那一瞬间何晗觉得如果自己和栗锦作对的话，那钉子板也会同样扎进他的身上。

木槿开始发抖，眼泪一颗颗掉下来，被钉子扎破的地方痛得麻木。

“设计我？”栗锦难以置信地笑了一声，她一脚将地上的枪踹走，蹲下来抬起木槿的下巴，咬牙切齿道，“你找死呢！”

这一刻，栗锦的眼底布满了鲜红的血丝，宛如从炼狱走上来的厉鬼。

木槿后悔了。

她不该招惹这个女人的。

“栗锦？”

身后余千樊的声音传来，他站在门口看了一眼被拉起来的线，还有满脸阴沉的栗锦和那块带血的钉子板。

“嗡”的一声，好似有什么东西在耳朵里炸开了，他大步走过去拉起栗锦的手。

“受伤了？”他神情冷到可怕。

“差一点。”栗锦看向木槿，“好在运气不错。”

栗锦突然想到余千樊不一定会信她，她扬起脸，神情紧绷：“如果我说是她先要害我的，你信我还是信她？”

木槿眼中燃起希冀，对着余千樊拼命地呜呜叫。

余千樊确定了栗锦没有受伤才觉得自己的呼吸重新变得顺畅起来，无论木槿想要用这个钉子扎栗锦的哪里都是他绝对不能忍受的。

他看了木槿一眼，那眼底夹带着浓浓的厌恶和一丝极淡的杀气。

木槿的叫声渐渐停了下来。

“下次要收拾人，记得关门。”余千樊转身看向栗锦，“我去外面等你。”说完仿佛像没有看见木槿一样，直接走出去站在了门口。

栗锦扯了扯嘴角，心情大好。

她在木槿惊恐的目光中关上门，慢慢地插上门锁。

靠着大门，栗锦从旁边扯出了一根木棍，她露出妖气的笑，冲木槿说：“小乖乖，接下来给姐姐把牙咬紧了！”

木槿浑身发抖，害怕得几乎要晕厥过去。

别说木槿了，就算是躲在柜子里的何晗心脏都像要炸开了一样。

他哆哆嗦嗦地想要去掏手机，但是一想到有光就会被发现也只能作罢。

木槿站起来想要跑，被栗锦一脚踹翻。

木槿痛到浑身蜷缩起来，栗锦一把拽起她的衣领凑近说：“你知道在这里是没有证据的吧？

“你想要弄我的眼睛，打的不就是这个主意吗？你大可以出去说栗锦打你了，但是你看看谁会相信你。”

木槿拼命摇头，想要求饶却发不出声音。

“你想要我的眼睛，我只是揍了你一顿，我们之间的账可还没清完呢。

“要么你自己退赛，要么你就等着接下来的日子里被我盯上吧，我会一笔笔要回来的。”栗锦抬手捏起她眼泪鼻涕一起流的脸，“以后连睡觉都给我小心一点，知道了吗？

“等会儿出去就说是你自己摔的，明白了吗？”

木槿拼命点头，不断地抽泣。

栗锦拿起自己的枪，对准她。

“砰砰砰砰！”

一枪又一枪正对着她的身上开。

木槿的脸上都染上了颜料。

栗锦打开了门，正要喊人来，却被余千樊摁住了脑袋，重新关上了门。

“怎么？”栗锦疑惑道。

余千樊重新锁上了门，看向从柜子里露出来的衣服一角。

栗锦面色一寒，立刻打开了柜子的门。

“是我，自己人！”何晗立刻说，汗珠从额角流下来，“我什么都没看见！”

余千樊的枪口还指着他。

栗锦眯起了眼睛。

“我看见是她放的钉子板。放心，我什么都不会说的。”何晗严肃道。

余千樊挑眉，弯了弯唇，下一刻，他扣动扳机，颜料在何晗眉心炸开。

“抱歉，走火了。”

7 你还有心情吃饭？

何晗脸色铁青。

“栗锦。”余千樊难得正经地叫了她的名字。

栗锦诧异回头：“怎么？”

“你去叫人，我在这里守着，就说木槿摔倒了。”

“你不说我也打算这么做的。”栗锦拍拍身上的尘土出去了。

见她走了，何晗刚松了一口气，余千樊却突然发难将他猛地一推，手肘就抵在他的脖子上。

“咳！”何晗忍不住咳嗽起来，“你干什么？”

余千樊重重一拳打在了何晗的肚子上，他痛得弯腰弓成了一只虾米。

“你刚才说，你知道木槿做了什么。”余千樊眼神沉得一片死寂，声音冰寒，“也就是说，你选择了旁观，是吗？”

何晗脸上的血色逐渐褪去。

“你应该庆幸栗锦什么事都没有。”余千樊用枪口抵着何晗的下巴。

何晗觉得自己快要喘不过气来了。

“出去之后，管好你自己的嘴。

“要是你说了什么不该说的话，以后抵着你脖子的，就不是玩具枪了，明白吗？”

余千樊眼底黑墨涌动，何晗不知不觉就点了头。

木槿身上的绳子已经解开了，她蜷缩在角落，一点都没有要帮何晗的意思，甚至心里还给何晗直接记了一笔。

这算什么男人，刚才居然就躲在柜子里看着她挨打？

孬种！

“就是这里，刚才我们进来时木槿是跑在前面的，结果她被绳子绊倒了，撞在钉子板上。”栗锦的声音听起来很焦急。

木槿下意识地打了个哆嗦。

不知道的还以为栗锦和她是多好的朋友呢。

几个摄像师和工作人员七手八脚地将木槿扶起来。

“你们小心一点啊。”栗锦在旁边担忧地说，“木槿，你好好休息，比赛不重要，身体才重要。”

木槿的指甲都快要掐进掌心里了。

工作人员笑着安慰说：“没事的，一点皮肉伤。”

“你可要好好谢谢人家栗锦，她都快要急哭了。”有摄像师笑眯眯地拍拍木槿的肩膀。

木槿恨不得呕血，可脸上什么表情都做不出。

这时，安插在废工厂的喇叭里传出总导演的声音：“时间已到，现在仍旧存活的幸存竞技者出来休息一小时，吃饭，喝水，然后交换场地。”

至于那些已经被“打死”了的人自然是不用继续参加了，趁早洗洗回家好好睡一觉。

演员组的人还剩下三十人，但是爱豆组的只剩下二十人了。

“果然是开局不利啊！”胡兔和胡狼兄妹俩顺利地存活下来了，他们端着饭想要来栗锦身边吃，视线一转看见了坐在栗锦对面的余千樊，想要走过来的脚步霎时一顿，然后两人生生拐了个弯儿。

笑话！

余千樊身边那是寻常人能坐的吗？他随随便便往他们身上看一眼，他们都要压力大到没胃口吃饭了好吗？

而且现在余千樊看起来好像心情很差的样子。

胡兔和胡狼的感觉没错，余千樊是心情非常不好。

连坐在对面的栗锦都能感受到从他身上传来的压抑气息。

栗锦夹起一块肉，余千樊的声音凉凉地传了过来。

“你还有心情吃肉？”

栗锦筷子一顿，在余千樊冰冷的注视中忍痛放下了红烧肉，转而夹向青菜。

“你还有心情吃菜？”

栗锦抽了抽眼角，她思索了半天，猛地灵光一闪。

啊哈！她明白了！

她把自己碗里的肉夹到了余千樊的碗里：“亲人！吃肉！这次真的是谢谢你站在我这边！”

看！

已经感谢你了，就不要闹别扭了吧！

可谁知道余千樊顿时更生气了，他把筷子一放，难以置信地说：“你觉得我现在还有心情吃饭？”

栗锦要疯了，那你想要干什么啊！

“刚才为什么自己跑去追木槿了？”余千樊压抑着怒气，但那冰冷的气势谁都感觉得到。

吃完饭正打算过来拍的摄像师远远看了一眼，默默地转身决定先喝杯茶再过来。

“我看见了就去追了啊。”栗锦摊手，觉得余千樊这气生得莫名其妙，“这还需要理由吗？”

余千樊被她这理所当然的态度气得脸色阴沉。

栗锦立刻抬手保证：“我保证！下次一定和你一起行动，行了吧？”

想到刚才钉子差点儿插进自己的眼睛，栗锦还是有点后怕的。

余千樊沉默地不说话，栗锦见他不提了，试探性地低头，吃了一口肉，他没继续说。

栗锦立刻就开始欢快地扒饭。

下一秒，栗锦就看见余千樊对着总导演招呼了一下。

总导演立刻提着大喇叭来了。

“什么事？”

“让爱豆组剩下的人过来集合，我们开一下会。”余千樊心情不佳，语气更加冰冷。

总导演二话不说就对着喇叭狂喊，把人都喊了过来。

“开会？”栗锦吃了一惊，“你不是懒得制定战术的吗？”

或者说余千樊是压根儿对胜利都不怎么执着。

余千樊单手撑着下巴，眼尾扬起：“心情不好，所以想速战速决。”

匆匆赶过来的幸存竞技者听了之后大气儿都不敢出一声。

“下一个场地是废弃医院，听到这四个字你们有什么想法？”余千樊问道。

什么想法？

其他人摇摇头，能有什么想法？

“鬼屋？”栗锦试探性说。

余千樊回望过去，栗锦的眼神不躲不避。

他眉头一松：“正解。”

众人互相对望了一眼，心中起了一个诡异的念头。

“不会吧！总判长，你该不会是想……”

余千樊手指沿着桌子边缘轻轻敲了两下。

“你们五个人去找几个当地人过来，剩下的人去问其他人借点微型音响。”

“音响？”胡兔不解，“为什么要音响？”

“你们不是能唱吗？”余千樊拧开瓶盖，眼神漠然，“这是综艺也是比赛，要记得时时突出你们的长处。”

其他人还一脸蒙。

但是栗锦却懂了。

“我明白了！”栗锦举手，“我可以唱！我的曲库里有很多类似安魂曲的歌！”

见这么多人里只有栗锦明白自己的意思，余千樊心情好了一些。

其他人不管懂不懂的，反正先动起来。

演员组的人看着觉得有点不安。

连总导演都忍不住往这边看。

不过爱豆组的这些人显然守口如瓶，沉默地去做自己的事情，然后又去废弃的医院提前蹲点。

栗锦和余千樊站在医院的大门口，里面的风都阴恻恻的。

可栗锦看起来倒是很开心。

追捕游戏……开始反转！

精彩竞技

第二章

jingcaijingji

1 我们来抓你了

剩下的演员组的人心里还是挺有自信的。

“放心吧，我们还剩下三十人！”

“对，用数量就能压死他们。”

“这次大家还是小组行动吧，医院比不上我们工厂大，他们没有可以躲避的地方，顶多就是房间多了点。”

大家互相打了一波鸡血，雄赳赳气昂昂地出发了。

只是这样的气势没过多久，他们就被几个当地人拽住了。

“不能去不能去！”当地人嘴上念念有词，“那个医院怎么好去的喽！”

其中一个矮个子男人表演得最好，他狠狠一拍大腿：“就和你们那个总导演说不要去那个医院！”

“邪门得很！”

“你们这群城里来的就是不听我们说！”

“难不成你们会比我们这些本地人更清楚吗？”

演员组一些女孩子的脸色变了变，但很快就镇定下来。

“大叔……”

几个女孩子想问，但是那些人又像是碰到了什么忌讳一样对她们退避三舍：“算了算了，你们不听就算了。”

“我们走了！”

“快走快走，可不敢靠那鬼地方太近了。”

“唉……咱们已经尽人事听天命了，接下来就为那些孩子祈祷吧。”

他们来得快走得也快，众人虽然不知道为什么，但是每个人的心里多多少少都有点不舒服，就像是被什么东西在心尖上狠狠刺了一下，到现在还隐约有余痛。

“别害怕啊你们。”

演员组的队长说：“那些爱豆组的人不都先进去了嘛，怕什么！”

“对！”

“哎呀，人家就是这么一提，走！”

“要真有点什么才刺激了，哈哈哈！”

很快，大家就嘻嘻哈哈地把刚才那一茬给翻过去了。

栗锦就站在最高楼层的窗户上，看着那边的先行队进入医院。

她打开手机，在他们临时组建的群里发了消息：“目标已经进入场地，第一层队员请准备。”

很快群里发来胡兔的“OK”手势，她就带着几个人窝在第一层。

演员组的人一进来就觉得浑身都不对劲，怎么说呢，总感觉这地方阴气森森的。

“爱豆组的人把窗帘拉上了！”

有人忍不住说：“我们去把窗帘拉开，这里太暗了，看不清楚啊。”

说着，那人一把就拽开了窗帘，光涌进来的那一刻，早就潜伏好的胡兔确定了他们的方位直接开枪。

“砰砰”两枪，声音不大，但打头阵的那两人直接被击中了。

开完这两枪，一切重新恢复寂静。

栗锦手机振动，上面只有一条消息：“先进来的两人已经解决。”

她笑了笑，看着还埋伏在外面的演员组，转身对余千樊说：“他们那边就是太小心了一点。”

果然先进来的两人一点动静都没有，演员组的人着急了，又派了四个人进来。

胡兔刚把那两人的“尸体”拖进房间，就看见那四人上了第二层楼。

她立刻发：“二层队员请准备！目标已经上楼，数量四个！”

那四人上楼之后被这黑乎乎的走道弄得心里七上八下的，病房的门被风吹得砰砰作响，他们脑海里不由自主就响起了当地人说的那些话。

“哎，那里好像有人！”

“走，过去看看，注意隐蔽。”

那四人对着一个病房走过去。

“呼——”

风从外面灌进来，那个身影就站在窗户旁边，从外透进来的光影一颤一颤，他们看不清楚。

“把手举起来，你已经被包围了。”

有人忍不住举起了枪。

“哎，这个好像不是。”有人疑惑地皱眉。

下一刻一阵大风起，耀眼的光透过吹开的窗帘直接照亮了那个身影，他浑身僵直，转身的时候众人只在他脸上看见了一片恐怖的红。

“啊！”

四人不受控制地尖叫起来，他们胡乱开枪，却因为失了理智一枪都没射中。

“跑！有鬼！”

他们的声音穿透出去，一下子就让埋伏在外面的人确定了位置。

“砰砰砰砰！”

四枪，四人全部阵亡，正在窗台前面扮演“鬼”的胡狼一下子带着几个人冲出去死命地捂住了他们的嘴巴。

“别瞎嚷嚷，是我们！”

“是我们假扮的，没有鬼！”胡狼笑着弹了弹那大兄弟的额头，“你已经‘死’了，快给我闭嘴！”

那四人惊恐地看着他们，等回过味来都没能把那颗蠢蠢欲动的心脏给压下去。

有个人实在忍不住，问：“那些村民？”

胡狼拍拍他的脸蛋，笑着说：“当然是栗锦请来的‘演员’了，你们还真信了？”

那人：“……”爱豆组的人真是一群心机鬼！

外面演员组的那些人彻底慌了。

“我好像听见他们的惨叫声了？”

“我也听见了！”

“怎么办啊队长？”

队长思索了一下，看了眼旁边的摄像机，她心里其实也有点慌，但是当着摄像机又不能表现出来。

“接下来我们一起进去！不要继续等在外面了，速战速决！”

立于高处的栗锦看见他们所有人一起行动，也笑了。

她打开手机，说：“那边所有人都进来了，各层自己看着办，我们速战速决。”

一样的话，栗锦说的听起来可比演员组的那位队长有底气多了！

她拿起旁边早就准备好的话筒，看向连着摆放在各层的小音响，笑了笑。

“噔！噔！噔！”

整个医院突然响起了脚步声，演员组的人顿时觉得头发一麻。

“哪里来的声音？”

“你们听见了吗？”

“咱们进来的那些人呢？怎么没看见他们的‘尸体’？”

所有人都慌了，而就在这时，他们听见了呼气声。

顶楼的栗锦嘴唇抵着话筒，突然发出了一声笑。

这笑仿佛从很远的地方传来，音量带着诡异的尖锐。

下一刻，一个女人的歌声没有任何伴奏地响起来。

是他们从来没听过的旋律，空旷又带着浓浓的绝望压抑，是破裂的水晶沉入血里的浓郁冲击力，带着让人头皮发麻的惊悚感。

栗锦的即兴演唱开始：

“谁的高跟鞋落在了走廊。

“医生手上的针管在发颤。

“院子里的柿子树毒死夏蝉。

“妹妹的洋娃娃不见了。

“我被送上了手术台……”

栗锦一边唱，一边用口红在自己脸上画了一道又一道。

“我害怕！”

“我要出去！”

演员组的几个女生先受不住了，发狂似的尖叫起来。

恐惧的情绪会传染，即便是不相信的人也变得神经紧绷起来，手指尖冰得发颤。

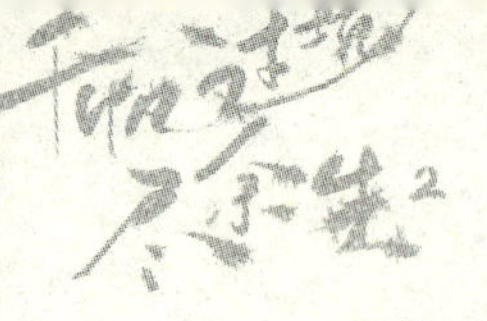

栗锦知道效果已经差不多了。这时，旁边的门打开，余千樊换好了衣服走出来。

他穿了白衬衣和黑裤子，那件衬衣上是栗锦的杰作，一个个鲜红的手掌印。

余千樊的头发凌乱，领带歪歪扭扭，脸上带着雪白的妆容，让他看起来有种让人全身发麻的惊悚帅气。

感觉他就算是死了都好看！

余千樊搭起了手，栗锦直接挽起他的手臂，两人迈步往前走。

话筒里传出栗锦即兴唱的最后一句歌词——

“下一位患者是谁了？我们来抓你了。”

2 你是站在顶端的人

演员组的队长叫陈素，她甚至都忘记安抚队员们的情绪，看着他们不管不顾地跑向各地，完全做不出任何的反应。

“你们！”

陈素心底发慌，他们这些竞技者的年纪都不大，基本都是二十岁左右，哪里见过这种阵仗？

陈素不断地往上面跑，那诡异的歌声消失了，但是她竟然一路上都没有见到人。

心跳声在耳朵里无限地放大加重，还有自己艰难的喘息声。下一刻，她脚步一顿，看见一个人躺在最顶楼的楼梯口。

她松了一口气，总算看见“尸体”了，只不过不知道是哪个。

“喂，这边这个医院是怎么回事啊？

“是节目组故意在整我们吗？”

她刚走上楼梯，却发现那身形猛地翻转过来，半张血红色的脸劈开她的视线。

“啊！”陈素不受控制地尖叫起来，下一刻，她认出了那个人是栗锦。

但是栗锦脸上半点都没有恶整成功的得意，对方惊恐地看向她的身后，神情扭曲，好像见到了一只恶魔。

陈素惊慌失措地迈过楼梯口，然后看见一只白得过分的手从墙壁的遮挡处伸出来直接抓住了栗锦的一条腿。

“刺拉”一声，栗锦整个人被直接往后拖。陈素看见一道黑色的身影半跪在栗锦的身边，一口对着她的脖颈处狠狠地咬了下去。

“咚”的一声，陈素手上的枪掉在了地上，崩溃大哭，连滚带爬地要往下面跑。

而后熟悉的声音在陈素身边炸开，她看着自己胸口上的一块颜料愣住了。

她转身看见本该被怪物吃掉的栗锦笑眯眯地盘腿坐了起来，手上还拿了把枪，栗锦半张脸涂抹的不知是口红还是颜料，似笑非笑的神态就像一个堕入黑暗的人。

刚才咬栗锦的那个人也露出了全脸，衬衣上红色的血掌印凌乱又恐怖，惨白却更显得棱角分明的一张脸，要是加两颗尖牙的话他会成为这世上最诡美的吸血鬼君王。

叮咚!

耳边传来铃铛的声音，还有总导演熟悉的声音。

“演员组三十名幸存者全军覆没，爱豆组获胜。”

陈素蒙了。

这是什么意思?

栗锦和余千樊已经站起来了。

栗锦朝着她伸手:“吓坏你了吧? 别怕，这都是我们设计出来的陷阱。”

陈素今年二十一岁，一直都是乖乖地上学，乖乖地工作，哪里有被栗锦和余千樊这种老油条设计得这么惨过。

“呜呜呜！”一直都在故作沉稳的队长小姑娘终于忍不住了，哭得鼻子通红，“你们欺负人！”

余千樊皱起眉头，他是不会哄人的，尤其是这种在摄像机面前还控制不好情绪的小姑娘。

栗锦转身看了制定计划的余千樊一眼，觉得他脸上就明明白白写了五个大字——

我没得感情!

栗锦轻咳了一声，往陈素那边挨了过去。

“别哭，我给你看个小宝贝。”栗锦声音轻轻的，是踩在云端的欢快语气。

陈素崩溃的情绪平复了不少，抬起眼睛，就看见栗锦在自己的袋子里一捏，往前一挑。

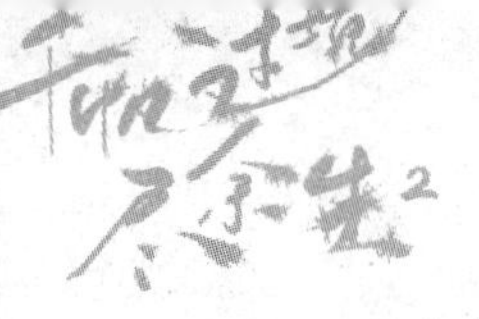

是之前变过的那个魔术，不过这次变出来的是一只手指头大小的小兔子。

“送给你。”她的脸上还带着红印子，不过笑成月牙的眼睛带着诡异的萌感，“赔礼道歉。”

窗帘已经被拉开了，陈素从栗锦漂亮的眉眼上扫过，飘浮在光里的细小颗粒都变得让人心动起来。

“谢谢。”

陈素脸颊开始发烫。

阳光正好，被吓坏的小姑娘和看似“少年”的小姑娘，余千樊不用想就能断定这一幕绝对大火。

本就不怎么好的心情顿时更差，他走过去直接拽起栗锦。

“走了。”

看见余千樊走过来，陈素下意识地退后一步。

本来就吓人，画了这个妆就更吓人了。

余千樊本就是那种只适合在屏幕前面慢慢欣赏的角色，真人站在你面前的时候光是压迫感就能让你不敢上前。

“别揪我领子！”栗锦拍他的手。

余千樊嘴角含笑，扣住了她的头。

两人一路吵闹着离开，陈素有点没反应过来。

栗锦好像在面对余千樊的时候半点都不带畏惧，真是个可怕的女人！

如果栗锦知道陈素的想法估计会嗤之以鼻，她当年和余千樊打口水战的时候，估摸着陈素还不知道在哪儿呢！

那些饱受惊吓的演员组成员出去之后第一件事情就是扒拉着胡兔胡狼问。

“你们搞陷阱，拉窗帘我们就不说了！但是！告诉我是谁唱的歌！我要把她的头摁在地上摩擦！”

胡兔目光怪异，看向了门口：“喏！就是现在站在我们总判长旁边的那一位。”

演员组成员：“……”这就很尴尬了。

“小栗锦！”总导演对栗锦和余千樊真的是太满意了，尤其是楼梯口那一幕，简直就是两个行走的暗黑吸睛体。

“来，把这些温泉券发下去。”总导演又拿起喇叭对众人说，“所有人过来集合，我有事情要宣布。”说完转身看栗锦，“你先发温泉券。”

栗锦依言一张张发下去，等发到一百号的时候她眸光微微一顿。

汪岩？

汪岩垂着头上来领温泉券，他的眼睛里都看不到什么光彩，吊车尾的名次，并不出彩的表演，近九十分钟的时长连一分钟都混不到的底层竞技者。

可能，不对，肯定要被淘汰的人都是这样的神情。

“现在欢乐的游戏时间已经结束了，接下来要开展正式的比赛环节。”总导演的声音变得严肃起来，“听清楚我接下来说的话，爱豆组，演员组，舞台互换，两人一组进行节目排练，由三千名观众计票打分，最终排名不分类别！”

“导演，舞台互换是指？”底下有人忍不住出声问，“不会是我们想象的那个意思吧？”

总导演露齿一笑：“就是你们想的那个意思，爱豆组的人进行小剧场表演，演员组的人准备歌舞。”

“队友的挑选，用抽签的方式决定，但是……”总导演的视线落在了栗锦身上，“1 号有权选择任意一位竞技者和她搭档。”

所有人的目光唰的一下凝聚在了栗锦身上。

不少人开始窃窃私语。

“会选择何晗的吧？”

“1 号、2 号联手我们还有活路吗？”

余千樊看向了栗锦，他食指卷曲，代替总导演反问：“栗锦，你的选择是？”

何晗紧张地看了过来，栗锦却避开他的视线，落在了某一处角落。

“我选择我们爱豆组的第 100 号，汪岩！”

站在顶端的人，竟然对困于山脚的人发出了邀请！

3 你给我站稳了！

所有人都震惊了。

包括对栗锦已经有一定了解的余千樊。

汪岩绝对算不上是好看的外形，只能说五官端正，算是硬汉型的。

“汪岩是谁？”

“没听说过啊，和栗锦认识吗？”

“应该是认识的吧，这不是直接提携他吗？”

身为1号的人对一个吊车尾的人确实可以用“提携”两个字了。

余千樊单手拿起话筒，在众人吃惊的目光中问：“为什么选择他？”

栗锦笑了笑。

“因为他很有实力。”

100号能有实力？

众人不自觉呈现出怀疑的目光，汪岩跳舞好像只能说一般，唱歌也不出彩啊。

“既然是你承认的实力派，那希望你们能拿出震撼我们的结果。”余千樊的视线在汪岩身上流转了一遍，确定栗锦平常和这个人应该没有接触过才神情自若地移开目光，“现在其他人开始抽签。”

栗锦当然和汪岩没有过接触，只不过这位未来的优质演员兼大编剧是在后期转型了才出名的，记忆里他出头的时候栗锦都成为影后了。

当时栗锦还看过汪岩的访谈，他一开始就是想要走演员路线的，但是当时的公司鼠目寸光，认为爱豆捞钱快出名快，非要让他报名这个综艺的爱豆组，以至于完完全全地在这个综艺浪费了时间。

现在节目互换，得到汪岩就等于得到了一个潜力股演员和编剧。

汪岩顶着众人嫉妒的目光来到栗锦面前：“你为什么选择我？”

这时候的他和许多年后在镜头前沉静又自信的样子完全不一样。

天上掉下的大馅饼砸得他脑袋发晕。

“你之前演过一些小话剧吧？虽然不出名，但我无意中看到过，觉得不错。”栗锦随口就编了一段。

话剧什么的，汪岩都二十四岁了，总不至于没演过。

果然，汪岩的眉头舒展开，只是依然不自信。

“那你也可以选择更好的人。”

栗锦直接打断他的话：“我认为你就是最合适的人。”她拍拍汪岩的肩膀，“别去管别人说什么，用实力证明你自己。”

汪岩有点慌乱地点头。

这二十几年来，他一直都是给别人充当背景板，当舞台上的灯光照到他身上的这一刻，他才发现那是如何沉重的一份压力。

那边分组很快就分完了，何晗看着自己抽到的那人。

13 号林萧，是个很会唱歌的灵动姑娘。

他抿唇，忍不住往栗锦那边看去。

1 号和 2 号如果联手，到时候整个场子都是他们的，现在栗锦带了个拖油瓶，他倒要看看栗锦能走多远！

何晗嫉恨得咬牙切齿，刚才栗锦宁愿要一个吊车尾的都不要他的态度实在是让人无地自容。

“何晗前辈，演戏这方面我是新手，请你多担待啊。”林萧是觉得很惊喜的。

因为何晗算是爱豆组里除了栗锦之外唯一一个有演戏经验的了。

“有何晗前辈在，我们这次一定会胜利的！”林萧及时拍马屁。

何晗倒是很受用，脸上的笑容很快多了起来。

等分完组，余千樊展开了一张纸：“爱豆组的竞技者们，你们有四天的准备时间，我们会给出三个关键词，以这三个关键词为主要场景，编写一段十分钟的小剧场，自己编自己导自己演，最后以投票的方式来决胜。这三个关键词就是，丧服！死讯！客栈！”

直接将背景限制在了古代吗?

栗锦凝眉沉思，转身看向汪岩：“编写剧本的事情就交给你了。”

汪岩吃惊，他其实一直都有在学习编写剧本，只是自己说话没分量，他已经做好一切听从栗锦安排的准备了。

没想到栗锦居然会把这个关键的一环直接给他?

“让我来吗?”

汪岩觉得自己肩上的分量又沉了几分。

本来还灵感十足的脑袋一下子就变得空茫起来，他有些茫然地说：“要不我们商量着来?”

不是所有人都能及时地抓住机会。

百分之八十的人，在机会来临的那一刻会觉得恐惧，紧张得透不过气来，然后下意识地想要放弃。

“我不行的。”栗锦直接摆手拒绝，“每个人都有自己的短处，我的缺点就是这里。”她指了指自己的脑袋。

“我缺乏想象力。

“如果是那种 PK 式的即兴表演我还能凭借经验对付两下，但是这种制定剧本的我不行。”

栗锦拿着自己的温泉券，往外面走：“那就拜托你了啊！”

汪岩站在身后目光复杂地看着她离开。

接下来就是演员组的人抽签，不过演员组的是五人一组，唱歌跳舞，这就不关栗锦的事情了。

而眼看着就要去自己不熟悉的范围比赛，那些爱豆组的人都要急疯了。

于是摄像师就拍到了令人咂舌的一幕。

当别人已经开始暗搓搓讨论剧情的时候，栗锦舒舒服服地去泡澡了。

当别人已经开始因为剧情和戏份的分配有疑议的时候，栗锦给自己贴上了面膜，啃上了村民送的大黄瓜。

但是这样舒心的时间也没有持续多久。

等栗锦泡完澡回来，就感觉到了周围各种类似于看好戏的目光朝着她看过来。

栗锦奇怪地皱眉。

何晗正在给林萧安排剧情，林萧有心讨好他，无论他说什么都捧场，这让何晗很有自豪感。

胡兔焦急地站在路口等着栗锦，好不容易看到栗锦，她立刻跑上来说：“栗锦，你快去总导演那里看看吧，你的搭档出事了！”

栗锦神情一怔，然后脚步匆匆地往总导演那边去。

其他人忍不住喷笑出声。

“栗锦找一个吊车尾的，结果人家直接吓尿了。”

“所以说为什么不找一个和她实力相当的？”

“人家连何晗前辈都看不上，说不定是指望一个吊车尾一鸣惊人呗。”

大家早就羡慕栗锦票数遥遥领先，这会儿这点嫉妒立刻就喷发出来无处掩藏。

栗锦对这些话充耳不闻，她到总导演那里的时候，余千樊也在冷眼看着他面前弯腰的人。

“总判长，导演说这次的规则是您制定的，请您允许栗锦再换一个搭档吧。我考虑过了，我是真的不行！”他整张脸憋得通红，双拳紧握，额头上青筋毕露，“我不是一个能和她搭档的人。我会拖累她的。”

余千樊的手指在桌子上一下又一下地轻叩着，懒洋洋地抬起眼尾，看向了冷着脸站在后面的栗锦。

“你听见了吧，他是这么说的。”余千樊神情莫测，“那我们的 1 号，你是怎么认为的？”

栗锦深呼吸了一口气。

她看向汪岩，冷声说：“汪岩，不许弯腰，你给我踏踏实实地站直了说话！”

4 不容许有败绩

汪岩面色一顿，他内心羞愧不敢抬头。

“我说我信你的能力，都是真的。

“我不擅长写剧本的事情也是真的。

“我不知道你在担心什么。”

栗锦似乎是觉得有点烦躁，她伸手将额前的碎发全都梳理到后面，又随着手指的离开层层落下，将她漂亮的眉眼都覆盖了起来。

摄像师手指一顿，忍不住将镜头再拉近一些。

她眼底是不解和笃定：“就算你写的剧本再烂又怎么样？

“就算你写出来的是三分的剧本，我也能演成十分。”栗锦很确定地说，“我不是那种明摆着给自己下死路的蠢货。

“我选你就是为了赢得胜利，你可以不用相信你自己，但请你相信我的眼光。

“我栗锦这一生的履历里，不容许有败绩。”

总导演听得茶都忘记喝了。

这话……狂！

别人说出这话可能会引人生出厌恶，但是栗锦说出来，就好像是缀在新出麦芒上的阳光，非常自然。

在她这样的年纪，一个觉得自己能掌握住整个世界的年纪，别说狂了，扑面而来的都是朝气与希望。

还有她的搭档汪岩极度缺乏的东西。

勇气与自信！

只有一方足够强势了，才能把另一方也给扶持起来。

“现在行了吧？”栗锦看向汪岩，“如果我都说到这份上了，你还是想要放弃这个机会，那你不如直接退赛吧，还留在这里干什么呢？”

汪岩万万没想到自己还有被一个小姑娘教训的一天。

她和别人都不一样。

她好似永远都自信强大，如果他把握住了这次机会，也能变得像她一样吗?

汪岩狠狠咬牙：“我试一试！”

栗锦脸上总算露出了点笑容，她浑身气势一卸，笑容满脸地拍拍汪岩的肩膀：“那剧本就拜托啦，我继续去敷面膜了！”

汪岩：“……”

对于这份栗锦沉重又无脑的信任，他除了感动之外，还觉得十分哭笑不得。

栗锦是拍拍手走了，余千樊放下了他接下来要接的一个剧本，看向汪岩。

“希望你能对得起她的这份信任。”余千樊神情很淡漠，“她可以不说，但你自己心里应该清楚，你已经让她在这么多竞技生和我们面前丢了脸，就不应该再让她在接下来的三千位，甚至是节目播出之后那些千千万万名观众面前丢脸。”

汪岩面色严肃地点点头。

他转身回去，边上的那些竞技生都在用嘲讽的目光看他。

没错！是他没用，栗锦给了他梯子他居然软弱得想要逃跑!

汪岩努力屏蔽掉那些刺眼的视线，回到自己的屋子拿起了笔。

他只能用实力来证明，栗锦的选择是没有错的。

身后已无退路，只能拼尽全力!

余千樊将剧本盖在自己的脸上准备小憩一会儿，却没想到下一刻总导演的声音带着几分惊讶响起来。

“那不是木槿吗，她怎么回来了？”

余千樊手指微颤，将剧本拿开，果然看见木槿重新回来了。木槿神情有点紧张，直接避开了余千樊锐利的视线，过来和总导演问好。

“导演，我还是想继续参赛。”

木槿的名次还是不错的，又是投资商的女儿，导演当然是愿意她回来。

“那你准备一下，我给你安一个组。”

木槿点点头，跟着总导演离开了。

但是她手心里一阵阵地发冷汗。

不用回头，她都能感觉到余千樊投在她身上的视线到底有多可怕。

她在心底默默地想，不要去招惹栗锦和余千樊就好，她不能放弃这次的机会。

而且就算要招惹栗锦，怂恿别人去不就好了？

木槿眼底闪过一抹锐光。

这天晚上，汪岩彻夜未眠地写剧本，终于在写了一张又一张的废纸之后，挑出了让自己非常满意的一份。

他整个人都松了一口气，一头栽倒在床上昏睡过去。

他却没发现，在一片昏黑里，他房间的门被悄悄推开，一个身影没有半点声音地潜了进来。

夜晚的村庄安静得连虫鸣都变得响亮起来。

何晗警惕地看了看附近，确定没有人了才走到了一处绝对隐蔽的山脚竹林里。

手机的微弱灯光照亮早就在前面等着的人。

何晗冷笑说："我真是没想到你居然还敢回来，不怕栗锦生撕了你？"

"当然是怕的。"那人转过身，赫然是木槿，"不然我也不会在这半夜三更发信息叫你出来不是？"

"你和栗锦他们两个的事情，和我有什么关系？"何晗直接冷笑，"如果你是想找战友，那你可找错人了。"

他直接转身就想要离开。

"那我希望你在被栗锦彻底打败无法翻身之后，也还能这么帅气地转身离开呢。"

木槿不慌不忙地掏出手机，上面是一张写满了字的纸张照片。

"栗锦带着一个吊车尾都吊打你这组的话，你觉得外面的粉丝们会怎么评判你？你和我可不一样啊，这个综艺对我来说只是个开端，至少大家已经记住我的名字了。

"可你呢？"木槿一步步走到何晗身边，"据我所知，你这段时间一直在走下坡路，都没什么好资源找你了是吧？

"你一个已经出道了几年的前辈如果在这里败北，那你未来的路会走得更加艰难哦。

“我也不介意给你看个有意思的东西。”木槿把手机递过去，“这是我买通了汪岩那户人家的主人，悄悄摸黑进去拍来的剧本。”

“啧啧啧！”木槿想到那个剧本上的内容，发出感慨声，“不得不说栗锦真的是好眼光，你看看人家这个剧本写的，简直就是专业水准。”

“在接下来的短短三天里，何晗，你摸摸你的良心告诉我，你有能力写出可以碾压这个剧的剧本吗？”

何晗一字一句地看过去，越看身上的寒意就越重。

怎么可能……

这个剧本，剧情新颖，感情到位，甚至人设也讨喜，这竟然是那个吊车尾写出来的剧本?

何晗面色不愉地收紧了手，指甲深深地陷入掌心。

木槿的一只手搭在他的肩膀上。

“何晗，你已经没有退路了。

“听我的，栗锦作为1号，她的节目肯定是压轴出场，你会排在她的前面。

“抢在他们前面，把这个剧本用了。

“普通的手段是没办法把她从王座上拉下来的。

“我们得下一剂猛药！”

5 胜利的钟声敲响了？

何晗紧紧地咬着自己的后槽牙。

乌云悄悄遮住了洁白明亮的月亮，也遮住了这一片小竹林里的秘密。

第二天一早，栗锦是被汪岩的电话给催醒的，他整个人很亢奋。

“你看过我给你发的剧本了吗？你喜欢吗？”

栗锦迷迷糊糊地揉眼睛：“我现在看。”

她挂断电话，打开汪岩给她发来的文件。

剧本里讲述的是一位将军和他青梅竹马的姑娘的故事，那姑娘是客栈的老板娘，就在马上要出嫁的那一日发生了战乱，将军连夜带兵出战却战死沙场，最后老板娘穿着丧服一起加入军营成为女兵的故事。

总体格局还算是大气，中间一些情节设置得很新颖，台词对话也富有张力。

是个能打七分的剧本，不说多优秀，但是对比其他年轻的只会唱歌跳舞的爱豆组是绝对没问题了。

栗锦立刻给他打了个电话。

“剧本很出色，辛苦你了。”栗锦拿着剧本跃跃欲试，“我的院子宽敞，过来对戏吧！”

接下来栗锦和汪岩就陷入了日复一日的对戏之中。

但对外面等着更新的粉丝来说，这就是节目要播放的日子了。

很快，新一期的节目剪辑出来，网上又是新一波的热搜。

已经在电视机前蹲守了好些天的裴老爷子又悄悄地打开了电视机，然后熟门熟路地开弹幕。

另一边的余家老宅子里，余老爷子也指挥着管家给他开电视。

“你说我家臭小子和小锦儿都在这个节目里？”

管家：“是的，老爷。”

“赶紧打开我瞅瞅。”

这一次的节目依然没有让大家失望，甚至比起第一期更加出色，尤其是当余千樊出去散步的时候，前脚刚说完跟着他也拍不到什么爆点的，后脚就被栗锦啃花生的操作笑翻天了。

弹幕上齐刷刷地过去了一大片“哈哈哈”——

“我女儿太可爱了吧！”

“为什么不给饭？把孩子眼睛都饿绿啦！”

“有没有好心人给我女儿把花生热一热啊，笑哭！”

很快大家就看见“好心人”余千樊兀自生着气把栗锦连带着花生一起拎回去了。

后期给配上了搞怪的音乐和爆笑的各种字幕，就连千粉都被这浓郁的“沙雕”气息弄得生不起气来。

“感觉我们千樊很想破口大骂但是忍住了。”

“栗锦是唯一一个惹他生气还能好好站在旁边的女人了。”

“奇妙的是，我竟然对栗锦生不起敌意，是因为他们两个看着就气场不和吗，哈哈哈哈！”

到了后面，没想到剧组居然把何晗和木槿因为嫌弃环境睡不着觉的状态也剪了进去。

有了前面栗锦和余千樊的欢乐之后，粉丝们骤然跳跃到这挑剔的两人，顿时就不乐意了。

"人家村民把房间收拾得挺干净的，被套什么都是新的，怎么就睡不着了？"

"木槿大小姐学学隔壁栗锦妹妹倒头就睡成猪崽的优良习惯吧！"

"看着挺硌硬的，何晗一个大男人这都是什么臭毛病？"

真人秀唯一的缺点就是，多多少少能暴露一点明星的本性。

很显然，木槿和何晗这一次触到了观众的雷区。

何晗自己也在看节目，看着弹幕上出现的一大片密密麻麻对自己的指责，他彻底黑了脸。

"何晗前辈，你在看什么呢？"林萧拿着水靠过来。

何晗猛地收起手机，脸上露出一个勉强的笑容。

"没什么。"

他抿紧了唇，瞥了一眼弹幕，暗自做了个决定。

他站起来看着林萧微笑说："林萧，其实昨天我新想出来一个更棒的剧本，给你看看吧。"

栗锦自己也在刷节目，上面正好放到了她去抓鱼的那一幕。

"咦！"栗锦啃着从村里小卖部买来的冰棍对自己嫌弃地皱眉头，"我当时的面部表情有这么狰狞吗？"

汪岩看了她一眼，没吱声。

弹幕上的粉丝都快笑抽风了，尤其后期还配了个声势浩大的四字背景。

"给老子死"这四个字以势如破竹的姿势飞快冲上了热搜，再度为这个节目吸了一拨粉丝过来。

妥妥的下饭必备综艺。

不过很快慕名而来的粉丝们就看见余千樊将栗锦整个连鱼带人一起抱起来的场景。

弹幕瞬间变成了粉红色——

"我抬脚就给这碗狗粮一个暴扣！"

"一定是我打开方式不对。"

"余千樊：我只想快点离开这片污浊的地方，哈哈哈哈。"

"前面的粉红色请你们注意一点，女友粉们略感不适。"

栗锦倒吸了一口凉气。

这满屏的粉红色一下子就让她关掉了手机。

"嗑我和余千樊的人绝对是疯了。"

她晃了晃脑袋，招呼汪岩：“走，继续对戏。”

节目大受好评，节目组也终于将阵地重新转回了之前的地方。

不同于之前随便拉来的五百人，这次请了整整三千人进来，舞台也变得更加开阔了。

栗锦作为1号肯定是压轴的节目。

演出当天。

“栗锦准备好啊，有需要的道具一定要提前准备好。”总导演拍着手掌，“其他人也都准备好，节目是一个接一个的，不要给我出岔子！”

栗锦已经换好了丧服，不过丧服是既定元素，基本上每一组的人都穿着丧服。

观众那边传来掌声，显然是前面那一组已经表演完了。

“下一组，何晗、林萧，快上。”

总导演急急忙忙地招呼人。

余千樊作为主持人现在才停下来休息，扯着领结走向后台的时候何晗正好从他身边擦身而过。

余千樊疑惑地皱眉。

他刚才……是看见何晗对着栗锦那边的方向露出了一个诡异的笑?

余千樊面色一沉，走到栗锦身边。

“何晗最近有对你做什么说什么吗？”

栗锦正在看台词，闻言吃了一惊：“没有啊。”

“那他为什么……”余千樊视线定在了栗锦的剧本上。

外面传来了一声惊雷巨响，还有林萧声嘶力竭的第一句台词。

“将军，你为什么抛下我一个人？”

余千樊的脸色逐渐变了。

他拿起栗锦的剧本，一字一句地往下看。

第一幕，场景导入，雷雨声。

第二幕，女主角跪倒在地，声嘶力竭地哭喊，那句台词是——“将军！你为什么抛下我一个人！”

余千樊的神情更加阴沉。

栗锦猛地看向了舞台上笼罩在光明之中的何晗。

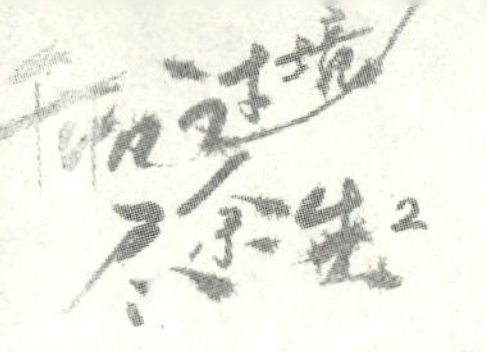

一瞬间，她眼底乌墨翻涌，五脏内心火焚烧！

何晗身穿战甲，饰演的是将军，他看着底下坐满的观众，心满意足地缓缓闭上眼睛。

胜利的钟声敲响了！

6 被人甩了都不知道的蠢货

“为什么我们的剧本会和他们一样？”汪岩神情一变看向栗锦，“不是我泄露出去的！”

“我知道。”栗锦脸色难看地望着台上正在出演的两人，“你又不傻。”

余千樊的视线落在栗锦的身上：“你们打算怎么办？”

他一只手拿过栗锦的剧本。

“我可以帮你。”他直视着栗锦的眼睛。

“怎么帮？”栗锦猛地抬头看向余千樊。

“帮我喊停吗？”栗锦拿回了剧本，抿唇，“他们现在已经演上了，难不成你还能中途叫停？”

余千樊回身：“只要你想。”

他往前走了一步，弯腰俯身，离栗锦特别地近：“我现在就可以彻查这件事情，也可以让他们中途停下。我有这个权力。”

“如果追查不出证据呢？”栗锦伸出手将余千樊推开，“你会被别人怎么说？”

余千樊神情看不出喜怒。

“你这么聪明，会找不到证据？”他眉梢轻挑。

栗锦指尖在页面上摩擦：“我聪明这件事情我承认，但是你给出的这个选择我不要。

“现在暂停，我也赢不了。”

栗锦看向那个光芒万丈的舞台，深吸了一口气：“我已经丢过一次人了，不能再丢第二次。”

一直在旁边沉默的汪岩突然抬起头，他猛地抓住旁边的凳子坐下来：“给我三分钟！”

他拿出随身携带的笔开始猛地在空白的纸张反面书写起来。

泥人还有三分脾气，他汪岩再孬也知道这是被人给设计了，从一开始的畏惧到后来的克服，潜心写出的剧本还有栗锦和他这么多天的努力居然说没就没了？

就好像积攒的压力一下子爆开。

你们都想让我死？

我还偏不！

灵感如同泉水喷涌，他浑身发颤，鸡皮疙瘩在一瞬间全都随着张开的毛孔立了起来。

“还有十五分钟就到你们了！”余千樊坐在凳子上，他认真地看着栗锦，“就算他能写出新的剧本，你确定你们能上台？台词记清楚了吗？有过一个排练吗？”

“栗锦……你考虑清楚，一旦上台就没有退路了。”余千樊直起身子，“现在喊停，我会帮你。”

“现在喊停我一样上不了台，我和他准备了这么多天的东西一样不能展示。”栗锦握紧了拳头，“我不要！

“我不容许自己像一条败家犬一样连上台的机会都没有，只能靠你喊停。

“困局避无可避的时候，我就正面突破！”

汪岩猛地一拍桌子：“写完了！”

栗锦立刻拿起新的剧本看。

汪岩眉头皱起：“但是中间会有三到四分钟的空白，我怎么都想不出剧情，不过这个剧本的开头和结尾会完全碾压我上一个剧本。”

他痛苦地抓紧了自己的头发：“中间空白的那三分钟，如果给我更多时间的话我一定……”

他难过得想毁灭整个世界。

“哗啦”一声轻响，栗锦捧着新剧本抖了抖。

“你做得很好了。”栗锦快速地记着其中的台词，“接下来你只需要好好地把新剧本上的内容演出来，其他的交给我。”

她完全不同于刚才焦急的神态给了汪岩许多安全感，他逐渐镇定下来。

栗锦深吸了一口气，看向汪岩。

“别慌。这一局我们赢定了！”

台上何晗和林萧已经演完了，不少观众都流下了眼泪。

“何晗前辈不错啊！”旁边的竞技者忍不住惊叹，“果然有演绎经验的前辈写出来的剧本就是不一样。”

“何晗前辈应该是我们之中最好的了吧？”

“可别胡说，栗锦不是还没上台吗？”

“得了吧，我觉得栗锦他们拿不出比何晗前辈他们还要好的剧本了！”

那些已经表演过的竞技者窃窃私语着。

何晗和林萧对着场上鞠躬，下来的时候正好和余千樊错身而过。

何晗正是春风得意时，冷不丁儿脚下好像被什么东西绊倒了，他猛地以一个狗爬姿势摔在了地上。

“谁！”

他愤怒抬头，对上了余千樊寒凉的眼睛。

“呵。”余千樊收回腿冷笑了一声，直接从他身上跨过去上了台。

“何、何晗前辈……”林萧被吓得面无人色，“总判长刚才那是什么意思啊？”

何晗紧紧地握着拳头，屈辱感让他差点儿失去理智。

好在他忍住了。

余千樊，你不就是喜欢栗锦吗？何晗抿唇冷笑，在心中想着，很快你的栗锦就要在舞台上丢人了，看你这次还能怎么帮她？

何晗被林萧扶起来，迎面而来的就是栗锦和汪岩。

他眼底隐隐带着得意。

这一下算是彻底和栗锦撕破脸了，他不想再去探究栗锦喜不喜欢他，无论是什么人，只要阻拦了他的路……

那就都得滚！

“呵。”栗锦在经过他身边时突然冷笑了一声，“何晗，挺开心的啊？”

何晗冷着脸转身。

败家犬最后的挣扎而已，他才不会在乎。

“是挺开心的。”何晗弹了弹衣角的灰尘，“所以你一开始找我合作不就好了？也不至于落到这一步不是吗？”

栗锦挑眉转身。

“你对自己还挺有自信的啊。”她嗤笑了一声，“虽然我不知道是谁给了你我们不要的废稿，但我是真的没想到这么一张废稿你居然当宝了？”

舞台上的光影变换，正好透出一丝落在栗锦身边。

她的影子被拉得很长，眼底的不屑化成利刃。

“何晗，你要是早点说的话，我就把这个废稿送给你了啊，何必偷呢？”

何晗的一颗心顿时沉了下去，他甩开林萧扶着自己的手。

“废稿？”他紧紧地咬牙，“你就不要逞能了，谁不知道你们一直都是照着这个稿子练习的！”

栗锦叹息了一声，用非常同情的目光上上下下地扫了一眼何晗。

“那你就睁大眼睛看清楚，我们演的到底是不是你拿到的那张稿。”栗锦皱眉，“你还真是可怜，也不知道哪个蠢货给了你这么不准确的情报。”

上台之前，栗锦还不忘诱导一番。

“被人耍了都不知道的蠢货。”

何晗呼吸都因为愤怒变得滚烫起来。

难道真的是木槿骗了他？

7 从不忍气吞声

不等何晗想明白，栗锦和汪岩已经上台了。

“我倒是要看看，你们能演出什么来！”何晗是不愿意相信栗锦说的话的，可他的脚步却扎根在这里怎么都挪不开。

林萧不明白为什么栗锦和余千樊都要对何晗这个样子，她抿紧了唇，觉得他们就是仗着自己人气高欺负何晗前辈！

她心中隐有不爽。

几乎所有人都关注着栗锦他们这一场压轴的戏，这三千观众之中还有不少年轻姑娘拿的都是栗锦的横幅。

不过还没等他们欢呼，舞台上的灯光骤然一黑，千军万马的声音响了起来。

观众们吓了一跳，抬眼就看见一个穿着战甲的男人浑身是血地冲了上来。

不同于之前那些斯文俊秀的将军，这个男人的五官是属于硬汉型的，而且脸上还涂满了厚厚的血浆，大刀握在他的手上虎虎生风。

“咻”的一声箭响，汪岩舞着大刀的手一顿，整个人捂着肩膀猛地往后退了一步，他浑身发抖，脸上的肌肉开始抽搐又痉挛起来。

颜值什么的已经看不见了，观众们唯一能感受到的就是痛，不少人皱紧了眉头，被他的情绪所带动，好像刚才那一箭是射进了自己身上。

围观的那些竞技者愣住了。

“这个吊车尾的叫什么来着？”

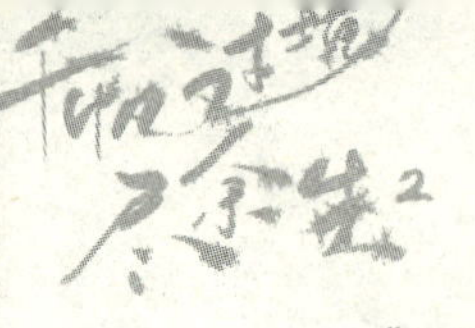

“100号，他演技有这么厉害的吗？”

何晗听着他们的话，皱起来的眉头就没有松开过。

不一样了！

和他拿到的那个稿子根本不一样！

“杀光这群狗贼，所有人不许后退，随我！前进！”

舞台上猛地传来汪岩声嘶力竭的声音，那声音里带着喷薄而出的怒气和已无后路的悍勇，巨大的屏幕上，甚至能看见他咆哮时从口中流出的血沫。

此刻的样子是丑陋的，却是震撼心灵的。

观众们全都愣神看着，这份爆发力和张力是他们在之前那些表演中没有看见的，因为没有一个爱豆组的男孩子愿意在自己的脸上涂抹泥浆、血迹。

更没有一个人会像他一样，不顾形象地表演出涕泗横流的决绝。

场景之中光影变换，他突然浑身一震，倒在地上生死不知。

这突然的转折让众人都揪紧了心。

死了吗？

可他们希望他还活着，在他身上他们看见了顶天立地的战将之魂。

演技和容貌从来都没有关系。

那是一种情绪的牵动，是灵魂的共鸣。

很显然，汪岩做到了。

黑色幕布落下，隔绝了观众的视线。汪岩争分夺秒地从地上爬起来，到这一步，他的戏份可以说是差不多完了。

接下来就是……汪岩看向已经做好了准备的栗锦。

他忍不住说：“中间那空白的三分钟……”

“我说了，接下来交给我就好。”栗锦的语气里带着绝对的自信，“你表演得很不错，有机会的话希望能和你真正合作一部剧。”

汪岩挠头笑得十分憨厚：“是因为本来我就很生气，正好借着剧表演了，应该算是超常发挥。”

工作人员已经把舞台布置好了，栗锦不再和汪岩说话，她走到舞台中间。

幕布拉开，灯光全都打在她的身上。

栗锦戴上假发，黑色的头发丝丝缕缕倾泻下来，头上是一根玉簪固定，她身穿丧服，垂着头。

“栗……”

台下她的粉丝一瞬间激动起来，刚要大声喊她的名字，就被面前的这一幕震住了。

栗锦仰起头，绝望压抑的感觉直接扑面而来。

她一遍又一遍地做着深呼吸，眼泪含在眼眶里，一如主人一样倔强，没有下落。

她的侧脸在灯光下泛着光，苍白的脸色让人心疼。

“报——”

有声音在舞台上响起，夹杂着突然下起来的磅礴大雨的声音。

栗锦猛地仰起头。

“王将军……战死！血衣归！”

连尸身都没有，只有一件染了不知道多少人的血的战袍被送了回来。

栗锦抱着血衣发出绝望的惨叫声，她身体佝偻，整个人横躺在地上，叫声一声比一声悲切。

汪岩在后方看着，恍然间觉得栗锦好像真的爱惨了他。

爱到至死方休。

她果然做到了自己说过的承诺。

三分的剧本她也能演成十分。

“老板娘。”台上又响起声音，栗锦抬起头，就好像面前站着自己的朋友，“将军死了，你们的婚事……咱们给改成办丧事吗？”

栗锦摇摇晃晃地站起来。

她紧闭眼睛，一个字说得异常肯定。

“办！”栗锦骤然睁开眼睛。

观众全都看入神了，余千樊就站在台下，定定地看着栗锦。

“到空白的三分钟了。”余千樊眼底光影明灭，这三分钟，剧本上没有任何台词，“栗锦，你打算怎么做？”

停灵最后一日，将军的战衣被放进棺材里，栗锦跪在蒲团上。

“咚咚咚——”

外面传来三更响，全场安静得只有栗锦的呼吸声。

汪岩神情紧张，脑子里嗡嗡作响。

下一刻，所有人都看见栗锦站起来了。

“你我约好，等你出征归来就是我们的大婚之日。

“王将军！我来履行我们的约定了。”

下一刻，栗锦突然拽住了自己外面那件丧服，衣服撕裂开后，是触目惊心的红。

丧礼上现嫁衣！

红纱绸缎衬得她肌肤雪白，发如墨。

这本该是女人最美的一刻，可看见的只有这空空荡荡的灵堂和满室的白烛。

一红一白带来极大的落差，观众们顿时屏住了呼吸。

“王将军，我故乡习俗，新婚之夜当有一舞，我准备了十多年了，跳给你看看。”

她神情平静，眉眼带着悲哀到极致的笑。

音乐起，栗锦身躯柔软，红纱拖曳在地面上，伴着满室的凄凉起舞。

每一步都像是越过那忘川河畔，每一次旋转都带着忘情魂断。

竞技生们愣住了。

“这是……融舞了？”

“我怎么就没想到……唉！”

但更多人是闭口不言的，栗锦不只是在跳舞，她融合了情景，让人觉得压抑无比。

余千樊忍不住笑了。

“三分钟到了。”

他话音落下的那一刻，栗锦正好跳到了棺材的旁边，她直接掀开了棺材的盖子，底下顿时一片哗然。

在一片惊讶的目光之中，她迈步走进了那只放着血战衣的棺材里，双膝跪下，而后拔下了自己的发钗。

碧绿的发钗在灯光下闪烁着诡异的光芒，栗锦绝望地仰头，细长的脖颈看起来十分脆弱。

簪子的尖端就抵着那脆弱的脖颈。

她长叹了一口气，又笑了一声，最后绝望地闭上了眼睛。

“黄泉路太冷清了，夫君，我陪着你！”

不少年纪小的女观众都忍不住酸了眼睛，要殉葬吗？

为什么又要死别呢？

她们忍不住落下眼泪。

而就在簪子要刺穿喉咙的那一刻，一个身影从旁边的台上走来，他全身都是伤，显然就是那位将军。

“阿青。”这一声让众人一下子从寒冬掉进了春日里，希望扑面而来。

十分钟时间到。

将军回来了！

最后这一声堪称是点睛之笔。

死别纵然让人难以忘记，但更温暖更感动的，是生还。

其他人的格局都被“死讯”这个词定死了，只有栗锦他们这一组破开了禁锢。

栗锦起身，她露出笑容。

看着仍旧回不过神来的观众就知道。

他们赢定了！

✦

算计

第三章

·— pinyinzhang —·

1 要不要来爬爬看?

好一会儿，台下才响起了雷鸣般的声音。

好剧本固然重要，但毋庸置疑栗锦和汪岩用演技征服了在场的每一个人。

“栗锦！栗锦！”

台下的粉丝欢呼着喊她的名字。

更有甚者直接喊:

“老公！”

“老公看我！”

这几个胆子大的姑娘引起了栗锦的注意，她冲着她们的方向眨了一下眼睛，一身红裙做这个动作带着少年的利落帅气。

台下的尖叫声顿时更加明显了。

余千樊适时地走上台，底下就和约定好了一样顿时消了声音，所有人的眼睛都集中在了余千樊身上。

真人啊！超级帅好嘛，多看会儿!

这是大家共同的心声。

“感谢诸位竞技生给我们带来的精彩表演，现在请大家拿起你们的投票器。”余千樊一边说，一边看了一眼栗锦下台的背影。

杀气腾腾的。

他弯唇一笑，看来有人要倒霉了。

何晗都不知道自己是怎么走回休息室的，他一坐下来就有不少人围了过来。

“晗哥，我还是觉得你们那个更好呢。”

“晗哥，说不定你会得第一的，不要泄气。”

“就是，大家的票数还没有统计出来呢！”

何晗装模作样弄得人缘倒是不错，1 号的栗锦气场太强又整天和总判长待在一块儿，他们也不好接近，还不如扒着何晗来蹭镜头。

“对了，晗哥，你是怎么想出那个剧本的啊？”

“就是啊，再给我十个脑袋我也想不出来。”

何晗被人追着问得烦了，脑子里晕晕乎乎地下意识就回答说：“我演戏演多了，自然而然懂一点。”

栗锦和汪岩进来的时候听见的就是这一句。

栗锦当即就冷笑了一声，她大步走过去，一脚直接踹在了何晗坐着的凳子上。

凳子被踹翻出去，狠狠地撞在了墙面上。

何晗一屁股坐在了地上。

“你疯了吧？”何晗额头青筋暴起。先是余千樊后是栗锦，今天他的脸都要被这两人丢完了。

“栗锦你干什么啊？”

“晗哥你没事吧？”

旁边的竞技生们立刻就去扶他。

“栗锦，你就是看准了我不打女人是不是？”何晗死死地压制着自己的怒气。

“你也未必打得过我。”栗锦笑了，“你学过护身术吗？而且你拿着别人的稿子，恬不知耻地在这里夸耀成你自己的成绩，何晗，你丢不丢人？”

那些竞技生听见这话愣了一下，下意识地就松了抓着何晗衣袖的手。

这……有情况啊？

这种时候就不能乱站队了，大家紧紧地闭上了自己的嘴巴。

“谁拿你的稿子了？”何晗抿紧了唇，“你说话可要讲证据！”

“这件事情你自己心里清楚。”栗锦笑着说，“我不知道是谁给你的这个假稿子，想让我和你撕破脸皮，但不得不说她的做法挺成功的。”栗锦摊手，“何晗，好自为之吧。”

说完，她转身就走了，留下何晗一人脸色变个不停。

那些本来还围着何晗的人也不敢再围过来了，纷纷找了借口去做自己的事情。

唯有林萧站在原地怔怔地看着何晗。

她浑身发麻，想到之前他们定下的剧本并不是现在这个，是有一天何晗没有经过两人的讨论，突然拿了出来，说是他自己想的。

新剧本出现得古怪，可当时她也没多想。

但新剧本的风格和之前何晗的风格根本就是南辕北辙。

“难道栗锦说的是真的……”林萧茫然地坐在凳子上，再看何晗，心中顿时起了一层细小的疙瘩。

那张总是笑眯眯的绅士脸下藏着的又是怎样的真实面孔呢?

何晗坐在休息区里，脑子里却一直回响起栗锦的那句话。

木槿骗了他?

正好这时候已经比完赛的木槿回来了，她脸上带着浓浓的疑惑，看见何晗一个人坐在角落里就走过去低声问：“怎么回事啊？”

何晗抬起头。

木槿压低声音：“为什么栗锦用的别的稿子？是不是被她知道我们的计划了？”

何晗本就已经一肚子火了，她好死不死地现在撞上来，何晗冷笑了一声说：“难道不是你设计的吗！？”

木槿皱眉：“你和我发什么疯！”

何晗很想给这个女人一巴掌。

“你现在又和我装不懂了？”他咬牙冷笑，“你故意拿假的稿子糊弄我，一边不想我成为第一，一边又让我和栗锦撕破脸。栗锦和我要是都没有了，可不就是你的天下了吗？”

“你简直莫名其妙！”木槿冷笑一声，“是你自己没把握好机会，连栗锦换稿子了都不知道，还来冲我撒气。”

木槿可不愿意惯着他，直起身子一边往外面走一边骂。

“无能废物！”

何晗额头青筋毕露。

“木槿！”他狠狠一掌拍在桌子上，“我不会放过你的！居然敢耍我？”

投票结果马上揭晓了。

余千樊让投票最高的前五组先上台，其中就有栗锦和何晗两组。

“我们总导演特意为这个环节定制了凳子！”余千樊示意他们几人都坐到凳子上。

“等一会儿你们的凳子会开始往上升，升得越高，就代表你们的票数越高。”

余千樊拿着手上的结果，眼神落在何晗身上：“比起我来说，我觉得你们自己用身体去感受一下高度会来得更好。”

“第一名是怎样的视野，在我们这个舞台，野心从来都不是需要遮遮掩掩的东西。”余千樊伸手打了个响指，“结果开始揭晓。”

话音落下的那一刻，几人的凳子同时攀升。

一开始是五条凳子齐头并进的，但是很快第一组的凳子猛地卡住，他们只能眼睁睁地看着其他人还在不断地往上升。

那种从上而下带来的压迫感真的不是开玩笑的。

第二组停下了。

第三组也停下了。

现在只剩下栗锦和何晗两组。

何晗手心里都是虚汗，“咚”的一声，凳子猛地震动了一下，他恍然转身，才发现自己停了。

怎么会?

就算这样也还是赢不了吗?

差多少票?

何晗崩溃地往顶上看去。

栗锦他们还在升，升到他仰起脖子也艰难的高度。

他只能看见栗锦的脚和她从上而下俯视他的不屑眼神。

那眼神好像在说——

就算你抢了我的梯子登上了我的山顶又怎么样呢?

现在我换了一座山了。

要不要来爬爬看?

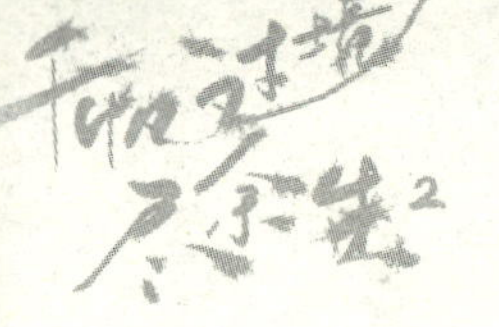

2 你竟然记得？

全场都在欢呼栗锦的名字，余千樊的声音像是隔了很远才传进何晗的耳朵里。

“恭喜栗锦，再次捍卫了她的王座。”

只有栗锦。

只播报栗锦。

何晗有些无措地看着为了栗锦开始欢呼的这些粉丝和观众，他们好像永远都是这样，今天还喜欢着你，明天就能投入别人的怀抱。

直到散场他都还没回神。

“先睡一觉吧。”何晗甩了甩自己的脑袋。

他带着满脑子纷杂烦乱的思绪打开自己的房间门，身后却突然伸出一只手将他的房间门重新摁了回去。

何晗瞬间清醒，转身对上了余千樊冰冷的眼睛。

“什么事？”何晗不自觉地就往后退了一步。

余千樊还带着在舞台上的妆容，眼影介于橘和红之间，将他整个人的气场衬得更加夺目。

“我警告过你了吧？”余千樊一只手摁在了他的肩膀上，“我和你说过让你不要动栗锦的心思吧？”

他个子比何晗高，边笑边弯腰。

“做事情之前为什么不带脑子呢？不然带上你的耳朵也行啊！”余千樊半敛起眼睛，“是我平常生气少，所以让你觉得我没脾气了吗？”

他放在何晗肩膀上的那只手慢慢加力，何晗觉得自己的肩膀都要被捏碎了。

这时，总导演正好从旁边走过。

“总导演，余千樊他……”何晗猛地蹿出去就要说。

“咚”的一声，余千樊眼神冰冷，直接将何晗给摁了回去，这一下带着浓郁的火药味。

总导演那可是人精，当场就对何晗说：“何晗，这就是你的不对了。”

他今天就权当自己是瞎了，张口就是一通瞎说：“千樊算是你的前辈，至少喊声前辈啊，怎么能直接喊名字呢！”

“啧啧啧！”总导演摇摇头，装模作样地拍拍余千樊的肩膀，“你们年轻人好好聊聊，我先去吃饭！”

说完，他立刻就跑了，一边跑一边在心底骂。

这何晗是不是缺心眼？招惹谁不好要去招惹余千樊？不知道自己在什么位置余千樊在什么位置吗？

不说在圈里的位置，人家余家独苗，金汤勺少爷的位置就不是你一个三线小偶像能招惹得起的！

一天到晚不知道在瞎蹦跶什么玩意儿！

“瞎了瞎了！”他拍拍自己的眼睛，“今天就是什么都没看见！”

“我记得你的合约还有五年对吧？”余千樊看着在自己面前终于变得战战兢兢的何晗，轻声笑了笑，“看来是公司对你太好了，你才会生出这些有的没的心思。”

“你不能封杀我！”何晗惊恐地抬头，“你无法左右公司高层的决定！”

“高层？”余千樊觉得好笑，“就那个毛敏是吧？那也算是高层？”

余千樊直接就拿出了手机，按下一个电话。

上面“毛敏”两个字跳进何晗的眼中，他只觉得心脏一下下像是要破开自己的胸膛，眼前的视线都好像带了一层浅浅的光晕。

“喂？”电话很快就被接通，那边传来毛敏的声音，“千樊老师，怎么想着给我打电话了啊？”

这声音怎么说呢，是何晗从来没见识过的热情和讨好，明明毛敏对着他的时候都是高高在上的。

“何晗是你的人吧？”余千樊声音冷漠，“还挺凶的啊。长本事了，毛敏！”

那边毛敏的声音一下子慌乱起来：“他就是个没脑子的！您消消气。”

毛敏猛地从自己的办公椅上站了起来，她恨不得掐死何晗。

之前她以为余千樊只是地位高，但关于公司的实权几乎没有，可这几天她才知道余千樊已经吞并了快大半个公司了，公司换人意味着心腹全都要大换血，她正害怕自己被换，这该死的何晗居然还敢撞上去？

毛敏声音严肃起来：“我会教训他的，如果您希望的话我可以立刻停止他的一切活动。”

只这么一句话就让何晗的腿都要软了。

“现在他参加的那个节目是和您一起的吗？”毛敏已经打开了电脑随时准备联系人，“要不要现在就中止他的活动？”

“这倒是不用。”余千樊笑了笑，看着失魂落魄的何晗满意了，起身走人，“比起突然消失让粉丝惦记着，就让他在这个节目里彻底溃败之后再离开吧。

“我喜欢惊不起水花的告别。”

余千樊的声音随着他的脚步声远去。

何晗浑身被汗湿透，很快手机振动起来，上面显示的“毛敏”两个字都仿佛是带着杀气一样。

他颤抖着闭上眼睛。

另一边，栗锦的日子可就好过多了，又一次作为第一名，加上在节目里呼声最高，她有一次个人专访的机会。

采访她的是一个妹子，看她的时候脸还红扑扑的。

妹子压下心底的激动，很专业地问道：“现在挑几个网上投票选出来的问题哦。请问栗锦你在这个集训里最喜欢的人是谁啊？”

栗锦挑眉：“当然是我自己，永远的 1 号。”

“你喜欢男粉丝还是女粉丝啊？”

栗锦轻笑：“这是什么问题？”她苦苦思索了一下，“那我就喜欢叫我‘老公’的女粉丝吧。”

她一本正经地说：“我也不是什么女孩子都喜欢的，我没有那么渣。”

女记者顿时露出笑容。

“还有还有，余千樊做的面条是什么味道啊？”

栗锦一愣，这都是什么送命题？

“其实说实话……”栗锦卖了个关子，“我当时太紧张了，没有吃出来！”

说好吃太暧昧，不好吃不给脸，栗锦为自己的机智点了个赞。

后面又是一轮问题，栗锦全都是机智回答，情商爆表。

“最后一个问题，是我私人提问。”女记者举起了自己的手，“你这个项链好漂亮，是别人送你的吗？还是自己买的？”

栗锦瞅了一眼这条一早起来就有的项链，皱起了眉头。

余千樊正好从旁边走过，听见这个问题他轻笑了一声，这丫头能记得住？喝得烂醉的小酒鬼只会坐在街头哭鼻子。

他抬脚要离开，却听见栗锦的声音响起来。

“嗯，一个人送的。

“算是……我的偶像吧。”

余千樊一愣，脚步猛地顿住！

那天她喝醉时捏着手指说的话和现在她的话重叠在了一起。

其实……你是我的偶像啊！

她记得？

3 她在向他走来

一瞬间各种各样的想法都涌上了余千樊的心头。

他以为她忘记了！就和第一次她在他家做的那些越线的举动一样。

见里面的专访已经结束了，余千樊下意识地就要走进去把人拽出来问一问，可没想到总导演一把拽住了他。

“在干什么呢！要宣布成绩了，还有后续最重要的环节。”总导演神秘兮兮地说，“咱们的隐藏王牌环节，下一期的爆点你忘记了？”

他情绪激动完全忘记观察此刻余千樊的神情，直接就将人给拖走了。

以至于栗锦做完访谈去大厅里面集合的时候，看见的就是冰冷着一张脸的余千樊。

栗锦内心疑惑，这是谁又招惹他了？

余千樊见到栗锦来，狠狠地瞪了她一眼。

栗锦：“……”

她干什么啦？

她刚才不是很乖，也没搞事情吗？

半小时以前他们不是还一起愉快地统一了阵营对敌何晗的吗？

栗锦乖乖地站在了自己的位置上，余千樊迈动长腿走上台。

“各位竞技者，你们知道接下来的环节是什么吧？”余千樊抖了抖卡片，“上面只留下一百个人的名字。也就是说剩下的一百位，都要离开我们的舞台。”

台下发出一片哀号声。

“一下子砍这么多吗？”

“一百个？”

“一半都没啦？”

这其中当属汪岩最沉重，上一期的节目并没有把栗锦选择他的那一幕剪进去，所以这一期他绝对是淘汰的。

但是没关系！

汪岩感激地看着栗锦，至少这一次，他不会再以寂寂无名的角色退场。

“现在开始发布。”余千樊速度略快，无视了总导演渴求的小眼神直接加快了速度。

“林楠。

“罗志。

“宋妙。”

发布到前三的时候，余千樊看向了场上还剩下的三个人。

木槿，何晗，栗锦。

“3 号，何晗。”

“2 号，木槿。”

这两人的顺序倒是换了一下，木槿眼中带上了笑意，这只是她的第一步，下一步就是要把栗锦也从王座上拉下来。

而何晗则是面色难堪，不过他本就有点魂不守舍，这会儿看起来倒是安安静静的。

“怎么，需要我请你上去吗？”余千樊看了一眼还站在他身边的栗锦，皮笑肉不笑地说，“自己上去。”

突如其来的嫌弃打得大家措手不及。

吵架了？

怎么好好的，总判长突然给栗锦甩脸色了呢？

不过相比于他们的吃惊，栗锦简直是不能再淡定了，或许说这样的余千樊才更接近她记忆之中的样子。

“栗锦，还有剩下的这九十九位竞技者，首先恭喜你们成功留下。”

众人心底暗叹一声，果然是这个比赛的风格，除了栗锦之外他们都不配拥有姓名是吗？

“下一期的比赛规则我和总导演决定提前告诉你们。”余千樊将手上的卡片一翻，“团队战，最终只能在演员组和爱豆组各自留下一支队伍，进行最后的终极 PK。

“而你们的队长，将从这八位导师里面各自进行选择。”

演员组四位，爱豆组四位吗？

“关于导师，则是大家自由选择的。”余千樊看着众人，“如果你选的那位导师人员不足，那你无须和别人 PK，如果你选择的那位导师人数爆满，那抱歉，你需要和别人争夺。”

不少人脸上都露出挣扎的神情，毕竟导师之间实力有强有弱，但是如果选择太强的，就算被调配到别的导师那里，那难免尴尬，而且导师也会不高兴。

众人都陷入了两难的境地。

“顺便告诉你们一句，每个导师只能收十个学生，也就是说，最终被PK下来的二十名学生，抱歉，你们将没有导师，自行组建队伍。”

没有导师？那还比什么？大家直接弃权好了！

气氛一下子就变得凝重起来，所有人心中都是一个想法，至少要确保让自己留在导师的阵营。

“选择导师，就跟从你们自己的心来。”总导演忍不住开口提醒这群年轻的孩子，“孩子们，这是赛场，把你们的野心拿出来！做出最利于你们的选择，机会就只有一次，你连攀登高峰的欲望都没有，谈何成功？”

大家的眼神都随着他的话变得坚定起来。

真正最后一次机会了！一定要去自己想进的那个导师组里！

总导演拿起话筒：“所有导师请起立，背对竞技者们，转过去。”

八位导师一起转。

其中爱豆组的四位导师都齐齐对栗锦投去了期待的目光，他们都想和这颗时不时迸发奇迹魅力的小辣椒组一次队。

“等等等等！”晴天忍不住说，“我就说一句，栗锦，来我队里，我确保C位就是你的！”

“你这不行啊！”刑天着急了，“栗锦来我队里，你的说唱还可以提高一个等级！”

其他两位导师也立刻发言。

笑话！好的学员谁都想要，栗锦又是收视保障，谁不想要？他们参加这个节目说到底还是为了增长自己的名气。

栗锦冲四位导师笑了笑，并不表态。

同一时间，马上就要开学的A大学校里，一位年轻教授正在整理马上就要入学的学生名册，一张照片不小心掉了出来。

他弯腰捡照片的时候愣了一下。

“裴瑗？”

他眼瞳一颤，但是很快又恢复镇定。

“不对！这是……栗锦。”

掩藏在镜片下的眼睛突然弯起。

他露出了一个笑。

此刻竞技生大厅之中，总导演深吸一口气。

“开始选择！”

一百多人瞬间移动，飞快地往自己心仪的导师那边挤了过去。

这其中只有一个人没有动。

栗锦站在涌动的人潮里，一动不动。

总导演擦了擦眼睛，栗锦又要干什么？

她在看一个人。

凑巧的是，那个人也在看她。

“栗锦，你怎么不动啊？”总导演忍不住提醒。

栗锦轻笑，她挂在脖子上的星辰项链随着她的动作从衣领口晃出来，钻石夺目明亮。

“总导演，我觉得你刚才的话说得特别对。作为一个参赛者，要正视自己的野心。我有一个特别想要在舞台上合作一次的人，我决定赌一次！”

栗锦说完这句话，抬脚对着一个方向走去。

四位导师各有特色，但这四个人加起来也比不过最好的那位。

余千樊感觉她的每一步都是踩在他的心尖上，引发灵魂的震颤。

她在向他走来！

4 最忠诚的粉丝

“请诸位导师，向后转。”总导演一边说，一边眼睛还死死地黏在栗锦和余千樊的身上。

余千樊抿唇，从他的脸上看不出是高兴还是生气。

晴天他们四位导师转过来第一眼看的就是有没有栗锦。

可是……一个都没有？

“什么！”

“栗锦是疯了吧？”

站在后面的几个竞技者发出了惊呼声。

四人顺着看过去，才发现栗锦站在余千樊面前。

“栗锦！”胡兔忍不住提醒，“千樊老师是不参加的！”

其他人神情非常难看，也有的人是为栗锦的选择感到心惊，这要是被余千樊拒绝了那得多丢人啊。

“我知道他不参加。”栗锦眼神一直黏在余千樊的身上，“所以我现在不是在邀请吗？”

余千樊的视线从她的眼睛一路滑落下去，最终定在她的星辰项链上。

他开口，微微弯腰：“邀请的诚意呢？”

栗锦露出小尖牙一笑：“你要什么诚意？要我去天上给你摘星星吗？”

她眼眸澄澈干净，似笑非笑的样子有种少年痞帅的劲儿。

不得不说栗锦改的这个发型实在很抓女孩子的心，甚至站在余千樊面前时气场都难得没有被压制得很惨。

而余千樊却只是想起了那天他把项链给栗锦的时候说的那句话。

摘星星吗？

果然她是记得的！

“而且总判长，你不觉得我们两个人，对他们一队十人，很刺激吗？”栗锦笑眯眯的，“多有看点啊。”

余千樊沉默着不说话。

全场的气氛压抑到了极致，尤其是总导演，他已经想到了如果余千樊要甩手走人的话怎么样才能给劝回来。

“小栗锦这也太能来事儿了！”总导演痛苦地抠头。

木槿站在舞台的另一边，见状冷笑，轻声嘲讽：“还真以为自己是公主，全天下都得围着你转？规则都说了是导师，真不知道自己几斤几两的！”

其他人也是一脸认同，虽然前面余千樊是和栗锦合作了两次，但现在未免太出格了！他们并不认为余千樊会同意，并且内心里也希望余千樊千万不要同意，最好还能狠狠地骂一顿栗锦杀杀她的威风。

只有何晗沉默地站在自己选择的导师身后，他心里很清楚，余千樊一定会接受的。栗锦才不傻，她敏锐地感知到余千樊对她的纵容，之所以肆无忌惮地在这个舞台做出一个个看似惊人的举动……又何尝不是因为某人的默认？

就这样屏息等待了几分钟之后，众人看见余千樊拿起了话筒。

他弯唇，眼底有星光闪烁。

他说：“那就一起去摘星星吧。”

全场都发出了惊叫声，不少人又是羡慕又是后悔，更有胆子稍微大点的人伸出手：“总判长！我们也想和你一起！再收几个吧！”

余千樊转身盯着那几个人说：“从你们一开始来到这个节目的时候我就说过了，露出野心在这个比赛上并不丢人，但很多时候机会只有一次，你们为什么在最开始的时候不向我走过来呢？”

他眼底有笑意：“规则是人制定的，但是规则在一定的情况下也是可以由人打破的。”

总导演简直要高兴疯了，他真是稀罕死栗锦了！余千樊可是在综艺上都懒得动弹的人！就这么一个点，他可以预见收视率一定会直接翻上几倍！

接下来的环节就和余千樊还有栗锦都没有关系了。

舞台上正忙着分配导师和竞选者，他们两个这边反倒是没有摄像师跟拍了。

“什么时候想起来的？”余千樊拉着栗锦来到了一处拐角，手指钩住了她的项链，“亏你还能装得若无其事啊。”

栗锦笑着拍开他的手。

“那也比有人居心叵测地想要灌醉我套话来得好啊。”反将一军谁不会？

“不过这条项链我确实很喜欢，谢谢啦。”栗锦笑了笑说，“想要什么回礼吗？”

她又加上一句：“太贵重的可不行，我没钱。”

余千樊垂眸看她，心想我想要的你现在可给不起。

“有想要的我再告诉你。”他靠着墙壁，眼下的黑眼圈在灯光下有些严重，“再过半个月是我的生日宴会，记得过来。”

栗锦抬脚往自己的休息区走，一边走一边比了个“OK”的手势：“我会记得给你带生日礼物的。”

“对了！”栗锦转过头，看着他笑着说，“这次的事情谢谢了，改天我们商量一下比赛用的曲目。”

爱豆组的团队赛只能用歌舞来PK，她还从来没有和余千樊一起同台跳舞过。

走到休息区，直到隔绝开余千樊的目光了，栗锦靠着门松了一口气，脑海里回想起那天余千樊灌醉她之后问的问题。

“以前是不是见过？”栗锦重复了一遍这个问题，笑了，“真是让人毛骨悚然的敏锐度。”

当天晚上大家各自分完组之后，集训暂时也告一段落了，栗锦也重新回到了白金的剧组继续把没拍完的戏份陆陆续续补拍完了。

时间掐得正好，拍完这个戏，暑假是彻底结束了，第二天正好就是栗锦的开学日，前天晚上她接到了安培的电话。

他的声音断断续续的：“那个！明早需要、需要我来接你吗？”

“我们可以一起去上学。”他满是期待地问，“我今年正好转到A大的数理专业了。”

“不用，我自己去就可以，你和我一起的话会被很多人关注的。”栗锦一边撕开方便面的袋子，一边拒绝。

“那我可以以你粉丝的身份去。”安培立刻说，“我可以做你最忠诚的粉丝。”

栗锦直接就笑了：“你可不是我最忠诚的粉丝。”

“你怎么知道？”安培不服气。

“我就是知道，你早点睡。”栗锦直接挂断了电话。

她把面饼扔在了沸腾的水里，外面下了雨，窗户上蒸腾出一小片很薄的雾气。

“最忠诚的粉丝吗？”栗锦轻声呢喃，她伸出手，在带着雾气的窗户上一笔一画地写下一个名字。

程忆！

就在隔壁对门，余千樊吃了两片胃药，压下不适感躺在床上。

手机振动起来，两条信息前后一起进来。

A大校长：“余先生，感谢你愿意回馈母校进行演讲和资助，望以后合作愉快。”

张妍：“你生日宴会的名单我给你发了一份，你检查一下。”

余千樊点开张妍发来的图片，第一个名字就是大写加粗的“栗锦”。

他笑了笑，随手丢开手机，而还没熄灭的手机屏幕上，排在名单最后一个的那人同样也是两个字的名字。

程忆。

5 我们都是一样卑微

第二天一早，栗锦是被宁檬的电话铃声给吵醒的。

“快起来快起来！”宁檬和她是一个年级，上的都是A大，不过宁檬学的是编导类。

栗锦迷迷瞪瞪着，完全睁不开眼睛。

“你知道A大的传统吧？”

栗锦感觉宁檬就像以前藏在闹钟里的那只小鸟，叽叽喳喳的。

“什么传统？”她翻身下床，打了个哈欠。

“新生远足啊！”宁檬应该是在刷牙，声音含糊了起来，“多带点吃的，记得穿便服啊。还有，你现在也有点名气了，记得戴口罩。”

宁檬咬着牙刷说完最后一句话：“对了，你之前出演过的那个电影《白昼之后》，昨天好像第一天上映，你那个角色真是虐爆了，你就不能接点喜庆的角色吗？”

栗锦一愣，这两天行程一直爆满，她甚至都忘了去关注自己的作品，不过前两天王黎好像是有和她说过这件事情。

她登录上自己的微博，发现王黎早就帮忙代发了关于《白昼之后》的宣传。

底下的评论已经破了五万——

“女儿！你为什么想和上神谈恋爱！我们拼事业不好吗？”

“女儿！妈妈和你商量个事情吧，以后不接这种会死的角色好不好？”

“‘彼岸’真是爱情卑微的化身。”

“我哭了！！！”

“我也哭了，我要我家栗锦老公哄哄才能好。”

都是些小姑娘搞怪的评论，栗锦一边笑一边刷，但是很快她就刷到了一条评论。

“这个吻戏……是栗锦和余千樊的双荧幕初吻吧？”

栗锦心里“咯噔”一下，瞌睡一下子就清醒了！

她想起来了！天哪，这个电影里她和余千樊是有吻戏的！

栗锦几乎是抖着手退出了自己的评论区界面打开了热搜，果然，“余千樊吻戏”明晃晃地摆在了第一的位置。

“啧！”栗锦直接将自己整个脑袋都埋进了被窝里，“完蛋啦！这一波肯定要被黑了！”

她哪知道当时余千樊压根儿就不删吻戏呢，明明以前是一个多么怕麻烦的人。

她点开那条热搜，冲入眼中的还是一张动图——她绝望地踮脚吻上余千樊的动图，一遍又一遍地在循环播放。

“啊！”

栗锦忍不住又一脚踹开被子用枕头蒙住脑袋惨叫起来。

太羞耻了！

她都不敢看下面的评论，可能是这辈子的粉丝都对她太友好了，降低了她的心理承受能力。

余千樊正好从隔壁出来，刚迈出脚就听见对面传来一声惨叫，然后就是“咚咚咚”声，似乎是捶床的声音？

余千樊：“？”

他本来是要去剧组的，但是恍然想起今天是栗锦上学的日子，神情突然有点怪异。

这一刻他鲜明地感觉到栗锦和他确实是不一样的人。

他已经在社会上沉浮了几年，可她刚要展开自己最美好的大学生涯……

他顿时陷入沉思。

不知过了多久，面前的门猛地被打开，栗锦拽着背包打算出门，余千樊的目光落在她脑袋上翘起来的一撮迎风飘扬的小毛上，忍不住笑了笑。

“你要不要我……”余千樊话还没说完，就看见面前的栗锦仿佛是吓了一跳一样猛地抬起头。

“啊！”活生生的余千樊就站在自己面前，栗锦忍不住怒骂了一句，脑海里顿时想起那张吻戏动图。

之前拍的时候是入了戏，现在怎么想怎么别扭。

还没等脑子思索个所以然出来，她人已经躲回家，“砰”的一声关上了门。

余千樊脸上的笑容立刻淡了下来。

“呵。”他忍不住冷笑一声，转身冰冷地看着栗锦家的门，原本还以为经过昨天那么一番谈话之后他们两个人的关系已经有进一步缓和。

“看来是我想多了。”余千樊暗自咬牙，修长的手指在门上敲了敲。

“你出来。”他忍着气说。

“不！”栗锦想也不想就拒绝了，“你走你的！我等会儿！”

余千樊深吸一口气，也不敲门了：“要么出来，要么还钱！”

下一秒，门就被打开了，栗锦背好了包站在他面前。

“我要去你们学校附近拍戏，正好顺路送你。”余千樊一手拽过她的背包。

栗锦一路被揪着走，到了大门口，她赶紧戴上口罩。

“你不怕被拍啊？”

“狗仔是进不了这个小区的。”余千樊提醒她。

车里，栗锦没忍住掏出了手机，她点开评论，直接就被第一条热评闪瞎了眼睛——

“我的小老公和我的大老公打啵儿了？”

栗锦：“……”

这一届的千粉是怎么回事?

她不断地往下刷，也看见几条女友粉的酸评，有说她是故意绑定余千樊，也有说她拿余千樊炒作的，但是大部分的人都在讨论剧情。

还有人发了这么一条评论。

“看到这场吻戏的时候我直接背心一麻，如果不是栗锦……那我们哥哥是不是就要被宋妙妙那个恶心的女人给吻了？”

这条热评下面的评论很多都是属于赞同的态度，甚至栗锦还刷到这样的。

“这一对我锁了！刺激！”

居然还真有脑子不清楚的人，喜欢她和余千樊的?

栗锦嗤笑了一声摁掉手机，这一世的千粉们都怪怪的，从头到脚都怪怪的。

“到了。”余千樊的声音将她的思绪拉了回来。

栗锦迅速下了车：“谢谢啦。”

她戴着帽子，穿着卫衣和帆布鞋，眼底是神采飞扬，一步一晃的背包锁链敲打着余千樊的心尖。

他垂头看了一眼自己。

有百万手表，私人定制的衣服，可再多金钱包裹出来的成熟都抵不上这一刻的年轻让他心动。

"栗……"他忍不住开口喊她。

可一道声音却快过他先喊了栗锦的名字。

"栗锦！"

余千樊扭头，看见了冲着栗锦奔过来的安培。

安培穿着衬衣板鞋，和小姑娘看着很般配，正高高兴兴地和栗锦并排往学校走去。

余千樊微微收紧放在方向盘上的手，他们都是一样鲜活，可自己却已经不是了。

国民男神余千樊，生平第一次对自己产生了不自信。

原来面对爱情的时候，人人都一样茫然卑微。

6 我身体有点不舒服

余千樊靠在了椅背上，深深地叹了一口气。

"千樊老师。"电话那边的经纪人像是感觉到他心情不佳，说话都不敢太大声，"这次的拍摄得在外省待十几天。"

"嗯，我知道了。"余千樊看向车窗外，抿紧了唇。

栗锦入校的时候被不少人认了出来，走在她身边的安培有些不太习惯地皱起了眉头。

"你是不是觉得不舒服？"栗锦转身看安培，"以后看我的人会越来越多，要是不习惯的话公共场合不用挨我太近。"

"还好！"安培固执地说，"这些我都能克服，我不会再像以前一样除了数学什么都不懂不会了。"

至少在下一个舞会，他一定要请栗锦跳一支舞。

栗锦闻言只是笑了笑。

"啊！"

突然，响起一声惊呼。

见一旁拄拐的女生一个不稳，往下倒去，栗锦下意识地伸手一拉。

"砰"的一声，拐杖落在了地上，栗锦搂住要倒下来的白裙女生。

"谢谢！谢谢！"女生连连向她致谢，抬头对上栗锦时她一愣，眼中浮现出不可思议，脸蛋很快就红了。

"你是栗锦吗？"

“嗯。”栗锦抿唇，将地上的拐杖重新拿起来递给她，“你的脚还好吗？”

“还好。”女生的右脚有些不正常。

“你能给我签个名吗，我非常非常喜欢你！”女生激动地在自己身上摸了一遍，却什么都摸不出来，有点失望。

栗锦笑着说：“没关系，大家以后都是校友，有的是机会。”

“嗯嗯！”她拿回拐杖，看见不远处匆匆赶过来的两个人说，“我的舍友来接我了，栗锦再见！”

栗锦看着对方被舍友接走，那一瘸一拐的身影让她出神了好久。

“发什么呆？”宁檬突然出现，一把揽过她的脖子，“恭喜你又一部电影票房大卖啊！”

栗锦拍开宁檬的手：“我又不是主角。还是恭喜你，在《倾城》剧组能挂个副导演的职位增加见识。”

宁檬嘿嘿地笑：“副导演就是说着好听的。”

两人和安培接下来就不同路了，就此告别。

两个女生一路笑闹着去了教室。

大学生活栗锦早就不知道忘记在脑海哪个角落，重新走在校园里时，比起怀念，更多的是一种无所适从的感觉。

“好想工作啊。”栗锦叹息了一声。

但无论她怎么不适应，校园生活还是开始了，王黎在接下来半个月内都没有给她接新的工作，虽然表演系相比别的系对于这方面会更宽松一些，但刚开学就请假毕竟不太好。

重新坐在教室里，栗锦无聊地看着窗外。

“那是栗锦吧？”

“是的，她靠着那个综艺一炮而火了。”

“资源也很好啊，现在上映的《白昼之后》，还有之前的《倾城》！”

“好羡慕她啊。”

……

教室里的人一边看着她，一边窃窃私语。

栗锦在教室里扫了一眼，笑了。

坐在这里的同学中大概有五六个人能在未来成名，至于其他……就泯然大众了，至少她没听说过。

“教授来了。”有人提醒了一句。

一个戴着金丝眼镜的清瘦男人从外面走进教室，鼻梁高挺，容貌温雅，带着成熟男人的沉稳和内敛。

“哇！这颜值我喜欢！”

男人放下书本，在黑板上写下三个字。

方默生。

“咱们班一共有五十三人，既然是表演系的，我希望你们比起其他专业的同学能更有表现力和张力。”方默生开口说话也是温和的语气。

“当然，你们能考上A大就已经证明你们领先于同龄人了，但这并不是说在座的各位都是同一水平线上的人。

有些人顿时不服气了。

方默生看见，直接指出了一位此时神情最难看的男生：“这位男同学，请你站起来。”

男生一愣，不情愿地站起来，嘴里还嘀咕着：“你都不认识我们还说什么水平不一样……”

方默生权当没有听见，继续好脾气地笑：“那位女同学，也请你起立。”

他手指的方向正好就是栗锦。

栗锦无奈地起立。

“这位男同学，你知道她叫什么名字吗？”方默生笑眯眯地问他。

男生点头：“当然，栗锦！现在很火的综艺的1号啊！”

“那栗锦，你知道这位男同学的名字吗？”

方默生又看向栗锦。

栗锦沉默了一会儿，面色不变地说：“我不知道。”

众人都愣住了。

男生仿佛才反应过来一样，慢慢地红了脸。

方默生让两人都坐下去，温和地开口：“你看，你们都认识栗锦，可你们这些人，她一个都不认识，这就是不在同一水平线上，栗锦可能已经到了你们有些人用一辈子的时间都无法达到的高度……”

“但这并不是说明你们的未来就不行了，在A大你们能靠自己的实力获得一些资源。”方默生拿出一沓报名表，“本来是A大新生远足的传统今年更改为迎新晚会，在A市的大剧院举行，这次的晚会对外开放，不仅有媒体和外面的观众，还会有一些导演和制作人。”

报名表发下去了，每个人都紧紧地盯着方默生。

实在是太惊喜了，完全没想到一开学就能有这么好的机会摆在自己面前。

“我们班会挑选十人，排一个话剧，想去的人在报名表上填好信息。”方默生看了看手表，“给你们一节课的考虑时间。”

栗锦想都没想就在上面钩了个“是”。

下课，方默生收完报名表，便离去了。

前面那个女孩试探性地转身问栗锦：“你好呀栗锦，我叫骆渺，这次的话剧你报名了吗？”

栗锦点头。

“哇，真好，你肯定能被选上的。”骆渺哭丧着脸，看向坐在她身旁的女孩子，“佳青，你也报名了吧？”

她们俩应该是以前就认识的。

何佳青好像心情不太好，没有回答骆渺的话，收拾完桌面就直接走了，她想到上课时教授直接点名栗锦说的那些话心里就不好受。

“肯定是因为她有后台，所以被人捧起来的！”何佳青在心底暗自道，“不管怎么样，这个话剧我是一定要当女主演的。”

她整理了一下自己的衣服，来到方默生的办公室门口敲了敲门。

“进来。”

何佳青将衣领扯得松散了一些，眼底一片潋滟，她绝对要抓住这次机会！

进去之后，她直接抵住了门，声音低低的：

“教授，我身体有点不舒服。”

7 你怎么瘦了？

这个名额是教授定下的，只要教授喜欢她就什么事情都能解决了。

何佳青咬紧牙，她长得很漂亮，这是她唯一的优势。她不想再回到那个贫穷落后的小渔村，也不想再被那个重男轻女的吸血鬼妈妈继续扒着。

她一定要出人头地。

“哪里不舒服？”方默生坐直身体，镜片下的那双眼睛温润如玉。

何佳青早就知道在这个圈子想要快速走红，只能依靠有权有势的人。

她不在乎！

只要能出头……就比什么都强。

更何况方默生人长得好看，她也并不吃亏。

“我就是觉得胸口有点发闷。”何佳青走过去，挨着桌子弯腰，“教授，你要不要给我看看？”

方默生放下手上的钢笔，金色笔尖迎着光芒闪耀了一瞬。

下一刻，他笑了：“那你应该去找医生，而不是找我。”

“教授，我……”

何佳青还想说，方默生重新拿起钢笔。

“出去吧。”他继续在名单上勾勾画画，显然是在决定人选。

何佳青的目光凝在他手上的钢笔上。

这钢笔她之前在奢饰品排行上见过，纯手工制造，一支二十万。

何佳青的眼睛顿时酸胀起来，她一年就算不吃不喝，打再多份工，也攒不到人家手上的一支钢笔……

她红着眼睛跑了。

方默生听见门“砰”的一声关上了，无奈地摇摇头，笔尖在栗锦的名字上停顿了一会儿，然后画了个圈。

十个名额已经满了，不过……

方默生的笔尖又在何佳青的名字上顿了顿。

他露出笑容，把原本那十个名字之中的“骆渺”给划掉了，把“何佳青”填了上去。

总要给更迫切的人一个机会。

方默生捏了捏眉心，似是感慨：“现在的孩子可比我们那时候可怕多了啊……”

接下来的日子就枯燥多了，栗锦老老实实地上课，重复学习各种基本知识，上完课又回家，基本上就是学校、家里两点一线。

这天晚上，栗锦回到家，看了一眼隔壁余千樊家的门，里面一片死寂，显然是没有人在家。

“去哪儿了？”栗锦自言自语，“搬家了吗？”

自从再次遇见后，余千樊就总是在她面前晃荡，不论是开心还是难过，她总能看见余千樊。

现在这样子倒是和记忆里有点像，他们两个甚至几个月也难得见一次面，就算见了也总是吵架。

栗锦打开房门，里面空荡荡的，没有人气。

她扒出沙拉，吃了两口又把它放回冰箱。

不好吃！

想吃面……但又不想吃泡面，也不想吃外卖了。

栗锦叹了一口气。

就在这时，手机突然响了起来，竟然是张妍打过来的。

“怎么了阿姨？”栗锦对张妍还是很有好感的，毕竟是妈妈的朋友，对她也真的是很好。

“锦儿，你没忘记明天是你千樊哥哥的生日宴吧？”张妍笑眯眯地说。

栗锦差点儿没被这句“千樊哥哥”给呛死。

“嗯。”她艰难地吞下口水应道。

“那明天你在学校请个假，阿姨派车来接你哦。”张妍看着自己新做的指甲，想到自己终于能牵着未来儿媳妇入场就觉得心情特别好。

“不用，我自己……”

栗锦的话还没说完张妍就先一步挂了电话。

“行吧。”她无奈地挂断电话，心里想的却是，生日宴会的话……要给他带点什么礼物呢？

“对了！”栗锦给自己礼服定制的店里打了个电话，“明天我要定两套礼服，一套女装一套男装，谢谢。”

第二天一早，栗锦去学校签了个到就去和方默生请假了。

“请假？”方默生诧异，“今天可是会出话剧选拔结果。”

他取下镜片，慢慢地擦着，旁边的小纸箱里有一只流浪猫拱着干毛巾喵喵地叫唤。

“不好奇结果吗？不想自己确认一下？”

“不了。”栗锦摇头，眼睛落在那流浪猫身上，“我有很重要的事情要去做。”

见栗锦的目光一直定在小猫身上，方默生笑了笑说：“被人丢在垃圾桶里，我捡回来了，看看能不能给它弄点吃的。”

栗锦笑了笑：“教授很温柔啊。”

“人家总说我是烂好人。”方默生很快就给她写好了假条，“既然你等不到出结果的话，那只能由我告诉你，恭喜你，入选了话剧，下周一记得来排练。”

“谢谢教授。”

栗锦从学校出来直接就奔着礼服定制店去了，然后换上了预订的那套女装走出试衣间。

“这条红裙子是专门为你留下的。”店长算是栗锦的熟人了，“不错！”她上上下下地打量着栗锦，“只有你能撑起这条裙子的气质。”

这是一条单肩裙，红色与金色交织，传来明艳的冲击力，穿得好是耀眼夺目，穿不好就是土气加俗。

不过栗锦显然是前者，尤其是尾端荷叶边的设计越发衬得她双腿笔直。

她向店长道了谢，然后提着预订的男装走出店子。

“司机应该来了啊……”栗锦掐算着时间。

不多时，一辆黑色的轿车在她面前停下，车窗摇下。

看到车里的人的那一刻，栗锦愣住了。

余千樊松了松领结，在驾驶位侧身看向栗锦，小姑娘的眼睛瞪得又圆又大，黑溜溜的瞳孔闪着光。

下巴更尖了。

栗锦顿了顿，愣着说：“你回来了？好久不见啊……”

其实也就半个月，但栗锦就是觉得好久没见了。

余千樊笑着应了一声。

“嗯，好久不见。”他眸光沉沉，带着灼人的温度，“你怎么瘦了？”

余家老宅，张妍站在门口接待客人，这时，一个人影走过来，张妍露出了惊讶的神情。

“程忆！

“你来了！

“真是给阿姨好大的面子呀。”

余家外面，安培准备给栗锦打电话问问她到哪儿了。

他清了清喉咙对着一棵大树练习。

“栗锦，你等一下能做我的女伴……不行！”

“栗锦，做我的女伴吧？”

“栗锦，你想不想……”

他的练习被旁边一道声音打断。

“别指望栗锦了，她不会是你的女伴。”

安培转身，看见一个女人站在自己身后，笑意盈盈的，却让人不怎么舒服。

“我叫裴婉，今天栗锦肯定是余千樊的女伴了。”她眼底带着算计，“不过你不介意的话，我做你的女伴如何？”

新生大戏

第四章

pinyushang

1 有这个荣幸邀请你跳一支舞吗？

“什么意思？”安培身上的细胞都在抗拒这个叫作裴婉的女人。

这人让他觉得很不舒服！

“你大概不知道吧？”裴婉压低了声音，“裴家和余家是有婚约的，张妍肯定是属意栗锦的，也就是说，你喜欢的栗锦以后会和余千樊结婚。”

安培瞳孔猛地一缩，一瞬间心脏都漏跳了一拍。

“但是当年也没说得很明白，我想如果栗锦自己有喜欢的人，张妍也不至于强迫她，我也是裴家的女儿，裴家和余家的婚约可以继续，也不会让别家看笑话。

“你看，你喜欢栗锦而我需要余千樊，我们是不是一拍即合？”

裴婉冲着安培伸出手，指尖在昏黄的光照下染着一圈光晕，在此刻的安培看来就好像是妖精的爪子。

“今天的宴会，就算是我们的第一次合作，如何？”裴婉的话带着不可抗拒的吸引力，“不然你就忍心看着你喜欢的姑娘和别人在宴会上成为一对？”

安培抿紧了唇，该做出选择了。

张妍站在门口，见到面前走过来的两人着实愣了一下。

“安培？”张妍吃惊地笑，“没想到你和裴婉的关系这么好呢。”

安培勉强笑了笑。不过他一直以来都是这个神情，所以张妍也没觉得古怪。

“我和安培弟弟是好朋友，正好这次一起过来。”裴婉倒是落落大方，仿佛真的和安培认识了很多年一样。

张妍不打算多说什么，如果这两人要是敢在生日宴上做点什么，那可就别怪她翻脸不认人了——裴婉对自己儿子的心思不提，安培这小子好像在锦儿身边转悠得挺厉害啊。

张妍看了眼自己的手表，掐算着时间应该差不多了——余千樊你这个臭小子能不能快点?

车里，余千樊阴沉着一张脸。

栗锦乖乖地坐好，不明白他们刚才明明气氛不错，怎么余千樊骤然就拉下脸了。

余千樊面无表情地踩下油门。

刚刚他满是温情地问她怎么瘦了的时候，他以为栗锦怎么都该明白点他的意思，却没想到她突然捂住了脸，眉毛兴奋地扬起：“真的吗？瘦了吗？太好了！”

余千樊深吸了一口气，真想扒开她的脑袋看看里面都装了什么东西。

他视线一转，落在了栗锦抱着的大袋子上。

送给他的生日礼物?

余千樊面色好看了点，勉为其难地开了尊口：“等会儿挽着我的手进去。”

栗锦下意识地问：“为什么？”

见余千樊的脸上又要多云转冰雹，她立刻如同小鸡啄米般点头：“好的好的，不就是给你当个女伴嘛，找我准没错，撑场子一流！”

车子缓缓驶入余家老宅，张妍一眼就看见了。

“哎呀，来了！”

她本来还在和众人寒暄，现在高兴得直接站了起来，还整理了一番自己的衣服。

大家关注着张妍神情的变化。

这是谁啊？这么有分量？张妍这凶婆娘的脸上都要笑开花了。

裴婉冲安培挑了挑下巴：“你心心念念的人来了。”

安培冲外面看去，首先看见的是长身玉立的余千樊从车上下来，然后特意绕过去开副驾驶的车门。

结果余千樊刚走到那边，那车门“咚”的一声就自己开了，还磕在了他的膝盖上。

余千樊的脸色一下子就黑透了。

“对不起，对不起，疼不疼啊？”栗锦一个劲儿地道歉，但是上翘的嘴角看起来有点欠揍。

余千樊简直不想再多和她说一句话，屈起手：“搭上。”

栗锦憋着笑抓住了他的胳膊。

两人一起从外面走进来，每一步都像是天生契合，她扬起的裙摆和余千樊的衣角融合在一起，黑红交织。

这一幕刺得安培心里一痛。

又是这样！每一次栗锦和余千樊站在一起，总能产生这种外人怎么都融合不进去的气场。

“等会儿你找准时机。”裴婉靠过来。

安培虽然不耐烦，但还是忍着听了。

“第一支舞的意义重大，绝对不能让他们两个跳。等会儿余千樊肯定要上去弄蛋糕，到时候我让人弄湿栗锦的衣服，你趁机带她离开。”裴婉把每一步都设计得很好。

那边余千樊已经带着栗锦进来了，不少人的目光都凝在栗锦身上。

这可是余千樊第一次带着女伴来，有些事情大家已经心照不宣了。

“锦儿过来让阿姨看看，哎呀，真漂亮！”张妍脸色红润，轰自己儿子走，“你上去讲两句话。”

余千樊无奈上台，场面上该做的事情还是要做。

“阿姨先去招呼客人，你自己转转，等会儿阿姨再来找你。”嘘寒问暖一阵后，张妍亲昵地摸摸栗锦的脑袋。

栗锦点头，转身往餐桌前走去，准备拿点点心吃。

而就在这时，一个服务员端着酒杯快速地向栗锦靠过去。

裴婉笑了起来。

眼看那服务员就要摔倒，酒杯开始不稳地晃动，旁边突然伸出了一只手，牢牢地把人扣住。

栗锦诧异转身，对上了安培一张阴沉的脸。

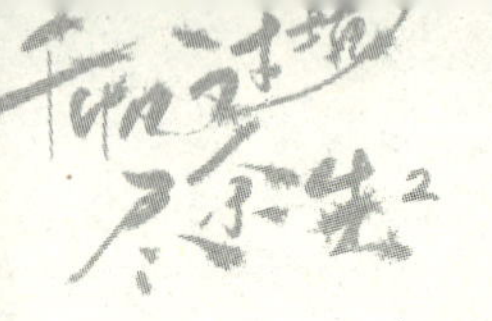

“把酒杯端稳了！”他额头上有一层细细的汗，神情阴沉得可怕。

裴婉不敢置信地转身，安培的位置早空了。

他是什么时候冲过去的？疯了吗？

“你的手上都是酒。”栗锦吃惊地对安培说，“快去洗洗吧！我正好也要去洗手间，陪你一起。”

安培思绪混乱地点点头。

他刚才……竟然真的有一瞬间认同了裴婉的做法。

认同了那种打从根子里就腐烂掉的人的做法……

安培头痛地皱起眉头。

就算要让栗锦喜欢，也绝对不是用这样的方式！

栗锦进了洗手间之后，换上了自己带过来的一身男装。外面响起了音乐，她看着镜子里的自己，明眸皓齿，真的像个翩翩少年郎。

今天她也不单单是为了余千樊来的。

还有一个人。

那个曾经对她最好的粉丝，在全世界都背叛她，觉得她死了的时候，那个男人说只有那个粉丝还在坚定地为她解释。

栗锦深吸了一口气，迈步走出去。西服很合身，衬得她腰非常细，身姿也挺拔。

余千樊正在找栗锦，他紧皱眉头，眼尾的余光一扫，却看见栗锦竟然换上了一身男装，越过重重的人，朝着一个角落坚定地走去，最终蹲在了一个拄着拐杖的女孩子面前。

栗锦伸出手，声音温柔。

“我能请你跳一支舞吗，程忆……小姐。”

程忆惊愕抬头，露出一张安培觉得眼熟的脸。

是那个在A大被栗锦顺手扶了一把的小姑娘。

A大办公室，何佳青看见榜上贴出了自己的名字，高兴地跑到办公室门口。

“教授您在吗？”

过了好一会儿，门才被打开，方默生擦着湿漉漉的手站在门口。

“怎么了何同学？”

何佳青跑得上气不接下气，眼睛都红了：“谢谢您教授！真的谢谢您，我要为我那天不知检点的行为道歉！”她轻轻抽泣着，“我没想到您是这么温柔的一个人！”

方默生伸手托了托自己的眼镜，眼睛里散出温暖的光。

“傻孩子，就为了这事大晚上的跑来找我？”他走出来反手锁上门，“走吧，晚上你一个女孩子不安全，我送你回宿舍。”

方默生用手拍了拍何佳青的肩头，她闻到了一丝极淡的血腥气。

她也没多想，破涕为笑，跟了上去。

“谢谢教授。”

随着两人的离开，被关上门的办公室变得安静起来，月光从窗外洒落进来，散在了地面上。

同时也照亮了满地的血迹……和一只死去的流浪猫。

2 你要什么我都满足你

余家。

余千樊看着栗锦弯身对着她面前的女孩做出邀请的动作时，心底仿佛有一根尖锐的刺狠狠地扎了进去。

原来那个袋子里的衣服不是送给他的生日礼物，是他自作多情了……她也压根儿没想和他跳开场舞！

“栗锦？”程忆脸色通红，她有些难堪地看了看自己的右腿，因为肌肉萎缩都没有办法像别人一样正常走路，而且这个病会随着时间的推移变得越来越严重。

“为什么邀请我？”她心底有点酸涩，“我不能跳舞的。”

这个样子的程忆和她记忆里的程忆直接重叠，栗锦眼眶发酸。

那一次她拍戏从马背上摔下来住院，正好隔壁床就是程忆。

当时程忆说的是：“你好栗锦，我是你的粉丝，本来你是该睡单人病房的，是我让家里托了关系把我们俩放在一个病房的。”耿直得可怕。

在医院和程忆相处的那段时间其实很愉快，但是当时栗锦只以为她腿脚不利索，肌肉萎缩。

可惜不是的，她还得了癌症。

那时躺在床上的程忆用一种开玩笑的语气说：“栗锦你知道吗，我以前在医院遇到一个得了胃癌的老奶奶，她天天吃了东西就吐，被化疗折腾得都尝不出味道。当时她看着我吃饭，就说出了这么一句：‘姑娘，我真是羡慕你啊，还能有胃口吃得下饭，尝得出味道。’”

“一个胃癌患者，在羡慕一个肺癌患者。”

栗锦至今想起这些话心底都泛酸，曾经被锁在地下室的那些日子里，她经常会想起。

当时她就在想，无论是胃癌，还是肺癌……应该都比她要好吧。

那段众叛亲离的日子，网上遍地都是她的黑料，她成了“死后”还要被人拖出来鞭尸的人。囚禁她的那个男人曾经在殴打她的时候无意之中提起，说她的这些粉丝里，有一个叫程忆的是个一根筋，一直在替她辩解，明明自己都已经快病死了。

想到这里，栗锦狠狠地闭上眼睛。

当时在医院的时候，程忆已经不能下地走了，她说这辈子最遗憾的事情就是没有在舞会上跳一次舞，希望未来能有个像王子一样的人，不嫌弃地牵起她的手。

栗锦深吸一口气，对还蒙着的程忆说：“没关系，你踩在我的脚上，我带你一起跳。”

就像是电影里最浪漫的王子和公主。

你曾经是我灰暗生活里的一道光，现在我也愿意圆你的梦。

程忆鼻子一酸，差点儿没哭出声。她见到栗锦的第一眼就特别喜欢栗锦，喜欢栗锦拍的戏，喜欢栗锦出演的角色。

她这辈子就追过这一个明星。

“我很重的。”她拉住了栗锦的手，第一次在宴会上站出来，以前她一直都是默默地看着别人，所以她不喜欢参加宴会。

“没关系。”栗锦一步步慢慢地带着她走入舞池。

“程忆，我带你跳了舞，你也答应我一件事情好吗？”栗锦的声音比此刻乐曲之中的大提琴音还要温柔。

“什么？”

“就算以后你遇到再艰难的困境，也不要放弃，好好生活，可以吗？”

不要在半个月之后检查出了肺癌却不愿意治疗，明明是癌症中期，却被拖成了晚期。

世界上最温柔的程忆，希望这一世你能和我一起活下去。

栗锦在心底默默地想着。

程忆不知道栗锦为什么会这么说，但还是很用力地点点头。

跳完舞，栗锦就被张妍抓住了。

“锦儿，我找不到千樊了，你有看见他吗？”张妍有点着急，“他今天可是寿星，不出现怎么行？”

“阿姨你别急，我帮你找找。”

栗锦迈开步子走到了后面的小花园里，刚走过去就闻到了一股烟味儿。

黑暗之中有一抹红色的光点在闪烁，忽明忽暗。

暖黄色的灯光下，余千樊靠着树藤，双腿修长，眉眼笼罩在一片阴影里不知道在想什么。

“余千樊。”栗锦喊了一声。

余千樊抬起头看她。

那一眼，栗锦仿佛在他眼底看见了跃动的火光，却是森冷的温度。

他心情很不好。

这要是换成以前，栗锦肯定扭头就走了，冷屁股谁爱贴谁去贴。但是现在，她只能叹了一口气，走过去说：“阿姨在找你。”

余千樊见她走过来就掐灭了烟，他很少抽烟，实在心情不好的时候会抽两根。

“你就为了这事来找我的？”余千樊危险地眯起眼睛。

栗锦觉得背后冷飕飕的。

“嗯，顺便把生日礼物给你？”她试探性地说。

她实在不知道说什么才能让这位爷的心情变好。

余千樊手指颤动了一下，目光落在栗锦身上，就像是一只正在闹脾气的金贵猫咪傲娇地瞥了她一眼。

“是什么？”他没想到她真的准备了，还以为她忘记了。

“其实我不知道要送你什么，所以我打算换个生日礼物的模式。”栗锦走到余千樊旁边，那里有个小秋千，她坐下去，单脚点在地上开始晃荡。

于是，余千樊的视线也跟着她上上下下。

“在我力所能及的范围内，你可以提一个心愿。”栗锦的头发随着秋千的动作飞扬起来，暖黄色的灯光镀在她白色西服上。

一瞬间，余千樊竟然觉得平常能让他觉得缓解压力的烟味在这一刻很刺鼻，不然的话他一定能在栗锦随着秋千越过他身边的时候闻到她身上的柚子香。

“说说看！”栗锦双脚点在地上，停下了秋千，眼睛明亮得吓人，“你想要什么！只要是我能办得到的，我都给你！”

栗锦耳边的鬓发看着毛茸茸的，让余千樊有点手痒，可他很清楚栗锦这不是喜欢，她眼底一片清澈，那不是喜欢一个人会有的眼神。

只是对待朋友，对待一个她敬仰的人会出现的眼神。

余千樊压住了想要抬起的手，说：“那你明天陪我去游乐场吧。”

去吃小姑娘喜欢的冰激凌。

做年轻人喜欢做的事情。

他对大学门口那一幕的心有不甘，他要用实际行动来证明他也可以。

3 就买一个你瞎嚷嚷什么！

“游乐场？”栗锦瞪大眼睛差点儿没喊破音。

“我们两个去游乐场？”栗锦拍戏的钱可还没结，她略略估算了一下，“我可没办法像小说里的霸道总裁一样包下整个游乐场给你的，而且万一被粉丝发现了怎么办？”

余千樊皱眉：“你脑子里都在想什么？”他伸出一根手指头戳在了栗锦的脑袋上，“不知道变装吗？”

“变装！”栗锦有理有据地大声嚷嚷，“你就算套个麻袋，粉丝都能把你认出来你信不信！”

“不会的。”余千樊肯定地说，“只要让我的变装师来帮我们化个妆就好。”

“你真是疯了，游乐场多少人你知不知道？你以为我会答应你吗？”栗锦特别硬气地嗤笑了一声，“别做梦了！”

第二天一大早，栗锦便坐在了余家的板凳上。

一个戴着珍珠耳钉的女人在桌上一件件地摆着自己的装备。

“亲爱的，你放心吧。”女人很肯定地说，“我肯定让你变得你爸爸妈妈都认不出你来。”

一个优秀的变装师不仅能把丑人变漂亮，还能把漂亮的人变成平凡的容貌。

余千樊就坐在栗锦旁边，似笑非笑地盯着她。

“不是说不来吗？”他碾了碾手指尖，剥了颗葡萄。

“为什么不来！”栗锦理直气壮，“我突然想起来我因为项链还欠你一个心愿呢！去游乐场而已，能用掉一个心愿是我赚了！

“而且我还没有尝试过不武装自己走出去的，多刺激啊！”栗锦笑眯眯的，因为不能动头，只能斜着眼睛瞪他，“就算出事肯定也是你比较严重，你要是被认出来了，我肯定拔腿就跑！”

“那你试试看。”余千樊往自己的口袋里塞了一包湿巾，“看是你跑得快，还是我给你卸妆快。”

栗锦：“……”

变装师诧异的目光在两人身上流连，她和余千樊合作这么多次了，还是第一次见到他和别人斗嘴的。

就好像一块冰坨子突然有了人气一样。

很快，栗锦发现自己戴上了假发、眼镜，还编了麻花辫，脸部修容再加上适当的假发刘海，她就像变了一个人一样。

另一边的余千樊也是一样，乍一看就是个相貌平平的大学生，因为他的容貌比较难以压制，变装师还给他点了雀斑。

“出发出发！”栗锦欢快地拍着他的背。

周六的游乐场只能用“挤爆了”三个字来形容，两人好不容易挤进去，栗锦已经满身是汗。

她其实不喜欢来这些地方，她心理年纪可和余千樊一样，但是她转身看了眼余千樊，这位寿星提的要求，忍着吧。

余千樊这会儿也不好受，因为是夏天的缘故，人群里都是汗味儿，但这些年轻人好像根本闻不到，哪里人多往哪里挤。

他对这些是没有兴趣的，但是看了看身边的小姑娘，她应该是喜欢的。

还是陪着吧。

“吃冰激凌吗？”余千樊看见不少小情侣都一人拿一个冰激凌。

栗锦看了眼，三个球的冰激凌，看着还不错，她点点头：“要一个吧。”

没一会儿，压着帽子的她就看见余千樊拿着一根长如手臂的冰激凌来了。

栗锦：“？”

她抬头看了眼天上硕大的太阳，一度怀疑是自己眼花了。

“吃。”余千樊就一个字。

栗锦看着已经开始融化的冰激凌，觉得自己就算有八张嘴可能也来不

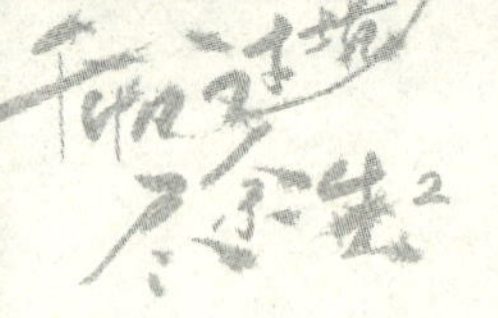

及在它全部融化前吃完。

“你自己呢？”栗锦不甘心地问。

“我都多大了，还吃这个？”余千樊睨了她一眼。

栗锦愤怒地咬了一口冰激凌。

生气！这个人绝对是想要整她！

见栗锦吃得狼吞虎咽，余千樊皱起眉头：“你是饿了吗？”

吃个冰激凌为什么这么着急？

栗锦看了看自己被冰激凌化开的水弄湿的手……真想把这些黏糊糊的东西都蹭到余千樊的脸上让他知道自己饿不饿！

等她吃完一根巨大的冰激凌之后，洗完手又看见余千樊面色紧绷地看着另一个方向。

那里有一个卖氢气球的小贩，有个小姑娘让男朋友买，但男朋友似乎是觉得烦，两人就闹腾上了。

余千樊盯着那边若有所思。

栗锦一拍手，明白啦！

她甩了甩手上的水珠，非常霸道总裁地走过去，唰啦一下掏出自己的钱包。

那对还在吵架的小情侣都忍不住看了过来。

卖气球的小贩眸光一亮，这是来了个大客户啊。

栗锦声音洪亮，气势汹汹地说：“老板！来一个！”

被她的阵仗吓了一跳的老板：“……”就买一个！你还有脸瞎嚷嚷！

栗锦选了一只动物氢气球，一只丑陋的平头哥。

“给。”栗锦把手上的平头哥气球递给余千樊，“知道你喜欢又不好意思买，送你了。”她一副“我都懂你放心”的神情。

余千樊：“……”

不，他真的一点都不想要。

“下一个你想玩什么？”栗锦笑眯眯地说，“你选吧。”

余千樊来之前还是看过攻略的，他看向了那个高高的摩天轮，密闭的空间，让人心神不定的高度和景色。

恋人必去打卡的地点。

“去坐摩天轮吧。”他抿唇。

余千樊怎么都没想到摩天轮这边排队的人会这么多。

“还玩吗？”栗锦想走人了。

余千樊不知道是抽什么风，非要拉着她挤去排队，挤来挤去，她突然转身，神情危险地看着余千樊。

“我的平头哥呢？”

余千樊下意识地往自己手上一看，刚才明明还拉着的……

栗锦沉下脸。

好半天之后，余千樊面色不变，淡定地说：“放生了。”

栗锦：“……”

她扭过头给了他一个倔强的背影，和那只呆头呆脑的蠢平头哥还有点像。

余千樊站在她身后露出了笑容。

就这样排了整整两个小时，等到栗锦压根儿不知道自己的腿在哪儿的时候，终于要轮到他们了。

“到我们了！”栗锦去拽余千樊。

余千樊顺从地被她拽着走。

而就在他们准备进入摩天轮的轿厢时，“哗啦哗啦”几声，大雨对着他们的脑袋就是一顿砸。

下暴雨了！

4 和肉包子合为一体的灵魂

余千樊的神情和此刻的天空一样阴沉。

“那什么，能让我们上吗？”栗锦看向工作人员。

工作人员摇头：“不行，这么大的雨，为了游客的安全着想，这些户外活动都要先停止。”

工作人员建议：“你们还可以选择室内的一些活动。”

反正下雨就等于不能玩，等于这两小时白排队了。

栗锦扭头去看余千樊，他果然生气了，而且还是很难哄好的那种。

作为上一辈子的老冤家，栗锦真的太熟悉他这个神情了，多半有人要遭殃！但是现在在他身边的只有自己啊！

她拽住余千樊，努力把他的视线生生地从摩天轮上移过来：“我想去玩鬼屋，我们去吧！”

余千樊深吸了一口气，虽然不能玩摩天轮很可惜，不过这还是栗锦这一整天下来第一次明确地提出想去哪里玩。

他同意了。

不得不说，这个游乐园的鬼屋建设真的是比较好的，里面的鬼妆容也实在是太逼真了，以至于当栗锦那一拳砸过去的时候余千樊甚至都没来得及阻拦。

鬼屋外，余千樊压着栗锦的脑袋和别人道歉。

“真的很对不起，去医院查查看吧，一切费用我负责。”

饰演丧尸的是个大叔，他擦了擦自己的鼻血，大手一挥：“不打紧不打紧，就是你这个男朋友有点不称职啊！”

大叔嘿嘿地笑：“你看你女朋友害怕了都不往你怀里钻，小伙子，鬼屋可不是这么玩的啊。”

栗锦的脸腾地就红了。

不过不是羞的，是气的。

这大叔眼神不好吧，她和余千樊哪像一对啦?

余千樊笑着把她拉到身后：“是我没拉好她，让你受累了。”

等两人从游乐园出来，栗锦已经累成了一条狗。

余千樊看了一眼栗锦，她已经在困倦地揉眼睛了，看得出今天这一天她玩得并不开心。

冰激凌化了，气球飞了，还遇上瓢泼大雨……余千樊垂下头，是因为他不懂在这里都该玩什么。陪着他这么枯燥的人一定非常乏味吧，毕竟他不爱吃那些甜的东西，对气球也无感，对其他的人为什么挤在这里还能露出笑容更觉得匪夷所思。

雨已经停了，天空上出现黄昏的微红和雨后的湛蓝，色彩交织着，很是好看。

只是余千樊垂着头，栗锦莫名地就从他身上看到了一点落寞。

这不该出现在这个男人身上的。

“你还有什么想去的地方吗？”栗锦探过身子，“不要难过啊，下次不下雨的时候我们还可以再来玩，现在时间还早呢，我们去找个地方吃饭吧。”

余千樊脑袋里顿时就跳出几个年轻人喜欢的餐厅，但很快又被他摁了下去，就算是去了那些地方，他也做不出让栗锦愉悦的举动。

他叹了一口气，也不再刻意迎合年轻人的口味。

“去音乐餐厅吧，有一家我还挺喜欢的。”

栗锦迅速点头，今天这一日游乐园活动真是要了她的老命。

栗锦一走进音乐餐厅就觉得浑身舒坦了，柔和的音乐，余千樊单点的沉香在慢慢地燃烧，她把自己的脸贴在桌面上，舒服到昏昏欲睡。

余千樊单手撑着脸，把眼镜取了下来，一双眼睛比今天经过雨水洗涤的天空还要好看。

栗锦每看一次都要被他惊艳一次，索性不看了，撇开头。很快，小隔间就有人开始隔着珠帘弹古筝。

其实比起小提琴这些，栗锦最爱的还是自己国家的古筝、琵琶，这些乐器总带着一种历史的厚重感和故乡的亲切。

“你今天是不是玩得不高兴？”余千樊神情有些难看。

栗锦观察了一下余千樊的脸色，还是实事求是地点头：“对啊。”

余千樊垂下了那双漂亮的眼睛。

随后，他就听见栗锦说：“其实我不太喜欢游乐园，也不是很喜欢冰激凌，我也不明白那些人为什么大热天的排这么久的队还能这么开心。”

栗锦深吸了一口气：“不过是你喜欢游乐园，我才陪你玩的。”

余千樊愣住了，诧异地看向栗锦。

“我还以为今天一天都得这么过，好在你选的这个音乐餐厅我很喜欢。”

窗外，又下起雨来，有风在窗户的缝隙呼啸，就像是上天在他的耳边低语。

它在说：你看，余千樊，你不用去迎合，你们本就是那么契合。

“晚上得你请客啊。”栗锦笑眯眯的，“不然我就把你喜欢幼稚的氢气球这个事情说出去！”

不知道这句话是不是戳中了余千樊的笑点，他突然温和地笑了起来，眼底揉碎了光，连那些假雀斑都变得顺眼起来。

“嗯，我请你吃。”

栗锦和余千樊一块儿回去的时候发现他又自顾自地变高兴了，甚至两人在同一楼层道别的时候他还特别温柔地摸摸她的脑袋。

“明天我送你上学。”

栗锦晕晕乎乎地点头，等回去洗漱完躺床上才想起来。

等会儿，自己为什么要他送啊?

栗锦抱着这种自己大概是中邪的怀疑陷入了睡眠。

第二天被余千樊敲着门从里面揪出来的时候，栗锦整个人都是蒙的。

“整理书包去。”余千樊把两个包子塞到栗锦的手上。

栗锦蒙蒙地啃着包子，坐在沙发上一动不动。

余千樊又无奈地把她的书包拽过来，继续说：“把外套穿上。”

栗锦点头，继续一动不动地啃包子。

她的灵魂好像都和这个肉包子融为一体了。

余千樊无奈地把外套拿过去：“伸手！”

栗锦伸出了自己的爪子。

他给栗锦穿好衣服，将人揪着下了楼。

被冷风一吹，栗锦才幡然回神，她困倦地看了一眼手表。

居然快要迟到了!

她催着余千樊一路风驰电掣，终于踩点到了学校。

“下车。”余千樊冲她抬了抬下巴。

栗锦就这么被赶下了车，昨天玩了一天的腰背还在隐隐作痛，她整理了一下自己的思绪，往教室的方向走去。等到走进教室，她却发现教室里的气氛冷凝到诡异。

之前还和何佳青很要好的骆渺正抓着何佳青的领子对峙。

“是你去找的教授，然后把我的名字顶替下来了是不是?”

5 你是个聪明的人

就在昨天栗锦和余千樊在游乐园抬头仰望越飘越远的平头哥时，班级群里已经炸翻了天。

不知道是谁匿名发了一段视频，里面是何佳青进了教授的办公室又衣服凌乱走出来的模样。衣服凌乱是她自己扯的，当时也没顾得上整理，谁曾想旁边还有人在拍摄呢。

还有就是一张教授原本写过十名成员的废稿。

那张废稿上原本写的是骆渺的名字，后面却被划掉改成了何佳青的名字。

这个匿名的人还发了这么一段话：

> 我扔垃圾的时候发现这张纸，显然是教授的字迹，正好那时我朋友在那附近录像拍到了这段视频。
>
> 里面发生了什么事情，你们看看她的衣服就知道了，教授的人品我是相信的，更何况他是知道走廊有摄像头的，真的要下手也不会选择在办公室。
>
> 所以她的衣服为什么乱我相信大家有自己的判断了。
>
> 至于为什么骆渺被顶下去了，我相信这不简单只是教授临时想要换人。

这些话一出来就不由得让整个班的人浮想联翩了。

之前也有一次一样的事情发生，有人想要色诱方默生，结果也是前脚进去后脚就哭着跑出来了。

人家方默生不是那种人！

所以一定是何佳青做了什么才让教授改了主意，反正不会是什么好事情。

他们不会去找教授的麻烦，只能找上何佳青。尤其是骆渺，近在咫尺的机会就这样被别人用龌龊的手段给抢走了。

而且她还拿何佳青当自己的好朋友……

于是，栗锦有幸在教室门口目睹了两个来自小渔村的姑娘凶狠的战斗力。

骆渺一边压着何佳青的脑袋，一边怒骂：“你是不是刻意想去勾引教授不成，然后威胁教授让他改名字？你到底使了什么不入流的手段？你为什么抢我的名额？是因为我好欺负吗？是因为我从小到大都让着你吗？”

骆渺一边哭一边说：“何佳青，你怎么这么下贱呢！”

“栗锦来了。”

人群之中不知道谁这么说了一句。

何佳青和骆渺都是一愣。

趁着这个机会，何佳青一把甩开了骆渺，然后对着她的脸就是一顿打。

“呸！”何佳青满肚子的火，“就凭你也敢跟我比！我和教授什么事都没有，教授是看中了我的天赋！”

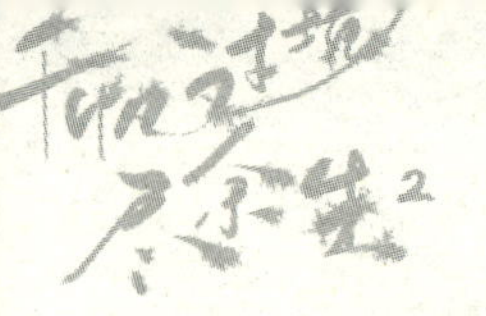

何佳青冷笑："你骆渺是比我漂亮还是演技比我好？你从小就比不过我，丫鬟也想和小姐比命？"

何佳青抬眼看着优哉游哉地站在门口的栗锦，心底顿时觉得不平衡，有的人什么都不做，偏偏教授第一个就写了她的名字。

而自己呢？

明明是凭借自己的实力获取的名额，却要在这里忍受别人说这些侮辱的话。

何佳青抹了一把眼睛，对着所有看好戏的人放狠话："你们听好了！不论你们说什么，这十个名额都会有我一个的！"

她说完这话就直接从教室里跑了出去。

栗锦绕过窃窃私语的人群，坐在了自己的位置上。

为了一个话剧名额大打出手的事情，栗锦以前就见多了，这个残酷的圈子啊，即便是在学校也已经撕开了头破血流的一角。

"栗锦，你怎么看？"旁边有人忍不住来问栗锦的意见，"群里的视频你看了吗？"

栗锦这才打开班级群匆匆看了一眼。

半晌后，她很奇怪地抬头问："你们为什么那么笃定是何佳青勾引教授不成功？"

"那还用问，教授的人品大家都是相信的。"那人直接说，"而且教授不缺追求者，怎么可能看得上她呢。"

"最关键的消息！"那人压低了声音，"以前也有向教授投怀送抱的，教授都不带搭理的，人家的名声可是这个等级的！"那人一边说一边竖起大拇指。

"是吗？"栗锦兴趣缺缺，她对何佳青是不是主动的，那个教授是不是接受了，一点儿兴趣都没有。

那人见她这样，感到一丝尴尬，走开跑去和别人八卦了。

坐在学校的长凳上，何佳青陷入沉思。

她感觉自己被整个班的人针对了，心里又恐惧又担忧，有种被全世界孤立的感觉。

就在这时，一个满脸油腻的男人突然坐到了她身边，她一转头就看见了对方脸上长满了各种痘痘和痤疮，差点儿没吐出来，只是满脸冷漠地站起来想要走人。

“喂。”男人突然拽住了她的手，笑着说，“你是表演系的学生吧?我叫何军，是个导演。”

是个导演又怎么样?她何佳青就算要资源，那也是要挑好的好吗?

“再不放手我报警了。”何佳青冷漠地说。

男人松了手，何佳青直接离开了。

等她走远，男人嗤笑着拨通了一个电话，那边很快传来男人温和的声音。

何军不太高兴地说：“方教授，你这次找的妞正点是正点，但是有点不听话啊，心高气傲。”

他舔了舔干燥的嘴唇嘿嘿地笑。

那边方默生似乎是有事，电话那边传来“哗啦啦”的写字声。

“别担心。”方默生看向了电脑上的页面，班级群里正在讨论这件事情，“何导，我们也不是第一次合作了，我哪次失手了？”

“那倒是，我相信你的能力，快点儿啊！”何军想到刚才何佳青的模样，笑得脸上开花。

方默生挂断了电话，脸上的笑容很快就散了下来。

“滴滴滴！”

电脑上的页面还在不断跳动，他往上翻了翻记录，上面那个发视频和引导性话语的匿名人……赫然就是他自己。

估算着时间差不多了，方默生给何佳青打了个电话。

“教授。”那边何佳青的声音还有点委屈。

“佳青，抱歉了。”方默生的声音歉意无比，“那个角色恐怕不能给你了！”

何佳青只觉得世界都要崩塌了。她不能没有这个角色，说什么她都要得到这个角色。

“教授你在哪儿，我来找你，我们聊聊。”何佳青迫不及待地说。

方默生笑了笑,起身从自己的办公室走出去:“我在外面的咖啡厅……”

二十分钟后，何佳青坐在了方默生的对面，方默生看起来整个人很疲惫。

“佳青，是有人指名不要你出演。”

“谁？”何佳青眼瞳狠狠一缩。

“何军，他算是我们这个话剧的投资人，所以……”方默生抬起头看她。

“何军……”何佳青想到刚才那个油腻的男人，顿时面色苍白。

过了一会儿，她猛地俯身握紧了方默生的手：“我真的不能失去这个角色，他们都在等着看我的笑话，教授你帮帮我，求求你了教授。”

大颗大颗的泪从何佳青眼睛里滚落下来。

全班同学都讨厌她，唯一的朋友也和她决裂了，要是再没有这个角色，她就成了一个彻头彻尾的笑话。如果之前没有拿到这个角色她还不会这么不甘心，但现在是真的不行，都已经到了她手上的东西怎么能溜走呢？

方默生收敛眉眼，拿出一张房卡。

“其实……还有一个解决办法，何军他刚才来找我了，给我留下了这个。”方默生盯着她，“我也就是一个教授，帮不了你多少，但你是个聪明人。”

何佳青失魂落魄地盯着那张房卡，整个人像是被劈成了两半。

五分钟后，大厅里只剩下方默生一个人，他用湿纸巾慢慢地擦着自己被何佳青碰过的手指，弯唇，轻声骂了一句：

“脏东西！”

而他的面前，那张房卡已经不见了。

6 画上的人

第二天一大早，某个酒店里，何军搂着何佳青心满意足地从里面走了出来。

“何导，我那个角色的事情……”何佳青恶心得想吐，但既然都已经付出了，那就要抓点什么回来才对。

“放心，该是你的，没人敢动。”何军心情大好地又给了她一个袋子，“来，礼物。”

何佳青拆开袋子，里面是一款限量包，单价就要五六万。

“谢谢何导。”她毫不介意地在那张曾让她恶心的脸上亲了一口。

何军满意地点头，这个方默生还真是有本事，先让小姑娘尝到甜头，然后使计让她孤立无援，人在溺水的时候哪里会计较抓到的是一块烂木头还是一艘豪华邮轮呢？

尤其像何佳青这种空有脸蛋没有背景的小姑娘最好下手，如果以后她不听话……何军想到自己手里握着的东西，心里一点都不慌。

何佳青拿着包包，还挺高兴的，一想到以后能在何军身上拿到更多的好处，她倒是也没觉得他那张脸有多难忍了。

重新走回班级，她觉得昨天那种不踏实感完全一扫而空，现在，她何佳青背后也有人了！

这种飘飘然的感觉，让何佳青在看见栗锦的时候甚至都仰着下巴，她现在看栗锦也不是那么看得上了呢，她相信，不出一年她肯定会超越栗锦的。

“她怎么了？”旁边的同学压低声音。

“看见她的眼神了吗？”

有人不断发出嗤笑声。

“哎，你们看她拎着的那个包。”

“五万五呢。”

“她哪里来的？”

见大家的关注点都在自己的包上，何佳青腰背都挺直了一些。

很快，安排话剧的老师就过来清点人数。

“下面我喊到名字的人过来，栗锦，王小苗……”名字一个个地喊下去，很快念到最后一个，“何佳青。”

骆渺眼中的光芒一下子就黯淡了，而何佳青则是露出了胜利者的笑容。

她的选择是没有错的。

一行十人跟着老师去了舞蹈室。

“这是剧本，你们看一看。咱们先把女一号和女二号挑出来。”话剧老师看了一眼众人，“女一号的话，我是希望由栗锦上，大家没有意见吧？”

这个话剧她希望能成为新生组这边的最佳节目，栗锦不论是明星效应还是实力都十分切合她的期望。

其他人当然没什么意见，也不敢和栗锦去争抢这个位置。

但何佳青有点不高兴了：“老师，我去上个厕所。”

她拿着手机就走出去了，来到厕所里面，她摁下电话。

或许是那款包给了她自信，又或许是第一次傍上靠山之后的飘飘然，她打了个电话给何军。

“怎么啦，我的小宝贝？”何军现在对她还热乎着。

“我要当女一号。”何佳青开口就说，“你让那个叫栗锦的给我滚。”

何军一口水险些喷出去。

栗锦？就是方默生特意叮嘱过动谁的念头都不能动的那个栗锦？他哪有那个本事让人家滚呢？

不过何军不想承认自己没本事，只能干咳了一声哄她：“我也是做投资的，栗锦当女一号不是对剧本有好处吗，还能让她带带你。”

何佳青不高兴了，嘴巴嘟起来：“我才不要她带，我演技可以的，只是没有一个展示的平台罢了。”

何军无奈，他自己就是做导演的，明白何佳青这个就是想当然，她根本不知道在镜头前面、在数万人前面演出和自己关起门对着镜子表演是不一样的。

但是他还算有耐心，不断地哄着她。

何佳青一直在撒娇，也就没注意到门口有一道影子。

过来洗手的栗锦就站在门后面，似笑非笑地盯着在里面撒泼的何佳青，也不洗手了，饶有兴趣地回了舞蹈室。

里面的人都在努力地背台词，没过一会儿，何佳青阴沉着一张脸过来了。

话剧老师拍了拍手：“来，既然大家对女一号的人选都没有异议，我们就来说说剧情。”

就在这时，栗锦举起了手。

“老师，有人怕是有意见。”栗锦笑眯眯地看向了何佳青，“我也不想别人说我被特殊对待，这样吧，我们PK。”

其他人也纷纷随着栗锦的视线看向了何佳青。

这疯女人有意见？

“看我干吗？”何佳青撇嘴，“又不是我说有意见。”

她睨着眼睛看了栗锦一眼，何军不肯动栗锦，估摸着也是有别的心思，她现在看栗锦真是哪儿哪儿都不爽。

“你没有意见吗？”栗锦活动了一下手指，站了起来，声音沉沉地说，“那你刚才在厕所打电话一口一个你要当女一号，把栗锦踢出去是我幻听了不成？

“不服就不服，我随时欢迎你来PK演技。

“别像阴沟里的臭虫一样拿不上台！”

房间里，方默生收到了何军打过来的尾款，心情不错地哼起了歌。

他在纸上写写画画，落下了最后一笔，一张何佳青的人物绘画出现在纸上。他拿着画走进了另一边锁着的隔间，随手就将它贴在了墙壁上。

房间很黑，打开灯光就能发现，满墙都是各式各样的人物绘纸，都是二十岁左右的小姑娘，都是他曾经送出去的“货物”。

何佳青只在其中占了很小的一个版块。

他满意地看了眼这些他的完美“作品”，给自己倒了杯茶，水滴滴答答落在瓷杯之中，他看向了另一边单独立出来的一张巨大的独画。

画上女人眉眼清冷。

他喝了一口茶，笑着说：“选择腐烂的捷径还真是让人愉悦呢。你说对吗……裴瑗。”

灯光闪烁了一下，画上的人也跟着忽明忽暗。

7 先去表演系看看

“你胡说什么呢，有证据吗？”何佳青当然是一口否认。

栗锦拿出手机：“正好碰上我去洗手，我还录音了，你要让大家听听吗？”

何佳青脸色唰地就白了下去。

不过就是一个刚试探着走进这个圈子的小姑娘，栗锦要对付她还是绰绰有余，她手上也没什么录音，不过是看准了对方心虚而已。

话剧老师脸色黑沉，让栗锦做女一是她定下的，何佳青背后有什么人，她作为这个话剧的主负责人能不清楚？

说实话给个女二号已经很够了，就算是何军，他投资这场话剧到时候也是想要赚门票钱。

A 大表演系的票可不是那么便宜的。

“既然你对女一号有想法，刚才就可以说出来啊。”话剧老师姓林，叫林灵，“我挑女一号只看实力。这样，就第一段吧，你和栗锦出演，谁演得好我就选谁。”

这些稚嫩的学生不会明白，有经验的演员和没有经验的演员在台上的表现会是怎样的天壤之别。

何佳青见事情都被众人知道了，也不把这些人的嘲讽放在眼中。

“比就比。”她在演技方面是下了苦功的，每天清晨五点就起来练，再一遍遍把自己的表演录下来研究其中的不足。

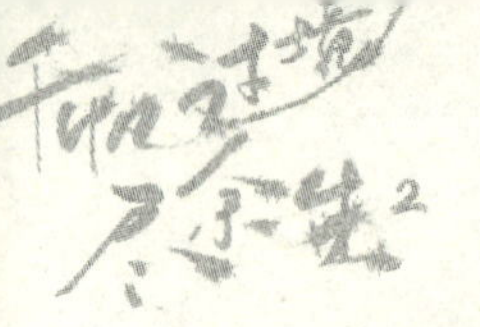

何佳青觉得她只是缺少一个机会。

林灵都懒得看何佳青，转身拍了拍栗锦的肩膀：“悠着点啊，别太欺负新人了，毕竟以后她还要拍戏的。”

栗锦挑眉：“林老师，我怎么都算是前辈，放心吧，我会让着她的。”

林灵欣慰一笑，让礼仪老师同时教了两个人第一场需要的动作形体后，问：“谁先来？”

“我先来吧，老师。”栗锦看了眼剧本。

旁边的何佳青微微皱眉，她其实还没把动作记全，怎么栗锦这么快就记住了？可别是想要在老师面前急于表现吧！

剧本其实不算长，讲述了战争时期一位高门世家的小姐帮忙一起抵御外敌的故事，第一段也没有什么剧情，只是个女主角从门外走进来的入场，考验的是演员的形体功底。

“准备……开始。”

话音落下的那一刻，众人发现栗锦身上的气势顿时就变了。

那双眼睛带着世家书香熏陶出来的沉稳，还有战乱年代拥有的坚毅果敢，她两手抬起，推门的动作顺畅自然，好像做了千百遍。那个年代的世家孩子从小就学各种规则，怎么坐，怎么站，连随手关门的时候还要轻轻用手指带一下以至于不发出刺耳的声音。

栗锦一步一动，明明穿着的是舞蹈服，但大家就是觉得看见了她裙摆晃动，于地面步步生莲。

直到站定，她的肩背都没有一丝晃动，仿佛她本就是那个年代的孩子，跨越了时光来到他们面前。

礼仪老师眼神都放光了，忍不住赞叹说：“就算我做都不一定能比这孩子好！”

林灵已经全程无言，心里有个愤怒的小人在狂吼：“你这叫会给后面那个人放水？这恐怕是想要压死她吧！”

林灵好笑地按了按自己的太阳穴，看向了何佳青，果然看见何佳青面如菜色。

何佳青在这么短的时间内连动作都记不全，更何况是超常发挥呢？

栗锦一路走过去，在凳子前面坐下，手规规矩矩地放好，眼神平视带着笑。

“母亲今日怎么这个点才用早膳？”她声音里带着自然的亲昵，那是别人无论如何都模仿不来的灵动。

然后，她突然转身，那目光直接看向了何佳青。

一瞬间，何佳青觉得自己仿佛是一只被毒蛇用身体盘住了的老鼠，惊悚感直击她的头皮。

演出到这里就戛然而止。

栗锦站起来，周围的人发自内心地给她鼓起了掌，更有人惊叹：“我之前在节目上看了你的表演，没想到真人更加震撼。”

“我刚才都忘记了这是在表演了。”

“栗锦老师到时候能不能指导一下我们演戏啊？”

一些小姑娘立刻叽叽喳喳地就把栗锦围了起来。

何佳青脸色通红，明明她都还没上台，却弄得已经输掉了一样，这些人还真是为了讨好栗锦一个个像狗一样，在她看来别人的一句赞叹都是带着目的性的。

“何佳青，到你了。”林灵随意地翻了翻剧本。

何佳青站在了大教室的中间，那些本来还围在栗锦身边的人纷纷将视线投了过来。

连带着栗锦也看了过来。

原本就已经被栗锦前面的表现压得心绪不宁的何佳青顿时觉得压力更大了，原来真的不一样，自己对着空气表演，和现在面对着这么多双眼睛是全然不同的。

她全身僵硬，脑子一片空白。

先要干什么？

先迈左脚还是右脚？

最后那句台词怎么说的来着？

要是失败了大家会怎么嘲讽她？

“准备……开始。”

就像是裁判落下红旗之后就胜负已定，她机械地伸出手。

“哈哈哈哈哈哈！”场上随着她的第一个动作就发出了喷笑声。

何佳青愣住了，整个脑袋“轰”的一声，眼前炸开了一团团的白光。

“你们看她同手同脚了！”

“哈哈哈哈！”

旁边的人越发笑得大声，栗锦只是冷漠地盯着何佳青。

“行了，佳青下去吧，再多练习。”林灵神情难看。

这人压根儿上不了台面啊！就这样还想当女一号，真该录下来发过去让何军自己看看。

何佳青眼圈都红了，以前那些努力仿佛都成了笑话。

她头重脚轻地跑出去，却在门边看见了悄悄扒在窗户上看的骆渺。

骆渺脸色涨红:“我不是偷看,我就是……就是想看看老师怎么教……”

话都还没说完，她脸上就挨了狠狠的一巴掌。

心底一股子邪火不敢冲着里面那些人发，何佳青直接对着知根知底的骆渺撒泼了。

“看什么看！你又不是入选的人，有什么资格看！”

骆渺不敢置信地捂着脸，被打的这一刻痛的不只是脸，还有她仅剩不多又小心翼翼维持着的尊严。

同一时间，A 大校长笑容满面地将余千樊亲自接进学校。

“千樊啊，咱们学校的优点你是知道的。

“风气很好！

“同学们团结友爱，和谐互助。你能回馈母校，我们这些做老师的都很欣慰。”

校长笑眯眯地说：“这次的讲座你看着弄，时间上不着急，想什么时候来学校看看就什么时候来。”

余千樊弯了唇：“那就先去表演系看看吧。”

✦

踏脚石

第五章

pinyinshenq

1 改天我介绍你们认识一下

余千樊和校长刚来到表演系的门口，就看见一个女孩子红肿着脸从舞蹈室的方向哭着冲了出来，脸上还有一个鲜红的巴掌印。

她的情绪实在是太激动了，以至于都没有看见校长和余千樊，宛如一阵风一样从他们身边直接奔了过去。

“咳！”

校长刚说完风气不错这就出来一个被打了巴掌的学生，他脸上有点挂不住。

“这其中可能是有什么误会。”校长推了推眼镜。

“年轻人，偶尔有矛盾冲突可以理解。”余千樊虽然这么说，眉头却皱了起来。

表演系的风气一直都不好，这个他早在上学的时候就清楚了，影视资源的抢夺，还有各种名牌身份的攀比，比比皆是。

“去看看一班的话剧排练吧。”余千樊勾唇笑了笑，“我对那个话剧还挺有兴趣的。”

一班就是栗锦所在的班级。

校长当然是巴不得，立刻带着余千樊往舞蹈室的方向走。

结果这个时机也掐得不好，路过洗手间门口时，就听见里面传来了一阵尖锐的谩骂，像是有人在怒骂泻火：

“栗锦！你这个贱人！臭不要脸！”

那声音难听，言语粗鄙，直接让余千樊沉下了脸。

校长一而再，再而三被打脸，立刻暴喝了一声：“谁在里面骂人！”

何佳青浑身一抖，擦干了脸上屈辱的眼泪，急急忙忙地从洗手间跑出来。

一走出来，她就愣住了。

“余……余千樊？”

她慌忙整理了一下自己的衣服。

只能在电视上看见的人现在居然活生生地站在她面前了，只是和她想象中那些明星上台时笑眯眯的形象不同，余千樊看过来的目光很冰冷。

何佳青脸色青红交替，难堪又不知所措。

“校长，”余千樊转身，没有再看她一眼，“A 大如今的招生底线已经这么低了吗，什么人都收进来？”

校长神情难看。

A 大一直都是全国拔尖的学校，但是这两年开始隐有颓势，外面那些人对 A 大的投资力度也不如以往，本来他这次还想用余千樊的名头为 A 大打一波广告的……

见余千樊自顾自地走了，校长给身后的教授打了个眼色。

“看看她哪个班的，暂停三个月的校内资源活动。”校长冷漠地看着何佳青，“这位同学，我们 A 大是时不时就会有各种知名人士前来参观的地方，希望你的素养水准能跟上我们 A 大的步伐。”

何佳青浑身发冷。

在她尝到了背有靠山的特殊性之后，她又清晰地认知到了，就算是靠山，也是有阶级的。

有的人只要一个眼神，一句话，就能把她所有的付出彻底击溃。

何佳青腿脚虚软地靠着墙壁，又慢慢失力滑落坐在了地上。

栗锦对这一切一无所知，舞蹈室的隔音效果非常好，她们甚至都没听见当时何佳青打骆渺的巴掌声。

“对了，栗锦。”旁边在帮忙开肩的一个女孩子凑过来问，“你是不是和余千樊很熟啊？”

说起余千樊，那绝对是足够吸引注意力的一个名字，那些还在拉筋的、热身的女孩子立刻围了过来。

“余千樊真人有那么帅吗？”

“我粉了他六年！”有一个大概是余千樊的死忠粉，“从他出道就追到现在。”

栗锦惊讶地看着这个骨灰粉：“你那么小就开始追星了？”

追的还是余千樊那家伙。

栗锦眯起眼睛在心中叹息，年纪小小就瞎了，啧！

“我看你还在综艺节目上吃过他做的面，哦，对了，你们是一起合作拍过电影所以才那么熟的吗？”

众人全都化身为小迷妹，恨不得把栗锦所知道的余千樊全都挖出来。

“差不多吧。”栗锦含含糊糊的，做完一套痛苦的拉筋热身，她满头大汗地坐在地上，“算是合作过几次。”

舞蹈室的门被悄悄地打开了，余千樊让校长不要出声。

他静静地站在门口听那群小姑娘围着栗锦叽叽喳喳。

“栗锦，你给我们说说余千樊啊，他性格真的那么不好吗？”

栗锦严肃地看着这群人，露出一个意味深长的笑容。

校长是站在余千樊身边的，听见这段对话，他眉梢一挑，觉得接下来的场面会有点尴尬。

栗锦对着众人招了招手，实话实说：“何止是性格不好啊，整个就一麻烦精！”

“咔嚓”一下闷响，校长惊恐地发现自己好像听见旁边传来余千樊的磨牙声。

“就特喜欢指使人你们知道吗？”栗锦真的是憋了很久没地方吐槽，侃侃而谈，“每天就耷拉着一张脸，明明白白在脸上写着三个字——不高兴！”

“哈哈哈！”周围的小姑娘发出一阵笑声。

余千樊气定神闲地靠着墙壁。

他倒是不知道……原来他有这么不高兴！呵呵！

校长用小手绢擦了一下额头的汗，想打断栗锦但是压根儿插不上话。

栗锦作为表演系前途光明灿烂的孩子，觉得光用说的可能没法形象生动地表达出来。

“我给你们看看我们俩的相处日常。”

栗锦拉下一张脸，双手抱胸冷漠地学余千樊说话：“栗锦……过来！”

“哈哈哈哈！”众人大笑。

栗锦又往上撩了一把自己的头发，眼睛斜向下，做出漠视神情。

“栗锦，刷碗去。”

“哈哈哈哈！”众人快要笑抽过去了。

“还有还有！”栗锦笑眯眯的，“你们知道吗？他就特喜欢拎人衣服或者是背包带。”

“！！！”众人突然笑不出来了，她们努力眨了眨眼睛，她们没看错吧？

为什么余千樊会出现？

栗锦还没来得及看众人的神情变化，一拍手掌：“啊，还有……”

她后背突然一寒，声音一顿。

下一刻，她瞪大了眼睛。

什么？是什么东西捏住了她命运的后颈脖？

余千樊的手就搭在栗锦的后颈，栗锦往前面的镜子上看去，他低着头在看她。

栗锦仰起头，对上了余千樊的微笑。

她放下扬起来的手。

“其实……我和你说一个秘密吧。”栗锦拽住了他的袖口，情真意切地说，“我患有严重的精神分裂症，刚才是我的另一个人格。

“她叫栗二锦。

“改天我介绍你们认识一下。”

2 一根一根好好拉

栗锦这边是一团和乐，可另一边的骆渺眼睛都哭肿了，她躲在操场的一处小角落里，课也不想上。

她要这样被人欺负到什么时候？

为什么何佳青只敢欺负她，因为她最好欺负！

骆渺眼中厉色一闪而过，她狠狠擦了擦眼睛，颤抖着手拨出了一个电话。

“方教授……你现在有空吗？”

舞蹈室内，空气仿佛被冻住了一样。

余千樊抓着栗锦的后颈，栗锦拽着他的衣袖。

校长绷着一张脸看着，其他那些余千樊的迷妹屏住了呼吸在要不要掏手机之间徘徊。

“呵……”余千樊溢出了一抹凉笑，下一刻栗锦听见了他压低的声音，“栗锦，别担心。”

余千樊慢慢地蹲下来和她平视，两人的颜值都是一等一的高，那侧脸映在镜子上莫名就让人觉得般配。

“从今天开始我们两个就会经常见面了。”余千樊大概是因为栗锦说他每天都不高兴，这会儿居然一直带着笑，“我觉得你有必要对我做一个详细的了解。”

栗锦一下子就瞪大了眼睛，觉得鸡皮疙瘩都要起来了。

“为什么……我们为什么会经常见面？”

回家住隔壁见面就算了，为什么在学校里会经常见面？

“栗锦同学！”校长直接看向栗锦说，“千樊回馈母校，过段时间会办一场讲座，这段时间会经常回学校的。”

栗锦努力强颜欢笑。

“还有你刚才说的话，多么……”校长正要为栗锦挽救一波，余千樊抬手制止了，手指尖上还留有小姑娘的余温。

“谁是话剧负责老师？”余千樊看向周围。

“我是。”林灵立刻站出来。

“我看刚才栗锦同学光顾着聊天连拉筋都没有拉好。”余千樊眸光深深，“等会儿如果练舞受伤了会痛。”

“重新给她拉筋。”余千樊压平了袖口，“好好拉，我就在这里看着。”

栗锦：“……”

余千樊这个狗东西！

栗锦在他的注视下被林灵又痛苦地拉了一次筋。

那些原本听她说话的同学一声都不敢吱，之前她们看综艺还觉得余千樊对栗锦很好，现在看来……怕是无福消受这份“疼爱”。

直到栗锦开始正式训练，余千樊才迈步离开。

栗锦立刻松了一口气。

“大家休息一会儿。”林灵拍拍栗锦的肩膀，“你也去好好休息。”

林灵对栗锦真的是太满意了，无论是演技还是歌舞，都是一点即通，并且舞台感也非常好，别人还在记动作的时候她就已经开始对自己的表演加精了。

“栗锦，你的综艺开始播了。”几个小姑娘拿着手机围过来，“上一期你去偷摘花生真是笑死我了。”

栗锦回忆了一下这期的内容，也不和她们一起看，而是对着镜子开始练习舞蹈旋转，一遍又一遍。

林灵在旁边点头，能走到同龄人的前面，难道只是因为她机会多吗?

没有那个实力，机会来临你也抓不住。

林灵的电话突然响了，她接起，方默生的声音响起来。

“接到上面校长的通知，何佳青被排除出这次的活动，未来三个月校内活动都不允许参加。”

林灵眉头一挑：“可她是原定的女二号，我……”

“女二号的人选我会再挑一个出来给你。”方默生那边好像有点忙，声音也很冷淡，“就这样，你让栗锦先好好练，女二号女三号什么的，是谁都无所谓。”

说完，他直接挂断了电话。

林灵皱起眉头。

“天哪！”

那些还在观看栗锦节目的人惊呆了。

此时正好播到了栗锦和余千樊组队成功牵到红绳的那一幕，大家目光怪异地看看栗锦，又看看屏幕上。

不知道是不是因为那一刻的阳光正好，铃铛声响起的一刹那，栗锦和余千樊的对视竟然有种一眼万年的错觉。

同样因为这一幕炸了的还有微博上的各路粉丝——

“？？？”

“不！女儿你还小，妈妈不允许你谈恋爱！”

“我失恋了，双向失恋。”

余家。

余老爷子一边啃西瓜一边指挥家里的人：“快点！把这一幕保存下来！给我放大！打出来挂在咱们家的客厅里！”

裴家。

裴老爷子气得摔了手上的遥控器。

"什么东西！"他鼻子都要气歪了，"一个综艺你还整这些，余家那油头粉面的小子挨我外孙女这么近想要干什么？"

管家在旁边给他顺着气。

他还看见了弹幕上刷过了几条余千樊女友粉的评论——

"节目组弄的吧？求不拉 CP 好吗？"

"别逗了，栗锦能配得上我们千樊？她算几线？"

裴苍海更气了。

"把那打字的东西给我拿过来！"裴苍海活动自己的手指，"看现在的这些年轻人一个个嘴臭得都不能看了！"

他用自己不甚灵活的手把键盘打得噼里啪啦。

只是这一幕已经让不少人沦陷了，热乎的剪辑立刻就安排上，迅速占领了各大版块。

一小波名为"历尽千帆"的"邪教粉"开始悄悄地运营起来。

栗锦练习完，就发现周围的人都在用古怪的目光看着她。

"怎么……"栗锦低头一看，发现她们围着的那个手机上正好是装鬼的余千樊压住了她的脖颈虚虚咬下去的那一幕。

有种直击眼球的刺激美感。

弹幕一瞬间刷得密密麻麻的——

"啊，我死了！"

"我们哥哥从来没有挑战过这种黑暗的角色，圆梦了！！！"

"看得我口干舌燥的是怎么回事？"

如果说这段让大家惊艳的话，那接下来最后一段栗锦直接越过导师选择余千樊，就完全引起了粉丝原地爆炸性的反响。

最关键的是余千樊居然还同意了？

栗锦打开微博，果然她和余千樊又手拉手冲上了第一。

"啊！我已经土拨鼠尖叫一整天了！"

"我哥哥答应的时候真的是吓得我一脚踹开了我家狗子。"

"我相信这是友情！是友情！！！"

"抱紧我家哥哥瑟瑟发抖。"

很快无数的千粉自发刷起了“这是友情”的评论。

栗锦松了松手，不去管这些评论，又练习舞蹈去了。

而那些今天目睹了余千樊和栗锦“恩怨情仇”的同学则是开始默默地在微博上发。

“本人！栗锦同班同学，亲眼目睹今天千樊男神是怎么血虐栗锦的，哈哈哈哈，为她默哀三分钟。”

“本人，同学！友情没看出来，冤家倒是差不多，哈哈哈哈。”

他们只是随手一发，但没想到居然被千粉挖出来截图丢进了粉丝群里，粉丝群里的大粉正在安抚小粉们这只是友情，看见截图以后集体蒙了，发出满屏的问号。

刚接受这是友情的设定，冤家又是什么意思?

栗锦对这些全然不知，她微博上因为和汪岩的那段合作涨了不少的粉丝，汪岩也跟着小火了一把。

尤其是当他展露了自己的实力却因为投票已经截止，黯然退场，也是赚足了观众的眼泪。

栗锦直接把微博交给了王黎打理，一心投入到舞台剧之中，但在听见何佳青不能担任女二号的时候她还是愣了一下。

“老师！”有人举起了手，“那女二号由谁来担任？”

林灵对着门外喊了一声：“进来！”

一个人推门进来，她脸上带着笑容。

“大家好，以后请多指教。”

栗锦挑眉。

骆渺?

3 垃圾！

“骆渺？”

众人互相对视了一眼，不明白这其中发生了什么事情。

骆渺整个人看起来精气神和早上完全不一样了，就像是……就像是那天拎着包包进教室的何佳青一样。

栗锦挑眉，收回目光，继续练习舞蹈。

“骆渺，你抓紧时间练习舞蹈，在演技上有什么问题都可以问栗锦。”

“好的，谢谢老师。”骆渺回答得很迅速，看起来倒是比何佳青要好相处多了。

“栗锦，以后就要麻烦你啦。”她凑过去冲栗锦笑。

“你加油吧。”栗锦开始压腿。骆渺一进来就直接顶替了何佳青的位置，这其中一定发生了什么事情，不过那些事情和栗锦没关系，栗锦也不会主动去探究。

下午的排练由于人到齐了，进度特别快。

余千樊应付完校长就往栗锦这边走过来，《爱豆与演员》里他们两个要合作的曲目得先定下来。

但是等他走到舞蹈室旁边的时候却顿住了，教室的玻璃窗前面，站着一个戴着眼镜的男人。

他的目光牢牢地钉在正在起舞的栗锦身上，薄薄的一层镜片压住了他眼底暗藏的风云涌动。

只是那份诡异的炽热却偏偏被站在不远处的余千樊给捕捉到了。

就像是被人侵占了领地的兽王一般，余千樊的舌尖在齿间缓缓压过，他无声地走到了方默生身后，开口时声音低沉，压抑着怒气。

“她很好看吧？”

方默生骤然转身，对上了一双漆黑的眼睛。

余千樊看向正在镜子前面调整身形的栗锦。

“她最厉害的一点就是会不自觉地吸引别人的目光，你说对吗？”余千樊转过身，眼神危险地问道。

方默生当然认得这个男人。

站在娱乐圈顶端的男人，同时也是高门里最不能招惹的人。

“我的学生，那肯定是优秀的。”方默生再次将目光投在了栗锦身上，只不过这时候就是正常的目光，刚才那诡异的炽热感仿佛只是昙花一现。

“我接下来还有课，失陪。”方默生冲余千樊点了点头，抱着课本转身离开。

余千樊的视线一直落在方默生身上，下一秒他压下走向栗锦的冲动，一边转身朝着校外走去，一边打开手机拨通一个号码。

“等会儿我去你那边一趟，有一个人，你帮我仔细地查一查。”

栗锦基本上一整天都在舞蹈房里泡着，刚想坐下，又被林灵叫起来了。

“栗锦，帮老师把这份名单和最终确定的剧本大纲拿去给你们方教授

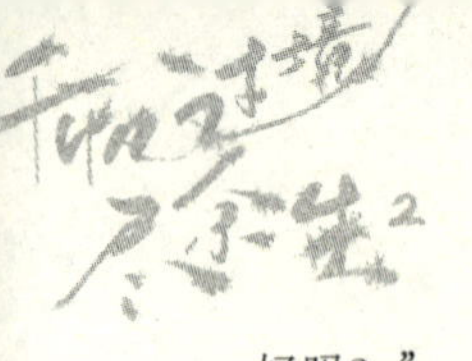

好吗？”

栗锦比了个“OK”的手势，叼着一根棒棒糖就往教学楼那边走。

她一路把棒棒糖咬得咔嚓作响，走到垃圾车附近准备将棒子丢进去，“砰”的一声，棒子没入了垃圾堆的一处缝隙里，她明显一愣。

“栗锦，干什么呢？”

身后骆渺拍了拍她的肩膀，拿着几本书。

“没什么。”栗锦迅速回神。

栗锦往方默生的办公室走去，却发现方默生今天好像有客人。

栗锦特意看了一眼，挑眉。这导演的名字叫金卓，算是最近小有名气的一位导演，拍了一个不错的网剧。他留着一小撮的山羊胡子，整个人看起来精瘦精瘦的。

金卓在见到栗锦的那一刻眼睛猛地就亮了起来。

那眼神里近乎贪婪到恶心的光芒让栗锦感到不舒服。

她冷淡地看过去，冰刃般的目光让金卓稍微收敛了一点。

“嗯，单子我收到了。”方默生看了一眼金卓，冲栗锦笑着说，“辛苦你了，出去吧。”

栗锦点头要走，视线却突然瞟到之前方默生带回来的那只流浪猫睡过的纸箱。

“咦，教授，你的猫呢？”栗锦奇怪地问。

方默生给对面的金卓一边倒茶一边说：“我带回家养着了，现在好着呢，你要是想见的话下次我带它过来给你看看。”

“那倒不用。”栗锦拉开门走出去，“我就是随便问问。”

直到栗锦的身影消失在两人面前，金卓才飞快地抬头：“那个！是最近在综艺上很火的小姑娘吧？”

方默生挑眉。

“如果你能把她给我弄到手！”金卓伸出了三根指头，“我给你这个数！”

“她不行。”方默生笑开，笑得特别温文尔雅，“你换一个。”

金卓和方默生可是合作了很多次，从来都没被方默生拒绝过，这时候他脸马上就拉了下来。

“方教授，你这样可没意思了啊！”金卓抽出旁边的牙签一下下地给自己剃着牙，“我知道，就凭你方教授的能耐，没你掌控不了的学生。我不管啊，一周之后我要她乖乖的……”

“哗啦”一声，金卓愣住了。

微烫的水顺着他的脸一滴滴落下来，手上的牙签都由于受到了惊吓被掐断了。

方默生慢条斯理地收回手，那动作不像是在泼水，而像是在提笔画画一样。

“方默生！”

金卓一下子拍着桌子就要站起来，面前的方默生却突然伸出手抓住了他的领带猛地将人拉过来。

“冷静点。”方默生用额头靠着金卓的额头，露出一个笑，眼底的冷光有点瘆人，“你现在不是能冲我大喊大叫的处境吧？你在我手上接的这些资源，你夫人知道吗？”

金卓一下子怔住。

“夫人要是知道的话，一定会很生气的吧？”方默生伸出手，笑着将他的上衣抚平褶皱，“到时候如果闹大了，可能金先生你就当不成导演了，夫人如果撤资，你猜你在这个圈子还有没有话语权？”

方默生依然是那副好欺负的样子，如果忽略他不断在金卓脖颈处流连的那只手的话。

方默生拿着一根牙签，牙签的尖端划过金卓的颈动脉。

“金先生，我说了，栗锦你不能动。”方默生拍拍金卓的脸颊，“我的话，你听明白了吗？”

金卓僵硬着脖子，木着脸点了点头。

天空之中响起一声闷雷。

夏季多雨，栗锦绕过教学楼，走到了刚才那辆垃圾车的旁边。

她顺着刚才那根棒子掉进去的缝隙看进去……一具橘黄色的流浪猫尸体被凄惨地丢在了那里。

栗锦仰头看天，像是要下雨了。

“把猫带回家了吗？”栗锦自言自语，“啧，垃圾！”

4 你觉得我是在和你商量吗？

栗锦回到家里后，看了一眼余千樊的门。

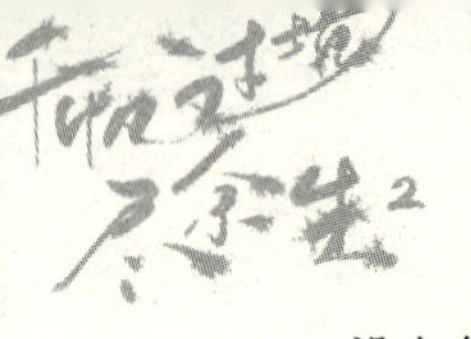

没人在。

她泡了个澡，舒舒服服地躺在床上给宁檬打了个电话。

“大晚上的找我什么事情啊？”宁檬在那边咔嚓咔嚓地咬苹果。

“我们学院有个教授叫方默生，”栗锦还是觉得有点古怪，干脆问，“你听说过他吗？”

宁檬算是各种消息都很灵通的人了。

“知道知道，方默生，A大黄金单身汉一个，对人可温和了。他的选修课大家都是挤破头，就算偶尔一两次不去他知道了也不会说什么的。而且最重要的一点！”宁檬在那边哐哐拍床，“他长得也太好看了！就像古代那种温润世家才会出来的公子……喂？喂！”

栗锦直接挂断了电话，显然宁檬也是不知道的，学校里所有人都说他好，可偏偏今天自己看见的那只猫绝对就是办公室里那只流浪猫没有错。

那只猫的右脚上有一个小小的黑斑点，栗锦相信自己没有认错。

“金玉其外，败絮其中。”栗锦戴上眼罩，打开按摩浴缸的启动按钮，“算了，以后远着点就行了。”

第二天一早，外面果然下起了瓢泼大雨。

栗锦走到学校，发现何佳青正蹲在一棵树下哭。

她本来是想要抬脚从旁边走过去的，但是想到那只被抛尸的猫，脚步顿住了。

“滴滴答答”的雨落在伞面上发出清脆的声音，何佳青茫然抬头，看见了栗锦。

“你干什么！”何佳青擦着眼睛站起来。

栗锦并没有想要和她交朋友的意思：“你为什么哭？”栗锦想了想，试探性地问，“是因为方默生？”

何佳青一下子就警惕起来。

“你问方教授是什么意思？”

“这次你能突然拿到角色，是因为方默生在背后做了什么吗？”栗锦眯起眼睛，“还有后来突然出现的骆渺，也和他有关系吗？”

这句话并没有针对何佳青，但栗锦没想到何佳青一下子就暴怒起来。

“你调查方教授？”何佳青突然冲过去抓住了栗锦的衣领，栗锦的伞都被她这一下冲得掉在了地上。

“我告诉你，我的事情和方教授没有关系！方教授是这个学校唯一对我好的人，他愿意给我机会！我很感激他！就算是我们要做什么事情，也都是我们自愿的。”

何佳青脸色狰狞：“你这样生来就什么都有的人懂什么！”

栗锦脸色冷下来。

何佳青一想到自己是因为骂了栗锦被校长他们听见才没了角色，顿时怒从心起，高高扬起手就要落下去一巴掌。

栗锦已经屈起了脚，何佳青要是真的敢打下来，她会让对方知道什么叫作一脚肝肠断！

但是扬起来的那只手却被一个人握住了。

栗锦绕过发疯的何佳青，看见了阴着一张脸站在那儿的方默生。

“学校里面不能打架，你们不知道吗？看看你们两个，衣服都湿了。”方默生看向旁边的何佳青，“佳青，你该去上课了。”

他眼中隐隐带着几分不耐烦。

何佳青乖乖地走了。

栗锦冷笑，刚才何佳青一口一个是她自愿的，但看现在方默生嫌弃的样子就知道他看不上何佳青。

那又是自愿什么呢？

她心里隐约有个猜测，这两人……一个愿打一个愿挨，真的要论起来的话，谁的罪更深重一些呢？但是不存在强迫性的话，这件事情就是她多管闲事了，而且她手上也没有证据能举报他。

想到这里，栗锦从地上捡起雨伞准备走。

“等等。”

方默生在旁边的饮料柜里买了一瓶热咖啡，放在栗锦的手上，他眼底沉着混浊的光：“怕你感冒，喝一点会暖起来。”说完也不等栗锦拒绝，转身就走人。

雨越来越大，栗锦拢了拢衣服，往教学楼走去。走到楼梯上的时候，她顺手就把那瓶咖啡扔进了垃圾桶里。

“少爷，您还下车吗？”

停在不远处路面上的一辆黑色轿车里，司机战战兢兢地问余千樊。

余千樊神情冰冷，他看到方默生维护栗锦，还给她买了一瓶饮料。

那丫头居然还带着饮料离开？

余千樊看着找到的关于方默生的那堆资料，一张一张翻过，冷笑："这种垃圾的饮料你也敢要？长本事了啊。"

司机大气都不敢喘一声。

"不下去了。"余千樊看向方默生离开的方向，"跟上去。"

方默生是去车库里取自己的车的。

但是他正要拉开车门的那一刻，一个穿着黑衣的男人将他的车门摁了回去。

"方先生是吗？我们少爷说，想请你一起喝杯茶。"

方默生也不慌，稳稳地托了托自己的眼镜："你们少爷是？"

"等你去了就知道了。"黑衣保镖十分冷漠地说。

方默生很识时务地跟着一起走，走到包间里看见坐着的那个男人时一愣。

"我倒没想到是你。"他将外套放在了椅背上，"余影帝找我什么事？"

"你当然不会觉得是我。"余千樊看着自己面前杯子里缓缓泡开的茶叶，笑着说，"你只会以为是你的哪位客户，或者未来的客户是吗？"

方默生斟茶的手一顿。

"你是指什么事情？"方默生很快恢复如常，"如果是来说这些事情，那你没有说下去的必要了。"

"倒是一点都不惊慌。"余千樊靠着椅背，十指交叉放在桌子上，"毕竟每一次你都把尾巴扫得很干净，没有给别人留下证据，而且那些女孩都是自愿的……"

"你是个足够聪明的人。"余千樊语气里并没有赞叹的意思，"所以，像你这么聪明的人，为什么要刻意接近栗锦呢？"

方默生脸上的笑容消失了。

"为什么说我刻意接近她？"他直视余千樊，"我和栗锦有什么关系？甚至我之前都不认识她，简直荒谬！"

余千樊抬眼："你的意思是你从一开始就不认识栗锦？"

他点头："当然！"

余千樊从口袋里掏出了一张合照，轻飘飘地扔在方默生眼前。

"那你看清楚这张合照再说话。"余千樊如黑墨一样的眼睛直勾勾地盯着他，"初中三年，高中三年，大学四年，十年同班同学的女儿，你说不认识？"

余千樊又扔出一张照片，一张婚纱照就落在方默生面前。

旁边还站着几个伴郎，其中一个就是方默生。

“连婚礼都请你去当伴郎的亲密关系，你说你不认识他家女儿？”

又一张照片砸在他面前。

“栗锦五岁生日，你还让人代送礼物被她捧在怀中，你敢说你不认识她？”

一整沓照片，全都是方默生曾经和裴瑗一家认识的痕迹。

“呵……”盯着这些照片，方默生突然轻笑一声，他抬起眼皮，一股子的散漫劲儿和刚才温和的样子全然不同。

“所以呢？你觉得凭着这些东西我会正面回答你的问题？”

话音落下，方默生只见面前那人突然伸出手，一股大力压着他的脑袋重重地砸在了桌子上。

他的眼镜被撞歪，脑袋一片眩晕！

余千樊一手压着他的头，一手抵住了桌子，眸中涌动凶光。

“方默生，你觉得我现在是在和你商量的语气吗？”

5 你为我骄傲了吗？

余千樊抬手拿掉了方默生的眼镜，拿起来看了看。

“没有度数。”他笑了一声，手上更用力地将方默生往下一压。

“是因为长了这么一双凶相毕露的眼睛，所以要用眼镜来挡一下？”余千樊垂眸看向方默生。

没了眼镜的方默生，眉眼上挑，一双琥珀色眼睛里透出几分凶狠的光。

相由心生这四个字还真是贴切他。

“呵！”方默生突然笑起来，“余千樊，做事是要讲证据的，我并没有做出伤害别人的事情。”

被压在桌子上，方默生眼底的疯狂反而更重。

“你动不了我的！”方默生笃定地说。

余千樊笑了一声，将眼镜丢到了旁边的垃圾桶里：“你要是再敢在栗锦身边晃悠，你看我动不动得了你。”他松开手。

“方默生，下次要装模作样之前先管好你自己的手。”余千樊瞥了一眼方默生放在腿上的手。

“明明都害怕得发抖了。”

方默生神情难看地用另一只手压住了不断发颤的手。

旁边的保镖为余千樊拿来外套。

余千樊不再管方默生，越过他离开，黑色的皮鞋在地上踩过，却干净到留不下一个脚印。

直到传来关门声，留下方默生一人的时候，他才弯下腰开始大口大口地喘气。

他们都是一样的人！

余千樊也好，栗锦也好，裴瑷也好！

上学的时候，他只能穿旧球鞋，但裴瑷的鞋子从来没有重复过，永远干净崭新。

那一天下了大雨，他被困在教室里出不去，是裴瑷让自家的司机顺路捎带了他一程。他永远记得当时自己的鞋子踩在车内白绒垫子上留下了两个黑色又脏污的泥水印。

那是与生俱来的差距。

他近乎疯狂地爱慕裴瑷，又自卑到极端地觉得自己配不上她。

那是要天下最优秀的男人才能配得上的裴瑷。

可惜……直到那一天，裴瑷牵着那个穷小子栗亮的手出现在他面前……

方默生深吸了两口气，将回忆都驱赶出去，勉强撑着手臂坐起来，掏出手机给那些人打电话。

“我们被人盯上了，近段时间不要再联系我。”

至少得等余千樊的眼睛从学校挪出去了再说。

方默生咬牙，神情扭曲地想。

栗锦正在接受最后一段时间的加练，其他一起出演的同学看着她一遍又一遍地在镜子前面矫正自己的舞姿，不由得抹了一把额头上的汗，惊叹说：“栗锦她都不会累的吗？”

“不是不会累。”林灵走过来在每个人头上挨个儿敲了一下，“是比你们更迫切地想要往上走。孩子们，机会不是站在这里看着别人努力就会有的。”

几人吐了吐舌头，却也连忙抓紧自己的训练了。

裴家。

裴天华和裴安围坐在裴苍海的面前，面前放了一张门票。

“我不会去的！”裴苍海非常大声地嚷嚷，“我才不会去看一群戏子在上面丢人现眼。”

裴天华摊手：“我和裴安都会去的，锦儿今天会上场，女主演，您要不要去就看您自己。”他一边说一边站起来收拾东西，“走了，裴安，去晚了就错过了。”

两人一点都不拖泥带水，直接拎起东西就走人了。

裴苍海重重地哼了一声，见两人走了，才重新把视线落在桌子上的门票上。过了大概半分钟，裴苍海悄悄地喊：“老李？”

李管家已经戴好手套从房间里面走了出来：“车已经准备好了。”

“谁说我要去！”裴苍海一把抄起旁边的门票，“我就是陪你去！”

老李默默点头，背起了这口锅。

下午四点，栗锦化好妆容，在休息室闭目养神等待上场。

观众席上乌泱泱地坐满了人，有本校的学生，当然更多的还是外面买票进来的观众。

以前A大也是有迎新表演的，但是从来没有出现连票都抢不到的情况。

那些年纪稍大的观众看看自己的左边，是捧着应援牌的小姑娘，再看看自己的右边，是拿着荧光棒的姑娘。

老龄观众：“？？？”

难不成这是演唱会吗?

当然是因为A大以栗锦为噱头做出的广告，这里来的不少都是栗锦的粉丝。

“我们栗锦什么时候上台啊？”

“好像是第三个节目！”

“什么？居然不让栗锦的节目压轴？没眼光！”

“看完她的节目我就走，哼！”

一群年轻人叽叽喳喳的。

裴苍海因为差了半分钟，差点没挤进来。裴安和裴天华给他留的是最靠前的位置，他开始眼巴巴地看着舞台。

第一个节目出来了，大合唱。

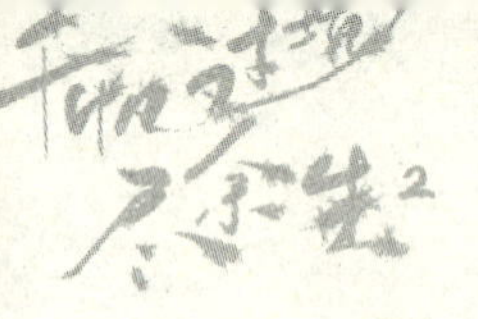

裴老兴致缺缺。

第二个节目出来了，舞蹈。

裴老开始打哈欠。

第三个节目……裴老瞪大了眼睛。

栗锦一步步地从舞台上走出来，神情、语气，都是裴老从来没见过的样子。

他不由自主就绷直了脊背。

这是融入了歌舞的表演，时间不长，毕竟不是专门的话剧场。

当战火的背景音乐在舞台上响起，栗锦双脚跪地将每一份沉重的悲情都融入舞蹈里的时候，裴老看得愣住了。

那是他的外孙女吗?

他从未看过这种现场的表演，那不是隔着一层电视屏幕能感受到的震撼。

栗锦的表演在他的心口点起了一把火，那火灼烧过老一辈固执的偏见，凝化为她们珍贵的梦想。

那种热情裴老明白，就像是他年轻时期，第一次闻到颜料的香气，五彩的水墨在纸张上晕染开，他觉得世上不会再有比画画更美好的事情了。

所以他让孩子们也画画。

让外孙女也画画。

可他忘记了，那只是他一个人的感觉而已。

就在这时，随着栗锦最后一个动作的完成，身后那些年轻人纷纷举起了自己的应援棒。

“栗锦！栗锦！栗锦！”

一声高过一声的呼喊是疯狂到极致的喜欢和热爱。

裴老久久不能回神，整个场馆的热情和高亢的兴奋将他整个人包围起来。

“谢谢大家。”栗锦身上都是汗，但此刻站在舞台上，那些汗水仿佛成了钻石，那是每日每夜不懈排练的见证。

每天比别人多练一个小时，在舞台上，观众的视线就会多在你身上停留一分钟。

观众台上似乎有个年纪不小的女人，算是栗锦的妈妈粉，正扯着嗓子拼命地喊：“栗锦！女儿！你是妈妈们的骄傲！”

裴老缓缓闭上眼睛，压下涌出眼眶的滚烫。

站在舞台上的外孙女……

让他这个老顽固引以为傲了！

6 铺好星芒万丈的路

栗锦从台上下去的时候，额头上的汗还未干。

“栗锦，你的手机刚才一直在响。”休息室里有同学提醒她。

“没事，应该是综艺那边催我过去录制。”

“真羡慕你。”收拾东西的同场同学忍不住开口，“我们也想一个活动下来就继续另一个活动啊！”

如果说栗锦已经到了试飞阶段，那么他们就还尚处于破壳阶段。

“栗锦，千樊老师找你。”

几个女孩子脸色通红地一路狂奔过来，满眼都是羡慕：“你们是不是要一起去录制节目了？”

栗锦也没想到余千樊会来接人，收拾好自己的东西往外面走：“应该是的，我们下一期要合作。”

栗锦从走道上出来，看见余千樊的车，而他正靠着树，越过黄昏带着点绯红的光看她。

“余千樊！”栗锦高兴地跑过去，“我昨天做出了我们到时候在比赛里要用的曲子了！”

一首基于她和余千樊两个人的形象，单独创作的曲子。

就算栗锦对余千樊没有什么想法，但是单纯从欣赏的角度上来看，他的确是一个很能刺激创作者灵感的人。

“嗯。”余千樊的目光还落在她的脸上。

“给你听听！”栗锦直接插上耳机，“我们还得找人编舞，这个编舞可能会有点难。”

余千樊戴上耳机，另一只就连在栗锦的耳朵上，他收回目光，顺带将方默生的事情也咽了回去。

音乐流进余千樊的耳朵里，他吃惊地看向栗锦。

“怎么样，是不是特别适合我们两个？”栗锦高兴地说，“如果有好的编舞……”

“我来编舞。”余千樊打断她的话。

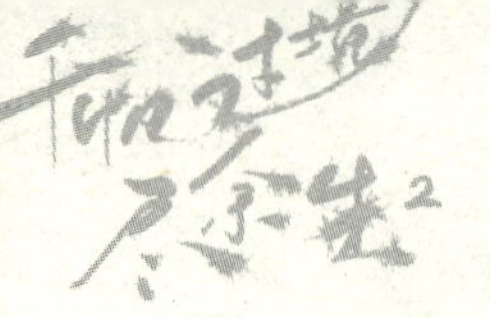

栗锦一愣，余千樊还会编舞吗?

余千樊迎着她怀疑的目光轻笑了一声，他摘下自己的那只耳机，附身轻轻扣住栗锦的另一只耳朵。

他张口说了句什么话，但是栗锦满耳朵都是音乐旋律压根儿没有听见。

她急急忙忙地扒拉开耳机：“你刚才说什么了？”

余千樊往车子的方向走去：“没说什么。”

脚下的草尖被风吹得弯下头，只有它们偷听到的那句话成了秘密。

他说：你放心，我一定会送你登上顶峰，走上星芒万丈的路。

栗锦和余千樊赶到节目组的时候，看见了木槿和何晗都带了许多人过来，好像是一整个制作团队。除此之外，木槿还带了六七个编剧过来，显然是各自都准备在最后一局发力了。

“就你们两个啊？”总导演见他们两个两手空空过来了，“人家都是请大把的人才，你们俩……”

总导演困惑地晃着脑袋：“这么有自信啊？”

人家至少跟着导师的团队，导师也是请了人过来帮忙的。

“小栗锦，这次能不能赢啊？”总导演逗她说。

“这你得问我们总判长。”栗锦拍拍余千樊的肩膀，“我的生死都掌握在总判长的手上了。”

最后一期的训练是保密的，只会录一些队员之间相处的模式，如果能有争吵或者是别的矛盾就更好了，也是很好的看点，事后大家再坐下来和和气气地握手言和，说一堆你好我好大家好的话。

至少其他的组是这么做的，摄像师们也不愁没有爆点。

但主要的流量区代表栗锦和余千樊的这一组却没有任何动静，不对，也不能说没有动静。

他们只是没有争吵，总导演为了这个都愁秃了头。

“他们这样到时候没有东西可以剪啊！”

就在这时，一个摄像师急匆匆地跑了过来：“导演！吵起来了，栗锦和余千樊终于吵起来了！”

总导演眸光一亮，立刻对着身后的摄像师一招手：“快快，都抄东西跟我走。”

一群人走到门口，果然看见在房间里面僵持的两个人，余千樊脸色还黑沉沉的。

“栗锦，趁我还好说话的时候把东西给我拿出来。”

总导演一拍手，这火药味，不错！

栗锦冷哼了一声，死死地护着一个纸箱子。

“我用实力得到的东西为什么要给你？”

“你非要在演出之前弄这些吗？”余千樊说了重话，“你这是对舞台不负责任！”

气氛紧绷到极致。

总导演逐渐皱起眉头，这话说得过分了啊。

栗锦就是不让开：“我粉丝都不会说什么，你管我那么多？”

总导演纠结地捏着自己的手，他是不是得出去劝架了？

就在他还在思考的时候，余千樊居然伸手要去扒拉栗锦，栗锦转身就跑。

“不好打架的，不好打架的！”总导演哪里还顾得上那么多，立刻就冲了出去。

结果，栗锦刚端起手上的纸箱子往前跑了两步，底下的胶带就突然裂开，呼啦啦地掉了一团东西下来。

“哐当”一声，一个小铁锅砸在了地上，还有大白菜、牛肉卷、土豆和火锅底料。

总导演目瞪口呆。

余千樊有些头痛地捏着自己的眉心。

“明天就要上台了，你非要今天吃火锅吗？”他耐心劝着栗锦，“外面买的火锅底料不一定干净，你会胃痛。”

“不会的。”栗锦看起来都要流口水了，“我就吃一口！”

总导演：“……”

站在这里的他就是一个愚蠢的二货！

总导演气呼呼一摆手：“煮什么火锅，没收！”说完，“哐当哐当”地把东西都收走了。

栗锦直到晚上排练完也没有吃到自己想吃的火锅，不过晚上的时候，她倒是接到了一通意想不到的电话。

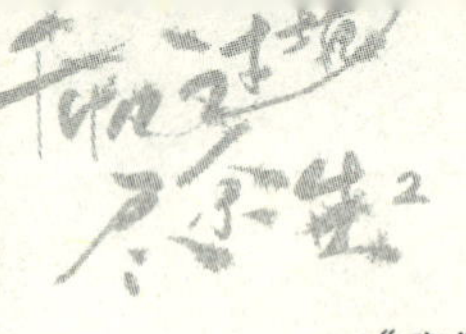

“我们见个面吧。”何晗在电话那边说。

栗锦挑眉，披上外套走出去。

何晗就站在窗边，月色落在他的侧脸上，好像……身材一般般，容貌也不算顶尖。

栗锦突然有些迈不开脚步，她当时为什么会那么喜欢何晗呢?

何晗转过身，就看见栗锦满脸嫌弃地站在那里。

他两指之间还夹着烟，烟雾缭绕之间，他问栗锦：“你是不是早就已经不喜欢我了？”

栗锦有些嫌弃他满身的烟味。

那时候也是这样，不管她有没有在何晗身边，他该抽的烟还是照样抽，也不管她是不是吸到了二手烟。

“呵！”栗锦冷笑了一声，“你要是想来说这种不着边际的话，我就回去睡觉了。”

她担心他有录音。

不承认，就是气死你!

“余千樊要保你，我当然没有办法。”何晗嗤笑了一声，他眼底有燃烧的光，“也好，我赌上现在所有积蓄请来了专业团队，和你们搏一把。”

他不信，余千樊难道真的不可撼动?

“栗锦，之前咱们一直都是放在暗面上的斗，这次正面较量一番吧。看看谁会成为最后的那块踏脚石！”

栗锦弯唇，什么话都没说直接转身离开。

这是一种无声的轻视。

永远在你身边

第六章

1 我和你，谁强？

很快迎来最后一期比赛，这一次的比赛全程直播，现场投票。

网上投票的时间也是固定的，所以几乎开播的第一刻，弹幕上就密密麻麻的都是人——

“为了我女儿来的！”

“何晗弟弟加油！！！”

“啥都不说，我谁都不支持，为了我们千樊哥哥来的。”

到了最后一天，那些各家潜水的粉丝也都纷纷冒泡加入应援队伍了。

这一场的主持还是栗锦的熟人，把栗锦介绍给白金的那位前辈，方晓闻。

“想必大家一定非常期待各组的表演节目了。”方晓闻特意顿了顿，“今天晚上是胜负夜，相信胜者一定是获得最多掌声的那一位。”

何晗带着他们队的成员还有导师刑天一起等在后台。

刑天拍拍何晗的肩膀：“紧张什么！我的团队加上你高价请来的团队，我们一定能炸翻全场！”

何晗点头，这一次他对曲目和编舞的要求就一个。

足够炸！足够燃！一定要抓人眼球！

栗锦和余千樊还在慢悠悠地补妆，舞台上已经响起了何晗他们的曲子。

“曲子不错。”栗锦挑眉。

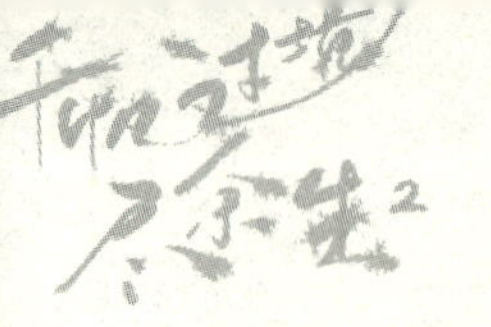

余千樊闭着眼睛，化妆师一点点地给他化眼影。

“他们的舞蹈也不错呢。”化妆师笑着插话，“我看见过他们排练，非常有爆发力。”

“你紧张吗？”她好奇地问余千樊。

余千樊显然不想回答。

栗锦也缓缓闭上眼睛，单纯有爆发力是不够的……至少面对余千樊这种怪物级别的人是没有用的。

栗锦以前就知道余千樊很能耐，但直到他把完整的一套编舞展示出来的时候，她才知道“能耐”两个字根本配不上他。

舞蹈最后，何晗将一套高难度的动作做完，单手撑在地上完美收尾，整个舞台都像是燃炸了一样。

“何晗！何晗！”场下的粉丝高呼他的名字。

何晗心口的一块大石头终于落地，这次的演出，他超越了自己。

他以前也是一路披荆斩棘从选秀节目里走出来的，他相信今天也一定一样，就算是余千樊想要封杀他，也不可能不顾及他现在的人气吧？

除非公司不想要名声了。

一个又一个节目上去，除了木槿那场话剧还有点意思之外，其他一些都算不上惊艳。

终于轮到栗锦和余千樊了，场上的欢呼都变得热烈了一些。

所有选手都坐在了前排的观众席上，镜头扫过他们的脸，其他人倒是能应付地露出一个笑容，只有何晗，完全挤不出半点笑容。

“接下来就是我们最后一组成员，是很勇敢的两人组。”方晓闻看着卡面上的台词，“哇哦，和别的组不一样，这一组有点厉害了啊。”她真心诚意地感慨，“编曲到编舞，都是他们自己完成的。大家欢迎，我们最后的压轴组为我们带来舞曲《恶鬼》！”

整个舞台都暗了下去。

下一刻，所有的灯光都往中间照亮，穿着白裙的栗锦半躺在舞台上，漂亮的身段在灯光下十分耀眼。

场下她的粉丝很给力地应援起来。

很快，音响里传出了诡异笑声，低低绕绕。

栗锦撑开双手，那是一个代表受伤的舞姿。

台下逐渐安静下来，前面一组组都是燃炸的舞台，这一瞬间的安静显得尤为特别。

前奏带着浓重的哀伤，下一刻响起了一阵密集的鼓点。

又一束光打在另一处，光明落下时，余千樊睁开眼睛，猩红的眼似在鲜血温泉里泡过的上等宝石一般，扯开的衣领口上画着繁重复杂的花纹，金红交织，他半张脸上戴着银色的面具，衣服背后是狰狞的恶鬼在咆哮。

当恶鬼遇到了落单的少女。

音乐突然紧张起来，余千樊拽起了栗锦。

如果说前面那些舞蹈像烟火的瞬燃，那此刻栗锦和余千樊展露出来的舞蹈是花与冰的对撞。

赏心悦目。

但是融入情景，栗锦的舞姿却仿佛是痛苦的，带着满身伤痕，而恶鬼余千樊则是站在高处仰望。

少女几次想跑，但都被恶鬼抓住了手腕。

那是折断翅膀的痛楚。

他把少女关了起来。

一束灯光落下，是栗锦的独舞，音乐压抑悲伤，她的每一个动作都仿佛马上就要挣脱，可又冲不出去。

观众们都被感染得呼吸困难。

下一瞬间，曲风从压抑变得安静起来，让人想起爬满花藤的寂寞古堡，栗锦头上的光束变暗，余千樊那边的光束亮起来。

光束落下的那一刻，栗锦将视线落在了旁边余千樊的身上。

他不仅仅只是演戏厉害，他的舞蹈寂寞又唯美，还带着少年情窦初开的羞涩。

在每一日的纠缠和陪伴之中，恶鬼爱上了少女。

光芒亮起，余千樊伸出手牵住了她的手。

他掌心冰凉，栗锦跟随着他一步步走去。

音乐慢慢变得温暖起来。

少女的伤好了。

观众们眼睛一动不动地盯着舞台，那些竞技者同样死死地盯着舞台。

这舞蹈让人上瘾。

但何晗的掌心却越来越凉，这个编曲别具一格，编舞更是出色……还有栗锦和余千樊，他们合作得很成功，而且隐隐有在舞台上较劲的意思，以至于现在整支舞的气势还在逐渐攀升。

总导演也忍不住点点头：“两人都很出色，但是栗锦稍显弱势……”

这句话都还没说完，场上的音乐突然一变。

下一刻，栗锦的手上不知什么时候多了一把红粉，随着舞姿往上一抛，那鲜红的粉末纷纷扬扬落下，曲子里传来了女人的笑声。

仿佛内心的魔鬼伸出了翅膀。

红粉落在她的白裙子上，像丝丝缕缕的血迹。

她伸出手掐住了余千樊的脖子。

场下传来惊呼声，在高潮处……恶鬼的角色互换了。

或许说这个男人本来就不是恶鬼，因为恶鬼不会动心。

看着柔弱的女人伸出了自己的利爪，音乐变得急速起来，余千樊扬起脖颈，灯光亲吻过他漂亮的曲线。

“神了！”总导演瞪大了眼睛。

栗锦的气势在上升，她的舞蹈逐渐变得有力、张扬！

马上就要结束了，栗锦扬唇，所有人的注意力都落在了她的身上，可下一刻，她看见余千樊突然做出了一个在预料之外的动作。

他取下了自己半边面具。

栗锦心底一个“咯噔”，这段没有排练过！

但是他也没有多余的动作，只是眼眶变得通红。

他在哭，从眼角落下的泪砸在了每个人的心里，所有人都像是被狠狠捏住了心脏。

栗锦差点都没踩对舞步，余千樊……你是要较量吗？

何晗一开始说较量的时候，栗锦压根儿没放在眼中，她追逐的目标从来都只有一个。

余千樊！

这一场是他们的合作，但更是比赛！

栗锦停下了动作，别以为只有你会临场发挥！

她的舞步突然变了，在结尾的最后一刻，裙摆飞扬开，她神情倨傲地弯腰，冲着男人伸出了手。

余千樊一怔，她改了结局？原本的结局是，少女杀了男人。

但她伸手了，是真情相邀？还是又一次的戏弄？

众人提起了心。

但这就是结尾，如曲风一样，让人捉摸不定的结尾。

少女和男人在一起了吗？没人能给出这个答案。

下一刻，台下掌声如雷鸣，有人疯狂地喊着余千樊和栗锦的名字。

栗锦将余千樊扶起来，两人象征性地抱了一下。

抱的那一刻，栗锦在他耳边说："心机深沉啊，总判长，眼泪不值钱？"

耳边很快传来轻笑声。

"彼此彼此吧，结尾结得不错，1号。"

2 抱歉了，何晗

掌声长久不散，所有人都上了台。

方晓闻将话筒递给了身为总判长的余千樊。

"余千樊！"下面的粉丝激动地叫着余千樊的名字。

以前余千樊虽然也跳过舞，但是从来没有这么卖力过。

他和栗锦的这一场舞是两股气势的交融和暗中比较，他们的气势相互蚕食着达到一个又一个的至高点。

"三分钟，请大家开始投票。"余千樊站得笔直，他一开口，略微低哑的声音差点儿让已经为他疯狂的粉丝们更加控制不住自己。

"所有人往后转。"余千樊看向竞技者们，"你们可以亲眼看着自己的数值变化。"

"不许低头也不许闭眼睛，请你们直面你们的成绩。"

下一刻，众人看见栗锦那支队伍的票数以一骑绝尘的姿态往上升，因为是碾压式的成绩，其他人的票数看起来就和没有动弹一样。

"现在开启网络投票，为期三小时。"

余千樊放下话筒。

这三小时里所有人的票数涨幅他们都是看得见的，但是一些人觉得已经没必要看了，因为如果他们是观众，在只能投一个人的情况下，他们会毫不犹豫地投给栗锦。

何晗死死地盯着屏幕，他不甘心！

如果今天真的输了，那他就真没办法了，公司……公司一旦完全落入余千樊的掌控之中，那他还有活路吗？

栗锦的票数还在涨，比别人快几倍地涨。

栗锦打开微博，看见热搜上果然都挂着他们的舞蹈。

但出乎她的意料，余千樊的女友粉们好像都很平静。

“虽然他们俩的舞很默契，但是根据内部消息，他们两个是不和的！”

“内部消息，余千樊和栗锦不和，嘘！大家悄悄的。”

“管他和不和，反正栗锦编的曲子真好听，余千樊编的舞真好看。”

“万人血书跪求这两人不要当演员了，来当爱豆吧。”

“给楼上那位姐姐端我的意大利面来！”

当然，还有一些画风清奇的评论。

“跳完舞了，快给我女儿把她的牛肉火锅端上来！”

“千樊哥哥你就给栗锦吃一口啊！”

“火锅！！！大家伙不要忘记火锅啊！”

栗锦一边看一边被逗乐，正好旁边木槿走过，见到这笑容顿时面色一寒。

栗锦已经笃定自己会赢了吗？下次她一定要让栗锦败在自己的手上！

木槿要绕过栗锦走出去，但是眼睛还钉在屏幕上的栗锦却伸出脚拦住了她的路。

“做什么？”木槿扬唇，“怎么，你就这么想要炫耀吗？”

“不是炫耀。”栗锦将视线从手机上拉出来，冷然地看向面前的女人，“我是警告你，方子雨是你的亲戚吧？”

木槿面色一凝：“你怎么知道的？你调查我？”

“不用调查，你那个好姐姐自己告诉我的。”栗锦靠近木槿，一把抓过了她的衣领，“你告诉我，你那位姐姐现在怎么样了？”

怎么样？

木槿心底一片冰凉。

被高凤盯上，封杀就不提了，还有各种各样的违约金要方子雨付，现在圈子里人人都避她如瘟疫，也包括木槿自己。

“你以为她真的是得罪了高凤才变成这样的吗？”栗锦手指在木槿的脖颈处轻轻地摸了一把，“我警告过你了吧，让你躲好，不要再回到这个舞台，你为什么不听呢？”

木槿被她这软绵绵的口气弄得鸡皮疙瘩都起来了，一把推开了她的手说：“你少装模作样，你能拿我怎么样！节目都已经录制结束了！”

木槿说完这些话拔腿就跑。

她才不信栗锦能对她做什么，不过就是吹牛！

栗锦冲着木槿的背影露出了一个笑容，刚转弯却听见了何晗的声音。

“对，我想要换公司，你给我联系一下，上次你不是说白化娱乐的那一位想要见我吗？”何晗的声音听起来很着急，“说会帮我付违约金的，我结束录制了就去见他。”

白化娱乐是出了名的压榨艺人，有各种各样的黑料。

栗锦挑眉，没想到何晗连这种地方都考虑上了，现在他待着的公司明明口碑还是不错的啊。

不过这一切都和她没关系。

栗锦悄悄离开，拐弯去了化妆间。

“新款的香水，到时候借你们喷一下。”

有个化妆师姐姐在和别人炫耀自己斥重金买来的香水小样。

“姐姐，这个能借我用一下吗？”

栗锦闻到了飘浮在空气里的花香。

三个小时很快就过去了，栗锦是毫无悬念的第一。

录制收尾后，栗锦挨个和工作人员道谢。

“那些代言的资源我会发到你经纪人那里去。”总导演满意地看着栗锦，这次的综艺他是打了极为漂亮的一战，“下次我要是再弄综艺，也不知道还请不请得动我们小栗锦了啊。”

现在还能叫一声小栗锦，只怕再给她个两三年，都得叫栗锦老师了，这孩子的发展速度一点儿都不逊色当年的余千樊，甚至连潜力也是。

“有机会肯定还会合作的。”栗锦打了个太极。

“那部大IP的剧也是你的奖励之一，不过距离洽谈完成还有一段时间，到时候谈完了我再通知你。”

栗锦对这些都毫无意见。

她四下看了一圈，除了那些还没回去的竞技者正在和副导演、编剧卖乖之外，没看见余千樊。

“何晗前辈，你这就要走了吗？”一个竞技者的声音传来。

栗锦将手放进了自己的口袋，往何晗那边走去。

何晗现在满脑子想的都是跳槽的事情，根本顾不上别人，低头走自己的路。

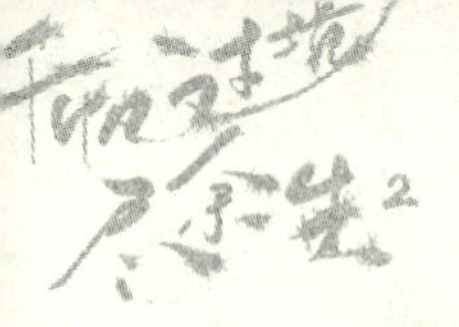

可谁曾想走到一个拐角的时候迎面就撞上了一个人。

何晗被撞得踉跄，与之相撞的人喷了很多的香水，浓郁的花香直接撞进他的鼻子里。

“你怎么回事，走路不看路的吗？”

何晗愤怒地抬头，对上了栗锦的眼睛，他顿时就将唇抿得紧紧的。

栗锦直起腰拍了拍身上的衣服，空气里的香味更加浓郁了。

她笑得眉眼都弯起来：“我刚才没看见你，抱歉啦。”

何晗冷哼了一声，转身扭头就走。他并不想和栗锦纠缠，看见她就只能想到自己的败北。

栗锦站在原地看着何晗的身影逐渐消失，缓缓弯唇，摸了摸口袋里的那瓶香水。

“抱歉了，何晗。

“我们的较量，现在才正式开始！”

3 栗锦的真面目？

何晗急匆匆地抵达约定的酒店，他的经纪人已经在等着了。

“你争取这次一次性就谈成功。”经纪人愁眉苦脸，“不然我们在公司里是真的没活路了。”

他培养了一个又一个的艺人，也就何晗现在起来了，算是小有名气，何晗要是走的话，他肯定也要跟着一起走的。

何晗整理了一下自己的衣服，往酒店的包间里走去。

白化娱乐那边已经有人在坐着等了。

“这位是白化娱乐的罗总监。”经纪人脸上带着讨好的笑容。

他给何晗使眼色，让何晗去给人家倒酒。

何晗在原公司可没碰到过这种事情，他有点不适应，拿酒杯的手有些发虚。

“不用了。”罗总监抬手制止了他，“这次的综艺你没获胜？”

何晗脸色一僵，面子上有点挂不住。

“输给了一个演员出身的新人？”罗总监冷笑了一声，“说实话，本来我们还以为至少你不会输给那个小丫头，这样你的身价才对得上我们帮你支付的巨额违约金。”

罗总监的目光是衡量货物价值的目光：“可惜你好像不值这个价？”

何晗咬紧了牙。

“我们何晗还是很有实力的，那个栗锦是有人在捧她。”经纪人连忙给罗总监倒了一杯酒，“等去了白化，我们何晗一定会更加努力工作的。”

经纪人率先给出了保证，谁让何晗说他得罪了余千樊呢。

“而且我们何晗会努力配合公司的要求，何晗，你说是不是？”经纪人冲何晗挤眉弄眼的。

至于配合什么要求，何晗也不是刚出道，自然是明白的。他脸色煞白，但还是艰难地点了头。

他不能放弃现在所得到的一切。

罗总监好好地挫了挫这个小演员的锐气后终于满意了，缓和了脸色，冲何晗招了招手：“过来吧，坐到我旁边来。”

经纪人松了一口气，把还僵硬在原地的何晗往罗总监那边一推。

“阿——阿嚏！”

何晗一靠过去，罗总监直接就打了个大大的喷嚏。

“阿嚏！阿嚏！该死！”

罗总监被刺激得直冒眼泪，很快，脖颈处就冒出一小圈红色的点点。

何晗还要去扶他，结果他喷嚏打得更加厉害了。

“滚，阿嚏！滚开！”

是那个牌子的香水没有错，好闻的花香一下子就让罗总监整个人要崩溃了。他对那个牌子的香水里的一种物质严重过敏，但那不是女士香水吗，何晗是哪根神经不对去喷女士香水？

“医院！阿嚏！”他断断续续地艰难说出最后几个字。

经纪人不敢拖延，立刻叫来了车，三人又是好一通折腾。

罗总监都因为何晗躺进医院去了，说好的合约自然也就泡汤了。

何晗疲惫地坐在车上，眉头紧锁，心底对栗锦恨得咬牙切齿。

一定是刚才栗锦身上的气味传到他身上了。

要是栗锦在，估计能笑得肚子痛。她就是因为在走道听见何晗要见罗总监，又想起罗总监过敏的事情，才故意设下这个局的。

“你和余千樊之间就真的没有转圜的余地了吗？”经纪人暴躁地抓了抓头发，“说实话，就白化娱乐那种地方，给咱们现在的公司提鞋都不配！”

“你挑谁得罪不好偏偏挑余千樊，你不知道现在余千樊已经快要成为公司里面最大的股东了吗？等他手上的股份再收购一些，那就彻底成了公

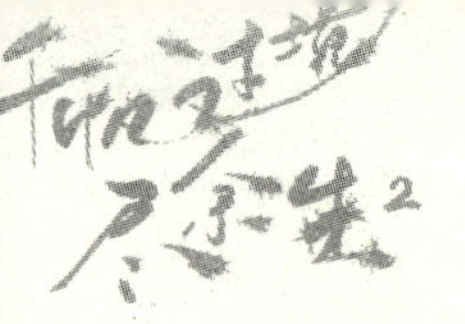

司一锤定音的人，要雪藏你是很容易的事情。”

经纪人掏出烟迅速点燃，小小的车子里很快就弥漫开一股刺鼻的烟味。

“我会再帮你联系看看别家公司，但是你就趁着余千樊还没成为第一股东的时候，试试看能不能和他拉近关系。”

何晗满脸躁郁地点了点头。

两人鸡飞狗跳地闹了一阵回到公司，才发现公司的气氛堪称冷凝。

“怎么了？”经纪人抓着同事问，“是发生什么事情了吗？”

“哎哟，你还不知道呢？”那同事伸出大拇指，往上指了指，“咱们顶上这一位！”

经纪人面色一变。

那个同事继续说：“变天喽！”

经纪人一把抓住那同事的手，急切地问：“变成谁了？”

可千万……千万不要是余千樊啊！

那同事还没说完，就看见里面议事厅的大门打开，一群老股东仿佛众星拱月一样围着一个年轻男人走出来。

“千樊啊，不对，余总，往后还要请您多多指教了。”

“相信我们公司一定会在余总的带领下走向一个新的高度。”

余千樊站在众人面前，一路走过来目不斜视，旁边那些职员自发地向余千樊问好。

他解开自己外套的扣子，一边走一边说：“我成为最大股东的事情暂时不要对外公布，也不用去宣传。”

底下的人连忙点头。

换老板那就是连带着内部人员也可能要大换血啊，谁敢在这时候触新老板的霉头？

何晗的一颗心仿佛沉到了冰水里，他绝望地闭上眼睛。

全完了！

余千樊松了一下领带，突然往何晗这边看了过来。

那一瞬间，何晗仿佛感觉到了铺天盖地的压力在对着他涌过来。

余千樊冲着他露出一个意味深长的笑容，离开了公司。

那些平常仰着头走路的老头一起将他送到门口，满脸堆笑地目送他上车离开。

一时之间，何晗就想到了今天对自己呼来喝去的罗总监，心情变得十分复杂。

同一时间，栗锦回到家，掏出手机开始看热搜。

她的粉丝已经涨到五百万了，借着综艺的这波余热应该还能再涨，而且等到《夏初的时光》开播，那才是她真正收获粉丝的时候。

“恭喜我家女儿夺冠！”

“从始至终的1号！”

“我一直担心我老公栗锦那张招蜂引蝶的脸会让你们觉得她是偶像派，还好她自己证明了是实力派。”

栗锦看得直笑，再往下刷就满满都是评价余千樊和她的那支舞的。

“不论看多少次我都觉得惊心动魄！”

“哥哥！！！我可以！！！”

“余千樊你有本事就把衣领再扯开点啊！”

“不露腹肌你算什么男人！”

“余千樊你为什么哭？哭得我心都碎了。”

栗锦看着视频里面她和余千樊的舞蹈，果然加上舞台灯光的效果，比起他们练习的时候还要好上许多。

下一刻，栗锦就看见了一条莫名其妙的推送进来了。

“综艺第一名，你们喜欢的栗锦的真面目，藐视挑衅前辈，这就是你们粉的人？”

下面还附带一段视频。

栗锦抿唇，眼底有幽黑的光在汇聚。

那是那天，她和汪岩的作品被抄袭之后，她一脚踹翻何晗凳子的视频。

4 刽子手的狂欢

这条视频的热度像是疯了一样在网上发酵。

王黎很快打了电话给栗锦。

何晗正在忧愁下家的事情，经纪人兴奋地冲过来说：“何晗，你上网看看，你和栗锦一起上热搜了。”

何晗一怔，结果却刷到了那条视频，他眸光一亮。

“这是什么时候的事情？”经纪人惊叹。

“之前的事情了。”何晗一下子就从凳子上站了起来，“对啊！我怎么没有想到呢！”

当时围观的人那么多，肯定有人拍了这一段视频，现在栗锦大出风头，他们之中指不定有人在这个节目之中是最后一搏。

那些人的心态可是相当可怕的，我走不上那条路，也不让你走。

“我可真要谢谢发这条视频的人。”何晗狠狠地亲了一口手机。

“现在怎么办？”他看向自己的经纪人。

经纪人也高兴，栗锦这一波的名声肯定是臭了，得了第一又怎么样，现在这种情况有人承认她是第一名吗？

如果栗锦不是第一了，那何晗不就是第一名了？

而且现在显然何晗是处于被欺负的一方，不管是粉丝还是路人都会站在何晗这边的。

“去卖惨！”经纪人兴奋地搓着手，“说得越惨越好。最好透露出你是因为这件事情被影响了心情才导致决赛舞台演出的时候没有发挥全力，最后输给了栗锦。”

何晗正要动手，冷不丁地，木槿的电话就打过来了。

“何晗，你看见那个视频了吧？”

何晗挑眉，心情极为不错地说：“当然。”

“该死的！”木槿的声音听起来却很暴躁，“我告诉你，你千万不要在网上做什么回应，也不要去招惹栗锦，这个女人邪门得很！”

木槿现在很心慌，综艺结束之后她特意去了解了一下方子雨的那件事情，居然是栗锦那个女人一手策划的。

听方子雨说完整个前因后果，木槿睡觉都睡不踏实。

“何晗，你听我说，栗锦这个女人不是省油的灯，而且如果你在舞台上让她出丑了那还好说，可现在她赢了，有人气，是我们剽窃在先，万一这件事情被发现……”

何晗眉眼间尽是冷漠：“都到了这一步了，木槿你就不要再来阻拦我的路了。”他点燃了一根烟，“不说你是不是故意想给我废稿，就说栗锦他们能有什么证据？这件事情你知我知，只要你给我把嘴巴闭紧了就不会有人知道。”

木槿还想劝劝他，毕竟当时她预想的是栗锦拿不出节目直接愣在台上，等节目播出之后大家都会嘲讽栗锦，投票也会下来，栗锦也不能继续参加这个综艺了。

但是栗锦挺过去了，而且拿出了更棒的作品。

木槿受到的教育一向都是如果不能把人一脚踩死，那就选择暂时性休战。

“你……”

她还想说什么，但何晗已经挂断了电话。

何晗冲着手机冷嗤了一声：“所以说女人就是不行，做事情一点魄力都没有，畏手畏脚怎么成大事？”

他直接打开了微博开始卖惨。

何晗：“不知道是哪位竞技生拍到了这一段。说起来还有点丢人，作为一个男人，也作为一个前辈，不奢望人人喜欢我，但是我觉得我也不至于让人厌恶到这样的地步，当时觉得挺震惊的，也和 @栗锦聊过，但是没有结果，为此还影响了后面决赛的舞台表现，对不起大家了。”

通篇没有一句狠话，却让人浮想联翩，并且确定了栗锦动手的这个事实。

偶像都亲自下场了，寒气们一时之间也都震怒了。

“就栗锦这种人也能成为第一？”

“原来我们哥哥是被欺负了才没发挥好的，大哭！”

“这个栗锦之前不就骂了方子雨吗？怎么有暴力倾向？”

“神经病就要去神经病医院关起来啊。”

“我真是气哭！我们哥哥在圈子里是出了名的人缘好，对待工作兢兢业业，尊敬前辈，为什么会让他碰到这样的事情？”

自家偶像受了委屈，寒气们立刻开始各种剪辑，就是以前他刚出道的时候，那些营销的片段。

被前辈夸奖，为人特别好，圈子里都是他的朋友……这些素材统统都趁热拿出来再卖了一波惨。

还有不少跟着被吸引过来的路人，他们不是任何人的粉丝，甚至对两人都没有了解，可能只是在上班的时候被老板骂了一顿，然后顺手刷到这个消息，冷笑了一声给栗锦留下了一句泄火的评论。

“神经病去死吧！”

也可能是一个生活不幸每天自怨自艾的人，看见了这个视频，同时也闻到了狂欢的气息。

“我要是何晗我能反手把她打得爹妈都不认识！”

“家里有背景吧才能这么欺负人？”

恶评是豺狼们的盛典，如同秃鹫找到了腐肉，苍蝇盯上了疮口。

栗锦面无表情地刷着这些评论，她变成了人人喊打的过街老鼠，还抽空登录自己经营的小号看了一眼粉丝群。

果然，她蹿红太快，不少粉丝开始左右摇摆起来。

“栗锦真的是这样的人吗？”

“如果是真的那我好失望啊。”

当然也有大粉出来控制情况的。

“要相信我们栗宝，她不会做这样的事情的。”

“栗宝”是粉丝们统一起来对她的爱称。

“你们忘记上次方子雨事件了吗？我们栗宝还没出声。”

“群主姐姐，你怎么说？ @栗子树下的回忆”

栗锦看到这个眼熟的ID顿时乐了，不管是哪辈子，程忆都是她的粉头啊。

程忆很快就发声了。

“本来这个群的人数就过多，我什么也不想解释，你们愿意相信栗宝的那就留下，不愿意相信栗宝的那就走。”

程忆很生气，非常地生气！

她看着那些难听的字眼全都往栗锦身上倾注的时候，恨不得把那些躲在键盘后面的人全都揪出来。

“正好我也想看看真正能在危难时刻站在栗宝身后的人有哪些！”

程忆噼里啪啦地敲着键盘，看着群里的退群提示不断响起，神情没有半分动摇。

栗锦舒舒服服地躺下来，手机却响了起来。

那边传来《爱豆与演员》总导演凝重的声音：

“栗锦，之前和你说的那个IP的角色拿不下来了。”

5 冤家路窄

栗锦晃动的脚丫子一顿。

“怎么突然变卦了？”栗锦挑眉。

总导演那边的声音变得吞吞吐吐起来：“这不是你和何晗这件事情也

没有解决嘛，那导演怕影响不好。”

“那说好的奖励就这么飞了？导演，我可是为你赚了不少流量的吧？”栗锦挑眉，似笑非笑，“你就没帮我说两句话？我在拍摄的时候是怎么样的人，会不会主动招惹别人您不清楚吗？”

“我清楚有什么用啊？”总导演“啧”了一声，“你也拿不出证据来啊，反而这个视频看起来倒是真的。”

“行了，我就是通知你一下。”总导演到后面声音有些不耐烦，“要是能解决这次的事情，这角色说不定还能有转圜，你自己努努力吧。”说完直接就挂断了电话。

栗锦也不吃惊，这个圈子本来就是墙倒众人推，你风光之时一呼百应是真的，有成群结队的“朋友”也是真的，但是等你名声臭了，大家都恨不得不认识你。

半夜，栗锦突然接到一通电话。

“那个……栗锦你还好吗？”电话那边传来刘燕的声音，还有小乐在哭闹的声音。

栗锦应了一声。

刘燕踌躇着，试探性地说：“我看网上现在对你很不利，要是……”

“放心吧，这对我来说不算什么。”栗锦看向窗户，外面漆黑的夜让窗户像是一面镜子一样将她冷笑着的表情映照得清清楚楚，“该支持你的时候我会回来的，那母女两个现在还听话吗？”

刘燕松了一口气。说实话，她就算有儿子，也一下子动摇不了李颖的地位。她知道，当年栗亮和她在一起就是想让她帮忙弄遗嘱的事情，他最喜欢的人还是李颖。

“不怎么安生。”刘燕皱紧了眉头，“那个李颖看小乐的眼神也是越来越可怕。”

“那你就看好你儿子。”栗锦掀开面膜，“等我抽出时间就会回家一趟的。”

“好吧。”刘燕咬唇，本来是想让栗锦回来帮她的，但显然现在栗锦自己都忙着呢。

栗锦挂断电话，冷笑了一声。

刘燕真是好大的脸，联合这群人坑了她妈妈留下的东西，现在还有脸让她帮忙。

"算了。"栗锦笑了一声，"要是蠢货能有不自私的觉悟，他们也不会是蠢货了。"

余千樊从公司里出来之后，也看到了栗锦这个视频的消息。

他垂眸，给《爱豆与演员》的总导演打了个电话。

"栗锦的那个 IP 电影怎么样了？"

总导演叹了一口气："当然是谈崩了呗。栗锦现在名声不行，要是不能洗白我估计难。对了，那位导演倒是让我问一问你有没有想要进剧组的意愿，要是你愿意……喂？喂！"

余千樊直接挂断了电话，拨通了另一个号码，响了两声之后那边传来一个女人的声音。

"稀罕事儿啊，大影帝找我？"

"你上次说的那个剧，双女主的第二位定下来没？"余千樊揉了揉眉心。

"你都拒绝了我的男主邀约还来关心我的女二号？"那女人立刻就炸了，如果栗锦听见这声音的话一定能立刻想起来，那个被圈子里的人称为造神手的暴躁女导演，卢胜男。

"我有个人想要推荐给你。"余千樊声音平缓。

卢胜男拿出一根牙签剔牙："别着急，让我猜猜看。"她轻笑了一声，"就现在被挂在热搜上骂的那个？"

余千樊皱起眉头："这其中有误会。"

"我就知道。"卢胜男翻了个白眼，"我说你怎么会跑到那种综艺里去，咱们可是合作了很多次的，你什么性格我不知道？别说拉着一个姑娘一起合作了，让你多在综艺里讲一句话都难……怎么的，你想捧她？"

余千樊轻舒一口气："她不需要我捧。"

就像这次针对何晗的事情，栗锦不吱声那就是憋着坏。以他对栗锦的了解，都不用他出手，估计解决何晗就这两天的事情。

"她在电影里的表现我都看了，可圈可点。"卢胜男扭动脖子，"但是咖位不够，等她再混个两年，不用你说我都会用她，但是现在你知道多少老牌演员求着演我这个角色吗？我要是用她岂不是把她架在火上烤？"

余千樊面色不变。

"你用她，我可以考虑接你的男主。"

卢胜男从沙发上一下子坐了起来。

“成交！”

余千樊这人可能是想回家继承家业了，现在都不怎么接电视剧，只在空闲时间接电影。卢胜男喜不自胜，直接说：“我马上就联系她经纪人。”

“别。”余千樊适时地提要求，“换个时间告诉她吧……”

栗锦怎么都没想到余千樊为了帮她争取角色还把自己搭进去了，要知道就算是她曾经走到了影后那样的高度，也一次都没有和卢胜男合作过。

此刻，她正看着三条连续发来的短信冷笑。

一条是百年可乐，另一条是一个轻奢珠宝，剩下那个是王师傅一桶面。

本来这三个代言都是她这次获得第一名的奖品，现在居然可笑地一起发来了消息。

“经过上层商议，您的形象与我们的商品不符，很抱歉未能与您合作……”

是看她一直不回复网上的事情，或者说觉得她再怎么样都不能翻盘了是吗?

下一秒，王黎的电话打过来了。

“网上的事情……”

她刚起了个头就被栗锦打断了：“网上的事情我会解决的，放心吧。”

王黎听见栗锦还算是轻松沉稳的声音立刻松了一口气。

“你打算什么时候解决？”王黎搅拌着碗里的面条，“拖太久也不好。”

“黎姐，就算是画抛物线还要等到了它的制高点才下落呢，现在离至高点的发酵可还早得很。”

“明天不是有一场白狐全明星晚会嘛，”栗锦伸出了自己的手指尖吹了吹，“记得给我弄一身醒目一点的衣服。”

王黎惊呆了：“你是生怕别人不注意到你是吗？”

“我又没做错事情，心虚什么。小人得志只是一时的。”

栗锦挂断电话美美地睡了一觉之后，礼服就由郎世涛送到了她手上。

“啧，这红色很正啊。”栗锦换上礼服，坐上车前往晚会。

等车到了门口之后，记者们拿着话筒就冲了上来。

栗锦散开红裙的裙摆，肤白胜雪，怎么拍都好看。

“栗锦，请问你对这次的视频作何解释？”

栗锦刚要回答，又一辆车开了过来，有人从里面走下来，那叫一个自信又俊朗。

何晗到了！

6 霸道千粉爱上我

何晗一到就看见了栗锦。

和他想象中的完全不一样，她不仅没有缩起脖子做人，反倒穿得比平常都招摇。

红色的裙摆层层叠叠在地上铺散，随着她的动作圈圈漾开，像是用最好的玫瑰花汁调和染出来的颜色。

栗锦越过那些话筒直直地冲何晗看过来，下一刻，她露出了一个笑容，眼眸很深，像漂亮的花露出毒刺。

顷刻之间，不少媒体又蜂拥向何晗，反倒是让栗锦钻了空子。

她优雅地提起自己的裙边往会场里走，走到红毯路前面，摄像机还在拍摄。

“怎么，找不到男伴了？”

何晗摆脱了那些围堵在外面的媒体，带着他自己的女伴走过来。

“你打算自己一个人走白狐的红毯吗？”何晗冷笑，转身趁着摄像机还拍不到他们这边，压低了声音，“所以说你但凡聪明一点，在综艺里选择和我合作就不会落到今天这个局面不是吗？”

栗锦整理自己的衣裙，冷笑说：“我太庆幸没有和你合作了，不然我怕吃饭都要吃不下去。”

“牙尖嘴利！”何晗冷笑，得意地让女伴搭上自己的手，走上红毯。

那些已经进去了的明星看见何晗都点头示意，毕竟这一波热度如果运营得好的话，何晗应该能再上一个新台阶。

何晗旁边的女伴悄悄地问：“何晗前辈，我听说栗锦那三个代言都到你手上了是吗？”

何晗迈步往前，冷笑了一声说：“那本来就该是属于我的。”

女伴轻笑了一声就不说话了。

等他走完红毯，就接到了经纪人的电话。

“好消息！”经纪人的声音听起来十分亢奋，“有位女士联系我说愿意帮你支付违约金，但是有个要求。”

何晗情绪激动：“什么要求？”

“让栗锦难堪，越难堪越好。”经纪人觉得这个要求真的是太好达成了，“今天她不是也来了吗？你弄点让她难堪的事情。对了，三个代言商和你的合作我已经给你放在微博上了，让栗锦没脸的事情那位女士应该都会高兴的。”

何晗当然是没有意见：“是哪位女士啊？”

看来栗锦得罪的人也不止一个两个啊。

“说起来你可能还不信，这位也是裴家的人，就是栗锦外祖那一家的，不过是旁支，裴婉！”

不管裴婉还是谁，只要能救他脱离现在这个火坑公司的，他都满意。

他越想越高兴，整理好自己的衣服落座，眼睛却死死地钉在了红毯的入口处。

等会儿栗锦就要丢人地一个人进来了，白狐晚会可还从来没有遇到过这种尴尬的情况。想到这里，何晗就忍不住露出得意的笑容。

此刻站在红毯入口前面的栗锦深吸了一口气，再抬起头时，她的眼神已经变得坚韧，红裙散开就要往前走。

突然，手臂被人给抓住了。

“就准备这么走？”身后传来悦耳的声音。

栗锦惊讶，看见了站在后面的余千樊。

“自己走不好吗？”她翻了个白眼，“要取笑我请排队啊，今天想取笑我的人多了去了。别拦着我，我要独自美丽！”

栗锦想要抽回手，却没想到背上被余千樊轻轻拍了一下。

“干什么？”栗锦皱眉。

“把背挺直。”余千樊神情很平静，“然后把手搭在我的手上。”

栗锦明白意思之后直接愣住了。

“我可从来没有参加过白狐的宴会。”余千樊眼神轻飘飘地落在栗锦身上，“怎么说都是我选择的你，你想让别人骂我余千樊只会和一个暴力狂合作？”

“谁敢骂你啊。”栗锦撇嘴，就算那些寒气和路人骂她骂得再怎么凶狠，都没有敢去找余千樊的麻烦。

别问为什么，一问就是没那个胆。

因为这段时间自家偶像和栗锦走得太近生怕被连累的千粉们已经磨好了刀，谁知道那些寒气㞞得压根儿不敢碰余千樊。

“你确定要和我一起走？”栗锦挑眉，“这条路可没那么好走。”

"呵……"余千樊漂亮的唇边溢出一声笑。

而此刻正在看着晚会直播的一些黑粉磨刀霍霍——

"啊！我觉得我们何晗哥哥都瘦了！"

"栗锦应该是没脸来了吧？"

"来了也没人给她当男伴的，放心吧。"

"等会儿谁要是敢给她当男伴，老子就地给你们表演一个什么叫作手撕小男星，信不信？"

弹幕上飞快地刷过恶评。

此刻入口处，栗锦挽着余千樊的胳膊，两人的目光平视前方。

"你可别怯场了。"余千樊嘴角弯起弧度。

"我怯场？"

栗锦正要反驳，就听见了旁边余千樊接着说："就算全场都用嘲讽的目光看着你也不要怕。"余千樊扯了扯领带，"只要我还站在你身边，就没有一个记者敢提'何'字。"

栗锦心口一颤。

"所以，把你的气势给我拿出来，我们入场了！"

两人一齐迈步，红裙从余千樊的鞋子上扫过，艳丽赛过红毯。

一条条的波纹从栗锦的裙摆翻卷飞跃而起，她骄傲如女王。

等着看栗锦笑话的众人都愣住了，那条红毯很长，长到每个人都能看清楚栗锦挽着的人是谁。

屏幕上的观众也都愣住了，包括那些黑粉。

"栗锦挽着的那个人是谁？"

"我瞎了？"

千粉们都疯了，刚刚她们还在群里说自家哥哥不会帮栗锦……为什么啊，不是说两人不和的吗？

但是再不解也没有办法，千粉第一时间杀到了战场，评论几乎刷满了整个屏幕——

"骂就骂，但是骂到我们哥哥头上别怪我们不客气。"

"别带余千樊，带你们就等着。"

"哥哥哥哥哥哥真好看！"

"我哥哥这是第一次参加白狐晚会吧？"

寒气们敢说话吗？

不敢！

她们只能抓着栗锦骂，但是骂栗锦那些千粉也逐渐不乐意了。

“你们的意思是我们哥哥眼瞎找了个暴力狂当女伴？”

“不好意思，你们现在骂她的话我有点不爽的。”

几个大粉在群里商量了一阵，最终发了一条消息在群里。

“栗锦是哥哥的女伴，既然哥哥选择站在栗锦这边，这件事情肯定和之前方子雨那件事情一样有隐情的。在真相揭晓之前，大家先去微博上给栗锦控控评，不要让哥哥的面子上太难看了。”

粉丝们：“……”行吧。

然后栗锦的粉丝们就发现，那些辱骂的黑粉页面被刷下去了。

所有的页面上都刷满了一句话：

“千粉来了，栗锦我们暂时罩了，要骂的来！”

逆风翻盘

第七章

pinyinzhang

1 就问问你愿意不愿意？

千粉？

栗锦的粉丝们一脸发蒙，但很快就在群里被安利了晚会的直播，顾不上控评，她们赶紧先去刷直播。

等进去之后所有的粉丝一齐露出了姨母笑，她们栗宝还是一如既往地漂亮呀。

“谢谢千樊男神对我们栗宝的支持。”

“《恶鬼》很优秀，感谢千樊男神。”

栗锦的粉丝们齐刷刷地赞了一波余千樊，千粉们照单全收，一时之间弹幕竟然和谐了起来。

余千樊和栗锦两人落座，晚会是各种颁奖和提名。

栗锦按照余千樊要求的，脊背挺得笔直，摄像头几次从她脸上扫过，她甚至留有余力地冲摄像头露出了微笑。

何晗被这个笑刺得牙痒痒，他看向身边的女伴，其实这种奖项很多时候名额定的是谁，他们早都已经知道了。

等会儿他这位女伴就要上台领奖，要领奖，就要说获奖感言。

“那个，茜茜，能麻烦等会儿你上台的时候帮我个忙吗？”

茜茜是他的大学学妹，现在有意往他这边靠也是想要蹭一波热度，拉一波路人的好感。

何晗觉得茜茜这样的女人才是聪明人。

两人在一旁窃窃私语。

余千樊往何晗那边看了一眼，眸光透冷。

同一时间，在后台，白狐晚会的负责人看着坐在凳子上嗑瓜子的某位大佬，无奈说：“你来都来了，不能去前面吗？”

那人扫了他一眼，继续嗑瓜子。

“卢胜男！”

负责人气得大喊。

“行了行了，我又不是聋了！”卢胜男掏了掏耳朵，“听得清清楚楚呢，可我今天来不是为了去出这点风头的，我是带着别人的请求来的。”

“哟！”负责人乐了，“谁能请得动你这尊大佛？”

卢胜男长叹了一口气：“这还不是为了我新剧的质量保障嘛，我这也算是为艺术‘献身’吧。”

“等会儿你就可以看见我的表演了，不要太惊讶，可能会有点浮夸。”卢胜男拍了拍他的肩膀，“现在咱们就先等着吧，还没到我上场的时候呢。”

外面的明星席上，木槿也来了，她看着栗锦和余千樊坐在一起，没人敢去挑衅她，还算是松了一口气。不知道为什么，自从上次被栗锦拦下来，然后又去见了一面现在每天疯疯癫癫的方子雨，她心中就觉得不安。

“希望这次的事情快点过去。”木槿在心中悄悄地想着，“如果把栗锦逼急了，到时候她再随口咬到我身上可就不好了。”

哪怕栗锦没有证据，可她也是不怕一万就怕万一。

正这样想着，她看见今天陪着何晗一起来的那个女伴上台领奖去了，又是说了好一些场面话。

木槿觉得很无聊，哪知道台上那女人话锋一转突然拿着话筒对全场说：“师兄，恭喜你一次拿到了三个综艺奖励的代言。”

茜茜这一把也是赌了，反正她站在何晗这边是十拿九稳的。

“奖励代言？”

“是《爱豆与演员》奖励给第一名的那个吗？”

旁边一些大小明星纷纷开始窃窃私语。

镜头飞快地拉到了何晗身上，何晗在恰当的时机露出了得体的笑容。

弹幕上的寒气们像是找到了一个突破口，一下子就冲散了千粉们——

“恭喜哥哥！”

“实至名归！”

“本来就是哥哥的第一，被某个暴力狂抢走还不让说？”

“好在广告商们的眼睛都是雪亮的，感谢导演组。”

什么叫作实至名归?

千粉们愤怒了，就算栗锦再怎么不好，最后一场比赛是和余千樊搭档的啊！寒气们都是瞎了吗？摸摸自己的良心问问何晗那场蹦蹦跳跳的小朋友舞蹈比得上《恶鬼》？

千粉们不高兴了，一波又一波的弹幕直接冲散了寒气们——

“寒气妹妹们把你们那双眼睛给姐姐擦亮了再说话。”

“《恶鬼》比不上他的儿童舞曲你们是在和我搞笑吗？”

“寒气妹妹们，但凡有一颗花生米你们也不会醉成这样。”

“来人，把我的意大利大炮扛过来我要点火了。”

场面呈现出一种压倒性的态势，但这也只是因为有了千粉的加入。

栗锦的粉丝群里，大家情绪都非常低迷。

程忆坐在电脑前面，心疼到说不出话。

“那些广告商，都是墙头草！”

“心疼栗宝。”

“栗宝只有我们了，没关系，马上栗宝的电视剧就要上映了，大家不要着急，不就是代言吗，没了栗宝是那三个代言瞎了眼睛！”

程忆气到头痛，甚至都想动用自己家族的力量来给栗锦拿资源了。

而另一边晚会上的木槿则是浑身发抖，何晗这个眼皮子浅的蠢货！

她往栗锦的方向看去，果然看见栗锦的脸上挂着似笑非笑的神情，那不是一个受挫的人会有的神情，反倒像是一个高高在上、大权在握的人！

木槿还记得方子雨牢牢抓着自己的肩膀，一字一句地说：“你只要看那女人的眼睛，就知道她是怕还是不怕。她从来都没有害怕过。”

同时，何晗公司高层们同时收到了新老板发来的一条消息：

“从今天开始，暂停何晗一切活动。”

高层们都震惊了一下，但这正是讨好新老板的时候啊，大家立刻开始执行命令。

这时候，何晗还不知道接下来他要面对多大的麻烦，他还在为自己让栗锦出丑了感到开心。

这样的话，那个叫作裴婉的女士一定会非常满意吧。

裴婉确实是满意，从刚才看见栗锦挽着余千樊的手进来时她其实已经气到浑身发抖了。

“何晗这家伙倒是真的好用。”

与此同时，最后一个人也上台领完了奖，而吃完一堆瓜子的卢胜男也终于站了起来，她拍了拍手上的瓜子残渣，隔着不算远的距离对何晗表达了肯定。

“这小子不错。”

“知道我要上去表演还懂得帮我欲扬先抑。”她嗤笑了一声，又反讽道。

就这三个垃圾代言还敢拿出来说事？一点点成绩都藏不住想拿出来炫耀的人她卢胜男最看不上了。

相比之下那个叫栗锦的，在这么多不怀好意的目光下还能面带笑容坐得笔挺，说明她的定力和心性确实不错。

当卢胜男从后台走出来站在场中央的时候，底下的明星席直接沸腾了。

“卢导？”

“她怎么会过来？”

“你们说我等会儿去要个卢导的号码她愿意给吗？”

“是不是为了新剧来的？”

卢胜男一句话都还没说，大家已经开始纷纷猜测上了，至于何晗的那三个广告……不好意思，那甚至都比不上卢胜男剧里的一个男四号。

余千樊冲着卢胜男隐晦地点了下头。

卢胜男拿起话筒看向了栗锦的位置。

“哎，那个全场最漂亮的红裙小姑娘，把你眼睛看过来。”她的声音听着有点散漫，还有点小坏。

“非要我找到这里来是吗？”

“也没什么别的大事。”卢胜男冲她露出一个笑容，当着全场众人的面说，“现在全网最火的这位栗锦小姑娘，就想问问你对我的新剧有没有参演的想法啊？”

2 你们来得好慢

这话一出直接震惊了所有人。

卢胜男居然在邀请栗锦？邀请这个名声已经臭了的栗锦？

观看直播的人数暴涨，几乎每个拥进来的人都要先打一排的问号。

“栗锦的后台就这么厉害？”

“这种铁定是后台无疑了！”

“卢胜男……我不管你要请什么人，反正新剧我会追。”

“其实我很好奇，为什么余千樊啊卢胜男这样等级的人都要站在栗锦这边，我觉得事情不是那么简单的。”

纵然在这样全网倒的情况下还是有人站出来力挺栗锦，这就让大家觉得很奇怪了，而且如果说余千樊是在娱乐圈可以封神的人物，那卢胜男就是导演圈里的一把手了。

为什么这样的两人要帮着栗锦呢？

有人逐渐开始思考真相，而不是跟随大众一起骂栗锦了。

栗锦本人都已经愣住了，还是余千樊把话筒递到身边，她才找回了自己的声音。

“当然！”栗锦站起身，对卢胜男鞠了一躬，非常标准的九十度，“我非常荣幸，您能在这种时候邀请我。”

在大家都以为她要完蛋的时候。

但是，她有点想不通为什么卢胜男要来帮她。

“明天过来试镜。”卢胜男话题一转，问，“不过以你的演技多半是能合作的，我就当着大家的面问你一句了，视频之中的那个人是你吗？”

气氛顿时变得冷凝。

栗锦毫不犹豫地说：“是我。”

“为什么要踹他的凳子？”卢胜男乘胜追击地问道。

栗锦顿了半晌，本来是不想这么快的，但既然卢胜男都把话筒递到她嘴边了……

栗锦直直地看向正一脸不可思议的何晗，说：“因为被猎枪对准的狮子需要反抗，才能保命。”

卢胜男一愣，随后笑了下，直接放下话筒走人了。

弹幕上直接炸了——

“栗锦是什么意思？她是被枪指着的狮子？”

“避重就轻的回答，臭不要脸！”

“说来说去还是没有事实回击呗，累了。”

“暴力狂还扯什么狮子，疯狮吗？”

恶评如潮水涌来，加上栗锦没有证据证明自己的清白，他们就变得更加肆无忌惮。

木槿很慌，手都在颤抖，方子雨的话再一次在她脑海之中响起来。

“栗锦那个女人啊，要报复你之前都会给一个信号，就像是那种诡异的仪式感。”

现在是信号来了吗?

没等她确定，晚会已经在负责人的组织下散会了，纵然大家心底还有不少疑惑，但也不好强硬地继续留在这里。

栗锦转身和余千樊一块儿走了。

等坐到车子上的时候栗锦突然一顿，转身对余千樊说：“我还有个地方要去，能不能麻烦你送我一下？”

何晗不明白为什么卢胜男会突然杀出来，他浑浑噩噩地走到洗手间，看着镜子里的自己抿起了唇。

“下次再找机会，一定能击溃她。”何晗咬牙。

反正他马上就要和公司解约了，正好趁着这一波名气还在的时候好好挑一个公司，接下来就会迎来他事业的黄金期。

何晗笑了笑，转身从洗手间走出来。

刚走到走廊上，就听见了高跟鞋“哐哐”踩在地上的声音。

“木槿，你怎么……”

何晗惊讶的话都还没说完，木槿扬起手直接冲过去就给了他一巴掌。

这一巴掌把何晗的脸都打得朝一边偏过去。

“你疯了吗？”何晗一把拽住了木槿的手腕，左脸还在发麻发痛，齿间涌出极淡的血腥气。

这段时间他被无视被欺负已经受够了，当即就要伸出手教训木槿。

木槿神情冷峻说：“我是A市木家的人，你有胆子就对我动手！”

木家和栗家差不多，也不是何晗这种没有背景的人能惹得起的，至少……现在的他招惹不起，他的靠山早就在余千樊的威胁之下把他如同扔垃圾一样扔掉了。

何晗扬起的手掌缓缓紧握成拳。

“木槿，你真当我不能拿你怎么样吗？”他眼神赤红，像一头失去理智的凶兽。

“我警告过你了吧？上次那件事情就到此为止，你为什么不听？”

“我为什么要听，你看我现在已经赢了啊！”何晗冷笑，拍了拍自己的衣角，“你就是胆子小，你看像我这样放手一搏的，不就什么都有了吗？”

“我都说了那个女人邪门得很！”木槿咬牙，“之前那个方子雨……”

“你不要和我提什么方子雨！”何晗咆哮，“我不是方子雨那种蠢货，她抓不住我的痛脚！”

“至于你……”何晗眸光阴狠，“不要对我指手画脚，你自己窝囊害怕，不代表我和你一样蠢。”

说完这话，何晗直接甩手走人。

木槿气得在身后跺脚骂人。

何晗上了车之后直接砸了手上的衣服，发疯一样地咆哮。

正巧这时候经纪人打来了电话。

“不好了何晗，公司那边已经暂停了你一切的活动，他们要雪藏你！”

何晗额头青筋一跳。

“现在就解约！”他不想再忍了，为什么事情总是这么不顺利？

“可是裴婉那边我还没联系，你私账上的钱也不够啊。”经纪人何尝不想快点解约呢？

“那就以我的名义去借！”何晗双眼赤红，“反正裴婉的钱说是明天就会到账，我现在就要解约！”

“可是……”

“怎么，这点事情我自己还不能做主吗，信不信我换个经纪人！”何晗直接发飙了。

经纪人没办法，只能以何晗的名义先去借钱垫着。

何晗气得双手发抖，他努力平复着自己的呼吸。

“咚咚咚咚——”

突然有人很着急地开始敲他的车窗。

他转头拉下车窗，对上木槿一张血色全无的脸。

“你滚……”他刚要说话，衣领子就被木槿揪住。

“完了！”她手心冰冷，“我还忘记了一个人，一个知道我们秘密的人。”

“那个村里帮我们拍照片的房屋主人！我忘记给他一笔钱让他搬走了！”

何晗一愣，木槿已经坐上了车子。

“快！我们现在就过去，快点开车！”她激动到有些破音。

何晗不敢耽误，直接将油门踩到了底。

开了很久很久，那个小山村才重新展露在他们眼里，两人松了一口气，脚步匆匆地来到了那间屋子。

推开门的一瞬间，他们却感觉全身的血液仿佛都被冻住了。

老房子里的桌子旁，坐着两个人。

栗锦神情自若地给对面的余千樊倒了一杯茶，然后看向这两人。

“你们来得有点慢啊。”

3 我来给她试镜

就像是有人拿着重锤狠狠地在他们的脑袋上敲了一下，木槿手指僵硬，倒吸了一口凉气。

之前和她一起配合拍照的男人避开木槿的目光，闷声坐在一旁不说话。

“你们的聊天记录我都拿到了。”

“木槿，你竟然还给他发语音？你是生怕自己不暴露是吧？”栗锦晃了晃从男人手上拿过来的手机，“想再听听你自己的声音吗？”

“给我！”

何晗直接扑过去一把抢过手机重重地砸在地上，他额头上渗出冷汗，使劲儿地又用脚狠狠地踩着手机。

栗锦笑了一声，慢悠悠地端起茶杯说：“你踩了手机也没有用，该上传的东西我都已经上传了。”

茶香在她唇齿之中弥漫开，余千樊拨弄茶杯的盖子，却始终没动杯里的茶水。

啧！挑剔精！

“你传了什么？”何晗神情扭曲，刚才他们只顾着赶路，压根儿没什么时间看手机。

栗锦只是盯着两人笑，不说话。

旁边那个男人看见自己手机被毁了，心疼得说不出话，但一想到栗锦承诺他的钱，内心又有点开心。

“这位老板，你们刚才说好的，我要是说实话就给我报酬。”男人恬不知耻地伸手讨要。

余千樊深深地看了对方一眼：“等着吧，该你得的都会得的。”他站起身招呼栗锦，“事情办完了，走吧。”

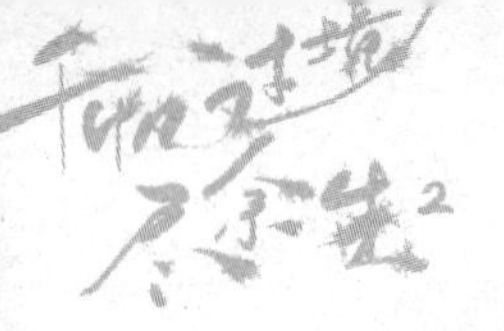

栗锦跟上，木槿和何晗两人还在扒拉着自己的手机。

那男人是想说什么，但是看着左右两边陪着余千樊一起来的保镖愣是没敢开口。

栗锦和余千樊从那老房子里走出来。

余千樊看向栗锦：“你真的要给那个男人钱，还是木槿支付他的双倍价格？”

栗锦古怪地看了余千樊一眼。

“当然不是。”任何人都要为自己做出的恶行付出代价，他的贪心由他自己买单。

“等待他的只会是一张律师函。”

余千樊和她对视了一眼，两人坐上了车。

何晗和木槿一打开手机就被消息给轰炸了，当时栗锦是怎么被那些黑子疯狂地追着打的，他们现在就遭受了同等待遇。

栗锦上传了一段视频，是那个打了马赛克的男人，还有他和木槿的聊天记录，里面有非常详细的汪岩手写的剧本，而且光线很暗，一看就是黑灯瞎火的时候偷偷拍的。

网络上还在骂栗锦的人晕了。

紧跟着汪岩也发了一条微博。

汪岩：“早在之前事情发生的时候我就想站出来为栗锦说一句公道话，明明是我们的作品被剽窃，那些无耻的蚂蟥吸干了我们的血还要倒打一耙，但是栗锦阻止了我，她说没有证据口说无凭，所幸我们终于找到了证据。在演出的那一天我们看见作品被何晗他们征用的时候实在是难以接受，就好像自己的孩子被别人当着你的面抢走还拿出去炫耀。

“但是我们咬牙挺了下来，用极短的时间写出了一个新的剧本，当时我是因为时间太短构思不出中间那三分钟的剧情，所以才有了栗锦的那支舞。

“这几天她承受了不该承受的骂名和委屈，那天她之所以去踹何晗的凳子，是因为我们在演出后还听见他在和别的竞技者夸夸其谈，炫耀他是如何艰难地写出剽窃来的剧本，我相信是非公道自在人心，也希望那些人不要再助纣为虐，蘸着人血吃你的馊馒头了！”

很长的一段话，足以看出汪岩这段时间憋得有多痛苦。

底下的评论都炸了，栗锦的粉丝群也炸了。

“姐妹们！胜利的钟声已经敲响，让我们抄起我们的大炮冲呀！！！”

这段时间她们解释了，维护了，但还是劈天盖地的骂声。

可现在不一样了，现在的她们手握证据以一挡百！

“对了。”程忆在键盘上连续敲打，“要记得在网上谢谢千粉们，顺带夸一波余千樊能辨人品。”

别人帮了自家栗宝，她们当然要一并带着余千樊刷一波好感。

千粉们的群也炸了，她们点开那段视频，是那个屋子的主人承认被木槿给收买了，还有汇款记录，以及聊天记录，一查就能知道是不是真的。

“所以这是木槿和何晗那两只狗联合起来坑害栗锦？”有大粉感慨，“她也挺可怜的了，不过我们哥哥眼光是真的好。”

“姐姐们，栗子在网上集体感谢我们哥哥呢，要不要出面回应？”小粉丝冒出来问。

“回应一下，注意展现气度，然后夸一波咱们哥哥。”大粉当机立断拍板，“至于吵架大家就不要凑热闹了，我们守好自家。”

不涉及余千樊的时候，千粉们都是很佛系的。

但是他们不骂，不代表那些被欺骗的路人不会骂，那些喷子不会骂，只是换了一个目标而已，骂谁不是骂呢？

“何晗这个人渣！”

“我的关注点在栗锦他们那场精彩的舞台居然是在短短二十分钟内创作出来的，而且没有经过排练？”

“不仅创作出来了，还碾压了何晗。”

“木槿和何晗这对狗男女，人品败坏！”

“呜呜呜，超级心疼我们家栗宝，这得是多大的委屈啊？”

更有人直接@了何晗。

“@何晗，你个臭不要脸的狗东西，还卖惨？我告诉你要是换成是我，你拿着作品炫耀，踹凳子那都是我修养好，我天灵盖都给你拧下来！”

“还说什么影响了决赛舞台的发挥，你的脸比决赛舞台的面积还要大！你怎么这么能耐呢？”

“我们栗宝没有被你影响真的是太好了，抱紧我们栗宝。”

木槿的微博也直接沦陷了。

“始作俑者出来说句话啊？”

“不吱声了？你倒是好，默默在背后操控一切。”

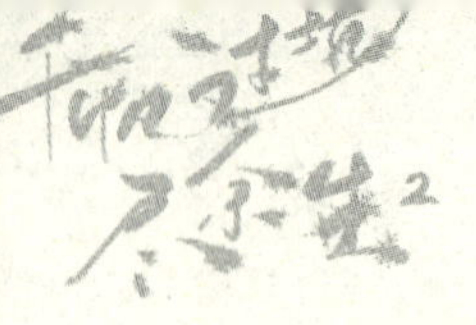

“这女人……真的细思极恐。”

第二场盛宴开始了，但对象已经不是栗锦，而是罪有应得的木槿和何晗。

此刻正坐在电脑前面的裴婉狠狠地砸了手机。

一条条新鲜出炉的公众号推送文章的声音不断响起。

“当之无愧的王者栗锦。”

“做女人就应该不失风骨，向阳而生，譬如栗锦。”

“有一种坚韧叫作栗锦。”

裴婉气得一把砸掉了旁边的花瓶。

“该死的！”她双眼赤红两只脚不断地跺着地面，“栗锦我怎么就弄不死你呢！”

卢胜男咬着苹果刷新闻。

“啧！”她感慨，“余千樊看上的这个丫头不错啊，绝地大翻盘。”

这时，一个电话打了进来。

卢胜男挑眉，是她新剧定下的女主角，今年三十了，拿了三金影后的一位实力派演员。

“怎么？”

那边沉默了一会儿，说：“那个叫栗锦的明天会来试镜吗？”

卢胜男啃苹果的动作一顿。

那人慢慢地说：“我来给她面试吧。”

4 已经开始了

卢胜男瘪嘴：“你可别为难人家啊，我好不容易把余千樊哄过来的。”

那边三金影后骆冰的声音听起来挺冷漠的。

“放心，我有分寸，我只是想看看这个差不多快小我一轮的女孩子有没有实力撑得起你给她的角色。”

骆冰说完直接挂断了电话。

网上的声讨还在继续，何晗的经纪人快要疯了。

“你说怎么办！我让你不要着急解约，现在好了吧，栗锦得意了，人家裴婉就不会给我们付违约金了！”经纪人都快要抓狂了，“何晗我告诉你，你接下来如果不摆平这件事情，等着你的只会是无数催债的人，你要是不想死就自己给我想办法。”

经纪人暴躁地说："我不能再继续跟着你了，你好自为之吧。"

何晗还没来得及说话，那边经纪人已经挂断电话还把他拉黑了。

何晗呆愣地坐在车子上，看着外面茫茫夜色陷入了沉默。

到底是哪一步走错了？

为什么他会沦落到这种地步呢？

网上铺天盖地都是骂他的。

"不！"何晗神情扭曲起来，"一定还有机会的！只要我继续工作，我还有代言！"

他匆忙登上自己的工作号，却发现上面已经发来三条短信。

"抱歉，您的形象和我们的产品不太相符……"

从栗锦手上抢来的那些代言，最终以相同的形式全都消失了。

这件事情远没有结束，裴老爷子刚从心底接纳自己外孙女的职业，结果转眼就看见自己外孙女已经连着两天被骂成了那个样子。

裴天华此时正站在他面前挨训。

"你这个做舅舅的！啊！锦儿在外面被那么骂你都不管管！"裴苍海使劲儿地撴着拐杖，"如果我不说，你是不是要等到别人都把手指头戳到我们锦儿脸上了你才会有动作？"

裴天华大气不敢出一声。

"行了！"裴苍海怒吼一声，"那个何晗，我不想再看见他出现在电视机里面！还有那个木槿，是木家的人吧，你去敲打一下。真反了天了这些人！"

裴天华："……"

他哪里知道自己的外甥女会动作那么迅速地解决了这件事情？不过老爷子都发话了，他哪能不执行呢？

木家也是时候该去敲打一下了。

木槿正满脸眼泪地被自己的妈妈抓着。

"你看看你干的好事！"木夫人深吸了两口气，"栗锦！你知道栗锦是谁吗，你就敢去作践人家？"

"栗锦不是没有背景吗？"木槿并不记得自己接触的圈子里有栗锦啊。

"那是人家低调，之前都不和你们玩！"木夫人想到裴家的人已经出手毁掉了他们好几个商业合作就觉得心慌，忍不住一指头戳在这个蠢女儿

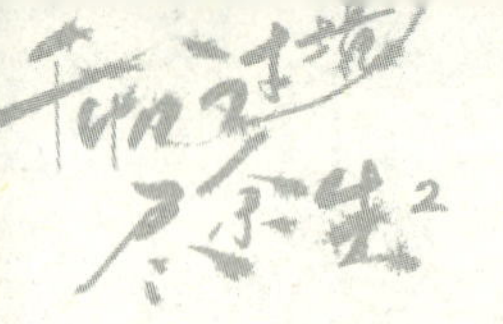

的脑袋上，她怎么就生出了这个不争气的玩意儿？

“那是栗家的女儿，栗家和我们家是旗鼓相当的。要是栗家也就算了，最关键的是人家还是裴家的外孙女，裴老爷子放在心尖上的人，你怎么好去招惹她？”

木夫人一把就将木槿拽起来：“明天你就去给我求栗锦原谅你，不然等你爸爸回来看他不抽死你才怪！”

木槿眼泪不断地往下掉，都怪何晗那个蠢货！

她到现在仍旧不觉得挑起头的自己有什么错。

栗锦倒是舒舒服服地睡到了第二天。

一大早她就起来了，先是敷了个面膜，然后直奔试镜地点。

剧本是卢胜男刚刚才发给她的，这次的故事有点厉害，是一部除了女主角之外全员皆恶人的都市异能侦探片。

她和女主角是很要好的朋友，只不过她是一个实验组织里培养出来的怪物，代表了暗面，而女主角是在真正的灿烂阳光下长大的。

这算是现在很冷门的题材，但剧情只能用“无懈可击”四个字来形容。

这次面试的片段非常有难度，是她的身份险些暴露，女主角开始怀疑她，然后她真情流露将女主角糊弄过去的一段。

栗锦深吸了一口气，敲响了门。

“进来。”

里面坐了一整排的人，编剧、副导演、卢胜男、余千樊，还有……骆冰？

栗锦下意识地捏紧了手指。她从没和骆冰一起合作过，毕竟骆冰的咖位在那里，在二十五岁的时候她只是一金影后，可骆冰是三金影后。

余千樊看见这丫头居然有点紧张，顿时就乐了，他还以为栗锦天不怕地不怕呢。

“你好，栗锦。”骆冰坐在了最中间的位置，“这个剧本，我也有投资，你应该知道这部戏是双女主的设定。”

栗锦点头。

“我不能接受一个什么成绩都没有的小姑娘来接演这么重要的一个角色。”骆冰站起身来，气势很强，“你能让导演改口是一回事，能不能打动我是另一回事。”

“我看过你的综艺，会唱歌，会跳舞，天赋很好，可是那些在我这里都不算什么，你得会演戏，你明白什么是演戏吗？”

如果换个小姑娘站在这里恐怕要被骆冰这么直接的话弄得眼泪都掉出来了。可栗锦是什么人，是你越说我不行，我就越要做的人。

栗锦不卑不亢地说：“那么接下来您就会知道我不仅能唱能跳，我的演技也很棒。”

骆冰的神情看起来更冷了。

下一刻，栗锦把包放下，深吸了一口气，眼神突然从坚毅转为了悲痛。

那种痛入骨髓的感觉一下子就让众人蒙了。

“你不信我吗？”她往前走了一步，拉住了骆冰的手，“别人怎么看我我都不介意，你真的……不愿意相信我了吗？”

骆冰本就是不喜欢和人接触的性子，下意识地一把甩开了她的手。

栗锦捂住心口往后退了两步，额头上青筋毕露，喘息急促。

卢胜男都吓了一跳：“这是怎么了？”

骆冰虽然看不上栗锦，但也不想她身体出什么问题。

“你还好吗？”

“小五。”栗锦突然抱住了骆冰，眼泪一串串掉下来，“小五你还是关心我的是吗？”

她的心脏怦怦地跳，是灼热的生命在燃烧的证据。

骆冰愣住了。

小五……是她在这个新剧里的角色名字。

栗锦第一句“你不信任我”，就是剧本里试镜那一段的开头。

她早就开始了表演！

5 栗锦回来了

骆冰几乎是瞬间就陷入了状态。

她和栗锦拉开距离，极强的气势从她身上散出来。在剧里，她也是大了栗锦那个角色许多岁的，而且还是学心理学出身，又做了刑警。

“织黎，你老实告诉我。”骆冰眸光沉沉，“那个人真的不是你杀的？”

她的手紧紧地扣在栗锦的肩膀上，每一寸眼神都仔仔细细地从栗锦的脸上扫过。

那是一双看破了无数案件的眼睛，现在它们终于落在自己的好友身上。

卢胜男不由得紧张起来。

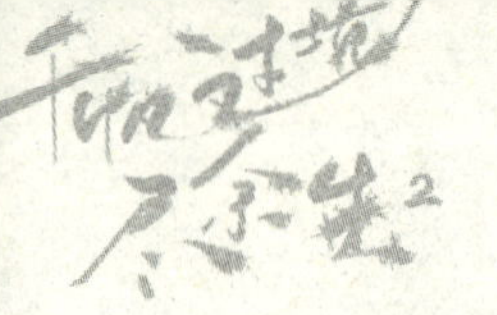

不和骆冰对戏的人是感觉不到她的气魄的，就像是兽王展开了自己的领域控制，她会带动着对面的那个人不自觉地服从她。

在这样的目光下，以栗锦的实力都忍不住心尖微颤。

三金影后果然厉害！

不过……栗锦缓缓地闭上了眼睛，她将面前的骆冰代入她最好的朋友宁檬，两辈子都护着她的朋友。

如果有朝一日宁檬不要她了……

泪流了下来，她脆弱得像是一块水晶，再睁开，她眼底一片死气沉沉，只有一点光芒还在闪烁，那点光芒仿佛只要对面骆冰说一句话就能彻底击垮。

她仿佛把自己的命交给了骆冰。

“小五。”她声音很低很低，“你不要我了吗？”

那微弱的光芒快要熄灭。

聪慧的刑警破了很多的案件，每次都能以最客观的角度去看待问题，可是现在不行，因为对面是她的朋友，和家人一样重要的朋友。

“怎么会。”骆冰一把抱住了这个仿佛快要碎掉的女孩，“你是我的朋友，我永远都会信任你。”

骆冰的戏份到此结束了，她睁开眼睛去看卢胜男等人的反应。

栗锦所饰演的“金织黎”的角色还没有演完。再一次得到朋友的信任后，她近乎贪婪地享受着这份温柔，但她的内心住着一个满是鲜血的刽子手，在这样两种极端情感的拉扯下，她在女主角的背后露出了扭曲的笑容，眼瞳里是一眼就能望进去的深黑，如可悲的臭水沟里散出来的臭味儿。

“好！”

卢胜男长舒一口气。

“栗锦，可以了，通过。”说实话，她其实也没有想到栗锦能有这么惊艳的出演效果，在气势上不至于说压倒骆冰，但也没有被影响。

骆冰绷着一张脸，什么话都没说。

栗锦期待地看着骆冰。

“别看了。”卢胜男高兴地拍拍栗锦的肩膀，“她这是同意了。”

可不得同意嘛，卢胜男暗自腹诽，之前不知道找了多少女演员来试镜这个角色，有一次还是一个一金影后呢，结果直接被骆冰压得和个新人一样手都不知道往哪儿放。

余千樊看了眼栗锦，缓缓起身走到栗锦身边，压着栗锦的脑袋朝着众人说：“那以后我们栗锦就要请大家多多指教了。”

栗锦：“？”

众人：“！”

什么叫你们栗锦?

栗锦疑惑地看向余千樊，这人干什么呀?

其他人的脸上就和调色盘一样。

“这是我妈妈朋友的孩子。”余千樊不紧不慢地说，“我代为照顾一下。”

栗锦：“……”火锅都不给吃的照顾?

其他人露出了恍然大悟的神情。

“那肯定！”

“我们会好好关照她的。”

“哪里的话，哈哈哈！”

气氛一下子就变得和缓起来，栗锦被压着头，完全没有反驳的余地。

直到和余千樊一起走出去之后，栗锦才奇怪地看向他。

“难得啊……”栗锦眯起眼睛，“你这次这么给我脸？说，是不是对我有所图？”她一张脸紧紧地绷着，“糖衣炮弹是没有用的……啊！”

脸颊被余千樊轻轻掐住拉向了一边。

“你不要拉扯我美丽的脸。”栗锦含糊地说着，一把拍开了他的手。

“一起回去吗？”余千樊看了一眼栗锦问。

“不！”栗锦弯唇露出一个笑容，“我要回栗家一趟。”

这边的垃圾清扫了一遍，也该轮到家里那些牛鬼蛇神了。

“我家里请了人来唱大戏呢，我得去看戏。”栗锦冷笑说。

余千樊碾了碾手指尖，小姑娘脸颊上的绵软触感还在。

她一蹦一跳地回了自己的车上，摇下车窗和他挥手。

“拜拜！拜拜！”

余千樊看着她的车子逐渐远去，揉了揉自己的眉心，打开手机发了条语音：

“去查查看栗锦的视频是谁传上来的，应该是那群竞技生之中的一个，查出来之后，看看他签在哪家公司，我以后不想在圈子里再见到他。”

栗锦回到栗家的时候隔着车窗就听见了小乐的声音。

小乐现在改了名字，跟了栗亮姓，叫作栗乐。

小乐一把将桌子上王妈精心烘焙的甜点全都扫在地上踩烂了，尖叫着说："我不要吃这些！我要让爸爸辞退你！我说了我今天要吃小熊的黑巧克力蛋糕！"

王妈都快急哭了："哎哟，小少爷，这都是小熊黑巧克力啊。"

"不是这种熊！这种熊太丑了！"小乐一边说着一边使劲儿用手捶王妈。

栗锦冷眼看着这一幕，王妈被折腾得不行了，转头一下子就看见了栗锦。

"大小姐！"她脸色一喜，连忙躲开小乐往栗锦那边跑去。

"别跑！给我蛋糕！"小乐不饶人地追上来，却在看见栗锦的那一刻愣了一下。

小乐记忆力不太行，很快，就皱起眉头，他已经不认识这个在大树下给他递过糖的姐姐了。

"你是谁啊？"小乐扬起下巴，也不再是那副怯生生的样子了。

"这是大小姐，你的姐姐呀。"王妈立刻讨好地说道。

她心想最好栗锦能回来管一管这个乌烟瘴气的家，要不是工资高她早就想走人了。

"姐姐？"小乐直接炸了，"姐姐都不是好东西！都是抢我东西的坏人！"

"这个漂亮的家，这些蛋糕，还有爸爸都是我的，不是你们的！"小乐喊完之后猛地往后院跑去，"我要放我的将军咬你！"

王妈脸色都变了。

"大小姐！大小姐快跑，将军是小少爷养的一只大狼狗，上次还咬了二小姐一口呢！"

她急忙去推栗锦，栗锦却撇开了她的手。

栗锦往四周看了看，顺手拿了立在墙角的一把大铁锹。

铁锹尖端锋锐，在太阳底下闪烁着冰冷的光芒。

"汪汪汪！吼！"

一只黑色的皮毛光亮的大狼狗猛地张口朝着栗锦扑咬过来。

小乐高兴地在旁边蹦跳着拍手。

"好哦好哦！将军，咬死坏女人！"

王妈尖叫着闭上了眼睛。

狼狗一个飞跃马上就要咬到栗锦了，栗锦往后退了一步，冷笑一声，手上铁锹猛地往下一抡。

“嘭”的一声，小乐愣住了。

6 有人要来赔礼道歉

“将军！我的将军！”小乐一下子就哭闹起来。

“嗷呜！”黑色的大狼狗躺在地上不断地扭曲抽搐，不知是被谁这样精心饲养着，凶得像只疯狗，现在还时不时挣扎着想要站起来咬栗锦。

“小乐！”

一直躲在窗户后面的刘燕见到这情况终于憋不住跑出来了，她一把抱起小乐捂住他的眼睛。

“栗锦，我都不知道你回来了呢，这只狗是小乐养的，是刚才没拴好。吓到你了吧，我应该早点出来才对。”

听着刘燕这番话栗锦真的要笑了，刘燕难不成以为她是傻子?

这里有李颖和李淡淡，刘燕恨不得紧紧贴在小乐身边，刚才不出来不过是想试探她是什么反应。

“王妈，把小乐少爷带回去。”栗锦手上还拿着那个铁锹，“接下来的场面小孩子不适合在。”她目光寒凉地看着刘燕，意有所指地说。

“干什么呢？又怎么了？”

栗亮今天是休息的，听见动静立刻从书房里走出来，旁边跟着的是臭着一张脸的李颖和李淡淡。

“你怎么一回来就惹事情？”栗亮愤怒地看着栗锦，本来这段时间家里就因为刘燕和李颖的事情每天弄得不可开交，现在见到栗锦，他更是一肚子气。

“这不是小乐的狗吗？”栗亮皱眉，“上次不是都拴起来了吗？”

“是……”

刘燕正要开口，栗锦抢先一步说：“爸爸，这种狼狗的危险性还是太大了，刚才它挣脱绳子差点儿就咬到我了。”

栗亮对栗锦差点儿被咬到的事情压根儿不为所动。

栗锦也不奇怪，继续说：“我这样大了还无所谓，要是小乐被咬一口……”

栗亮脸色迅速变换，转身呵斥刘燕："我本来就不同意养这种大型犬，是你非要养。现在赶紧给我清出去，可别伤了我的宝贝。"

李淡淡在一旁听得直咬牙，她手上的绷带都还没有卸下来呢！以前她才是爸爸最喜欢的女儿，现在有了儿子之后什么都变了。

"爸爸，这狗既然不听话，那就处理了吧。"栗锦说这话的时候，眼睛是盯着刘燕的，"狗就是用来看家护院的，这点小事情都办不好，还会攻击人，别说咱们家来的客人都是有头有脸的大人物，就算是自家人被咬了也是不好的。"

栗亮烦着呢，一只狗而已，处置也就处置了。

"你看着办，我还有公事要处理。"他转身走人。

剩下三个女人还留在这里，李颖看看栗锦，又看看刘燕，这两个女人哪个都是她必定要除掉的。

"那个，栗锦……"刘燕想要和栗锦打个商量。

栗锦神情冰冷地看着她："刘燕阿姨，你想说什么？"那眼神仿佛就像在说，只要你再敢多说一句话，我的铁锹下一个砸的就是你！

刘燕脸色煞白，露出了一个勉强的笑容。

"没什么，就是让你小心一点，别砸到自己的手了。"

栗锦挑眉轻笑，把铁锹往旁边一丢，发出剧烈的声响，把李颖三人齐齐吓了一跳。

晚上众人坐在餐桌前，往常每天吃饭都要闹上一闹的小乐今天安安静静地扒饭，只要栗锦看他一眼他就吃得更快一点。

李颖故作慈爱地给小乐夹菜，刘燕的脸色顿时变得铁青。

栗锦看着栗亮，再看看刘燕、李颖这群人，觉得可笑。

"对了，锦儿，淡淡前段时间和我说她也想和你一起进娱乐圈。"

栗锦手上的筷子停了下来。

她目光冷淡地对着李淡淡扫了过去，李淡淡紧张地吞了吞口水。

"我是想说，之前那件事情姐姐被诬陷得那么惨，如果我去圈子里的话还可以帮衬一下姐姐。"

栗亮点点头，都不等栗锦说话直接就帮她做主了。

"就是这样，正好娱乐圈不是很赚钱吗？这段时间公司周转有点困难，你们俩赶紧混出点名堂来，赚来的钱先给我应急。"他完全不觉得自己的做法有什么不对的。

养大女儿，女儿赚来的钱不就是拿来给他花的吗？不然他辛辛苦苦生这些女儿干什么，又不能继承家业。

栗锦直接放下了筷子。

栗亮这人……还真的是十年如一日的窝囊废啊。

以前妈妈在的时候伸手向妈妈要钱，现在妈妈不在了，就伸手和女儿要钱。如果栗亮是一个好爸爸，栗锦可以二话不说拿出全部积蓄给他，她以前就是这么做的，可惜换来的却是他把自己推向地狱。

“娱乐圈有什么好的，不行，我反对！”李颖立刻拒绝，她可指望李淡淡留下来帮她斗刘燕呢！这没良心的竟然想自己跑出去潇洒?

李淡淡心里真是烦透了这个蠢妈，她是为了去娱乐圈吗？还不是为了挨栗锦近一些好看看能不能把那些照片删掉，或者拿到栗锦的把柄。

但是李颖完全不知道自己女儿的想法，她用尽自己全身的力气在抗拒。

“不可以！要是让别人知道我女儿去了娱乐圈指不定怎么嘲笑我呢！”她只能从口碑上来入手，“你看看那些高门家的女儿会不会来哄着你一个当戏子的做朋友！”

“就像这次，那木槿欺负了栗锦，那木家把栗锦当回事了吗？”李颖冷哼，“这就是社会地位的不同！”

她狠狠地剐了栗锦一眼。

下一秒，王妈匆匆从外面跑进来，着急忙慌地说：“栗先生，门外木家全家人都过来了，带着木槿说要给咱们大小姐赔礼道歉！”

7 隐藏在暗处的那个人

李颖一愣，随后觉得脸颊火辣辣地烫起来。

栗亮扯了扯自己的衣服，木家这是碍于栗家的威势来低头了吧?

一瞬间，他的虚荣心得到了满足。

“让他们进来。”栗亮把筷子放下来，跷起二郎腿，神情倨傲地等着木家人。

木先生和木夫人满脸堆笑地拉扯着眼睛都哭肿了的木槿走进来。

“你们还知道过来？”还没等栗锦开口，栗亮就已经满是主人口吻地说，“我女儿受了这么大的委屈，你们还有脸上门！”

木先生：“……”

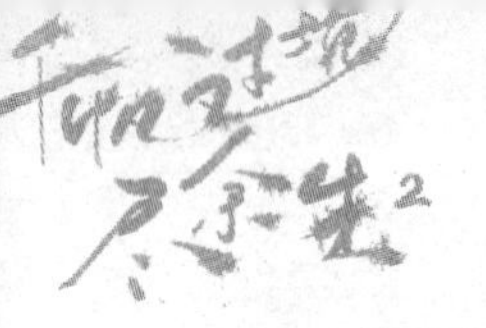

你女儿受这么大的委屈，也不见你这个父亲做了什么啊，现在找我木家摆威风了？是真不清楚他们是碍于裴家的威势来的是吧？

“栗锦小姐，我们木槿已经知道错了。”木夫人直接无视了装腔作势的栗亮，要是只有栗家的话他们才不会这么低声下气地让女儿来道歉。

半斤对八两的家族有什么好怕的？

“对不起，栗锦。”木槿也是被家里人弄怕了，连忙说，“是我鬼迷心窍了，我心思不正，你要什么赔偿我能给的都会给你，而且我保证不会再出现在你眼前给你带来困扰了……栗锦，我求求你了，你就原谅我吧，不然裴家人不会放过我们的。”

木槿想到自家被裴家攻击的那些产业，顿时什么自尊都不要了，不进娱乐圈，她还能做她的木家小姐，但一旦木家垮了她就真的完蛋了。

她太后悔了，要是知道栗锦是裴老爷子的外孙女，那她一开始就不会招惹栗锦的！

“栗锦小姐，你看……”木先生搓着手，“哦，对了！”他立刻掏出一副价值五百万的珠宝，递给栗锦，“这算是我们一点小补偿，栗锦小姐你还有什么要求的话尽管提出来。”

栗锦往嘴里塞了两口菜。

木槿忐忑地等她回复。

“珠宝就不用了，折算成现金做慈善去吧。”栗锦能重活一次，她一直都觉得是老天爷心疼她，这辈子等她开始赚钱了，也想多做点好事。

“当然当然！”木先生松了一口气，“会以栗锦小姐的名义去做的。”

一家人终于得到了栗锦的原谅，大松了一口气滚蛋了。

李颖沉默地看着栗锦，不敢再说那些难听的话了。

栗亮轻咳了几声才找回自己的声音：“裴家人出手帮你了？你外公同意了？”

他知道这个女儿之前和裴苍海闹翻了，其实他心里巴不得栗锦和裴苍海不亲近，这样更方便他拿捏这个女儿。

可如果裴家要插手……

他感到一阵胸闷，这种感觉就好像裴瑗还在的时候，仿佛裴瑗才是一家之主一样的憋屈烦闷。

“不知道。”栗锦想到了外公，心中顿觉一阵暖流涌过。

这才是家人，会在你受委屈的时候默默出面，而不是像栗亮这样的，对她不闻不问就算了，还总是想着榨干她。

“淡淡。”栗锦突然点名。

李淡淡吓了一跳。

“你想进娱乐圈是真的吗？”栗锦笑眯眯地盯着她。

“是、是的姐姐。”李淡淡磕巴了一下才勉强把话说出来。

栗亮不高兴地说：“干什么你，说句话都说不好，都是自家人你怕什么！”他就看不得二女儿现在战战兢兢的样子，“就跟着你姐姐现在的这个经纪人，也好互相有个照应！”

说完，栗亮才突然像想起来一样问：“你现在在哪个公司？”

都这么久了，连她在哪个公司都不知道?

栗锦心底冷笑，嘴上冷漠地说：“天华娱乐。”她目光直直地盯着李淡淡和栗亮，“是我舅舅的公司，淡淡，你想过来吗？”

“不行！”不等李淡淡说，栗亮第一个反对上了。

笑话，艺人的钱还得分公司一半，裴天华那家伙从来就没把他放在眼里过，为什么要李淡淡去给裴天华赚钱?

再说了，裴天华识相点的话就不应该收取费用，免费给淡淡做包装才对!

栗锦轻笑一声：“那我遇到合适的经纪人和公司再联系淡淡吧，我吃饱了。”

她起身走人，李淡淡立刻悄悄跟上。

走到过道的时候，栗锦接到了一通电话，她拐入洗手间洗手，顺便就把手机放在旁边开了扩音。

“你好，我是白狐娱乐的经纪人汪月，你是栗锦老师吧？请问你是否有意向来我们白狐这边发展呢？”

栗锦洗手的动作一顿，然后就听见那边那个叫作汪月的女人接着说：“我可以保证，只要你来我们白狐，我们不仅会帮你支付你现在公司这边的违约金，还会把公司所有的重点资源向你倾斜。”

汪月拉拢人还是很有一套的。

“在天华娱乐那样的大公司说出去是有门面，但分肉的人也多，来我们白狐的话，这些看得见的都是先紧着你的。”

娱乐公司之间互相挖墙脚的事情可太多了。

可怎么说白狐呢，捧新人是出了名的快，就是都不怎么持久。

栗锦面无表情地说了一句“不用，谢谢”，就挂断了电话，直接拿着手机进房间休息了。

躲在墙角的李淡淡则神情变换，也走进了自己的房间，打开手机输入搜索——白狐娱乐，汪月。

栗锦进了房间，便打开微博查看何晗事件的动态，事情已经发酵到了无法洗白的地步，何晗和木槿彻底成了过街老鼠。

不过栗锦看见了一条特别有意思的评论。

“也不知道发出这个视频的人是谁啊。”

“要不是这个人的话我们可能也牵扯不出这么多的事情吧？”

栗锦看到这些评论挑了挑眉，她坐在床上，外面漆黑一片，侧过身就是她房间里面的全身镜。

镜子里她眼神很深，带着刻骨的冷意和仿佛笼于寒雾之中的模糊笑意。

余家。

余千樊做完了一套运动。

手机振动起来，上面一条短信映入眼底。

“你让我查的那个视频的发布人我查出来了。”

余千樊挑眉问：“谁？”

过了好半晌，那边才慢悠悠地发过来两个字：

“栗锦。”

✦

水下暧昧

第八章

pinyushang

1 不和姐姐问好吗？

余千樊手指一顿，那边很快又传来消息。

“怎么办？”

余千樊吐出一口气，慢慢打字回复：“这件事情除了你之外，我不希望再有第二个人查到，明白我的意思吗？”

那边很快回了个“OK”。

余千樊走到窗口，外面是一片寂静的黑，但有灯光在闪烁，再深的夜都不会熄灭。

“呵。”他轻笑了一声，用干毛巾擦白皙的脖颈，“她这局设得挺大的啊。”

任谁也不会想到让栗锦一开始被全网嘲的视频居然是她自己放出去的。

早在栗锦对何晗说较量开始的时候，她就布下了局。

可怜的虫子跌进了蜘蛛的网里还在嘲笑蜘蛛的网细，却不知道上面已经布满了致命的黏液。

此刻陷入了僵局的虫子何晗浑浑噩噩地来到了木槿家门口。

门里，木槿的父母正在训斥木槿。

“以后你给我少去娱乐圈那种肮脏的地方混。”木夫人气得脑袋疼，“你让我们白白付出去五百万，还有毁在裴家人身上的那些钱，你在娱乐

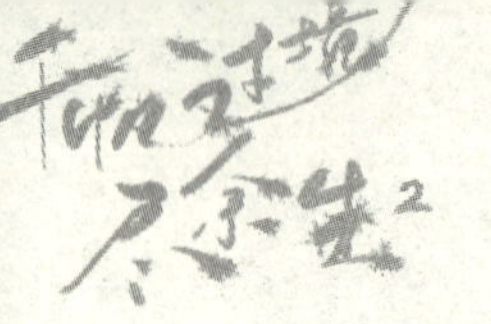

圈几年都赚不出那么多来！”

“先生，夫人，外面有位姓何的人找。”管家突然走进来说道。

木槿一听就知道是谁了：“何晗是不是？他竟然还敢过来？”

她急匆匆地走出去，果然看见何晗形容憔悴地站在她家门口。

“何晗！”木槿大喊一声，怒气冲冲地走过去，扬手就想要打他，“都怪你！我不是说了让你不要瞎嘚瑟去招惹栗锦的吗？你当我的话耳旁风？”

何晗一把接住她要打下来的手，他抬起头。

木槿对上他的眼睛直接吓了一跳。

就像是被逼入绝境的猛兽一样，何晗的眼睛里都是红血丝，脸上的胡楂也黑乎乎地沿着嘴巴长了一圈，看起来仿佛在一夜之间苍老了十岁。

“都是你！”何晗神情扭曲，“要不是你给我这份稿子，要不是你在背后策划了一切，要不是你嫉妒栗锦，我根本就不会走到今天这一步。你知道吗？所有公司都拒绝了我！我已经无处可去了！”

木槿甩开何晗的手，神情冷漠地睥睨着何晗：“那和我又有什么关系？要是你一开始压住了栗锦，那我们的计划就成功了！可你不但没有压制住她，反倒不听我的一直在挑衅她，你自作自受连累了我，也好意思在这里哭惨？”

“你个贱女人！”何晗一把扑过去掐住木槿的脖子，“我要杀了你！你把我的钱赔偿给我！我这么多年奋斗出来的钱！”

木槿家里的那些保安见状立刻就冲了上来，将何晗拉开。

“敢掐我？给我打！”木槿弯下腰一边咳嗽一边说，“给我把他轰出去！”

保安们立刻照做。

一拳拳重重地打在何晗那张引以为傲的脸上，他下意识地护住自己的脸，但是下一刻一脚狠狠地踹在了他肚子上。

他痛得浑身发虚汗。

他不明白上天为什么要这么对待他，他好像并没有做什么伤天害理的事情啊。

保安还在继续打，他身上每一根骨头都在叫嚣着痛感。

可他不知道，就这些痛苦远远比不上当时栗锦受到的百分之一。

他被保安们抓着裤脚丢出去后还一直蜷缩着躺在地上，好久好久都没能站起来。

“不！不行！我不能这样下去。”何晗嘴角流出血，眼角都被打破了，他挣扎着扶着树干站起来，“我还可以自己成立工作室，只要我有钱……去借就好了，再借一些，我自己闯！”

他跌跌撞撞地离去。

这一晚对何晗来说是煎熬，栗锦却舒舒服服地躺在床上睡了一觉。

第二天她起了个大早，小乐是紧跟在她后面醒过来的，一大早就开始闹腾摔玩具。

栗锦洗完澡擦着头发下楼，小乐看见她顿时瑟缩，拿着玩具就藏到了王妈身后。

王妈心里暗爽，心想原来这个小鬼还有害怕的时候。

“小乐，怎么不和姐姐问好？”栗锦淡淡地看着小乐。

小乐眼睛里含着两泡泪，拽着王妈的衣角说：“姐姐早上好。”

栗锦点了点头冲他笑了，转身走到饭桌旁。

王妈立刻殷勤地给她端来了早饭。

她可算看明白了，这大小姐现在是越来越厉害了，别人降服不了的人最后都得乖乖听她的。

栗锦慢悠悠地在面包上涂抹着果酱。

过了半个小时。王黎和郎世涛一块儿来接她去卢胜男导演的剧组。

一上车，王黎就用赞叹的目光看着她。

“别人都觉得我带你是你的幸运，但我怎么觉得是我运气好呢。”王黎给她递了一瓶水，“这可是卢胜男导演憋了三年的作品《阴暗面》啊，你居然能拿到女主的角色？”

《阴暗面》就是接下来这部戏的名字。

栗锦小小地谦虚了一把：“我不是女一号，骆冰才是女一号，我就是个女二号。”

王黎一巴掌拍在她的背上。

“这就是个双女主，我看过剧本了，你的戏份可就比骆冰少一点点。我告诉你好好把握机会啊，那可有骆冰和余千樊，多学点东西回来。”

车子缓缓停下来，剧组第一次取景的地方离她自己的小区很近，所以很快就到了。

这会儿栗锦彻底蒙了。

“什么余千樊啊？余千樊怎么会在这个剧组？”

她恍然想起上一次试镜余千樊也在，她还以为那是余千樊投资的呢。

为什么啊，她记得余千樊可没接这部戏啊！

“说什么话呢，有余千樊那就是收视率的保证。给我下去吧，先和前辈们问好。”

栗锦被推下了车。

余千樊一眼就看见了她，初晨的阳光落在她有点翘起来的发梢上，暖黄色的光泽润了一整圈。

余千樊笑了笑刚要说话，却没想到旁边一辆车上下来一个年轻男孩子，十分兴奋地对着栗锦招手。

“栗锦！栗锦！”

那人越过他对着栗锦奔了过去，每一步都是异常欢快。

余千樊脸色沉下来。

栗锦吓了一跳，对上一张熟悉的脸。

“向阳？”

2 要小心那些背后的目光

“你也进了这个剧组？出演哪个角色？”栗锦笑着看向向阳。

向阳和她一起拍的那部《夏初的时光》已经杀青，现在就等着算时间播出了，如果有熟人的话演戏会更自在一些。

“我演男三号，就是你的同桌，一直追你爱慕你，最后被你唆使杀人的那个。

“栗锦，我其实可担心了。”向阳忍不住压低声音悄悄地对栗锦说，“我听我经纪人说这里的重要角色都是老前辈，像骆冰和余千樊这样等级的前辈我看着都要窒息，有你在我就放心多了。”

就算是演员，在剧组里也怕剩下自己一个人形单影只的。

“你经纪人？”栗锦皱眉，“你不是和经纪人吵架了吗？他还为你拿这么好的资源？”

“我不久前就合同到期换公司了。”说起这个，向阳忍不住冲着栗锦露出一个特别阳光灿烂的笑容来，“这个还得谢谢你呢，我去试了一下天华娱乐，人家同意签我了。天华娱乐的经纪人对我也好，也没有那么多乱七八糟的事情。”

“那就好。”栗锦笑了笑。

两人站在一起的画面实在太美好，美好得让某位拿着剧本的人缓缓地握起了手掌。

同样的事情他在A大也被安培那个小子折腾过一次了，当时他还因为年纪的事情气了很久，没料想现在到了自己的地盘还被一个小演员占了先机。

余千樊把剧本往旁边一放，坐在了旁边的躺椅上，开口喊：“栗锦。”

栗锦转身。

“过来。”他眸光沉沉。

“对了！”栗锦一拍手掌，她还没问余千樊角色的事情呢。

“余千樊！”她瞪大眼睛，顾不上旁边的向阳直接往余千樊那边跑过去了。这两天她和余千樊的相处已经越来越自然了，并不觉得喊一声他的名字有什么不好的。

但是旁边的后勤工作人员唰唰就把眼神投过来，他们惊恐地看着栗锦，小丫头不要命啦！对前辈怎么这么没大没小的！

向阳眉头紧皱地看着栗锦从他身边跑过去，连头都没有回。

全场心情最好的恐怕就数余千樊了。

“你是男主角？”栗锦吃惊，“你之前都没和我说啊？”

余千樊眼尾往向阳那边扫了一眼，没错过他在栗锦离开的时候脸上一闪而过的不悦。

余千樊在心底冷笑了一声，故意离栗锦非常近，两人目光平视，他眼底带着笑意。

今天余千樊本来就只穿了一件白T恤，整个人看起来有种不输少年的干净透彻。

“我不来做男主，你以为你是怎么进来这个剧组的？”

余千樊可不是那种默默做事闷不吭声的男人，有些事不需要说，有些事可是需要说的，他要让栗锦在意他，只有欠他的越来越多，这没心没肺的丫头才会把目光只集中在他一个人身上。

栗锦听到这话愣了一下。

“我能来这个剧组是因为你拜托了导演吗？”栗锦脸上的神情凝重起来。

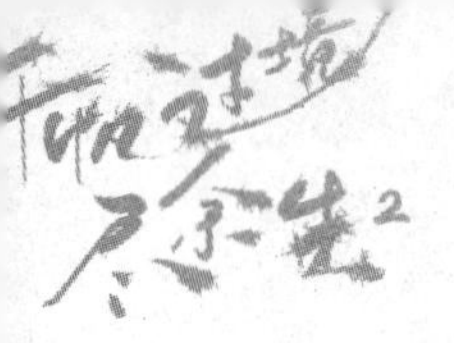

难怪……她就说自己的魅力远远不足以让卢胜男这样的大导演给她捧场子。

“你为什么对我这么好？”栗锦站直了身体，眼睛向下直视余千樊，她似乎总是这样，从不畏惧和他对视，“虽然我们两个现在算朋友，但是我暂时还不能为你带来多大的帮助。你为什么一直帮我？”

余千樊长睫颤动了一下，过于艳丽的美感在这一刻被体现得淋漓尽致，他反问：“你觉得呢？我为什么这么帮你？”

栗锦抿紧了唇。

两人之间的气氛古怪了一瞬，余千樊直起身子站起来，拍了拍栗锦的脑袋：“好好加油吧，可别被我们压戏了。”

那若有似无的暧昧在一瞬间被破开，栗锦松了一口气，想到刚才隐隐约约浮上脑海的念头，立刻又被她自己给否认了。

余千樊越过栗锦去拿剧本，转过身去的那一刻，他脸色迅速阴沉下来。

他没有错过刚才他反问的时候栗锦眼底那一瞬间的抗拒。

是抗拒他？

还是抗拒别人对她的喜欢？

余千樊有些头疼地闭上眼睛。

“大家好！前辈们好！”

一个熟悉的声音突然传过来。

栗锦转身又看见了一张熟悉的脸。

何佳青？

不过何佳青显然不是什么重要角色，因为她和那些工作人员问好的时候，他们的反应都很平淡，甚至趋近冷漠。

“Lina姐好。”何佳青特意过去和剧组里面的第一化妆师打了个招呼。

Lina淡淡地看了她一眼，手上的事情还没结束，只随意应了一声。

何佳青神情有些尴尬，但她为了进这个剧组已经付出了很多，哪怕只是一个戏份很小很小的小配角，活不过两集就死了的那种，可她还是觉得很高兴。

比起那些还在学校上课的同学，她觉得自己真的已经赢在了起跑线上。

她不甘心，立刻伸出手去想要帮Lina整理东西。

“Lina姐，我来帮你吧。”

Lina迅速拉下脸来，一把抱起面前的化妆盒就避开了何佳青的手。

“这里面是我用习惯的工具，你不要碰。”

如果说之前那句应声还只是冷漠的话，现在这就是带着满满的嫌弃了。

正好一支眉笔掉在地上骨碌碌地滚到了栗锦的脚旁。

栗锦拿起眉笔直接朝着 Lina 走过去。

“Lina 姐，你的笔。”

随后，何佳青就看见 Lina 好像换了个人一样，非常和蔼地接过栗锦手上的笔。

“谢谢栗锦啦，趁着现在人不多，我们先去化妆！”说完，Lina 就亲亲热热地揽着栗锦走了。

何佳青铁青着一张脸，怒视着栗锦的方向，嫉恨的表情甚至一瞬间还收不住。

余千樊正巧看见了这样的她，微微皱起眉头，很快，他又看见了另一道目光。

那是一个做了很久小配角的女演员了，叫作花烟，她站在不远处，看了看何佳青，又看了眼远去的栗锦。

有那么一瞬间，余千樊在她的眼里看到了令人毛骨悚然的冷漠和厌恶。

3 我能摸摸你的头发吗？

余千樊沉下脸。

而栗锦仿佛背后长了眼睛一样，猛地回身，正好对上了花烟的眼神。

花烟一愣，迅速低头往旁边走去。

栗锦眯起眼睛，刚才那个女人的眼神让她有点不舒服，可她并不认识对方啊，看来之后得小心着点这个女人了！

“干什么呢，快走吧。”Lina 催促栗锦。

栗锦不再去想，和 Lina 一起走进了自己的化妆室。

何佳青也要去化妆了，不过和栗锦不一样，她是去很多配角会在一起的通用化妆室，现在这个大化妆室里就只有她和花烟两个人。

何佳青先给方默生打了个电话：“方教授，谢谢你给我的机会，我已经到剧组了。”

那边方默生似乎是说了什么，何佳青变得非常高兴。

“好的，教授，下次要是还有客人也可以介绍给我。”

说完，她挂断了电话。

配给她们的化妆师是不能和Lina比的，看着自己脸上那很是随意的妆容，何佳青不高兴地抿了抿唇，她又转身去看正在化妆的花烟。

这女人看起来都三十了吧，一把年纪了都还没混出头。何佳青在心底不屑地冷笑了一声，她是绝对不会成为像花烟这样的人的。

毕竟她可是要超越栗锦的。

还有那个狗屁化妆师，等她出名之后她一定要给那个化妆师一点颜色瞧瞧。

等会儿要拍的是栗锦饰演的角色金织黎和男主陈末年还在上学的那段剧情，陈末年打篮球砸到了金织黎的脑袋上，然后被高两个年段的女主小五看见了，揪着陈末年衣领的场景。

栗锦是第一个出来的。

卢胜男正在看剧本，见到栗锦出场，当即就吹了声口哨。

“可以啊小栗锦，这土肥土肥的校服都变好看了啊。”

蓝白相间的校服衬得她皮肤更白，青春年少的气息直接扑面而来。

很快，余千樊也从化妆室走出来。

众人看过去一瞬间都愣住了。

该怎么说呢，因为余千樊从来没有接过比自己年龄小的角色，他总是在展示他超乎同龄男人的成熟与优秀。

校服还是一样的校服，但穿在他身上就仿佛成了当下最热门的潮流宽松版衣服，刻意做的松软头发在太阳底下看起来温暖又好摸，当然在场没有一个人敢摸。

栗锦愣神地盯着余千樊，她好像透过时光看见了余千樊最宝贵也最美好的那段少年时期，皮肤白得发光，带着少年独有的清冷和干净，整个人像从画中走出来。

“看什么？”余千樊走过来伸出指尖戳了戳栗锦的额头。

众人见到他和栗锦这么亲密的动作都愣了一下。

虽然知道之前的综艺上栗锦和余千樊两人是有合作的，而且还弄出了不少爆火的梗，但那些一半都是综艺剧本啊，这两人的关系有这么好的吗？

栗锦左看右看，确定旁边的人不会听到她说的话之后，对着余千樊招了招手示意他弯腰。

余千樊非常配合地弯下腰，就听见栗锦悄悄地问：“我和你商量个事儿，我能摸摸你的头发吗？”

看起来很软的样子。

余千樊弯唇，他看了栗锦一眼，也示意她把脑袋凑过来。

栗锦乖乖踮脚。

余千樊的声音带着点微暖的风：“那你拿什么来和我换？”

栗锦胸有成竹地看了余千樊一眼，她就知道，余千樊必定会有此一问！

她自信满满地说：“我拿火锅和你换！”

余千樊：“……”

栗锦继续说：“我悄悄带了锅，可以自己煮，我允许你和我一起搓两口。”

余千樊：“……”

他面无表情地直起身子转身看向卢胜男：“导演，栗锦带了小火锅，为了控制她的体重和保障演员的食品安全摄入，你找个人收一下。”

栗锦：“！！！”

这个狗贼！

众人：“……”

好吧，关系并没有那么好，是他们想多了。

栗锦满脸惊慌地转身看向卢胜男说：“导演，他乱说的我没有！”

正好骆冰这时候也穿着校服走出来。她的年纪确实是有些成熟了，校服有点不合适，不过妆补得重一些也能看，再加上她超强的演技，画面绝对不会有什么问题的。

“是要控制体重，不然上镜不好看。”骆冰看了栗锦一眼，直接发话，“收了吧。”

栗锦能说什么，只能强颜欢笑！

“主演准备，群演就位啊。”卢胜男拿起了喇叭，“准备，开始！”

话音落下，余千樊单手运球往前跑。男孩子的衣服都是穿得松松垮垮，然后随着运球的动作衣服往上翻起，露出他漂亮紧致的腰线和若隐若现的腹肌。

在场的女工作人员一个个都猛咽口水。

栗锦从旁边走过，正好篮球砸在了篮筐上，对着她猛地砸过来。

卢胜男在这种镜头上从来不作假，那篮球就结结实实地砸在栗锦的头上，那一瞬间，栗锦觉得自己眼泪都要被砸出来了。

她捂着被砸处紧皱眉头蹲坐在地上，手上的书本也随之滑落。

余千樊有些手足无措，女孩蹲在地上，那么小小的一只。

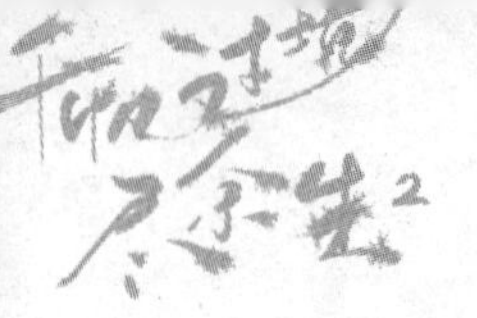

但是他生来有些情感淡漠，不知道该怎么表达，反倒皱起了眉头：“你……没事吧？”

他站得笔挺，光从神情上根本看不出他担忧人家，只是那只垂在旁边的手有些紧张地捏住了衣角。

栗锦注意到了，这是剧本上没有的，余千樊靠自己实力添加的小细节。

“织黎！”

骆冰看见自己的朋友像是被旁边的男生欺负了，二话不说直接冲进来狠狠揪住了余千樊的衣领。

两人的脸挨得很近，而捂着脑袋的栗锦抬起了头。

画面定格在这一刻，也为接下来这三个人彼此纠缠一生的命运埋下了伏笔。

“好，卡！”

卢胜男满意地点头。

“不错啊，余千樊和骆冰我就不夸了，做得好是你们应该的，栗锦很不错啊，气势上没有被压下去。”

栗锦冲卢胜男笑了笑。

骆冰也是鲜有这样多人表演之中大家都能顺畅接住她戏的时候，心情不错，也顺带夸了栗锦一句：“还可以。”

骆冰夸人实在是少见，工作人员们都起哄了一波。

何佳青本来是想着让栗锦出丑的，结果却看见她被全场哄着的场面。她愤然转身离开，气得猛踹旁边的树，视线一转，她又看见放在旁边的等会儿要用到的一些道具，这其中就有一段栗锦要用到的绳子。

这一刻，何佳青内心满是恶意地想，如果用它的时候绳子断了，栗锦就会跌倒，说不定还会崴了脚！

为什么绳子不能断呢？

这个念头一出来，何佳青就仿佛是魔怔了一样，她想起了自己包里的小剪刀，一步步走过去捡起了那段绳子。

正要掏出剪刀，一只手突然从背后伸出来，压住了她的手。

一时之间，何佳青背后冷汗全起，她缓缓扭头，对上了一张淡漠的脸。

花烟！

4 你不觉得这场戏太暧昧了吗？

“你想干什么？”花烟眸子很深，“这是等会儿栗锦要用到的绳子。”

何佳青见她只是一个稍微戏份多点的大龙套，从地位上来说和自己也差不了多少，顿时心中有了底气，一把甩开花烟的手说：“拉我干什么！我就是想检查检查这个绳子牢固不牢固。”

花烟还是那副冰冷的模样，她一点都不相信何佳青说的话。

“你刚才那个眼神可不是这种意思。”她直截了当地说，“何佳青，你是A大的学生吧，还是栗锦的同学。你要记住，在这个圈子里，千万不要让嫉妒冲散你的头脑和良知。”

“神经病啊！”何佳青一脸嫌弃地看着花烟，“你是谁啊就敢这么对我说教？”她真的觉得这人脑子有毛病，“你是栗锦的粉丝吧，所以才这么护着她！”

没想到花烟死死地抓住了她的手，力道很大，她顿时吓得一激灵。

“我不是要帮栗锦！”

花烟眼底的神情实在复杂，像是有千言万语要说，但是由于要说的实在太多，就全堵在了她那双心事重重的眼睛里。

“何佳青，我是想要帮你！”

何佳青才不信，这个人如果真的是想要帮她的话，刚才就该当作什么都没看见！

她正想要甩手走人，谁知花烟突然又凑上来，压低声音说：“你现在在做的事情我都知道，刚才我们在化妆的时候，你是在和A大的方默生打电话对不对？”

何佳青身体一僵，不敢置信地看着花烟。

花烟眼睛瞪得大大的，不断地说：“你不能和那个方默生混在一起，他不是个好东西！那是吃人的恶鬼，他专门挑像你这样没钱没家世但是长相漂亮的孩子……”

花烟的话还没说完，何佳青已经一把将她推开了。

何佳青面容狰狞，一如那天被栗锦发现她和方默生之间的交易一样，她拽住花烟的衣领气急败坏地喊：“我的事情不用你管！我告诉你，你要是敢在这个剧组瞎嚷嚷这些事情，我一定不会轻易放过你的！”

何佳青狠狠地将花烟一推，看她摔在地上，还有她那张已经开始衰败的脸，颇为高高在上地说：“我和你可不一样！我年轻、漂亮，机

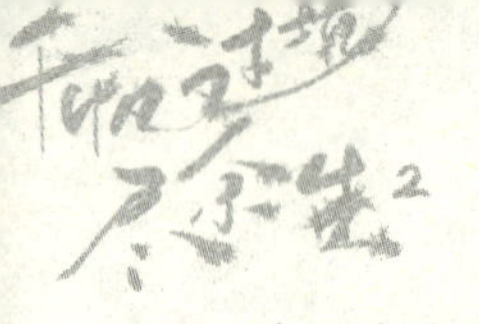

会还有大把，我以后绝对不会像你一样在这个年纪还混成这种龙套角色的！”

说完，何佳青趾高气扬地离开了，留下花烟一个人坐在地上垂着头，神情晦涩不明。

下一刻手机屏幕亮起，花烟看了一眼亮起的联系人通话显示，有些绝望地抓紧了自己的头发，蜷缩成一团。

栗锦拍完了三场戏，接下来的一场戏让她皱紧了眉头，看着剧本迟迟没有动弹。

郎世涛给她递水，瞥了一眼剧本问：“栗锦老师，怎么了？接下来这场戏很不好拍吗？”

栗锦面色凝重地看着面前的剧本。

“嗯！”她起身往余千樊那边走过去，“我要去找余千樊说一说这场戏。”

余千樊有几个助理，今天跟着他的这个叫小唐。

“栗锦老师，您找我们千樊老师什么事？”小唐非常没有眼力见儿地拦在了栗锦面前。

因为余千樊在工作期间是很不喜欢别人来打扰的，就算有人想问戏或者是对戏他也不会答应，只会叫那些人去找导演。

毕竟总有女演员想借着对戏的借口往他身上蹭。

栗锦被小唐拦住的这一刻也想起了余千樊的这些臭毛病，要是上一辈子，她铁定一把推开小唐，然后冲过去和余千樊进行长达三千字的辩论。

但现在她做不出这样的事情了，一时之间愣在原地。

余千樊躺在躺椅上闭目养神，支起眼皮就看见平常和小炮仗一样的栗锦傻乎乎地杵在小唐面前。

他皱起眉头，不耐烦地说：“小唐，你去忙你的吧。”

小唐：“？”哥，能让我忙起来的只有你的事情啊。

余千樊可不管小唐是什么想法，直接看向了栗锦：“你过来。”

栗锦拿着剧本就过去了，留下小唐一个人摸不着头脑。

“余千樊，就这场戏……”栗锦把剧本递过去，“你不觉得作为两个纯洁高中生的戏份，这场水戏太……太暧昧了吗？”

没错，接下来她和余千樊要出演的就是她扮演的角色和余千樊扮演的角色双双落水的场景。

落水就落水吧，偏偏金织黎这个人对世界上所有人都不在乎，唯独只在意自己唯一的朋友，也就是女主角小五。可小五喜欢男主角陈末年，她觉得小五被陈末年分散了注意力，于是每一次见到陈末年都有意无意地勾引他。

这是一种病态的心理，也很符合金织黎这个反派角色。

这不是栗锦第一次饰演反派角色，她并没有抗拒心理，所有的角色都有它存在的理由，角色之间是没有好坏之分的。

这场水戏，金织黎趁着陈末年落水时直接用脚缠住他的腰，然后两人呼吸相抵。

金织黎是个坏孩子，陈末年是个不会表达的人。

至少他在人前是这样的。

而这一场戏也是金织黎和陈末年两人情感上的一个转折。

陈末年这个每年都拿奖学金的清冷男孩喜欢的不是那个阳光灿烂的小五，他爱上了在阴暗处燃烧的金织黎，如飞蛾扑火。

余千樊慢悠悠地喝了口茶：“这哪里暧昧了？”他弯起嘴角，“小小年纪不要想那么多，心正则无影。”

栗锦：“……”

我呸！

就在栗锦还在纠结一场水戏的时候，李淡淡来到了白狐公司的总部，她一路走上去，来到了汪月的办公室。

“请进。”

里面传来汪月的声音。

推开门，李淡淡看见了一个脸上有个月牙胎记的胖女人。

“是李淡淡小姐吧。”汪月笑眯眯地看着她，“抱歉，之前我在电话里就拒绝您了，我们白狐娱乐是不签没有经验的新人的。”

李淡淡对这个拒绝是一点反应都没有，她走过去直接在汪月的对面坐下，抬眸带了十二分的笃定。

“那如果我说，我是现在正火的栗锦的亲妹妹呢？”

5 卡戏卡戏又卡戏！

汪月猛地抬头看向李淡淡。

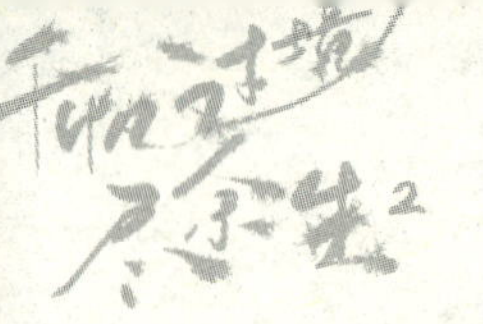

李淡淡眼中有极淡的笑意：“不需要我会唱歌跳舞，也不需要我的演技有多么出众，我只要蹭着我姐姐的热度就可以扶摇直上，不是吗？”

她是商人的女儿，自然懂得怎么样才能将利益实现最大化。

“怎么样，这是一件稳赚不赔的买卖吧？”李淡淡抚着自己的包包，“比起那些有一点点经验的人，我这样自带流量的不是更好？”

汪月掏出一根烟叼在嘴巴里。

“是不错。”她那胖胖的脸上露出一个笑容，眼神拉得又远又长。

呵！一个小姑娘敢在她面前摆架子装成熟？不过签倒是可以先签下来的。

“那祝我们合作愉快！”

剧组里，栗锦和余千樊已经在水池边准备着了。

栗锦不断地给自己做心理建设，她只是金织黎，一个带着不良目的接近陈末年的坏姑娘。

Lina给他们两人化了一个不会脱水的妆容。

向阳就站在泳池旁，冲着栗锦招手。

栗锦回以一个笑容，余千樊神情淡淡地瞥了一眼他们两个的互动。

卢胜男一边整理剧本一边想起她的老友葛毛导演的话，就是之前栗锦和余千樊一块儿出演的电影《白昼之后》的导演。

葛毛当时听说她请了栗锦和余千樊两人，而且还是有感情戏的那种，最重要的是前期都是栗锦主动的感情戏，他意味深长地拍了拍她的肩膀。

“不要对这两个人的感情戏有任何期待，尽量少生气，心平气和地和他们讲戏知道吗？”

回想起这些话，卢胜男直接嗤笑出声。

这可是余千樊啊！最年轻的三金影帝，在任何戏上从来都没有让导演操过心的人。

栗锦呢？

是个不输给那些老演员的新人，未来前途不可限量。

葛毛那个老东西就是妒忌她的演员阵容，企图挑拨导演和演员之间的和谐关系。

想到这里，卢胜男非常有自信地喊：“准备……开始！”

栗锦按照剧本上的剧情，迎面朝余千樊走过去，他们旁边就是一个游泳池，她故意伸出脚去直接绊倒了余千樊，而余千樊也按照剧本抓紧她的衣服，两人一起往泳池倒下去。

“嘭”的一声巨响，溅开了无数水花。

栗锦眼神不变，装模作样地往后划拉了两下水。金织黎其实会游泳，这会儿不过是装出来的，为了更好地接近陈末年。

她装作呛水的样子，一手直接扑腾着揽住了余千樊的脖子，两只脚迅速地缠在他的腰上。

“陈末年！我不会游泳！我害怕！”

她说着最温柔最软的话，可心底的那条毒蛇已经悄悄盘踞而出，用身体盘住了对面的敌人。

两人的衣服都泡了水，柔软的衣料贴在身上，余千樊低头就能看见小姑娘纤细的腰。

她的腿非常好看，漂亮笔直。

池子里的水是冰冷的，但是抱着的那个人是温暖的。

一瞬间气息笼罩下来，栗锦只觉得脑子里“轰”的一声炸出一团白烟来，她努力克制着不自然的心情，将自己的额头对着余千樊的额头靠过去。

摄像机迅速拉近对两人的距离，即便是落水，他们两个的颜值也没有受到丝毫影响。

余千樊眼底有幽光，他托住栗锦脚腕的掌心也变得越来越炽热。

栗锦敏锐地感觉到了这种变化，他的眼神变得十分陌生。

喜欢的人就在眼前，余千樊不自觉地往前靠了靠。

那强大的侵略感一下就冲散了栗锦给自己做的心理建设，她竟然往后缩了缩。

“卡！”

卢胜男目瞪口呆地喊了暂停。

她凝神呆了一会儿，见栗锦和余千樊已经各自被助理拉上来用毛巾裹住身体了，她把手上的剧本卷了卷，走过去。

她先是狠狠地用纸卷敲在余千樊的背上，一下又一下。

“让你往前靠！往前靠！”卢胜男怕别人听见她的话，连忙凑过去压低声音恨铁不成钢地说，“你收敛一点好不好？知道的是以为你在拍戏，不知道的以为你要对人家做什么呢！”

“给我压抑住你的感情！真是眼睛里什么都能看出来！”卢胜男又狠

狠地用纸卷在他身上敲了两下，随后又转身公平公正地给栗锦来了两下，“躲什么！躲什么！你是要勾引他的，你躲什么！”

卢胜男敲完两人生气地回到了自己的座位，看了看时间说：“接下来你们自己看着调整状态，大家先吃午饭，吃完午饭在酒店休息一会儿。”

栗锦不好意思地揉了揉鼻尖，任凭工作人员给她擦头发。

她今天可不准备在酒店休息，她住的小区就在附近，几分钟就到了。

余千樊抿紧了唇。

他刚才一靠近，栗锦就退了。

男神大人觉得心情十分不美丽，就连吃饭的时候也不说话，浑身上下散发着冷气。

栗锦一边扒饭一边观察着余千樊的神情，她觉得这个男人可能想要自己单独一个人静静，所以端着饭盒就和向阳一起吃去了。

余千樊气得直接捏断了手上的筷子！

栗锦吃完就回了住处休息，舒舒服服地躺在自己的房间里看着窗外的蓝天白云，麻雀停留在窗台旁边，她慢慢地合上眼睛。

突然，手机振动了一下，她点开随意地瞥了一眼，眼瞳一缩坐起了身体。

一条微博消息推送过来。

上面是一张李淡淡的照片，说是偷拍的照片，实际上却是摆拍好还给精致地修了图。

“劲爆！竟然抓拍到了栗锦的亲妹妹，妹妹还是初恋脸，两姐妹的颜值都超级在线啊！”

栗锦看了一眼发出这条消息的微博号，是白狐娱乐悄悄养着的号。

“呵！”栗锦冷笑了一声，“没想到你比我想象之中的动作快多了啊。”

想起那天悄悄躲在外面听她打电话的李淡淡，栗锦眼中浮现出冰冷的笑意。

栗锦从床上坐了起来，拿出钥匙打开了一直被她封闭的小画室。

画室里面挂满了画，都是那些人曾经对她做过的事情。

有李淡淡想要划她脸颊的那一幕。

有李颖抽她巴掌的那一幕。

有何晗给她端来下了药的咖啡的那一幕。

还有……

栗锦看向摆在最中间的那幅画，是那一天雨夜里，被何晗下了药的她，被人抬上车塞到后备厢里的那一幕。

里面有笑着的李淡淡、何晗、李颖，还有她的好爸爸栗亮……以及站在旁边拿着绳子的，脸上有月牙胎记的胖女人。

她以前的经纪人……汪月！

6 老师说了好东西就是要一起分享

"汪月……"

栗锦慢慢地抚摸着那幅画，露出了一个意味深长的笑容。

这些人，她一个都不会放过的。

栗锦重新拿起画笔，蘸满正红色的颜料，在旁边那幅何晗单独的画纸上画了一个大大的叉！

那鲜红的红色一下子涂抹过单调的黑白画纸，整个画面都直接变得生动了起来。

"现在这幅画倒是顺眼了不少。"

她看着画面上的汪月，轻声地自言自语："以前我跟着你，你是我信任的人，结果却联合我的家人做出了我假死的消息，还眼看着我跌入地狱，这一次我把淡淡送到你身边了。汪月、李淡淡，你们两个都应该感谢我才对。"

栗锦笑着拿起画笔。

"可惜了，这么好的天气。"她看着窗外的白云，像是一颗颗长了翅膀的棉花糖，"午睡是睡不着了。"

想起了令人恶心的往事，她害怕梦里都是自己的尖叫声。

栗锦坐到最大的那张画纸前面，上面只有一个男人的轮廓，戴着银色的手表，左边的头发比右边要更加卷曲一些。

但是，这个男人没有五官。

栗锦长久地注视着这幅画，不用画五官，也不需要绘画记录，她也能清楚地想起这个男人的样子，甚至能回忆起他和她说过的每一句话，在她身上砸烂的每一个瓶子，以及用她皮肤熄灭掉的每一个烟头。

"还有三年。"

栗锦缓缓闭上了眼睛，再睁开的时候，里面的阴霾和凶狠几乎压制不住。

还有三年这个男人就会从国外回来，然后盯上她，又花三年的时间将

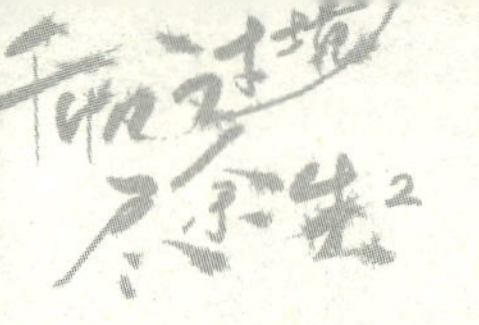

她拖入地狱。

她现在所做的每一件事情，都是为了三年后她能以自己的势力来对抗这个男人。

虽然现在很多事情已经和以前不一样了，但仍然有很多事情的方向和轨迹已经早早设定好了，该回来的人还是会回来，所以……该清算的账也一个都跑不掉！

她在画室待了一个多小时，等心绪平静下来之后才让郎世涛开车接自己回了剧组。

剧组里，气氛不是很好，因为余千樊一直绷着一张脸。

三个主演，骆冰高冷，余千樊在生气，栗锦又不在，害得其他演员看个笑话或者段子都不敢笑得太大声。

向阳坐在凳子上，有意无意地把视线往余千樊的身上放。

早上那一场水戏，他总觉得余千樊的状态有点奇怪，再加上余千樊看他的时候总会带着若有似无的敌意……

向阳紧紧皱起眉头，阳光落在他的身上都没觉得暖。

正沉思着，栗锦的车到了。

向阳立刻从位置上站起来和栗锦打招呼："栗锦，你来啦！"

他脸上几乎是瞬间就浮现出笑容。

栗锦中午换了条裙子，像夏日里吹过的一阵清爽的风。

小唐沉默地站在自家老板身边，向阳这么一喊，他怎么就觉得自家老板的气压更低了呢？

向阳起身要往栗锦身边走去。

余千樊猛地将手上的剧本砸在桌子上，他墨黑的瞳仁逆着光看向栗锦："栗锦，过来对戏。"

向阳脚步一顿，然后眼睁睁看着栗锦听话地走向余千樊。

向阳嘴角紧紧抿起。

一开始，他也和旁边的这些工作人员一样，觉得余千樊对栗锦不好，没收了她的火锅，还总喜欢喊她做这做那。

但是他发现余千樊对待栗锦的"挑剔"和对待别人的冷漠是不一样的。

他不让栗锦吃火锅，也不让她点那些炸鸡之类的外卖，但每次都会在自己休息的桌子上摆一些栗锦爱吃的水果，他允许栗锦动他的东西，偶尔看见栗锦偷吃也会当看不见。

他会指点栗锦演戏，却从来不会教别人一句台词。

以前连感情戏都不接的人，这会儿甚至会在全身湿透的情况下抱着栗锦。

在栗锦被全网嘲的时候，余千樊有魄力地让栗锦搭着自己的手走上红毯，告诉她肩背要挺直，无声地站在身后成为她的力量。

向阳缓缓地握紧了手掌。

那是一个全方位碾压他的男人。

向阳有些不甘心，因为他也喜欢那个会在暖阳之中对他灿烂微笑的栗锦。

“希望这一切只是我的揣测。”向阳默默在心里想着，“他也不一定就喜欢栗锦。”

向阳一个人坐在旁边，好不容易熬到栗锦的戏份结束了，他拿着两份盒饭走向栗锦。

余千樊眼尾扫了他一眼，缓缓拧紧手里的瓶盖。

“栗锦，过来这边吃。”余千樊不紧不慢地直视向阳，加上了一句，“顺便和你说说接下来的戏。”

不同于之前的漠视，此时他看过来的眼神让向阳断定了自己的猜想。

余千樊喜欢栗锦，所以余千樊在厌恶他。

栗锦看向余千樊那边的桌子，余千樊家里的私厨每天都给他送饭，全都是低脂又美味的菜，而且种类还十分多。

她猛地点头，自己领了一份盒饭飞快地蹭到余千樊那边去了。

还没等余千樊开口说话，栗锦就已经把自己的盒饭推过去：“从幼儿园开始老师就教育我们有好东西要大家一起分享着吃。”

“来，我把我的盒饭和你分享。”她一边说，一边盯着余千樊的五层饭盒吞了一口口水。

余千樊：“……”

明明这会儿是自己对着情敌还赢了的时候，可栗锦总是能让他的成就感破灭。

何佳青只能在离他们很远的地方吃饭，她使劲儿咬着筷子，怒视栗锦的方向。

直到方默生的电话打断了她的嫉恨。

"今天晚上有空吗？"方默生问得很明白。

早就培养出默契的何佳青眼睛一亮。

"不过到时候会有另外的人和你一起，你不介意吧？"方默生声音冷冰冰的。

何佳青脸色变了变，咬了咬牙，说："没关系！只要能给我角色！"

"那个女人也是以前A大出去的，算是你的前辈，可以让她带带你。"方默生说完直接挂断了电话。

本来就没什么戏份的何佳青也不继续赖在剧组里了，连忙收拾东西出发去酒店。

到了门口，她看见一个女人已经坐在台阶上抽烟了。

一片刺激的烟雾里，她走过去。

"是方教授说的前辈吗？"何佳青笑着问。

那女人转过身，眼睛如同一潭死水。

何佳青面色巨变，惊吓出声——

"花烟？"

7 让她给我滚

"花烟，你为什么会……你就是方教授说的那个前辈？"

花烟并不意外何佳青会出现在这里，她沉默地抽了一口烟，问："你也是A大的学生？"

何佳青不敢置信地往后退了一步："你怎么会……"

花烟抬手直接灭掉了烟头，那双死气沉沉的眼睛就像是一口被抽干了水的老井，她看向何佳青："我说的你为什么不听？和方默生合作的人是不会有好结果的。"

何佳青脸色惨白，但是花烟继续说："你之前和我说过吧，你不会混成我这个样子，不会虚度十年时光也只是从一个小龙套混成一个大龙套，那我就期待一下，你未来到底能拿到什么角色。"

花烟罕见地露出一个笑："走吧，我们一起上去。"

白狐娱乐里，李淡淡坐在汪月的对面。

汪月噼里啪啦地打着键盘，面无表情地说："去给你姐姐探班。我给你开通了微博，等会儿你第一条微博最好能发你和你姐姐的合照，明白了吗？”

“现在网上很多人不相信你是她的妹妹。”汪月看了李淡淡一眼，“我不管你们两个的真实情况怎么样，但是对着外界，装也要给我装出亲密的样子来！”

李淡淡从办公室走出来的时候正好碰到白狐现在的一姐程甘迎面走来，对方算是最近很火的一个小花旦。

程甘看了李淡淡一眼，眼中闪过一抹厌恶。

不过是靠着姐姐才能进公司的吸血虫而已！

程甘家里重男轻女，家里每天都想着抽她的血养弟弟一家子，养他们宝贵的小孙子，所以她对李淡淡这种人是分外看不上。

如果给她抓到机会，她倒是要教教这个小新人什么叫作圈子里的规矩。别和她说李淡淡是栗家的人，退一万步来说，李淡淡对外也只是栗家的私生女，身份无法被承认。

李淡淡到剧组的时候，他们还在开夜工。

“我来找我姐姐。”李淡淡指了指栗锦的方向。

现在已经是夏季的尾巴了，夜晚有点凉意，栗锦披着外套正在和骆冰对台词。

有工作人员过来招呼一声：“栗锦，你妹妹来看你了。”

栗锦转身，挑眉看向站在不远处的李淡淡。

李淡淡正小心翼翼地看着栗锦，笃定栗锦在这么多人面前是不会给她难堪的。

“姐姐，我签约白狐娱乐了。”李淡淡走到栗锦身边，用她最擅长的那种唯唯诺诺的语气说，“我以后也想和你一样成为演员，然后学习唱跳，等我成名以后，你在圈子里也能有个帮手。”

栗锦慢悠悠地捏了一颗余千樊桌上的葡萄塞进自己嘴巴里。

“哦，是吗？”她似笑非笑，“你现在来找我就是为了说这事？”

李淡淡一愣。

“我……我能不能在这里稍微待一会儿，我想学习一下。”

栗锦笑了一声：“淡淡啊，剧组外人是不能待的，就算是探班我也得带着你避开。”

旁边的工作人员听见，也是纷纷点头。虽说对方是栗锦的妹妹，但谁

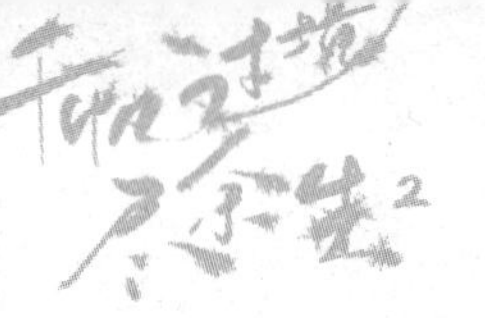

知道她会不会暴露他们的剧呢？再加上这个剧组里的大佬们脾气都不好，骆冰更是因为李淡淡影响了刚才她和栗锦对戏的状态而直接冷了脸。

李淡淡有些难堪地咬住唇：“对不起姐姐，我不知道。”

这是她管用的伎俩了，故意把自己装成很弱势的人，这样站在她对面的那个人就算是什么都没做也好像变得很坏了一样。

“淡淡，你是哭了吗？”栗锦突然拔高声音，倒是把李淡淡弄得一愣。

旁边的工作人员听见这拔高的音量都把视线转了过来，包括骆冰、余千樊，还有向阳。

这点小事就哭了？工作人员们一脸鄙视。

“剧组里是真的不能留下的，前辈们的演技也不是大白菜，你想看就能看的。”栗锦这话顿时让这个剧组所有资历比栗锦高的人都舒坦了。

因为平常栗锦喊他们也是喊前辈的，他们的演技是这个小丫头随随便便就能看的吗？哪怕演技不怎么样的人这一刻也觉得自己身高两米八。

栗锦趁着李淡淡还没有反应过来，立刻就说：“你就为了这点事情要和我哭闹吗？你要进圈子我不反对，但是你如果要无理取闹，姐姐肯定是不允许的。”

李淡淡满脸疑惑地站在原地，她没有哭啊。

可她做惯了楚楚可怜的样子，在别人看来就是要哭的样子，加上天色暗谁会去仔细地看？

“姐姐我没有……”

“行了，不要再说了。”栗锦打断李淡淡的话，背对着众人面朝李淡淡，灯光只照亮她半边的脸，上面带着浓浓的失望，“李淡淡，你真的是被爸爸和李阿姨宠坏了！”

一群工作人员对视了一眼，什么李阿姨啊？正常情况下不应该是爸妈吗？

有些聪明的人立刻就反应过来了，原来李淡淡和栗锦根本不是同一个妈妈，李淡淡？栗锦？

姓都不一样啊！

其中有些人压低了声音和旁边的人窃窃私语：“难道是私生女？只有私生女的姓才会和栗锦不一样啊。”

这些话的音量不高，但由于此刻真的太安静了，李淡淡还是听见了，她几乎要绷不住脸上的神情。

骆冰冷漠地看了李淡淡一眼，她才不管什么私生女，耽误了剧组的进度她就看不惯。

向阳见不得气氛这么冷凝，走上前劝说栗锦：“没事没事，姐妹之间有什么话可以好好说，你妹妹肯定也不是这个意思。”

向阳的弟弟妹妹都和他关系很好，所以他是不会理解栗锦现在的心情的。

栗锦看了他一眼。

向阳一愣，因为那眼里没有往日的分毫笑意。

余千樊坐在凳子上，黑色风衣将他的身形衬托得更好看。

“栗锦。”余千樊淡淡地看了向阳一眼，又把目光落在旁边泫然欲泣的李淡淡身上。

“处理好了吗，处理好了就过来拍戏。至于这个人……”余千樊的眸光一下子就厌恶起来，“让她给我滚！”

✦

花烟

第九章

pinqusheng

1 淡淡，姐姐的饮料呢？

其他还在窃窃私语的人一下子就闭上了嘴巴。

因为余千樊此刻的样子看起来有些骇人，就连李淡淡都不自觉地往后退了一步。

工作人员们默默低头去干自己的事情了，同时在心里更加确定了一件事情。

栗锦和余千樊关系也没那么好啊！

不然再怎么说，对方都是栗锦的妹妹，他这样不留情面，栗锦会觉得没脸的吧？

其实恰恰相反，栗锦不仅不会觉得没脸，反倒是觉得心底畅快，像有十个小人一起跳舞。

余千樊这人怎么就这么有眼力见儿呢！

栗锦悄悄靠过去对余千樊说："我觉得今天晚上的你看起来特别帅气！"

余千樊绷着脸看了她一眼，但眼睛藏不住心事，一点点欢喜从里面悄悄地漏了出来。

李淡淡站在原地摇摇欲坠，好像下一刻就要晕倒一样。

向阳神情有点尴尬，见栗锦压根儿不搭理他，反倒是和余千樊说悄悄话去了，不甘心地抿紧了唇。

余千樊奓了一整天的毛被栗锦一双笑弯了的眼睛给顺好了。

“栗锦，你安抚一下你妹妹啊，不要妨碍到我们剧组的进度。”卢胜男发话，直接结束了这场大戏。

李淡淡还尴尬无措地站在原地。

工作人员都各自干各自的事情去了，栗锦拿了一张一百的塞进了李淡淡的衣服口袋里，凑近过去压低声音：“是你的经纪人让你过来的吧？最好还能和我来一个爱的摆拍是不是？”她对汪月的那些手段真的太熟悉了。

“去给姐姐买两杯饮料，一杯抹茶拿铁，一杯美咖不加冰。”栗锦从上往下俯视着李淡淡，“我的拿铁要热的，送过来的时候你自己拿捏好温度，如果我喝得高兴，我可以允许你对着咖啡拍一张照片，再发一条关于我的微博，就算发微博也不要圈我，因为我不会回应你的，知道了吗？”

李淡淡浑身血液都冰冷了，不管是以前还是现在，那些围绕在她们姐妹身边的人仿佛都只能看见栗锦。

裴瑗的孩子。

裴家的外孙女。

她栗锦不就是投了一个好胎吗?

李淡淡死死地捏住手，指甲刺入掌心。她露出了一个比哭还难看的笑容：“知道了，姐姐。”她得忍，把柄还在栗锦手上。

“对了，不要别家的，就去买西门路三号那家，知道了吗？”栗锦看了一眼手机，精准地报出定位。

直到李淡淡走人了，她才轻笑了一声。

手机上的联系人界面是帮她探听情报的双耳，她和双耳的对话还在上面显示着。

栗锦：“帮我查查现在何晗在哪里！”

双耳：“西门路三号奶咖店。”

栗锦抬起头看着天空，新月如钩，锋锐地展示着属于自己的寒芒凛冽。

“那时你们两个背着我勾搭成奸，现在我倒是要看看你们还能不能恩爱如初！”栗锦轻声自语。

李淡淡走出剧组就在外面歇斯底里地尖叫了好一会儿，深夜的风让她清醒了一点，虽然心里恨不得把栗锦大卸八块，但汪月交代下来的任务不得不完成。

她也想快点出道，快点成名。如果她也像栗锦一样有名的话，是不是

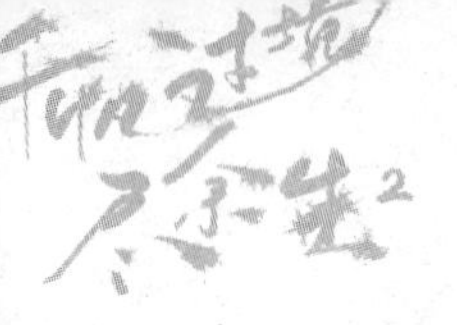

这些人就不会这么随意地对待她了？

李淡淡一边思考着这些事情，一边往栗锦给的那个地址走去。

“这么偏僻的小店？”李淡淡有些嫌弃地看着这个小店的门，不情不愿地走了进去，她有点怀疑，这种小店里的咖啡能喝吗?

可一进去倒是闻到了十分浓郁的咖啡香味。

“你好，我要一杯……”李淡淡开始点单。

只是她刚说完，旁边的座位上就站起来一个人，那人形容狼狈，戴着口罩和帽子，衣服脏了也没管。

“你是……李淡淡吧？”

李淡淡一愣，转身看见对方的装束，下意识地用手在自己的鼻子前面嫌弃地扇了两下。

“你是谁啊？”

李淡淡想到之前公司为她发的通稿，还请了一波水军夸她是初恋脸，虽然她是觉得这些夸赞没错，但没想到这么快就已经有粉丝了。

只是她有点嫌弃这个粉丝，所以往后退了一步：“你是不是想要签名?我今天没有带笔……啊！”

那个男人突然一把拽住了李淡淡的手将人拖到店外。

“你干什么！再不放开我我要报警了！”李淡淡很害怕，怕到浑身都在发抖，那个人握着她手的力气大到好像要把她的手骨都给捏碎一样。

“你不认识我了？”那人摘下口罩，露出了一张带着伤口和瘀青的脸。

李淡淡大惊失色。

“何晗？”她捂住自己的嘴巴，“你怎么变成这个样子了？”

她知道何晗黑栗锦的事情，但何晗好歹是个明星啊，就算接不到广告也不至于穷困潦倒到这种地步吧?

“太好了！太好了！”何晗像是看见救星一样死死抓住了李淡淡的肩膀，“你帮我把你姐姐叫出来！我要和她道歉，只要我道歉了，一切就能恢复成原来的样子！”他看起来像是疯了，整个眼睛通红，“那些追债的人天天找我，我真的害怕。”

他在不断发抖，也不知道有几天没好好刷牙了，一张嘴喷出来的全都是口气，还有粗糙的黄牙……他再也不是那个清新干净的邻家男神了，就连旁边路人牵着的一只狗都收拾得比他妥帖。

“我没有钱！我想成立工作室，可那些人不愿意再借钱给我了。对了，淡淡你身上一定有钱的吧，你借我点！”他开始伸手去抢李淡淡的背包。

何晗知道之前栗锦还喜欢他的时候，李淡淡就经常跟在栗锦的屁股后面，也用那种崇拜的目光看着自己。

“你干什么啊，放开我，你这个疯子。”李淡淡一边尖叫，一边闻着何晗身上那刺鼻的气味，她都快要吐了，天底下怎么会有这么恶心的男人！

看见了李淡淡的反应，何晗一下子眼睛红了，他狠狠地掐住了李淡淡的脖子：“你们这些女人都是一样的！在我红的时候喜欢我，但是我落魄的时候却没有一个人肯帮我。”

窒息的李淡淡手上的包无力垂落，下一秒她仿佛看见了无数白光，呼吸在一点点变得微弱。

而何晗似乎是觉得不畅快，一下又一下地拽着她的脑袋往地面上磕。

“那家伙在那儿！”

一帮人冲过来直接摁住了何晗。

李淡淡终于被松开，狼狈地在地上喘气。

“叫你个龟孙儿欠债不还！”那些人捆住了何晗的手将他拖上车。

领头的那个举着手机，对电话那头的人说：“哎，妹子多谢你啊，这人借了钱还想逃！跟泥鳅一样抓都抓不住，多谢你了啊！”

远在剧组里的栗锦坐在凳子上，一下一下地嗑着瓜子，轻笑：“不用谢，记得好好招呼他就行。”

栗锦挂断电话，想了想又给李淡淡打了个电话。

“呜呜呜！姐姐！”那边传来李淡淡崩溃的哭声。

栗锦冷笑，这声音可没她当时在地下室的时候惨。

她抬起头，神情冷淡。

“淡淡，姐姐的饮料呢？”

2 花烟的眼神

李淡淡脑袋很痛，脖子很痛，内心也非常委屈。

“你只想着你的饮料，你知道我刚才遭遇了什么事情吗？”李淡淡崩溃了，忍不住就暴躁地大骂出声，“我受伤了！没法儿给你送饮料！”

说完，她就挂断了电话，气得想砸掉手机。

很快，手机又振动起来，汪月来电。

“让你办的事情为什么还没办好？”汪月有点烦躁地戳着圆珠笔，“你

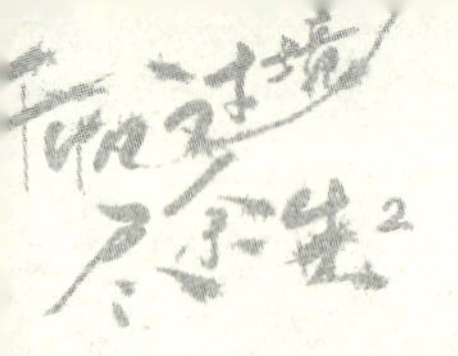

知道自己这一次要是能争取到栗锦的热度的话，我就有理由去为你要一个综艺的名额了吗？”

“综艺？”李淡淡捂着自己一阵阵发晕的脑袋，急忙问，“是什么综艺？”

“唱跳节目的综艺，选秀。”汪月不耐烦地说，“反正你如果不好好做我交代下来的事情，这个综艺你就别想了。”

“别呀，汪月姐！”李淡淡有点后悔自己刚才挂了栗锦的电话，她看了一眼那家店，突然计上心头，“汪月姐你别生气，我等会儿就发照片。”

谁说栗锦没喝到饮料就不能发微博的，反正她今天的确是去探班了啊。

汪月松了一口气，语气也跟着放软了一些：“那就好。你赶紧发，我好借着这波热度去帮你争取一个名额。”

李淡淡满心欢喜地答应下来。

正好之前点的饮料也做好了，李淡淡拿出饮料拎在手上摆拍成功，然后挑出一张刚才她在剧组外面偷拍栗锦看剧本的照片，一起传了上去。

李淡淡：“今天去剧组探望姐姐了呢——剧组的大家都好辛苦，我也要努力啦！！加油！！（图）（图）”

微博一发出来，汪月那边立刻就跟着上了宣传。

很快，各种闻风而来的评论就出现在了李淡淡的微博底下。

“居然是真妹妹！惊！”

“一家人的颜值都好高呀，妹妹好！”

“妹妹也要进入圈子了吗？栗子们会一起支持妹妹的。”

“哈哈哈，妹妹真贴心，还给我们栗宝买了咖啡。”

那条买了咖啡的评论被点赞最多，因为栗锦的粉丝都知道栗锦是个吃货，明明没有吃东西的命，却每天都想吃那些高热量的东西。

李淡淡看见这条评论直接皱起了眉头，但是她也没否认，反正她的文案里什么都没说，肯定不会有影响的。

另一边，刷到李淡淡的这条微博，栗锦乐了，饮料还敢发上来？

“我们淡淡对这个圈子真的一点都不了解啊。”栗锦冷笑着刷评论，在这种圈子里，本来芝麻大的事情都要放大成篮球大小，她还敢发这种模棱两可的话，被查出来自己的粉丝可不会轻易放过她。

毕竟李淡淡装出了一种买好饮料去探班的样子。

不过栗锦也不想现在就去弄她，要像何晗一样，一点点地积累手上的王牌，最后狠狠一击。

“栗锦女士，您的外卖到了！”

快递小哥真的是不分昼夜在辛勤加班啊。

栗锦压根儿就没指望李淡淡能把饮料送过来，她也不敢喝李淡淡送的饮料，她怕那女人在里面吐口水。

余千樊听见“外卖”这两个字一下子就沉了脸，但是很快看见栗锦捧着一个袋子特别高兴地一晃一晃地往他这边走过来，想说的话就卡在了喉咙里。

“余千樊！”栗锦对他的称呼真的是一分钟变一次，“我点了外卖！”

余千樊冷眼看着她。

“我也给你点了一份！”今天他撑李淡淡那一波实在是让她太满意了，再接再厉。

余千樊愣了一下，就看见栗锦拿出了一杯美式咖啡。

“给你的！”她眼睛笑起来的时候特别好看，像一只用双爪捧上自己小鱼干的胖猫。

余千樊收回了自己的冷眼，默默拿起那杯咖啡。

栗锦眼疾手快地给他插上吸管。

“请喝请喝。”栗锦笑眯眯的，特别狗腿。

余千樊很给面子地喝了一口。

栗锦点的是无糖无冰，但余千樊就是觉得今天晚上的这杯咖啡有点甜过头了，他喝着咖啡，开始在网上搜索小火锅。

让她只吃一点点的话，好像也不是不行。

今天晚上余千樊心情不错，栗锦表现也不错，所以和她对戏的骆冰也神情和蔼。

工作人员们一个个都觉得很放松，非常好！这就是他们理想的剧组工作状态。

临结束之前，卢胜男对众人说：“明天A大的学生会过来我们这边见习，为期一天。你们都给我好好演，别让后辈们看笑话了。”

在场的演员们一愣，随后猛地激起斗志，作为前辈的骄傲感油然而生，这必须得好好演啊！

第二天一早，栗锦到剧组的时候发现演员们已经全都到了。

花烟和何佳青也到了，只是平时一点都不对付的这两人竟然坐在了一起，何佳青还像丢了魂一样。

栗锦只看了一眼就收回了目光，她也没空去管她们了，因为A大的学生来了。

他们都是第一次近距离观看剧组，一个个就像是活蹦乱跳的小兔子，对每一个角落都很好奇。

这次A大大概挑出了十个人，平均下来一个班级最多只有一个。

而栗锦她们班来的也是熟人了。

骆渺。

骆渺是方默生安排过来的，她和那些人一起进剧组。

“余千樊好帅啊！”

“骆冰哎，气场好强大，我都不敢随意和他们搭话。”

“哎，骆渺，那不是你们班的栗锦吗？”

“好羡慕啊，一样的年纪，但人家已经是大IP的女二号了呢。”

有骆冰在，即便是双女主，栗锦也是被划分为女二号的，这是对前辈的尊重。

“咦，骆渺那不是你们班的何佳青吗？她也拿到角色啦？”

骆渺跟着看过去，看见了失魂落魄的何佳青。

她心中妒忌，嘴上说：“是啊，一个小配角而已，估计今天就杀青了吧。”

其他几个女孩子听了这话发出嘲讽的笑声。

栗锦正在和余千樊对戏，对骆渺那边的情况压根儿分不出心神，只是对着对着，她觉得后背有一点刺刺的发毛。

她转身，看到了花烟。

花烟那阴郁到极致又仿佛有话要说的视线又一次落在了栗锦身上。

栗锦皱起眉头，这种情况已经不是第一次了。

她和这个叫花烟的人认识吗?

3 你有什么事情吗?

容不得栗锦多想，卢胜男已经喊着让他们过来开始拍戏了。

“既然A大的这些学生都过来了，正好给你们排了一场比较难的戏，把你们的功底都给我拿出来。”卢胜男也不想让这些孩子白来，说不定这里面就有未来的影帝影后呢，毕竟学校送来的这些孩子都是天赋拔尖的。

“下一场戏是剧中的一段小高潮，也是你们高中时期的最后一场戏，小五和男主陈末年告白，陈末年拒绝了，转身把自己准备的花束送给了金织黎，金织黎恨他抢了自己好朋友的注意力，为了不让好朋友离开自己，就接受了他的告白，结果那花束的底下包满了刀片。这也是陈末年真实性格的一次揭露，千樊你好好把握知道了吗？”

余千樊神情轻松地点头。

是的，余千樊饰演的这个角色并不是什么气质清朗的少年，而是一个阴郁又带着嗜血残忍的少年，斯文只是他的假象，真正的他嗜战，占有欲强，对金织黎的爱近乎病态。

他想拥有金织黎这朵带刺的黑玫瑰，可在这朵玫瑰用毒刺扎破他手的时候，他也会将玫瑰连根拔起。

他不在乎她是不是爱他的，他只要这朵黑玫瑰在他一个人的掌心就好了。

所以他极度厌恶被金织黎唯一在乎的小五，每一次小五身陷险情都是他设下的局。

所以栗锦才说这部剧实在是大胆又创新，男女主不是官配，除了女主之外没有好人。

这是一部揭露人性之恶的电视剧。

学生们排排坐，已经准备好了，还开始激动地讨论到底谁的演技比较好的问题。

“肯定是余千樊啊！”

“那可不一定，骆冰也是三金含量。”

“栗锦会被压制的吧？”

“那肯定呀，栗锦怎么说都是和我们一个年纪的，在同龄人里虽然算不错的，但对着前辈们肯定就不行了。”

栗锦比他们优秀的这件事情虽然他们心底不情不愿地承认了，但是也不想让她太得意，甚至想看她在两位前辈面前出丑。

“准备……开始！”卢胜男才不管这些学生讲什么，有的时候被打打脸能保持神志清醒，挺好的。

骆冰拉住余千樊，她脸上的每一寸神情都完美呈现了什么叫作少女的情窦初开。

“陈末年，我喜欢你。”她迎着阳光，本该是最美好的样子，却不是陈末年喜欢的样子。

“对不起。”他的神情没有丝毫变化，直接从旁边走了过去，仿佛只是绕开了一个挡路的同学。

骆冰呆立在原地，再坚强的人也会想哭，太阳也有被乌云挡住阳光的时候。

那十个学生都被骆冰无声的哭泣抓住了心脏，内心一抽一抽地痛。

余千樊的重头戏却还没完，他从自己的柜子里拿出了一束玫瑰花，众人不自觉睁大了眼睛。

“好，卡！”

卢胜男乘胜追击：“栗锦、余千樊，移动场地。”

一群人立刻跟着去了体育馆。

“栗锦，应该一般般的吧。大家重点看余千樊前辈啊。”

学生们点了点头。

“准备……开始！”

栗锦脸上立刻换上了笑容，她正拿着拖把拖地，就见余千樊朝着自己走来。

似乎是因为马上就要摊牌，余千樊的脸上有一抹微红。

不过不是害羞的红，而是因为金织黎马上就要被他采摘下的红，是他终于要在这个女人面前褪去伪装外壳的激动。

“什么意思？”栗锦挑眉看他。

“喜欢你。”余千樊的眼神落在栗锦身上，他往前又走了一步，“如果你不接受我，我就接受小五。”

栗锦的手一下子就抓紧了拖把，然后深吸一口气，脸上浮现出很诡异的笑容：“你了解我吗？”

她一把将拖把甩开，剧本上是没有这个动作的，但这样做之后她的气势和剧情效果进一步提升。

栗锦伸手扯下一片玫瑰花瓣，弹在了余千樊的脸上。

“陈末年，你连我是怎么样的人都不知道，为什么说喜欢我？”

她就像是黑洞，让人什么都看不清楚，只能被无尽吞噬。

那十个学生不由得愣住了。

这是一种有层次感的表演，张力十足。

看和她同台的人就知道，栗锦这人，遇强则强！

“不过你不该拿小五来激我。”栗锦伸手接过那束花，拿过来的那一刻脸色骤变，一直在和兵器打交道的她怎么会摸不出这花束的重量超标到离谱，还有手上的触感。

栗锦几乎是瞬间就砸掉了花束。

哗啦啦！

刀片从其中露了出来。

栗锦震惊地看着满地的银白刀片，抬起头，对面的余千樊已经摘下了眼镜，那双眼睛里沉着极致的疯狂。

“天啊！”那十个学生光是看剧情都看呆了。

编剧鬼才啊！任何一个女人见到这一幕恐怕都要毛骨悚然了吧。

“呵！”栗锦突然笑了起来，弯下腰，笑得很大声。

下一秒，众人就见到栗锦猛地伸出手勾住了余千樊的脖子将人拉了过来，额头靠着余千樊。

这一刻，在黑暗里长大的两人气质呼应上了。

“陈末年，我很满意你送的花！”栗锦露出一个疯狂但绝对不难看的笑容。

她眼底仿佛因为这满地的刀片亮起了光芒。

这才是她的信仰。

“好。”卢胜男及时叫停，“休息一下，准备下一幕。”

栗锦迅速地放开余千樊的手：“我去一下厕所。”

她起身往厕所走去，越过那目瞪口呆的十个学生时，她连片刻都没有停留。

刚才还打赌她演技不行的人此刻连头都不敢抬起来。

很多时候，你以为真的就只是你以为，人家早已变得十分优秀，甚至你穷尽一生也追不上了。

栗锦在去厕所的路上舒展了下自己僵硬的肩膀，往前走了两步，背后那种刺刺毛毛的感觉又来了。

就像是有人一直在背后盯着她一样。

她神情紧绷，放轻了脚步。

脚步声的频率不对！身后还有一个人！

她往地面看去，地砖反射之时，一只手正好从她背后伸出，她刚要转身避开，侧面传来一阵拉力。

一只手揽住她的肩膀。

她抬头对上余千樊的脸，他神情难看。

“花烟，你跟了栗锦一路是有什么事情？”余千樊冷漠地看向站在他们两个身后，还保持着伸手动作的花烟。

4 我的戒指呢？

栗锦吓了一跳，因为花烟这个人确实有点古怪。

花烟看了眼栗锦，又看了眼站在她身边揽着她的余千樊。

“我想和栗锦单独谈谈。”花烟幽幽地看着栗锦。

“不行！”余千樊想也不想就一口回绝，“有什么事情当着我的面说。”

他大概是从外面直接沿着小操场飞速过来的，呼吸微喘。

花烟直直地盯着栗锦。

栗锦不为所动，她才不会傻到推开专门为她而来的余千樊然后像傻白甜姑娘一样对这个诡异的花烟说“好吧那我们谈谈”！

栗锦觉得这是最智障的一种行为，在不知道对方目的以前她绝不想让自己陷入险境。

“那算了，下次吧。”花烟抿唇，二话不说直接转身离开。

余千樊眸光阴沉地盯着她离开的背影，看来他得找人查查这个女人了。

“谢了啊！”栗锦回过神来拍拍余千樊的肩膀，“走啊，我们一起上厕所去。”

她下意识地发出了邀请。

余千樊：“滚！”

栗锦上完厕所洗完手，走出来就看见余千樊还在外面等着，两人一起往回走，却在另一边的树底下看见了骆渺和……化妆师 Lina 在聊天？

Lina 算是一个特别高傲的人，从上次对何佳青的态度就能看得出，不过看她对骆渺好像亲近得很。

回到体育馆，栗锦听见那几个见习的学生在说话。

“听说骆渺的表姐好像在这个剧组呢。”

“真的？”

“骆渺现在应该是去找她表姐了吧。”

栗锦想到了刚才骆渺和 Lina 的那一幕，恍然大悟。

接下来，花烟都没有来找栗锦的麻烦，反倒是在拍戏的时候失误了不少次，和何佳青一起失误。这两人也不知道是怎么了，今天都特别不在状态。

到了下午，栗锦去化妆，却发现Lina整个人看起来很生气。

“怎么了，Lina姐？”栗锦随口问了一句。

Lina神情勉强地笑了笑，抬手给栗锦补妆：“没什么，就是家里有点事情。”

栗锦听了也没继续问，化完妆走出去却看见骆渺正躲在角落哭鼻子，脸上还有一个清晰的巴掌印。

其他的见习学生团团围着她安慰。

“你表姐也太过分了吧，凭什么要求你不要进娱乐圈。”

“你们是吵架了吗？”

骆渺只是沉默地摇头不说话，眼泪一个劲儿地掉。

栗锦直接从旁边走过去。谁料，骆渺见到她直接喊住了她，问：“栗锦，我能问你一个事情吗？”

栗锦点头。

“进这个圈子你后悔吗？就算是现在的你，这么有名气，资源又好，你会不会有后悔的时候？”

其他的见习学生也都盯着栗锦看。

栗锦还穿着高中的校服，脸嫩得能掐出水来，但那双眼睛却比在场的任何一个人都要沉稳。

“嘶……”栗锦轻吸一口气，“这该怎么说呢，后不后悔这件事情完全看你自己。追名逐利的人天天都在后悔，单纯热爱演戏的人每天都在微笑，明白了吗？”

见习学生们愣住了，栗锦却已经越过他们走了。

后悔不后悔?

她从来不曾后悔过，做自己热爱的事情怎么会后悔?

骆渺神情变幻，最后狠狠地咬住了唇。

栗锦走到剧组的时候看见王黎居然坐在她的凳子上。

“嗯，黎姐怎么来了？”栗锦走过去问。

“来和你的导演打声招呼，顺便让你挑几个代言。”王黎笑眯眯地对她招手，“之前那三个综艺奖励的代言想要重新请你去，你觉得怎么样？”

栗锦懒洋洋地在凳子上坐下来，拿起水喝了一口。

“不怎么样。”她神情寡淡，“想必他们能找到比我更好的代言人，祝福他们。”

王黎露出一抹无奈的笑容。

“那你看看这几个代言吧，开出来的报酬都不错。”

栗锦拿起来看了一眼，飞快地从里面抽出三张。

王黎一看这三个代言就笑了。

“万事薯片，尼罗珠宝，赵师傅拉面……”

完全就是之前那三个出尔反尔的代言的竞争对手啊，而且还是斗了许多年的老冤家。

“巧合啦。”栗锦解释得完全不走心。

“行了，我知道了，我现在就把这三个代言接下来，到时候微博会发通知。”王黎也算是了解栗锦的作风了，谁要是敢在她背后插刀子的，她不仅不会忍，还会在未来的某一天里加倍返还。

“对了，通知做得漂亮点。”栗锦隐晦地提醒王黎。

王黎轻轻在她额头上一点，笑了。

没一会儿，栗锦的微博上多出了几条消息。

栗锦：“今天所见的彩虹拜昨天的风雨所赐，新代言合作愉快 @万事薯片 @尼罗珠宝 @赵师傅拉面。”

底下的粉丝也不是吃素的，一下子就把之前那三个被何晗拿走的代言揪出来了。

“哇！栗宝好刚！”

“哈哈哈，路人表示转粉了，你们在我落魄的时候插刀，我就去帮你们的对手实力打脸！”

“买买买！只要是栗宝推荐的妈妈都给买！”

栗锦现在正是话题度最高的人，只一条微博迅速地就把这三个代言顶上了热搜。

还没正式拍宣传片呢，就开始出现销量增加的情况。

尼罗珠宝那边更高兴，直接给栗锦免费送来了他们这次的主打饰品，一对黑钻戒指，名为“双子星”，意为“共生共存的爱”。

栗锦对这戒指兴致缺缺，以后代言多起来，她的饰品只会多不会少，甚至很多时候戴什么饰品都不是自己决定的。

所以她把戒指放在自己休息室的桌子上，开始做其他的事情。

这其间向阳来了一趟，给她拿了不少好吃的水果。不过，栗锦每天都在余千樊那里蹭了不少，现在没有胃口吃。

向阳又磨蹭了好一会儿才离开。

陆陆续续又有几个工作人员进来收拾东西。

余千樊进来的时候看见的就是一个咸鱼躺的栗锦，还有那满桌子的水果。

“这是什么？”余千樊皱起眉头。

“这个？刚才向阳送给我的。”栗锦坐起来，“你要不要？随意拿别客气。”

余千樊在桌子前面坐下来，绷着脸不说话。

栗锦在看剧本，现在暂时没空管余千樊，他自己坐了一会儿就起身往外走，栗锦正好看过去，却发现桌子上放着的戒指盒打开了。

“咦？我戒指怎么少了一个？”

余千樊一愣，将手插进了自己的口袋里。

“你看见我戒指了吗，少了个男款的！”栗锦看向余千樊，疑惑地问。

“我怎么会看见。”余千樊面色不变，一边往外走一边说，“你自己丢三落四的，估计是被你丢在哪个角落了吧。”

说完，他直接转身离开了，留下栗锦一个人翻箱倒柜地找。

余千樊径直走向洗手间，向阳正在洗手，余千樊看见他就想起栗锦那满桌子的水果。

他靠在墙壁上似笑非笑地看着向阳。

向阳有点不自在。

“千樊前辈，你这么看着我做什么？”

余千樊迈开长腿走到他身后，手从衣袋里拿出来面朝着他伸去。

“你拿了属于我的东西，交出来。”余千樊眼底仿佛灼烧着幽光。

向阳疑惑：“我不懂你的意思。”

余千樊漂亮的眼尾上挑，压势极重。

“栗锦的戒指。

“拿出来！”

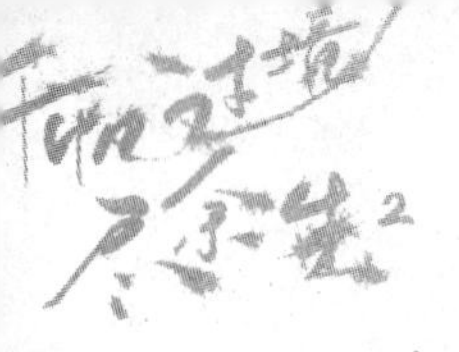

5 我杀青了！

向阳动作一顿，笑容勉强：“我不懂你在说什么。”

余千樊风衣的一角顺着风卷起来，他神情淡漠地说：“说这话之前你先看看戒指有没有从你的口袋里漏出来。”

向阳一慌，下意识地用手去摸自己的左衣袋。

衣袋好好的，戒指也没有漏出来。

向阳头皮一麻，再抬头余千樊已经走到了他身边。

“原来在这边的口袋里啊。”余千樊轻笑了一声，伸出手去。

向阳下意识想走，却被余千樊一把摁住肩膀压在了洗手台上。

从小就跟着余老爷子练武的余千樊收拾起向阳来是非常轻松的一件事情。

向阳肩膀撞在洗手台上，上面溅出来的水印在他的衬衣上，留下斑斑点点的水渍。

“拿了东西还跑？”余千樊伸出手去将戒指拿出来，冷笑着，“别丢人了。”

向阳不甘心，脸色赤红。

“偷拿东西是我不对，但这话也不该是你来说，这是栗锦的东西！”向阳咬牙。

“向阳，这就是我的东西。”余千樊直视镜子，拿起那枚戒指，黑钻和他的手十分般配，仿佛就是为他量身打造的一样，“不管是被别人偷了、抢了，属于我的，最后只会乖乖地在我掌心里。”

“喜欢一个人是我的自由！”向阳抿唇，“任凭你手眼通天你也控制不了别人的喜欢！”

“谁要控制你喜欢不喜欢了？”余千樊失笑，“我只要控制住你不要在栗锦面前转悠就好。

“别再去栗锦面前晃悠了。

“除非你想变成下一个何晗。”

余千樊说完松开了手，将戒指收进自己的衣袋之中。

向阳靠着洗手台撑着手，脸上神情变幻不定。

何佳青一觉醒来已是中午了，她和花烟拍完今天的戏份就杀青了。

她垂眸看着外面湛蓝的天空，心中却觉得无比压抑。

完全和花烟说的一样，配角配角，她们永远都是配角！

“何佳青。”花烟走到何佳青身边，此时她已经换上了自己的衣服，“我杀青了。”

何佳青抿唇，一开始她真的不喜欢花烟，但现在她对花烟竟然生出一种惺惺相惜的感觉。

像她们这样的人，真的能出头吗？

“你和栗锦是同学吧，那以后见面的机会应该还挺多的。”花烟从口袋里拿出一个信封，“我今天杀青之后就不能待在剧组里了，以后怕是也没有和栗锦见面的机会了，帮我把这个转交给栗锦吧。”

何佳青看着花烟转身离开，将信封塞进了自己的口袋里。

栗锦找了半天都没有找到自己的戒指，又被卢胜男催促着出来拍戏，只能先把戒指的事情放一放。

骆渺等十个学生到了规定时间已经全都离开剧组回学校了，剧组一下子就清净了不少。

“栗锦。”有个小演员刷到了一条微博消息，直接问她，“这不是你妹妹吗？”

栗锦挑眉，接过对方递来的手机。

新星创造团：“欢迎新学员 @ 李淡淡。”

新星创造团？

栗锦挑眉，就是一个小综艺，因为前面有太多类似的综艺，而且还有像《爱豆与演员》这样大格局的综艺在，所以这个综艺并不怎么出色。

只是没想到李淡淡居然搭上了这条线。

“栗锦，你妹妹是不是也和你一样唱跳都很棒啊？”有人忍不住发问。

“不。”栗锦轻笑，“她从来没学过唱跳。”

“啊？”那人有点尴尬，“那可能就是和你一样天赋很高吧。”

天赋？

闻言，栗锦笑了。李淡淡当时从进圈的时候就被贴上了花瓶的称号，唱歌跑调，跳舞跟不上节拍，去拍戏还全程一个表情记不住台词，也就勉勉强强在日常向的综艺里凹一凹小白花的人设。

当时有她这个做影后的姐姐保驾护航，即便是这样的废物，在圈子里的资源也不错，生生砸出来不少名气。

现在回想起来，当初的自己蠢得实在无药可救。

她放下手机，起身去拍戏。

这一场戏又是她和余千樊的感情戏，不负众望地卡到让卢胜男崩溃。

栗锦没有丝毫愧疚感地冲卢胜男道歉，不过眼角一瞥，看见余千樊的桌子上居然放着一个快递纸箱。

她走过去悄悄地看了一眼，顿时眼睛就拉直了！

余千樊正好走到身边，见栗锦对着里面他买来的东西发呆，他弯唇，眼中流泻出一点笑意。

算是咖啡的回礼，让她吃一两口还是没关系的。

“这是给你……”还不等余千樊说话，栗锦转身就对着卢胜男奔了过去，动作迅速，整个人好似化成了一股疾风。

“导演！”她用了吃奶的劲儿大喊，“我举报！余千樊买火锅！”

余千樊伸出去的手僵住，良久之后，他气得倒吸了一口凉气。

卢胜男看待两人的目光犹如看待自家智障的孩子，充满爱怜。

何佳青看着栗锦和余千樊热闹成一团，有点不自在，刚好她那点可怜的戏份也彻底杀青了。

“栗锦。”何佳青走到栗锦面前，“这封信给你。”

栗锦把心思从余千樊的快递上扯回来，满心怀疑地看着何佳青。

“你可能对我有什么误解……”栗锦紧皱眉头，将那封信推了回去，“我不收情书。”

何佳青：“……”神经病啊！

她忍了忍还是没忍住，翻了个白眼。

“这是花烟给你的！”

她把东西往栗锦怀中一塞，便转身走人。

“花烟？”

栗锦眸色深了深，之前花烟那些诡异的举动就让她觉得很奇怪，她想也没想就撕开了信封。

里面有一个 U 盘，还有一封信。

栗锦展开信看了看，旁边的工作人员还起哄逗她：“怎么样啊小栗锦，是不是花烟写给你的情书啊？”

“哈哈哈！”大家都在笑。

只有栗锦一个人，神情逐渐从震惊化为惊恐。

“导演，花烟离开剧组的酒店了吗？”栗锦声音很着急，还有点微微发颤。

“我不知道，她杀青有一会儿了吧？”卢胜男眉头紧皱，“是发生什么事情了吗？”

栗锦来不及解释：“快！告诉我她酒店的房间是哪个！”

知道了房间号的栗锦转身就要跑，手被余千樊猛地拉住。

“我陪你去。”

栗锦转身看向工作人员：“再来两个人和我们一起去。”

立刻就有两个后勤组的男人站出来。

几人上车坐好，栗锦脸色有点苍白，把那个U盘紧紧地握在掌心。

到了酒店拿到房卡后，栗锦第一个冲进房间。

刚冲进去，她就停住了。

卫生间里传来水流声，有水从里面漫出来。

是刺眼的血。

一只手遮住了她的眼睛，她的视线顿时一片黑暗。

余千樊面色凝重地推开没有关紧的卫生间的门，浴缸里都是水，水龙头还在不断地放着水。

花烟就躺在里面，安静得像是睡着了。

6 我应邀而来

“天哪……花烟！”

身后那两个工作人员立刻就冲过去将花烟从浴缸里抱出来。

栗锦鼻腔里面都是血腥味，人被往后拉靠在了余千樊的胸口。

那些人的脚步声逐渐远去，大概是带着花烟去医院了。余千樊用手揽过栗锦的腰身，将人轻轻一提，她已经站在了房间外。

耳边传来余千樊把酒店房间门关上的声音。

“好了。”他把手移开了。

栗锦看着重新被关起来的门，缓了缓心神。

“花烟能救回来吗？”

她看起来比余千樊想象中要镇定多了。

“不知道。”余千樊心里也知道大概凶多吉少，毕竟流了那么多血。

“这不是你的错，你不要想太多。”余千樊想到花烟给她留下来的那封信，“她在信里说什么了？”

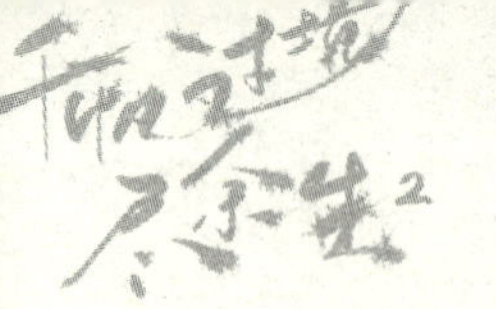

栗锦重新拿出那封信递给余千樊，然后靠在墙上，突然很想抽根烟。

“我知道她的死和我没关系，上次她找我只是想给我这个U盘。”

余千樊展开信纸，上面花烟的字迹干净清秀。

栗锦你好，等你看见这封信的时候我大概已经离开这个世界了，请不要自责，也不想多想，我之前屡次想要找你不是想要告诉你我在这个肮脏的世界已经活不下去了，你也没有错过拯救我的最佳时间，毕竟你救不了一个一心想死的人，我只是单纯地想要告诉你一些事情而已。就算那时候余千樊没有出现，你愿意听我说，我说完这些事情也会走到最后一步的，到时候你应该会在新闻上看见我的吧。

扯远了，可能将死之人就是这样，话太多又啰唆。

我想你应该认识你们班的教授方默生，你可能不太了解这个人，他总是会诱骗一些没有背景的表演系的孩子让她们去给那些老板和小导演做情人，以此来谋取利益。而那些醒悟过来想要脱离他的人则是会被那些小老板用偷偷拍下来的不雅视频照片作为威胁，我也是其中一员。

我没有勇气在活着的时候将他的恶行曝光，也不想我千疮百孔的经历广为人知，我想火，但不想以这种方式。所以我懦弱地选择了死亡，死后我才有勇气将这个人渣的种种事和盘托出，那些视频照片我也不在乎了，反正我已经成了黄土地里的一把灰，等警方调查起我，请你把我留下的U盘交给他们，里面有我留下来的部分证据。

或许你看到这里不明白我为什么在这么多人中偏偏选中你。我曾经有一次去过方默生的家，在他的书房里，但凡是遭受他迫害的女孩子他都为她们画了一幅画。

很奇怪的是，我在他的那些画里看见了你妈妈。我不知道他和你妈妈之间有什么关联，只是觉得这件事情应该让你也知道。说来惭愧，我是你妈妈的画迷，在你还小的时候，我曾经看见过你妈妈带着你出现在画展。你真是长得和小时候一样漂亮，所以我一眼就认出你了，我最喜欢的就是你妈妈的那幅画作《希望》，曾经它一度成为我黑暗日子之中的精神支柱，可惜现在我已经看不到那幅画了。

亲爱的栗锦，我没办法看见方默生和那些坏蛋被绳之以法的那一天了……

希望你能继续站在舞台上发光发热。

我多希望有朝一日，这个圈子能重新变得干净又美好，希望越来越多有实力的人能出演自己想要的角色，希望那些素未谋面的看客不要再对我们恶言相向。

祝你好运，小姑娘，最后……如果你找到了我的尸体，请不要直视我，因为那大概是非常可怕又绝望的样子。

余千樊看完信后，陷入了长久的沉默。

花烟的字里行间都透出一种独特的温柔，可偏偏就是这样的人被人欺负，被人无视，最终走向死亡。

她对方默生的憎恶恐怕到了恨不得吞其血肉的地步，但是她留给栗锦的这封信仍旧是温柔的，甚至没有用上任何不美好的字眼。

栗锦久久地站在原地不说话。

死这样的想法在地下室的每一分每一秒都出现在她脑海中，她甚至连怎么死都想好了。

可她最终还是忍住了，不是害怕，而是不甘心。可能她骨子里就是比花烟更狠的一个女人，她一遍又一遍地告诉自己，恶人尚且独活，没做错事的人为什么要死?

她怎么能留这些人在世上畅快无忧地活着?

很快，余千樊的电话响了。

余千樊按下免提键，里面传来工作人员遗憾的声音："千樊老师，人没救回来。警察已经过来了，你们来做个笔录吧。"

听到这话，栗锦缓缓闭上眼睛做了个深呼吸，她捏紧了手上的U盘："走吧。"

她又低下头看了眼自己身上的红色外套，然后木着一张脸对余千樊说:"下楼的时候顺便陪我买件黑色的衣服吧。"

余千樊什么话都没说。

栗锦看起来并不需要安慰，反倒是眼中有灼热燃烧的火，以从乱葬墓地白骨之中散出的怨气和悔恨为引，成了眸光里那一点永不熄灭的亮。

花烟躺在病床上，被白色被单盖住了。

两个工作人员有点不忍心看。

"栗锦还是个小姑娘呢，被吓到了吧？"一人叹息说。

另一个人想到当时浴缸里的那一幕，也难过地摇了摇头：“才多大的小姑娘，估计这事儿都要成为她一辈子的心理阴影了。”

两人正说着，走廊尽头响起了脚步声。

远远地，两个穿着黑色衣服的人走过来，神情都很冷静。

栗锦怀中抱着一大束白菊，黑色高跟磕在地上发出冰冷的脆响。

两个工作人员都愣住了，因为栗锦没有半分恐惧或者怯懦的样子，怀里的那束花在她手上就仿佛成了武士的刀，整条走廊都成了她的战场。

他们不清楚一个小姑娘怎么会出现这样的表情，等栗锦走近了，这种压迫感变得更加浓烈。

她将花束放在一旁，握住了花烟从被子一角露出来的手，她缓缓拉下被单，花烟像是一幅失了颜色的画，只留下暗色的黑和寂寞的白。

栗锦缓缓蹲下身，对她说：“你说的那幅《希望》我也很喜欢。”

两个工作人员听见了她温柔的声音，但他们从她的眼神中看见的却不是这样。

她仿佛还说了另外的话。

我应邀而来！

走进你的战场！

拾起你的刀！

广告王

第十章

1 原来他认识啊

栗锦直起身子，把 U 盘和信交给了跟来的警察。

“这是死者生前留下来的东西。”

她没看过视频，不知道留下来的花烟所说的部分证据够不够有力度。

花烟这边由警方负责联系她的家人处理身后事。

栗锦最后看了一眼那雪白色的床单，抿唇离开去做笔录了。

警察在看了证据视频之后就直接派人去找方默生了。

“这边视频留下来的证据充足吗？”栗锦忍不住问了一句。

“不太充分，所以我们准备去他家看看是不是真的有受害人的画像，有人愿意做证的话应该就可以了。”受理案子的警察说。

栗锦点了点头。

方默生正在家里画着画像，那幅画像只画了一半，是骆渺的脸。

手机里还有个导演在和他通话：“话说方教授，干这行当你就不害怕？”

方默生手上的笔一顿，那画画歪了就直接毁了，他将纸张揉了揉扔进垃圾桶里：“怕什么？”

“你要是被抓了，下半辈子都得在牢里过，你信不信？”那边的人像是在抽烟，声音含糊，“你倒是胆子大啊。”

方默生直接抓住了旁边的花茶放进茶杯之中，随着沸水的煮开，花瓣跟着舒卷开来。

“胆子不大的人怎么会和你们合作？”方默生看着外面沉沉的黑夜，就像是凶兽露出獠牙，“与其看人眼色过一辈子，倒不如试试几年登顶。”

他再也不想一上车就给人家的白绒毯子留下黑脚印了，也不想明明是自己先喜欢的人，却因为家庭条件不敢上前，更可恨的是，当喜欢的人牵着一个比他条件还差的穷小子出来的那一刻……

他觉得他自己的坚持都成了笑话。

方默生吹了吹滚热的水，花香扑鼻而来，他站起来负手而立站在窗前。

突然，门口传来重重的一声。

他转身走过去。

门被打开，当穿着制服的警察拥进来的时候，方默生先是一愣，随后突然笑了起来。

这一天到底还是来了。

他被带上警车，家里那些画都被当成物证给收走了，其中就有裴瑗的那幅。

他摘下眼镜，然后将这副他其实最讨厌的眼镜直接折成了两半。

到了公安局，方默生一愣，竟然看见了熟人。

“呵呵。”他高兴地笑了起来。

那两个剧组的工作人员也还在，见到方默生的笑容，他们下意识地就起了鸡皮疙瘩。

让人不舒服的神经病！

“疯子吧，被抓了还能笑得出来？”

“方默生！”栗锦走过来，狠狠地拽住方默生的肩膀，“你和我妈妈到底是什么关系？”

“你妈妈？”方默生咧嘴，“你知道了啊？”

栗锦抿唇。

“不对，你只是知道我和你妈妈认识，却不知道你妈妈当年发生了什么事情。”方默生压低声音，“栗锦，叔叔可是在背后默默观察着你长大的，叔叔那么疼惜你，你怎么还把叔叔送到这里来了呢？”

方默生长长的刘海遮住了眼睛，那诡异又恐怖的视线只从头发的缝隙里露出来几分。

“你妈妈真的是我见过的最能忍的一个人！”他拉长了语气，“你知道吧，我这个人就喜欢看别人痛苦的样子，你妈妈又是我曾经深爱的人，所以……哈哈哈哈！”

他止住话头，只是一直在笑。

栗锦眼圈都红了，看着对面这个人狰狞的笑容，不知道当年到底发生了什么事情，她只记得妈妈死在了医院里，那时候外公一家正好都不在，两个舅舅去出差了，老爷子因为公事去了M国，回来的时候妈妈已经去世了。

妈妈当时得癌症是真的，难不成不是因病去世，其中还发生了她不知道的事情？

“那些年到底发生了什么？”栗锦双眼赤红，死死抓住了方默生的衣领，失控到尖叫，“告诉我！你告诉我！”

那些家伙的背后到底有多少她不知道的事情？

“我不会告诉你的，我就是要你煎熬一辈子。”方默生哈哈地笑，“你以为我栽了吗？你错了！那些女人不敢违背我的，她们还做着明星梦呢，如果指认我，她们就会连现在这点资源都拿不到，这么多年的努力都白费了！栗锦，你们斗不过我的。”方默生那双眼睛即便是笑也异常凶狠。

栗锦还要说话，余千樊已经拉住了她，他比栗锦要更加平静，但盯着方默生的神情让对方一下子就安静了下来。

“证据不够也没关系。”余千樊握住了栗锦的手，她掌心冰凉，余千樊冲着方默生露出一个平静的笑容，“你有本事这次进去，再走出来试试看。我会让你知道，在这世界上，有比监狱更可怕的地方。”

余千樊知道该怎么对付这种疯子，你越平静越自信从容，他就越不能保持理智。他甚至伸出手去抚平方默生被栗锦抓皱的衣领，盯着方默生那张逐渐变得愤怒的脸，笑着说：“而且我也会让你知道，你所追逐一生引以为傲的东西，在我眼中什么都不算。

“你以为你很强大？你把那些小姑娘玩弄于股掌之间了？方默生，你在我眼里也是一样的。

“你要胆敢从这个地方再一次走出来，我就让你尝试一下什么叫作人间如炼狱！”

余千樊说这话时非常有底气，等他说完，方默生果然整个人扭曲起来。

“余千樊！你以为你是谁！

“你们能赢我？两个乳臭未干的臭小孩！

“我要杀了你们！”

他一边喊一边被警察押走。

直到他的身影消失，余千樊脸上的笑容才消失，栗锦在旁边不停喘着气，唇色苍白。

余千樊转过身将她外套的扣子一个个扣好，语气温柔：“对付这种人，你越激动越疯狂，他就越高兴，因为他打从骨子里就是自卑的，打蛇打七寸，明白吗？”

小姑娘抬起眼睛看他，细长的睫毛微微颤抖。她点头，然后从口袋里拿出手机给栗亮打了个电话。

“大晚上的你有什么事情？”栗亮那边的声音还带着浓浓的睡意。

栗锦神情冷厉，问：“爸爸，你认识方默生吗？”

正睡眼蒙眬的栗亮猛地睁开了眼睛，手上的手机一松掉在地上。

“嘭”的一声，屏幕摔得粉碎。

栗锦失望地闭上眼睛。

原来他认识啊……

2 谁给谁下马威？

李颖就睡在栗亮旁边，她也听见了电话里栗锦说的话。

她惊恐地坐起来。

“栗锦那丫头怎么会知道方默生的？”

“你闭嘴！”栗亮神情暴躁，吼了一声后捡起地上的手机从房间里走出去，虽然手机屏幕摔碎了，但还能通话。

栗锦裹紧了身上的衣服，不知道是不是她的错觉，今年的夏天好像特别短，没有温柔秋季的过渡就要发展成为漫长的寒冬了吗？

“你为什么要问方默生？”那边栗亮的声音像是压抑着怒气，“他不过就是你妈妈以前的同学。”

栗亮手指微微颤抖地抽出一根烟，用嘴巴叼住后打火机却打不出火了，他怒骂了一声将烟吐在地上狠狠地踩了两脚。

“他进公安局了。”栗锦看向远处黑沉沉的天际，“然后今天他和我说，妈妈真的是个很能忍的人。爸爸，你明白这句话是什么意思吗？”

“我怎么知道这是什么意思！”栗亮绷不住了，怒骂出声，“栗锦我告诉你，你要还是我的女儿就不要和那种人渣纠缠！大晚上的还在外面鬼混什么?

“你妈妈你自己还不了解吗？你听那个疯子的！

“那家伙不是进公安局了吗？你为什么要和一个进了公安局的人见面？”

栗亮暴躁地捋了一把自己的头发。

“呵。”栗锦一声凉笑，“是啊，我自己的妈妈我好像一点都不了解呢。爸爸，你今天的话怎么特别多呢？”

栗锦紧紧地握住了手机，眼神狠厉：“我明白您的意思了，早点睡，希望您睡觉的时候千万不要做噩梦。”

栗亮一愣。

那边栗锦轻轻地说出了结束语：

“晚安，爸爸。”

她直接挂断了电话，栗亮……

最好不要让她查出来他做了什么。

栗锦被余千樊送回家，两人进小区的时候没有发现小区外面的一处角落里停了一辆黑色轿车。

“小姐，这就是千樊少爷和栗锦一起住的小区。经过调查，他们两人应该是邻居。”司机面无表情地说着。

裴婉一直在闭目养神，听见这话，睁开了眼睛。

“邻居？”裴婉轻笑了一声，“看来栗锦也只是装样子而已，装得好像很不在乎余千樊，但其实深知近水楼台这个道理。”

司机没有搭话，只是沉默地看着窗外。

“我不过就是想要除掉一个栗锦而已，这些家伙怎么这么不顶用。”裴婉将脑袋靠在车子的靠背上，指尖揉着自己的眉心，“安培做事情犹犹豫豫一点不像个男人，何晗用脚思考问题蠢得像驴。”

她满是嫌弃地感慨了一句，半晌后拿出手机拨号。

“你今天怎么有空打给我？”那边传来一个吊儿郎当的声音，“赶紧挂了，爷忙得很。”

那边传来震耳欲聋的音乐声。

裴婉心中暗道一声垃圾，脸上神色却不动分毫。

“没什么，我就是帮你找了三个代言，有没有兴趣？”

那边的人一顿，垃圾一样的噪音顿时消失了。

“什么代言？”男人的声音稍微正经了点，“你有这么好，不会是白送给我的吧？”

“当然不是白送给你的。”裴婉轻笑，“现在网上传得沸沸扬扬的栗锦你知道吧，她接了三个代言。”

“嗯哼？”那边男人的声音高了一个度，“大小姐，你不会是想要让我和她打对台吧？她最近可火了呢，因为之前的事情现在路人都心怀愧疚特别爱惜她呢，我去接的话会不会被……”

“不要就算了！”裴婉耐心用尽。

“哎，别介啊。”男人笑嘻嘻的，“接，怎么不接！就算那个叫栗锦的再怎么会唱歌跳舞演戏，在广告圈还是以我为王，放心吧，到时候我肯定把她比得下不了台。”

裴婉满意地笑了。

当天晚上，微博上的粉丝们就发现了那三家曾经对栗锦插过刀子的公司都发了同一条消息。

明明不是一样的公司却发了一样微博，明显就是对栗锦宣战。

“欢迎我们的新代言人 @季冬，以你为王，共享这份荣耀。”

呵！众人一下子就闻到了火药味。

之前栗锦那三个代言也是一起发一样的消息，利刃直指他们，现在他们是找到了季冬所以觉得自己赢定了？

不过季冬确实是个很厉害的人，他不拍戏，不做综艺，也不是爱豆，他是模特出身的，拍的广告可以说都是一流的水准。

栗锦回到家刚洗完脸，王黎就给她发消息来了。

“那个叫季冬的和你接了对台的广告，你们的广告会在同一天做推广，都是明天拍后天发，到时候肯定会比较一周内的销售值，你有这个自信赢他吗？”

栗锦点开给她回了一个“你放心睡我不会输”的消息后，就倒头睡在了床上。

第二天起床栗锦先去了一趟对面的百货商场，里面有专门为她这样的人开设的 VIP 楼层，栗锦去挑了几套衣服，转身往电梯方向走的时候迎面走过来一个特别高大的男人，体格比她大了不知道多少倍。

他就像是故意迎面撞过来的一样，栗锦手上的衣服袋子被撞得飞了出去，里面的衣服也散了出来。

“哎呀，抱歉，你太没存在感我没看见你呢。”对面那男人满是嘲讽地笑了一声，他也提着大包小包的东西。

栗锦抬眼看男人。

男人取下墨镜，一张棱角分明的脸露出来。他很高，栗锦需要抬头仰视他。

嗯哼！她知道这个人为什么要撞她了。

广告王季冬。

“抱歉啊。”季冬说着，却一点都没有要帮栗锦捡东西的意思。

栗锦垂眼看了一眼地面，眉梢一挑，抬起右脚上前一步。

“哦，我今天腰有点痛，那件衣服你自己捡一下好吗？”季冬眼底是满满的嘲讽，“毕竟以你的身高弯腰应该不会太难。”说完他提着自己的东西走了。

裴婉给了他三个代言，那他做点能让裴婉高兴的事情也无所谓，今天正好遇见了，就先给这个女人一个下马威吧。

别以为什么阿猫阿狗都能拍好广告！

季冬心情大好地下了楼，他的车就停在门口，手往袋子里一掏，他一愣。

他的车钥匙呢？

楼上一直没出声过的栗锦松开了刚才迈出的右脚，脚下静静地躺着一把车钥匙。

栗锦轻笑了一声，一手挑起钥匙，一手拿起袋子坐着电梯下去。

一到门口就看见季冬在神情焦急地翻找着钥匙，外面不知道什么时候下起了瓢泼大雨，没有车压根儿回不去。

“栗锦老师！”一直等在外面的郎世涛接过栗锦手上的袋子。

季冬转身看了栗锦一眼，神情有点难看，他立刻不找钥匙了，装模作样地站着仿佛是等人接他的样子。

栗锦慢悠悠地走过去，郎世涛给她撑开了伞，一滴雨水都没让她溅到。

季冬就看着栗锦上了车，冷笑说：“装什么装，还不是被我撞得一个屁都不敢放！”

他话刚说完，就看见栗锦那边的车窗缓缓降了下来，下一刻，栗锦面带笑容地看着他晃了晃自己手上的车钥匙。

“你！”季冬大惊失色。

随后，他看见了更让人崩溃的一幕。

栗锦按了一下他的车钥匙，车亮了亮，像是一个预警。

栗锦笑容淡漠地又按了一下。

“哗啦啦——”

敞篷跑车的敞篷逐渐降下去，瓢泼大雨直冲而入。

3 她比钻石还耀眼

看着雨水直接冲刷着开着敞篷的跑车，栗锦才满意地在季冬冲过来之前直接升上车窗。

“走吧！”

车子飞快蹿了出去，让季冬扑了个空。

“栗锦老师，刚才那个男人是谁啊？”郎世涛忍不住说，“看起来特别没礼貌的样子。”

“不用搭理他，有人总是要体会到痛了才知道追着你跑是不正确的。”

被雨水砸了一脸还没能抢回自己车钥匙的季冬狠狠地将手上的衣服全都砸了下去。

“该死的！”他怒吼一声，看着被雨水淋得不行的跑车，崩溃地捂住了脸。

那个叫栗锦的女人！

就等着看这次的广告被他碾压吧，还宣战？她的宣战就是个笑话！他季冬才是广告圈的王者！

栗锦回到剧组之后就把季冬抛之脑后，面对周围众人的关心，栗锦面色如常地进行拍摄，一点儿都没有被影响到。

工作人员都不由得震惊。

“栗锦的心态可真好。”

“真狠啊！这都不动容！”

“人家说不定心里多在意，只是不把情绪带到工作上来而已，别说这么多了，干活干活！”

花烟的戏份早已结束，这成了她的最后一部戏。

按照花烟的遗愿，她自杀的事情并没有变成新闻播报出去。

但因为出了这样的事情，剧组的气氛还是受到了影响，最直观的就是栗锦和余千樊都不像往常一样打打闹闹了。

骆冰神情更冷了，卢胜男发脾气的次数也越来越多。

“栗锦，你下午还有广告是不是？早上的戏争取都一遍过知道了吗？”

栗锦点头，而她也确实在接下来的戏里都做到一遍通过。

今天的戏份拍完，她准备去广告拍摄地，这时，一通电话打过来。

是郎世涛，栗锦托他去打探了一下方默生的案子进展。

“栗锦老师。”那边郎世涛的声音听起来十分沉重，“这边的进展不太顺利，那些画像里的女孩子都说方默生没有做过这样的事情。”

栗锦的心猛地一沉，她最担心的情况还是出现了。

方默生那个混账说得对，她们要是会选择爆发早就爆发了，那些女孩可都是经过他仔仔细细挑选的。

她们得罪不起任何人，更害怕之前做出的所有努力都在顷刻间化为泡沫。

“知道了，你继续守着，下午拍完广告我亲自过去看看。”

栗锦挂断电话，直奔广告拍摄地。

先拍珠宝，再过去拍薯片和拉面。

栗锦戳了戳双耳的对话框。

“季冬那边已经拍完了吧？你能给我弄到他拍摄的花絮吗，不用成品。”

其实栗锦也没抱多大的希望，但是没想到没过一会儿三段视频就发了过来，应该是工作人员偷拍的，然后再悄悄卖给那些同期的竞争对手，一般这种视频不会传出去，只能说大家彼此心里有个底。

“谢了，钱和上次的一起转给你。”栗锦发完消息就点开了视频。

第一个也是珠宝的，不过他代言的是戒指。季冬是模特出身，专业素养还是很不错的。

广告只有几分钟。

男主角追求心爱的女人，然后两人于玫瑰花丛之中嬉戏打闹最后将戒指给互相戴上的美好场景。

玫瑰和戒指的搭配啊。

看来他的珠宝走的是性感风。

季冬确实有一套，在摄像机前面的每一个微表情都做得十分细致。

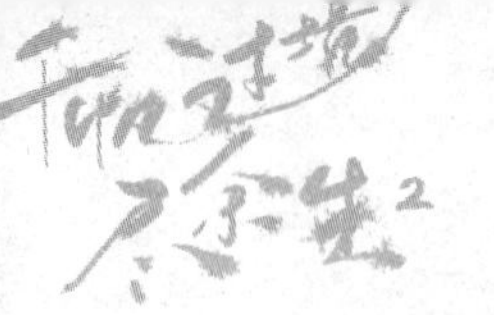

后面的薯片走的则是清爽风，因为是柠檬味的。不过他已经二十六岁了，加上那张脸又不是余千樊那种换一套校服就和高中少年一样毫无违和感的逆龄脸，这一则广告在栗锦看来其实很一般。

不过也只是在她看来，毕竟在其他人看起来已经是非常不错了。

至于他的“一桶面”，不知道是不是因为他不喜欢吃，栗锦从他的神情里完全看不出“好吃”两个字。

栗锦挑眉，关掉了手机开始让化妆师给自己上妆。

广告片总导演在旁边唉声叹气的。

“怎么了？”栗锦挑眉。

对方怕影响栗锦的心情就说没什么，其实他早上过去看了季冬那些广告的花絮，拍得很好，可以说季冬是使出了九牛二虎之力拍的，就像和栗锦有仇一样，拿出了非要把她摁死在地里的劲儿。

“导演，别担心。”栗锦满脸轻松地安慰他。

广告片总导演勉强地回以一笑，拍广告和拍戏那是不一样的，对画面感、镜头的站角和代言人自身的敏锐度要求都很高。

不过如果他知道栗锦曾经的称号是什么，他可能就不会这么担心了。

栗锦在还没有抓到演技精髓只能默默忍受余千樊嘲讽的那个时段，她被圈内的人称为“镜头前的艺术品”。

只要不拍戏，她随便拿着一本书站在镜头前都能成为一张完美无缺的画报。

她的镜头感是天生的，拍摄一开始，她就知道自己的手脚该怎么摆，脸上该怎么笑。可以说，栗锦在一开始接不到戏拍的时候就是靠广告先火起来的。

当时什么季冬季春的，在她面前只能算过气的人罢了！

栗锦这次要代言的项链作品叫作“时光”，算是可以无视年龄段的一个商品，年轻姑娘和中年女人都能戴。

栗锦看了眼广告剧本，满意地笑了。

“这剧本写得很不错啊。”

她穿了一身雪白色的连衣裙，戴上了长直假发，独属于小姑娘的青春气息扑面而来。

摄像师在看见栗锦出来的那一刻亮了眼睛。

“先拍前面那一段啊，要走出少女的懵懂无知感！”导演在旁边不断地提醒，“主要是美！一定要美！”

珠宝就是美就完事儿了！

“准备，开始！”

镜头前，栗锦侧过身双手放在背后互相牵住，她低头却又恰好露出了自己漂亮的侧脸，一缕发丝从她耳后缓缓滑落下来，灯光打下来，她的肌肤好像是透明的一样。

“棒！”摄像师忍不住赞叹了一句，他完全不需要怎么挪动镜头，栗锦已经自己找到了最完美的角度。

下一刻，镜头里的姑娘像是发现了什么有意思的事情，她脸上露出笑容，正好这时候脖子上挂着的项链从领口掉了出来，不知道是不是她故意的，项链对着光源，正好折射出一瞬间的光。

短暂美好却抓不住，一如时光匆匆离去。

这条项链真好看啊……哪怕是已经看烂了的工作人员此刻都不由得发自内心地感慨。

就在大家还沉迷在项链的美的时候，栗锦突然动了，她踮起一只脚，玩起了跳房子，带着年轻气息的游戏，随着她的轻盈起跃，脖子上的时光项链也跟着一跳，一晃，再一闪！

角度完美，颜值满分！

摄像师倒吸了一口凉气，比钻石还美的东西是什么？

栗锦再一次给出了答案。

她对着镜头缓缓抬头露出了一个笑容，那双眼睛剔透明亮，带着最美好的年华一起，耀眼胜过钻石。

这一瞬间，总导演什么想法都没有了，什么季冬？什么广告王？拍的那什么戒指广告都实在是太油腻！

因为此刻站在他面前的栗锦，仿若天使降临。

4 告诉我你愿意出面做证的理由

栗锦的拍摄还没有完全结束，这时，鼓风机带起的一阵强风吹过，她被吹得坐倒在地上，按照特效的安排来说这一刻应该是周围星辰变换穿梭了时空。

下一刻狂风散开，周围工作人员立刻安排上了白色的雾气，那细小的水珠散布在栗锦的周围，甚至带了一部分在她的眼睫上，她好像听见了什

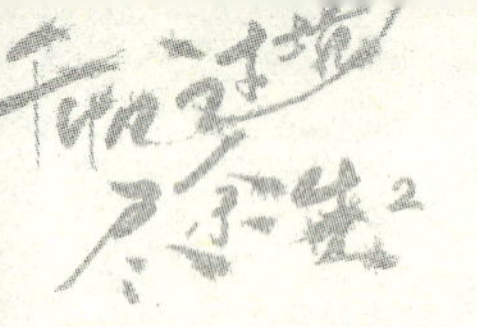

么声音，抬起头往前面看去。

“好，这一段 OK，去换衣服吧。”导演非常兴奋，“你这丫头还有这本事呢？”

他从来没见过有人的镜头感居然这么出色。

栗锦对他笑了笑，快速地去化妆室换了衣服，一身成熟的红色长裙，以及波浪式鬈发，眼线勾挑，正红色口红让她皮肤看起来是一种漂亮的冷白色。

化妆师都忍不住惊叹了一下，不是惊叹她自己的手艺，而是惊叹栗锦这张脸，真是怎么化都很好看。

“走吧，栗锦老师。”她忍住自己想要拍照的欲望，“相信等会儿你一定会带来非常惊艳的效果。”

果然，栗锦走出去的时候再一次让众人眼睛一亮。

摄像师赞叹说：“我以为她之前的清纯风拍得好，后期的性感风一定是驾驭不住的。”

“怎么会驾驭不住？”导演一颗心总算是稳了。

季冬一直走的是邪气性感的风格，那他们这边就以清纯和性感双面作为实力碾压，季冬能做到的栗锦也能做到，他做不到的，栗锦照样很擅长。

“我们的‘时光’比他们那款戒指的受众面要更广，我已经可以预想上架销售的那一天了。”

迷雾继续散开，穿着红裙的栗锦随着高跟鞋的脆响缓缓走了出来。

比起之前的青涩，现在的她自信从容，她的高跟鞋不允许她再在地面上玩跳房子的幼稚游戏了。

“到时候这个地方的合成要做好。”导演和旁边的后期负责人说，“十年后的自己碰到了十年前的自己，要营造出那种时光重合的浪漫感，知道了吗？”

正说着，栗锦对着面前的空地神情突然变得温柔起来，好像面前真的站着十年前那个穿白裙子的她。

她眼底有光，冲着那边弯腰伸出手，而挂在她脖子上的项链在下一刻从衣领口跳跃了出来。

看吧，还是有一样的地方的。

无论是十年前，还是十年后，“时光”项链会永远陪着你。

周围众人都看呆了，都不用后期的特效，他们仿佛看见两个栗锦穿越了时空面对面微笑。

“OK！”总导演狠狠地握了握拳头，“栗锦老师，辛苦了。”

这一声“老师”是栗锦用实力获得的。

栗锦直接一遍通过，和众人告别之后又飞快地奔赴了薯片和一桶面的拍摄地点。

如果说珠宝和人是相互闪耀的美丽，那么吃就是人来衬托的，从你的表情、动作就能看出它到底有多好吃。

拍薯片和面的广告时，栗锦不用侧重于展现自己的美，和季冬不一样，他只是将那些食物当成了一个展现自己的道具。

吃得优雅？拍得美丽？

都是笑话！

栗锦哪怕是满嘴包着薯片都能比他拍得更好。

而等栗锦拍完剩下的两场食物广告，工作人员们只感觉到了一个情况。

饿！

她真的吃出了满汉全席的感觉。

“栗锦老师，下次一定要继续合作！”这是两个产品负责人握着栗锦的手最后说的话。

而这时候的季冬还躺在沙发上，想着等明天早上两边的广告一起放出来，他这边的销售额直接碾压栗锦的场景。

“呵！和我斗！我让你笑着来，哭着回！”

季冬想得正开心，裴婉的电话就过来了。

“怎么，大小姐，就算是来验收成果也不是现在啊。”季冬懒洋洋的，忍不住就嘚瑟开了，“我说，你就算要给我找个对手也不必找栗锦这样的，说实话我今天拍广告的时候都提不起什么斗志来。”

裴婉在那边翻了个白眼，但是听见季冬这么有把握的样子，她稍微放下了心。

“最好是你说的那样。”

裴婉最近开始试探着接手她爸爸的生意，不过真正上手经商确实不是那么容易的事情，她挂断电话，看着满桌子堆积的业务表有些不耐烦。

“累死累活还不一定能把业绩做得好，就算把业绩做好了也还不如做余家少夫人的一半地位。”

裴婉冷嗤了一声，把手上的钢笔一丢，看向了手机屏保上的男人。

“余千樊……我一定会得到你的！”

栗锦拍完广告就直接回了家，倒头毫无心理压力地直接睡到了第二天中午，今天拍的戏都是下午场，她已经和导演那边打了招呼可以晚点过去。

她刚清醒过来就拿起手机，果不其然消息炸了。

先是王黎的。

“你的广告出来了，截止到上午十点我们这边的三种产品销量总和是对方的三倍。”

栗锦点点头，她预估的也是这个差距。

再接下来就是栗锦的热搜，还有粉丝们的夸赞。

“你们确定那个季冬是广告王？我是看他吃面的不是看他拿着面作秀的！”

“单看季冬还可以，但是和栗宝一比……恕我直言他真的有点油腻。”

“哈哈哈，广告王这个称号得换人了吧？”

“时光项链美哭我，闺密、姐妹、母女都可以戴同款啊啊啊！”

“搞什么！我就是去上了个厕所，你们就把项链给买断货了？”

一溜儿的好评下，栗锦给双耳发了个消息。

“能不能给我搞到季冬的电话号码？”

发完消息，栗锦站起来看着窗外。

大概是因为换季，这两天外面的天气总是阴沉沉的，一直有连绵不断的细雨下着，不曾停过。

短信很快就回复了过来，是季冬的号码。

“哇哦。”栗锦忍不住惊叹了一声，也不知道这个双耳到底是什么人物，简直就是情报网啊。

不过还没等她去收拾季冬，一个电话先打了过来。

栗锦看着来电显示，有点惊讶地接起来说：“你怎么会打电话给我？”

那边传来一个女人的声音。

“栗锦，关于花烟的那个案件，没有人愿意出面是吗？我愿意出面，我来做证人。”

西山的墓地。

在一块被雨淋得透湿的墓碑前，一个女人撑着黑色的雨伞将鲜花放下。

墓碑上面花烟的照片看起来带着极淡的哀伤。

她拿着手机，那边传来栗锦沉沉的声音。

“我真的是没想到你会愿意出面做证，能告诉我你愿意出面的原因吗？”

栗锦顿了顿，喊出了那个人的名字。

“骆渺。”

5 我得赢啊

栗锦看着外面越来越阴沉的天，她其实有想过何佳青可能会来找她，愿意出面做证，因为对方后期看起来和花烟关系不错。

但是听说警方找到何佳青的时候，她一口就否认了，还比其他人的态度要更加强烈和激动。

“栗锦。”电话那边骆渺的声音很沉。

栗锦应了一声，不管是她这边，还是骆渺那边，都传来连绵不断的雨滴声。

“你还记得我见习的时候说过剧组里面有我的表姐吧？”

栗锦愣住了，她以为Lina和骆渺是表姐妹，结果……

“花烟是我的表姐。”她的声音非常平静，“我觉得她是知道我被方默生给骗了，所以才打了我那一巴掌，可是我不仅没有明白她的意思，还不识好歹地骂了她。”

说到这里，骆渺的声音终于出现了变化，压抑不住内心的自责。

“我嫌弃她没用，说我不会和她一样的，我会凭我自己的实力在圈子里闯出来的。”骆渺手上的雨伞都支撑不住掉在了地上，连绵的雨水打在她身上，她痛哭，“我一直在想，表姐是不是因为我的话才选择自杀的！我是不是就是那压倒骆驼的最后一根稻草！我没办法原谅方默生他们，更没办法原谅我自己。”

她捂住自己的心口，整个人不断抽搐着哽咽：“要不是我的话……”

“骆渺。”栗锦站在窗边，“你表姐是个很温柔的人，她不会怪你。”

花烟不是那种会迁怒家人的人。

骆渺只觉得铺天盖地的绝望对她涌过来，整个人像是被密集的网给罩住了一样透不过气。

就在这时，耳旁的风声突然停了下来，她的眼泪鼻涕糊了满脸，讶异地抬起头看着天空，雨竟然在这一刻停了，层层乌云散开，一缕阳光坠落圈住了花烟的照片。

骆渺愣住了。

遗照上的花烟是没有在笑的，但这一刻她好像看见了表姐脸上的笑容，仿佛连阳光都在说，看吧，她没有生你的气。

栗锦挂断电话的时候也看见了终于晴朗起来的天空，她抿了抿唇，抬手拨出双耳发过来的那个电话。

季冬的心情好像很差，接电话的声音都很暴躁。

“谁？”

“我。”栗锦笑了笑，站在窗口露出一个笑容，“怎么，才见过面你就忘记了？”

季冬一愣。

栗锦接着不紧不慢地说：“你的车子还好吗？”

“栗锦！”季冬猛地拔高了声音，一下子就从沙发上站了起来，五指狠狠地在自己的头发上一把捋过，“你竟然还敢打电话过来？”

“我既然赢得了这场比赛，为什么不打？”栗锦靠着窗户，玻璃冰冷的温度从指间上传过来，“我又不像你，输了车又输了广告销售量，要像败家犬一样瑟瑟发抖地缩在家里。”

“你闭嘴！”季冬一把就将茶几上的水杯全都拂开摔在地上。

他还以为栗锦是个说不出什么狠话的女人，但其实不是她说不出，而是一开始她压根儿就不屑于和他说话，要是真的比口才，十个他也比不过栗锦。

“先别急着发疯。”栗锦笑了，“玻璃碎了一地对你有什么好处，等会儿可别扎到你自己的脚了。”

季冬气得咬牙。

“季冬，有些事情你不说我也知道，既然你都输给我了，不如告诉我是谁让你去接的那三个代言。”栗锦伸长自己的手指，指甲好像长了一点，该剪一剪了。

“我们两个无冤无仇，你不会自己主动去接那三个代言的，毕竟他们的名声已经不好了，你又不是第一天混广告圈，何必来冒险呢？所以你说说看，站在你背后的人是谁？”

听她这么说，季冬反倒平静下来，他笑了一声，眯起眼睛。

“怎么，你想知道是谁请我对付你？”季冬一改刚才咬牙切齿的模样，好像主动权又重新回到了他这边，“那你给我什么价位呢，我总不能白帮你吧？”

正在检查自己指甲的栗锦听见这话笑了起来。

“什么价位？不如这样好不好，以后但凡你接的广告，我都会在同一时间，和你一起接同样类型但却是你对家的广告。”

季冬眼瞳一缩。

“我其实不一定要拍戏，也不一定要去唱歌跳舞，你说对吧？”栗锦压低声音，“拍广告不是也很赚钱吗？而且和你同台竞争好像也挺有意思的，你看过我拍的广告了吧，你有那个自信能赢我吗？”

季冬不吭声了，栗锦这个疯子说了就一定会做到，要是每次真和栗锦一起竞争？

光是想到这个可能，季冬就觉得透不过气来。

“害怕了？”栗锦那双含笑的眼睛冷了下来，“所以趁我现在还算是有耐心，就赶紧给我说，别像只疯狗一样瞎嘚瑟！”

季冬眉眼抽搐了两下，好一会儿后，他沉默地吐出了两个字：

“裴婉。”

栗锦听见后，舌尖狠狠地在齿间碾压了一下：“知道了，挂了。”

她把手机扔在了一边。

外面的乌云已经彻底散开了，露出雨后碧蓝的天空，旁边高大的枫树叶不知什么时候居然悄悄染上了一层黄色，被风一吹那呆头呆脑的树叶就打着圈落在了地上。

“裴婉……”栗锦抿唇，“我倒是忘了你了。”

总有人在她心情很不顺的时候非要撞上来做这个出气筒，这也算是老天爷对她的另一类疼爱吧。

她站在窗口沉思了一会儿就去了剧组，戏拍到晚上七点之后，郎世涛来电话了。

“栗锦老师！”郎世涛的声音听起来很激动，“花烟的案子出结果了！”

栗锦手上翻页的动作一顿。

“骆渺来做证，并且带来了新的证据，方默生那家伙栽了！不过……”郎世涛的声音顿了顿，“那家伙说想要见你，有话要和你说。”

方默生想要见她？

栗锦挑了挑眉，正好Lina走出来招呼栗锦："栗锦来，姐姐给你把妆给卸了。"

栗锦挂断电话走过去坐下，说："Lina姐，不用给我卸妆了，帮我补个妆吧，要在暗处也能看得清清楚楚的那种狠妆！"

"你要干什么去，都晚上了。"Lina古怪道。

"我？"栗锦笑了笑，"晚上有朋友开了局，是场豪赌。"

镜子里的她眼神坚定。

"我得赢啊。"

6 把她们轰出去！

Lina不明白栗锦是什么意思，不过还是按照她的要求给她上好了妆容。

余千樊今天一整天都不在，向阳也总是坐在角落沉思自己的事情，没人管栗锦要去干什么。

郎世涛正在等着她，见到栗锦连忙走过来："栗锦老师，我建议你还是不要去见比较好，他看起来精神状态很不稳定。"

栗锦转动了一下僵硬的脖颈，笑了一声。

"精神状态很不稳定才好呢，要是太稳定了我还怎么刺激他？"说完，她直接越过郎世涛。

方默生被隔离起来，只能从一个小窗口探视，栗锦在凳子上坐下，他本来僵着一张脸，见到栗锦的那一刻却突然露出了诡异的笑容。

栗锦也不说话，只是安安静静地在这边笑着。

两人僵持了大概有一分钟，栗锦轻蔑地瞥了他一眼，什么话都不想说直接起身要走人。

"等等！"方默生憋不住了，"你就没有什么要问我的？"

就像是下棋的时候，谁掌握了先机和主动权，赢面就会更大。

而方默生率先开口的那一刻栗锦心里就明白了，这一局她已经占到了先机，从这一瞬间开始，方默生会比她更着急。

"不是你说找我有事情吗，为什么要我问？"栗锦拿起手机看了一下时间，"我的行程很满的，和你这种败类不一样。"

"你不想知道你妈妈是怎么死的了？"方默生瞪大眼睛，原本胜券在握的神情有了一丝丝的裂缝，"你怎么还能这么冷静啊？"

"我妈妈怎么死的？得癌症病死的，我知道。"栗锦平静地说，"如果你只是为了说这些的话我就走了。”

“放屁的病死！”方默生立刻暴躁起来，这一切都和他想象之中的不一样了！

为什么栗锦不像上次那么发狂了？她就该歇斯底里地求着他告诉她实情啊，为什么她现在能笑得这么轻松？

这种讨厌的样子就像是……就像是余千樊那个该死的男人一样！

“那都是你那个蠢父亲编出来骗你的！”他嘿嘿地笑，“你求我啊，你求我我就告诉你，你妈妈是怎么死的！”

栗锦藏在下面的手颤抖着，手背上的青筋一条条往外凸起，但是她忍住了，这个时候绝对不能露出一点点慌张的表情。

因为对面这个疯子最喜欢看人痛苦，如果她露出了一点点不能承受的表情，他就会立刻住嘴然后高兴地欣赏她扭曲的脸。

即便是他发狂也不会将事情全部说出来的。

这就是方默生。

他就是一个钓鱼人，想要鱼儿咬钩，鱼儿不搭理他，他就会投放越来越多的鱼饵，但是他又不会真的把鱼饵给鱼儿吃。

栗锦要做的就是在他的嘴里尽量多套出一些有用的消息。

她握紧了手，准备给他来一剂猛药。

“说实话，我昨天回去也想通了，反正是已经死掉了的人，我再怎么去深挖，也不能让我妈妈回来，不是吗？我也没那么多的时间去浪费。”

她将手搭在桌上，笑着说：“她怎么死的，是病死的还是别人害死的，对我来说都不重要了。”

“咚”的一声，方默生的手猛地拍在玻璃上。

“栗锦你这个疯子！”方默生不敢置信，“你没有心肝吗？你真的不想知道你妈妈是怎么死的吗？要不是那些人……”

栗锦敏锐地抓到了关键词。

那些人？不止一个？

“你妈妈是得病了没错，只是本来还能多活两年的。”方默生双眼赤红，“谁让她不选择我的，也不能怪我当时那么做，对不对？我只不过是在她觉得对栗亮失望的时候给她介绍了个不错的……”

栗锦的呼吸都不自觉地屏住了。

面前的方默生却突然顿住，他缓缓地转头看向栗锦。

“啊呀，差点儿就说出来了呢。”他瞪大眼睛咧嘴笑，“你不会是诈我的吧？”

“哈哈哈！”他一边笑一边收回了自己激动的手，“我不信你真的对我说的话无动于衷，小丫头片子！”

他眼神猛地狠厉起来：“我说你今天怎么变了一个人似的，是余千樊那家伙教你的吧？这种让人作呕的高高在上的嚣张感。”

方默生很聪明，他还是看出来了。

栗锦绷着的肩膀一松，她心底遗憾没有听见最关键的那个名字，但是今天得到的消息已经很多了，能找到切入点就够了。

栗锦挑眉：“你说得对，我就是诈你的。”

见已经问不出什么了，她干脆地从位置上站了起来，看着因为被她欺骗了而感到愤怒的方默生：“你放心，就算你不说出那些人的名字，我也会一个个揪出来，然后送他们来和你做伴。”

“再见……不对，以后应该再也不会见到你了。”栗锦深吸了一口气，冲着他露出最后一个笑容后迈步离开。

从公安局走出来后，她脸上的笑容立刻就垮了下来，全身发寒。

她戴着口罩和眼镜漫无目的地走着。

A 市最大的一家百货大楼，栗锦站在外面，透过玻璃窗竟然看见了两个熟人。

李颖因为刘燕的关系这两天心情非常差，正带着李淡淡出来购物转换心情。

她们两个待在温暖的室内，穿得高贵又漂亮，每一根头发丝都经过最精心的打理。

而她的妈妈现在在冰冷的墓地里，连死因都还没弄清楚。

从刚才在方默生面前就一直压抑着的愤怒委屈终于在看见李颖带着自己的女儿舒舒服服逛百货的时候开始崩溃。

栗锦眼圈都红了，泪无声地从眼角滑落。

在方默生面前能以一当十的气场已经不复存在，玻璃窗上映出来的就是一个对很多事情好像都无能为力的女孩，再坚强再狠的人，都会有那么一瞬间内心崩溃的时候。

“她看起来有点可怜啊。”二楼的会客室里，一个中年男人一边喝茶一边看着窗外，“余先生，咱们这次的合作……”

男人面前的余千樊猛地站了起来，他皱着眉头看着栗锦，神情阴沉。

“怎……怎么了余总？”

余千樊直接给下面一层的总管打了个电话：“现在一层南面窗口里面有客人吗？”

那边总管很快就回答了：“有的，栗家的夫人带着她女儿。”

VIP 楼层都有客人记录，而且李颖是这里的常客。

余千樊眉眼冷厉，对着电话那边说了句什么。

栗锦还站在玻璃前面，她擦掉了眼泪，深吸了一口气正打算进去给她们添堵，却没想到里面的导购突然走到了李颖母女的面前。

“对不起，李女士。”导购带着专业的微笑，“这些我们都不能卖给你了。”她直接拿走了李颖拎着的东西。

“为什么？”李颖震惊了，“有你们这么对客人的吗？”

导购小姐这是第一次被自己百货商场的那位老板吩咐事情，这时候非常有底气，她继续专业微笑：“很抱歉，从这一刻开始你们两位永远都不是我们百货商场的客人了！”

李颖和李淡淡还没反应过来的时候，导购小姐已经叫了里面的安保人员。

“请她们出去，以后但凡看到这两位女士，都不许让她们进来。”

李颖母女还没来得及尖叫抗议就被安保拖了出去，两人一出门正好看见站在门外的栗锦。

“栗锦。”有人喊了她一声，却不是李颖母女。

栗锦奇怪地往旁边看，没有看见人。

“看上面。”那声音又响起来。

栗锦抬起头，看见了站在二楼窗户边缘的余千樊，他穿着正装，应该是在谈合作，即便是晚上栗锦都能想到他穿正装时候肩宽腰细的样子。

“傻站在外面干什么。”余千樊突然弯唇笑，“丢不丢人？你进来，要什么我给你买。”

7 你们两个这么作的吗？

“你！”李颖气得脸色都白了，路过的人肯定都看见了她刚才的窘态，想到这里，李颖整个人都要抓狂了。

“是不是你说的不让我们进去？”李颖冲过去就想揪栗锦的衣领。

早就得了命令的安保人员见状，一把拎起李颖就把她往外面一推：“对不起，这位女士，栗锦小姐是我们这里最尊贵的客人。”说完直接带着栗锦进去，关门，动作行云流水一气呵成。

李颖在外面被气得脸色煞白，可也没办法。

二楼会客室里，余千樊已经在整理衣服扣子了，对面的中年男人见他已经不准备再继续谈了，心里真的是瞬间爆出一千句脏话。

想约余千樊一次可不容易啊。

“下次再谈吧。”余千樊直接下了楼。

这个中年男人就隔着楼梯小小地看了一眼，这一看他倒吸了一口凉气。

那不是栗锦吗？

不过男人也不傻，没蠢到把这件事情说出去，而是悄悄摸摸地找了另一边的楼梯悄无声息地离开了。

“你怎么在这里？”栗锦看着余千樊，今天拍戏的时候一天都没见到，没想到离开剧组反倒是见到了。

A 市明明很大，但是重活一次之后好像变得很小了。

“这是我家的百货公司，你说我为什么会在这里？”余千樊靠着墙壁看她，“倒是你，为什么可怜兮兮地在外面站着？”

栗锦挑眉：“你不是都知道了吗？不然为什么轰她们走？”

不得不承认的是，她非常喜欢现在的余千樊。

撇开挡在他们两个中间的何晗后，她发现余千樊在某些事情上倒是和她的脾性很像。

仔细想想以前他们吵架的时候也多半是因为何晗，他说何晗不好，然后自己这个无脑的蠢货就冲上去了。

“下次不要再那么可怜地站在外面。”余千樊无奈地看着她。

栗锦立刻接话：“我知道我知道，下次肯定不发呆直接冲进去手撕她们！”

“错了！”余千樊轻轻拍在她的额头上，“下次……你可以打电话给我。”

栗锦一愣。

两人不知不觉地走到了零食区，她瞪大眼睛的样子在余千樊看来就和她背后那个龙眼罐头一样圆。

栗锦垂下头没有接话，余千樊抿唇，心中有点无奈，他每次开始试探的时候栗锦的态度都有点奇怪。

正常交流的时候栗锦总是看起来元气十足，但是一碰到和男女感情相关的话题，她总是会格外的沉默和抗拒。

可据他了解栗锦之前是没有交往过任何男朋友的，唯一可能就和何晗有点纠缠，可她都亲手把何晗给踢出去了，不可能是因为还喜欢何晗才这样的。

不过余千樊也不心急，他有的是耐心，还可以让他的小姑娘再长长。

今天整个商场的 VIP 层只接待了一位客人，那些导购小姐脸上是专业的笑容，内心已经快疯了。

啊！她们余总为什么和栗锦一起逛街？还是说在综艺里余千樊对栗锦的那些照顾根本就不是剧本而是真实的？她们真的悄悄嗑到了 CP ？

不过她们想是这么想的，但也没有人直接问出来，毕竟还想要饭碗。

“没有特别想要的东西吗？”余千樊看着栗锦，“我可以送你。”

栗锦摇头：“没有没有，我欠你的钱都还没还呢，等我电视剧上映开始拿分成了我就还你。”

人家拿她当朋友，她也得有所行动才行！

听见她说要还钱，余千樊当即就沉下了脸，他还在心里盘算该怎么在她还钱之前让她欠自己更多的钱呢！

最好欠到栗锦一看见钱就会想起他的地步。

栗锦其实有点想回家，但是余千樊的兴致好像很高。

“这件衣服你喜欢吗？”他抓起专柜里面最贵的那条就往栗锦身上比对。

栗锦中肯地说：“还可以。”

余千樊点头：“包起来。”

栗锦猛地瞪大眼睛：“给我？”

“不然呢？给我自己吗？”余千樊又给她看了一款包，“我觉得这个搭你刚才那条裙子不错。”

栗锦又点头，别说，余千樊眼光真的还不错。

“可以！”

“包起来。”余千樊又扔给了导购。

栗锦虽然是以很正直的目光在看余千樊的，但是这一刻也有点忍不

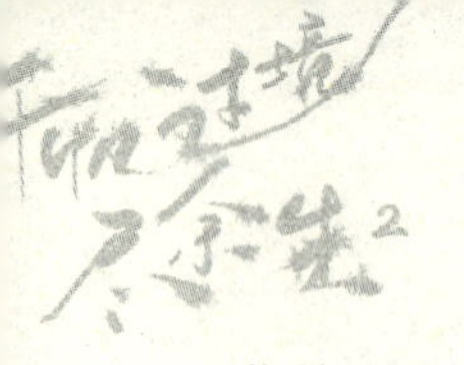

住了。

“余千樊……不！国民男神，你知道你现在像谁吗？”

余千樊挑眉看她。

栗锦抬起手啪啪鼓掌，一边还十分严肃地说：“你现在就和小说里面那种一分凉薄三分讥笑六分宠溺的天凉王破总裁一样！特别帅气！”

见余千樊要掏出卡来刷了，栗锦又连忙拍马屁。

“尤其是掏卡刷钱的样子。不过真的不用给我买！”

余千樊手指一顿，转身对她说：“没什么帅气的，下次记得和欠我的几百万一起还就行了。”

什么玩意儿？这还要还啊？

栗锦鼓掌的手一顿，唰一下就把拎着的衣服鞋子包包都塞进了余千樊的怀中，她一只手还握成拳头和另一只手掌紧紧靠住，做了个抱拳的动作。

“告辞了！消受不起！”

说完，她两手插兜直接往外面跑了。

这一下操作把旁边的导购都看呆了，栗锦这是什么个情况，然后又疑惑地看着自家老板，他又是什么操作？老板你知不知道你这样会没有女朋友的。

但余千樊看起来还被逗得挺开心的，他把卡递了过去。

“结算。”

导购心里默默地想：早这样大方掏钱不就好了？

余千樊拎着东西出去，却被门口一家男士袖扣的导购拦住了，她笑眯眯地递出了一个盒子。

“栗锦小姐刚刚跑出来的时候定的，说是送给您的礼物。”导购小姐满脸姨母笑，“她还在里面留了字条呢。”

余千樊挑眉，栗锦刚才路过这里就看了好几眼，是当时看中的吗？

他垂眼看了下，是一个金红交织的袖扣，很大气也很好看。

余千樊抽出字条。

“谢谢你今天帮我手撕仇敌！这是谢礼，再次拜谢！咚咚咚！”后面还画了一个小人哐哐磕头的画。

余千樊没忍住弯唇笑了一下。

导购小姐姐忍不住把脑袋撇到了旁边，必须转过去，不然她肯定会妒忌栗锦的。

此时栗锦已经坐上了车，她开始掰着手指头算自己还有多少存款，不过王黎的消息倒是先过来了。

“栗锦，过两天有一个综艺想请你去做一日导师，就是那个你妹妹也参加的《新星创造团》。”

“要去吗？”

栗锦猛地直起身子，她吹了一声口哨，脸上露出一个大大的笑容，缓缓打下一个字：

“去！”

✦

假装情侣
第十一章

1 就在这里超越栗锦！

王黎那边很快就回了消息：“不过这是晚上录制，得通宵，你白天不是还有戏吗？”

“没事，我可以少睡几个小时。”栗锦很快就回复了，“对了，一日导师是暂时保密的吧？那些练习生应该不会知道的，对不对？”

“当然了，不然还有什么期待感？”王黎回复说。

“那我无论如何也会挤出时间去的。”栗锦舒舒服服地给自己敷了一张面膜就躺下了。

那边余千樊也到家了，回去之后在旁边的卧室挂上了今天给栗锦买的衣服。

他转身环视了一圈，他喜欢的风格是黑白灰为主的冷调，这个黑色的柜子和小姑娘这些花花绿绿的衣服好像有点不相称。

“要不要把房间改一下？”他凝眉沉思，“女孩子会喜欢什么颜色？粉色？黄色？”

虽然现在和栗锦八字都还没一撇，但是他觉得该准备的东西都应该先准备起来。

栗锦完全不知道隔壁邻居带着这么险恶的用心，她一觉直接睡到了大天亮，一想到晚上能去录制《新星创造团》她就觉得今天一整天真是充满了期待感。

同样充满了期待感的还有第一次上综艺的李淡淡。

汪月正坐在李淡淡的面前提醒她说：“你跳舞是一点基本功都没有，不过我给你报的这个综艺并没有你姐姐上的那个要求严格，这是长期集训式的，只要你在今天的初选不被淘汰掉，就能在里面慢慢学。

“今天初选你就主打唱歌，我想你姐姐那边的天分你总该继承了点。”汪月看了她一眼，“不管你唱得好不好，导师们问你话的时候你就多提提你姐姐，看在栗锦的面子上她们至少会让你过个海选。

“一共有四个导师，有两个导师我打过招呼一定会给你过的，还有一个是咱们公司的，也是你的前辈，叫程甘，到时候我会让她弃权，你应该会稳过。”

汪月一边说一边整理手上的文件：“好好干，第一次的综艺如果能打响，我就能给你复制一条你姐姐的路。

“你姐姐也是在综艺里靠着和余千樊的热度先出名的，当然我不指望你能让余千樊那种等级的全民流量对你另眼相待，但至少你得给我在这个综艺里留久一点。”

汪月真的是三句不离栗锦，听得李淡淡心里已经快烦死了，但她还是得微笑听着。

等汪月终于不说了，李淡淡才回家收拾自己的东西。

她的那些心肝宝贝都得带上，不过上次被栗锦扔掉了很多。想到这件事情，李淡淡到现在还是觉得心一阵阵痛。

“还有化妆品，面膜……”李淡淡往里面一件件地塞着东西。

还没弄完，栗亮就先走了进来。

“咳！”栗亮轻咳了一声，“淡淡，你好好工作，到时候如果拿到报酬了先拿来给爸爸应急，最近公司周转挺困难的。”

李淡淡听得目瞪口呆。

她今年才多大啊，就要往家里拿钱了？不对！这也就是说以后栗亮都不会给她生活费和零花钱了吗？

“爸爸……”

栗亮伸出手阻止了李淡淡接下来想要说的话：“我知道你们那个圈子挺赚钱的，到时候不光是你，你姐姐也得拿钱回来。”他眼睛一瞪，“怎么，你还不愿意了？老子生你们养你们到这么大，你们用我的钱就可以，我用你们的就不行了？我以前拿钱给你们买衣服的时候可从来没迟疑过！一群白眼狼！”

栗亮冷哼了一声摔门走人。

李淡淡狠狠地咬住嘴巴，但是这还没完，下一秒李颖的短信也发了进来。

“淡淡，等你拿到钱先借一点给妈妈哦，妈妈最近手头紧，都没有多少钱买喜欢的包包了，也不贵，就二十多万。”

看到这里，李淡淡狠狠地踹了一下自己的箱子。

都是一群吸血鬼！

但她不知道，那时她们一家人就是这样一路喝着栗锦的血下来的，只不过现在被盯上的人换成了她自己罢了。

李淡淡带着一身怒气去了《新星创造团》的选拔场地。

一进去摄像机已经开始运转了，李淡淡想了想，先是给自己拿了个 A 等级的标牌贴在胸口。

根据她研究这么多类似综艺总结的经验来看，第一次一定要够亮眼，栗锦那个女人就是因为第一次的时候够狂够扎眼才一下子就得到了那么多人的关注。

她李淡淡也是一样的！她也是生来就要站在顶端的人！

她是栗锦妹妹的消息早就在微博上公开了，李淡淡刚走进去就听见了旁边工作人员在窃窃私语。

“这就是栗锦的妹妹啊，长得不怎么像啊？”

“既然是栗锦的妹妹了，要长相干什么！实力有姐姐的一半就能碾压了啊。”

李淡淡感受着周围众人的关注，心中是得意高兴的。她从小就被周围的人漠视，那些高门的孩子都不愿意和她一起玩，所以她比谁都渴望被关注，从小栗锦要有的东西她也一定要有。

这场海选是直播模式，等全部录完会剪辑一期正式的。

李淡淡一脚迈入比赛的场地，周围那些座位上已经坐了不少人，她一眼就看见了最高的那个位置，心口怦怦地跳。

只有真正到了现场她才知道那个位置有多么迷人，比其他的位置都要大，都要亮。

那些练习生一看见她就躁动了起来。

“这是栗锦的妹妹吧？”

"那个《爱豆与演员》的冠军的妹妹？"

"天啊！我可喜欢栗锦的《恶鬼》和《重生》了！"

这些还都是因为在直播说得隐晦了一点，也有那些为了获取镜头不忌讳直播的人，他们露出羡慕的神情。

"真好，有个那么好的姐姐。"

"这样说起来，那李淡淡也很强喽？"

"你们说等会儿她会坐到哪个位置？"

大家忍不住猜测。

而他们不知道的是，此刻他们的一举一动都在导师们的监控之中，四位导师也在看着李淡淡。

"我还是比较期待这位练习生的。"其中和汪月认识的一个长着小胡子的导师笑了笑。

程甘冷眼看着李淡淡，她还真的敢来？

这四人这会儿其实都不知道栗锦已经来了。而在另一边的房间里，导演则吊足了大家胃口。

只见直播屏幕上只露出了栗锦的一双手，有工作人员问："你对李淡淡这个练习生怎么看呢？"

观众在屏幕里看不见这人，只能听见被处理过的声音传出来，带着点微微的喑哑。

"我就想知道她会不会不自量力地去坐第一位。"那人仿佛对李淡淡挺看不上。

弹幕果然顿时变多了起来——

"这人谁啊？"

"怎么说都是栗锦的妹妹，没这么差吧？"

"栗宝的粉丝在这里支持妹妹哦！"

镜头切换到比赛场上。

李淡淡终于迈出了脚步，她无比清醒地知道自己在做什么！她要往上走！她要成为第一！

李淡淡连停顿都没有，直接越过其他的练习生，来到了那张宽敞的凳子上，她转身坐下的那一刻觉得浑身舒坦极了。

她就要在这里！

超越栗锦！

2 你没有资格评定我

“哇哦！”

全场响起了惊叹声。

李淡淡有点紧张，但更多的是自豪，她坐在这里才逐渐理解栗锦这女人为什么最近变得越来越狂了。

天天坐在高位上俯视众人好像是不一样，风景独好。

一个人在那里独自美丽的李淡淡压根儿没有想过等一下要怎么维持住自己的位置，她完全沉浸在这片刻的荣耀里了。

“厉害啊，这个李淡淡。”

“我有点害怕，她应该实力很强吧。”

弹幕上也纷纷在讨论关于李淡淡实力的事情。

“这姑娘挺有自信的啊。”

“随她姐姐吧，哈哈哈。”

“她们家的基因可真是强大啊。”

“话说为什么两人的姓不一样？”

“楼上的你难道不知道现在都流行一个跟爸爸姓一个跟妈妈姓吗？”

人还没来齐，但是下一秒赛台中间的大音箱内响起了一道声音。

“那个，李淡淡选手，我们有一位导师想要和你进行直接对话，是否选择接受？”

这话一出其他的那些选手更加激动了，什么情况啊！这可是明目张胆地给李淡淡加镜头，太给她面子了吧？

李淡淡想到可能是那两个打点好的导师中的一位，也挺高兴地点了接受。

她哪里知道那四位常驻导师此刻也很慌张。

“哪里来的另一位导师？”

“没听说啊。”

四个人齐齐疑惑，而正在直播的观众就更好奇那双手主人的身份了。

很快赛场就响起了栗锦的声音，当然，还是经过处理的，根本听不出是她本人。

“李淡淡，如果你现在还有一点理智的话就从那个首座上下来。”

李淡淡本来还有点小激动的心脏一下子仿佛跌落谷底一般。

那个声音继续说：“舞台不是游乐场，你需要对你的选择负责，你现在真的清楚自己在做什么吗？”

底下的选手们震惊了，一个个嘴巴都震惊到张开。

导演也很满意，栗锦还真的是个宝贝，他才不管这对姐妹是什么情况，不管栗锦要不要为难自己的妹妹，反正收视率上去就行了。

李淡淡神情难看，用排除法就知道这个肯定是剩下那个没有被打点过的评委。她不能㞞，哭哭啼啼这一套已经行不通了，反倒是栗锦那样狂到没边儿的还挺招人喜欢。

于是，李淡淡直接当着全场人的面说：“我觉得你在没看见我的演出时就这么说，并不是身为导师该有的专业行为。”

全场寂静，有选手在心底质疑李淡淡这是想要干什么。

“这是在模仿栗锦吗？”有人忍不住悄悄地和旁边的人说。

旁边的人立刻就回答：“可是栗锦当时也没有这么直接撑导师的，人家撑的都是和她一样的竞技者，还把导师们哄得一愣一愣的好嘛。”

正站在监控大视频前面的栗锦满意地勾唇。

所以才说李淡淡这个人蠢啊，狂和自信还是有本质上的区别的。她一个音律不通的人到底有什么资格坐在那里，她是真的不清楚吗？还顶撞导师？这明明是非常败坏路人缘的事情。

比如现在的弹幕上就已经开始一轮的嘲讽了。

“这个导师是认识李淡淡的吧？”

“我觉得这个导师说的不一定准，但是李淡淡这个态度很有问题啊。”

“是导演组故意设计成这样的吗？”

李淡淡成功让大家对她的第一印象有了很高的期待值。

可期待越大接下来失望就会越大。

见那个所谓的导师不吱声了，李淡淡觉得是自己让对方哑口无言了，心里那口气稍微顺了点。

很快就开始了正式的海选。四位导师先出来了，李淡淡开始努力地找挑刺的这人是谁，程甘可以排除掉，另外两个是男人，那么就是剩下的这个女人了！

这女人叫作刘菊妙，是个说唱歌手，名气甚至还不如栗锦呢！李淡淡在心中不屑地想。

看来这个综艺还真的是低成本小制作，毕竟请来的这一拨导师和栗锦

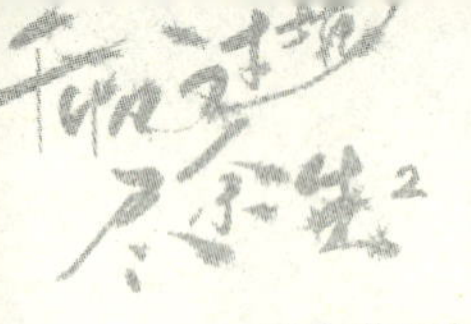

那个节目根本就没办法比。

因为李淡淡一直对那个所谓的导师怀恨在心，导致她压根儿没怎么注意前面那些选手的水平。

直到工作人员喊她去后台做准备了，她才回神，不自觉地开始紧张起来。

“等会儿是李淡淡上场了啊。”

“她表演什么？”

“栗锦歌舞那么厉害，她也总有一样能拿得出手的吧？”

底下的练习生们窃窃私语。

很快，台上那一组的组合跳完了舞，李淡淡就拿着话筒上台了。

“《重生》？”

程甘看了一眼面前的单子，简直不敢相信自己的眼睛，蹭姐姐热度的行为不要太过明显好不好?

“为什么选择这首歌曲呢？”旁边的男导师很快就跟上问题。

虽然很不想提那个女人，但是为了蹭热度李淡淡也没什么不能忍的。

“因为这是我姐姐的歌曲，我能迈上这个舞台也是姐姐给我的勇气。”她冲镜头露出了一个还算是腼腆羞涩的笑，“而且我也希望能成为像我姐姐栗锦那样出色的明星。”

“好的，请开始你的表演。”程甘神情不耐烦地打断她的话。

旋律响起来的那一刻栗锦也愣了下，她真的没想到李淡淡竟然这么敢，连那些歌唱圈的前辈都公开承认过《重生》这首歌是真的很难唱，不少翻唱歌手都挑战过但是全都失败。

而且那也不仅仅是一首歌，那是栗锦之前那愚蠢又可悲的一生。

李淡淡开口的那一刻，在场所有人都愣住了，连她自己也吓到了，怎么回事?

她没想到舞台上的音质是会被无限放大的，优点能听得一清二楚，缺点也能听得一清二楚。

“她是怎么回事？”

“嗯……为什么和栗锦差这么多？”

“快听！她走调了！”

底下练习生质疑的声音越来越多，李淡淡也有点慌，但她还是坚持唱完了整首歌曲。

反正她肯定能通过海选，到时候再慢慢进步不就好了，她还是个新人，外面的粉丝肯定会对她比较温和的。

那两个男导师很快就打了通过。

“我们认为李淡淡还是有天分的，只是现在表现得还不明显。”

刘菊妙神情变幻莫测，她性格比较火暴，直接打了个不通过，然后当场转过身认真问那两个男导师：“请问你们的耳朵是聋了吗？”

两个男导师的脸一下子就拉了下来。

“程甘导师，你觉得呢？”男导师加了点威胁，“这可是你们公司的艺人。”

程甘捏了捏手指，在李淡淡自信的目光之中点了不通过，然后拿起话筒直接说：“正是因为她是我们公司的艺人，我才会更加严格。我觉得刘导师说得没错，她不仅是没有实力，天分也是一塌糊涂。”

全场哗然！

所以这是打平了？

上面的大屏幕闪烁起来，很快有一个声音响起。

“现场首次出现打平情况，有请我们特邀的一日导师做出选择。”

屏幕上出现了一个圈和一个叉，几乎没有迟疑，那个叉就亮了起来。

李淡淡脑袋直接“嗡”的一声响，仿佛炸开了一样。

“我不服气！”李淡淡立刻就说，“你连面都不敢露，为什么有资格来评定我。”

弹幕里一溜儿的问号，这个李淡淡是疯了吗?

“你就是之前对我有偏见的那个导师吧，你针对我！”李淡淡的大小姐脾气上来了。

谁知道栗锦早就已经准备好了，通道打开，她从里面走出来，灯光全部闪耀在她的身上。

练习生们激动了。

“栗锦！”他们眼神炽热地呼喊栗锦的名字。

不知不觉中，栗锦的咖位已经和以前不一样了。

栗锦拿起话筒，看着台上已经呆滞了的李淡淡，说：“淡淡，你刚才说谁不配评价你?

“恐怕我才是全场最有资格评价你的人吧？”

她露出了一个笑容。

3 你应该叫我哥哥

全场都被这个反转给弄蒙了，弹幕上的评论多到看都看不清楚。

“我正想开骂这个导师，结果睁开眼睛一看居然是我们栗宝？”

“栗宝？？？”

“栗宝，妈妈好想你！”

“这个姐姐好可怕，直接给妹妹海选都不通过了吗？”

“姐妹矛盾？”

“对不起，这一次我站姐姐，反正之前栗锦两次被黑都是被冤枉的，这次不管怎么样先站栗锦就对了。”

李淡淡的腿开始发软，她看着栗锦，艰难地说：“你怎么……”

“我在微博上看见你说要来《新星创造团》的时候其实有那么一瞬间不敢置信。”栗锦看着李淡淡，“你说是我给你的勇气，可是淡淡，我并没有给你这份勇气。

“在场这些通关的人，哪一个不是练习了三四年，有天分一点的也练习了一年多，可你呢？”栗锦丝毫没有要给李淡淡留面子的想法，她有些近乎无奈地看着对方，表情把握非常出色，“你训练了多久？三天？一周？你知道站在这个舞台上要承受多少吗？没有做好准备，刚才为什么会有胆子登上王座？”

李淡淡的脸色随着栗锦的话越来越白，她突然有点不知道该怎么办了，她原本以为在娱乐圈，就是别人铺好路，然后她照着走就行了。

她甚至没想过自己无法通过海选的可能。

“你没看过我的练习……”李淡淡在舞台上有点摇摇欲坠，“你没有资格这么说我。”

底下的练习生们已经感觉出来这姐妹俩好像关系不是特别好，但是也有人觉得没问题。

“拜托，这时候就不要说什么姐妹了，现在她们是导师和选手。”有很多人都直接对着镜头说，“李淡淡确实实力很差啊，在我们这里算垫底的吧？有栗锦这样对妹妹都非常公正的导师在，我们很放心。”

弹幕上本来准备站在李淡淡那边的粉丝一看不让她通过的人居然是自家栗宝，那必须维护啊！

“妹妹下次继续加油吧，支持我们公正的栗宝。”

“毫不客气地说我上台都能比李淡淡唱得好听，绝对不是我膨胀了。”

“啊！栗宝之前还是选手的时候就特别自信，导师栗宝更帅了！”

栗锦听李淡淡还在狡辩，她对着镜头有点无奈地笑了笑，就像是一个成熟的姐姐在看妹妹玩闹。

弹幕上刷了一堆的“哈哈哈”。

“感觉妹妹今天回家要挨揍了。”

“我姐已经三天没打我了，哈哈哈哈。”

“淡淡，你说我没有资格判定你，你说你虽然练习时间短，但是确实很努力对吗？”栗锦挑眉，“那我怎么昨天晚上在百货大楼看见你和你妈妈一起逛街呢？不仅逛街，还做指甲，买衣服，比赛前你去弄这些，你说你努力了？”

栗锦神情很平静：“淡淡，明星不是你所想象的那样，它就是一瓶水，里面装了多少大家一目了然。装满水的瓶子你摇晃它是不会发出声音的，那叫稳固。但是水不够的瓶子你摇晃它就会发出巨大的声响，那就叫虚张声势！

“你现在在我眼里，就是在虚张声势。”

栗锦觉得自己说得也差不多了：“就这样吧，我们通过的人都是有比例的，如果让你这样的都通过了，那么就势必会有一个本来合格的人被挤出去。那个人可能虽然天分不够，但是他准备了很多年，也可能是临时发挥不好。你不觉得这样对别人来说太不公平了吗？”

栗锦就那样随意地站立着，但就是让人感觉自从她出来了之后整个舞台的中心就成了她。

“别的明星的弟弟妹妹我不知道是不是有一座直达桥，但我的妹妹是没有的。”

栗锦眸色加深，认真地说：“我不会成为你的直达桥。”

这辈子……永远不会！

话音落下，其他的练习生情不自禁地开始鼓掌，多出了一个名额，好事啊！感谢栗锦！

而且他们确实安心了，至少栗锦没有因为这是她妹妹就睁着眼睛说瞎话。

李淡淡机械地从台上走下来。

没有一台摄像机投在她身上，其他那些练习生也只是用同情的目光看

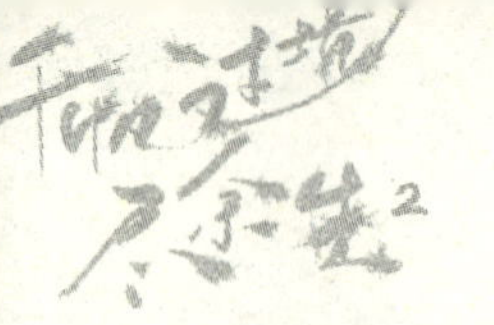

着她，再没有之前的羡慕。她所享受到的这些瞩目就好像昙花一现的梦，自从那个打碎梦的人出现，她的一切都没有了。

她看向导演，那个一开始对她很和蔼的男人只是笑眯眯地看着栗锦，她又看那两个已经被打点好的导师，从栗锦出现之后，他们不敢再表态了，甚至现在看都不看她一眼。

“OK，我们现在言归正传。”栗锦请走了李淡淡之后直接开始热场子，“因为多出了一个名额，所以我们会从刚才淘汰掉的选手中再选出一位作为我们的正式练习生。”

“哇！”底下那些原本已经不抱希望的淘汰者立刻激动起来。

当这份希望重新落在他们面前的时候，他们不知道有多感激栗锦，他们之中有些人当真等得太久了。

栗锦把目光投在了坐在最角落的那个男孩子身上，他整个人好像都泄气了，大家都充满希望地看着她，只有那个男孩子没有抬头。

他好像对这个圈子失望了。

又或者说已经彻底对他自己失望了。

栗锦走到程甘他们那边，直接说出了自己的选择：“我觉得10号选手可以，他只是刚才有点紧张所以动作僵硬了。”

栗锦也没说错，她能从10号的身上看到熟练度，但他好像总是放不开。

程甘这会儿看栗锦怎么看怎么爽：“我也觉得10号好！”

看看！选人的眼光都和她这么像，她觉得她们两个是能成为好朋友的。

“那就10号吧。”其他三人也点头。

栗锦重新上台，她迎着众人的目光露出一个笑容：“10号那个弟弟，来把脸抬起来。”

10号就是那个一直垂着头的少年，他一愣，还以为自己出现了幻觉。

他努力了五年，但是从来没有被舞台承认，也没有被家里人承认过，这是他的最后一次机会……他没有发挥好，所以他绝望了。

就这样吧！仿佛是溺入深水的人，五年累加的绝望让他看不见光明，可下一刻光芒却突然打在他身上。

聚光灯全都汇聚了过来，男孩愣愣抬头，看见栗锦在对他笑。

“我认为你是个很有实力的人，如果你能撇开外界对你的看法，你会是一位很出色的舞者。”

栗锦大大方方地说：“恭喜你啊弟弟，你成功了。”

他成功了?

只有经历过的人才懂这句话包含了多少辛酸。

他不敢置信地拿到了话筒，想了很多话，但是临到出口竟然变成了:“我不是弟弟，我二十五岁了。”

栗锦一愣。

台下10号直视着栗锦的眼睛，他长得很好看，能算得上精致：“按年龄说，你应该喊我哥哥。”

栗锦缓缓收拢掌心，露出了一个吃惊的笑容。

而角落里，一个男人将这一幕尽收眼底，按了按耳朵上的蓝牙耳机。

“通知夫人，少爷这次的选秀竟然过了。可能他不会愿意回家继承家业了。”

清晨如约到来，向阳来到了剧组。

一改前两天颓废的样子，今天的他看起来神采奕奕。

有剧组的工作人员打趣说：“怎么了向阳，有好事儿？”

“没有。”向阳大方一笑，“就是想通了一些事情，然后做出了一个决定。”

“什么决定？”

这一句向阳没有回答，他准备和栗锦告白了!

4 被余千樊发现了

栗锦录制完第一期从舞台那边走出来，迎面撞上了程甘。

“哈喽。”程甘特别友好地和栗锦打招呼，“留个联系方式可以吗?我特别喜欢你的音乐。”

这话说的倒是真的。

栗锦看到程甘心底一松，这丫头怎么还和以前一样啊。

那时她和程甘同在白狐娱乐，当时她们的关系就很好，甚至程甘还先看透了白狐的这些不入流的挤圈手段，想着要和白狐解约，但最后因为想和她继续在一个地方，还是放弃了。

后期因为白狐没能给程甘拿到好资源，浪费了程甘不少时间。

栗锦和她交换了联系方式，看着自己以前的好友还是没忍住。

“你和白狐的合约快要到期了吧？”栗锦认真地说，“白狐不是一个好地方。”

“嘿！”程甘不仅没有生气，反倒压低了声音凑过来，她有点紧张地看了看四周，“你真是和我想的一模一样，我那些朋友都劝我不要离开白狐，可我总觉得我得走了。”

栗锦笑了笑拍拍她的肩膀：“我接下来还有戏，以后有空了请你吃饭。”

“哎，栗锦，那你有什么好的公司推荐吗？”程甘问。

“你可以来我们天华娱乐。”栗锦回了一句。

程甘也是一个非常优秀的人才，如果可以的话，她想帮舅舅招揽到对方。

栗锦走到了门口，又撞见一个人。

10号！

他那双眼睛牢牢地黏在栗锦身上，过了那一阵最难过的时间，现在他的神情看起来比较正常了，通身的气质也显露了一些出来，举手投足之间和其他人有很大的不同。

“你是因为认识我才选我的吗？”对方一上来就直接问了栗锦这句话，“你认识我吗？”

栗锦靠在了墙壁上：“我认不认识你有那么重要？”

“结果是五个导师选出来的。”栗锦整理自己的袖口，“我觉得你可以多一些自信，我不认为你比在场任何一个人差。”

对方抿紧了唇，她的意思是她不认识他？

“我叫尹辉，留个联系方式吧，以后你有什么困难也可以找我。”尹辉给了她自己的电话号码，“我问了其他的导师，他们说是你第一个投票给了我，谢谢你。”

栗锦点头，越过尹辉直接往外面走，直到尹辉看不见她了，栗锦才停了下来。

她转身看着后面空荡荡的走廊，露出了一个笑容。

尹辉……尹家独子，身价上亿的小少爷。

她当然认识。

没想到他一开始的梦想居然是想当明星，她记忆里尹辉可是一个正儿八经的商人，估计是那时没被选上然后回家继承家产去了吧。

栗锦继续往外走，却没想到在自己的车子旁边看见了李淡淡。

“你怎么能这么对我！”李淡淡直接就冲上来喊，“你这样还算是我的姐姐吗！”

栗锦神情寡淡地看着她歇斯底里。

“我要把这些事情都告诉爸爸！”李淡淡哭得根本止不住，“你欺负我！”

栗锦拂开了哭得很丑的李淡淡，打开车门说：“你清醒点。”

“我上次就和你说过了吧，没有我的允许你怎么敢随便蹭我的热度？”栗锦居高临下地看着她，神情饱含极致的厌恶，“李淡淡，给我摆清楚你自己的位置。”

“你自己扪心自问，我们是姐妹吗？来我面前掉眼泪？还浪费我的时间？”栗锦冷笑，“我最烦的就是你这副样子，要哭去别的地方哭，再来我面前哭别怪我给你一巴掌！”

李淡淡惊恐地捂住了自己的脸。

栗锦一夜通宵几乎没怎么睡，再加上妈妈的事情，她此刻的戾气几乎压制不住。

直到栗锦的车子从身边冲出去，李淡淡都没有回过神。

栗锦好像真的很生气。

气到刚才有一瞬间好像想要杀了她。

栗锦刚到剧组向阳就直接凑了过来。

“栗锦……你现在有空吗？我有话想和你说。”

可栗锦现在只想睡觉。

“下午再说吧。”她忍不住在椅子上坐下来靠着桌子准备闭眼睡觉，“我通宵了，趁着导演还没到，我先睡两个小时。”说完脑袋一歪直接就睡了过去。

向阳点点头：“也好，给我一点准备时间也行。”

他兴冲冲地戴上口罩和帽子往外跑，出去的路上正好遇到了余千樊走进来。

见到向阳脸上的笑容，余千樊脚步一顿，他侧身看着向阳匆匆往外面跑去的样子，脸色阴沉下来。

想了想，他打了一个电话：“跟着向阳，看看他要去干什么。”

他走进了剧组，就看见趴在桌子上睡觉的栗锦。

他紧皱眉头，找出一条毯子盖在了她身上，就这么睡着也不怕感冒了。

通宵工作本来已经很可怕了，要是通宵完还生病了的话那就更可怕了。

余千樊坐在栗锦身边。

剧组里面的人开始陆陆续续变多，可栗锦还是雷打不动，睡得和一头小猪一样。

“余老师，喝水。”旁边的工作人员给他拿来了一瓶矿泉水。

“谢谢。”余千樊扭开瓶盖。

手机亮了起来，是他让跟着的人发来的消息。

“向阳在鲜花店买了一大束玫瑰花，还在饰品店订了一款情侣对戒。”

余千樊眉心一跳，下一刻冷笑出声，他极力忍耐着快要喷薄而出的愤怒，额头上的青筋一根根地浮现出来。

他起身，选了个离栗锦比较远确定吵不到她的地方，狠狠地将手上的矿泉水一把砸进了垃圾桶里。

垃圾桶不堪重负地发出了一声巨响。

那边又发来了消息。

“少爷，需要阻止他吗？”

余千樊揉着眉心，回复：“不用，不过你替我去做另外一件事情……”

5 要不要和我做一个交易？

栗锦勉强睡了三个小时起来，骆冰已经在和余千樊演对手戏了，气氛有点压抑。

她揉了揉眼睛，看向旁边皱着眉头的 Lina 问：“怎么啦？”

Lina 神情严肃，视线紧紧定在对面那两人的身上。

“千樊老师不知道怎么了，今天状态很奇怪。”

栗锦的瞌睡一下子就清醒了：“什么意思？他卡戏吗？”

“不是卡戏。”Lina 绷着脸，“他压戏，骆冰老师都被他压得卡了很多次了。”

栗锦吃惊，骆冰被压戏？

卢胜男大概是让两人分开休息一下。

骆冰沉着脸坐在凳子上，余千樊在旁边有一口没一口地喝着水。

“下一场先上余千樊和别人的，骆冰休息一下。”

栗锦看见余千樊直接将手上喝空了的矿泉水瓶狠狠一扭，神情清冷地站起来往拍摄的地方走去。

不知道为什么，栗锦就是在他身上感觉到了煞气。

骆冰起身往栗锦这边走。

骆冰性格偏冷，在剧组里没有很聊得来的朋友，和栗锦还算是能说上两句话。

“你怎么看？”骆冰大概是今天受到的打击有点严重，破天荒地主动和栗锦说话，神情困惑，“你觉得他是不是针对我？”

栗锦一口水差点儿喷出来。

“栗锦，以你的观察，他今天这个状态是怎么回事？”

栗锦默默地把矿泉水瓶的盖子盖上，以她的观察？她什么观察？梦里的观察吗？

“我觉得他不是针对你，可能就是当时情绪不好。”

“咚”的一声，余千樊把男二压在了地上，男二被他浑身上下骇人的气势惊得说不出话来。

“卡卡卡！余千樊！”卢胜男都要崩溃了，“你就不能收敛一下你浑身上下的戏吗？我知道你表演很厉害，但是也不能一点发挥的余地都不给人家吧？”

余千樊只是沉默地开始解衬衫的扣子。

栗锦看得目瞪口呆之余，还是坚定地转头对着旁边的骆冰说：“你看吧，他不是针对你，他就是自己和自己生气呢。”

栗锦非常诚恳地分析道：“我们就在旁边吃个瓜冷静一下就好了。”

“我还就不信这个邪了，栗锦！你过来！下一场拍你们两个的！”卢胜男搓着自己的手掌，“我非得把你这个症结给弄明白了！”

栗锦惊呆了，她明明就想在旁边安安静静地吃个瓜，不想上去被虐啊。余千樊现在状态显然不对劲啊，他完全不给对面那人活路的！

栗锦并没有觉得自己的演技实力可以碾压余千樊了，她自己心里清楚。

她还差得远呢。

大家都说骆冰演技厉害，可她经常压得搭戏的人喘不过气来，这其实也是控制力不强的缘故。

演戏不是一个人的事情，越是厉害的人，只要他不去想着压制对方，反倒是能合理带动对方的情绪。

余千樊就是这样的人，但现在他失控了，就有人要完犊子了，栗锦不想完犊子。

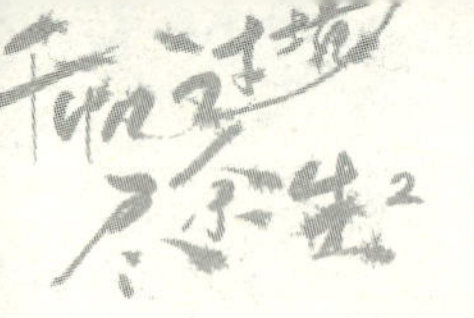

“导演，我觉得……”栗锦刚说出几个字，卢胜男冰冷的视线就转移过来，她立刻改了口风，一把掀开膝盖上的毯子，“我觉得我能行！”

栗锦战战兢兢地和余千樊来到了摄像机前面。

他们两个接下来要拍的是一段台词不多的戏，是这部黑暗现实剧里面少见的温情片段。

陈末年年迈的奶奶去世了，金织黎在后面花园的灌木丛里找到了蜷缩着的陈末年，然后给了他一个拥抱。

“准备……开始！”

栗锦开始往四周张望，直到灌木丛那边传来动静，她才走过去。

“嘿。”栗锦拍了拍正蜷缩着的余千樊的肩膀，“陈末年！”

余千樊仰起头看她，他不是在看金织黎，他是在看栗锦，他并没有入戏！

但是他的心情很糟糕，这一点和男主角的心情应该是一样的。

骆冰和之前被碾压的那个男二号紧紧地盯着两人的表演，男二号也算是个老戏骨了，他紧紧皱着眉头说：“等会儿栗锦要是被弄哭了，骆冰前辈你记得哄哄她，怎么就撞上余千樊心情不好呢！这个圈子真是太残酷了！”

骆冰满脸凝重地点了点头。

那边栗锦伸出手抱住了余千樊：“没关系的。”

大概是今天的朝阳特别温柔，所以这一幕都用不着打光，明明是两个堕入黑暗的人，却又在这一刻互相拥抱取暖。

卢胜男死死地握着喇叭，很好……保持住！千万不要发疯！

在众人的虎视眈眈下，余千樊缓缓地闭上了眼睛，转手也抱住了栗锦。

这可是你说的没关系，等会儿你要是接受了别人的表白……

余千樊手上稍微用了一点力，他就像是收敛自己利爪的猛虎，将脑袋埋在了栗锦的脖颈处。

“金织黎，这可是你说的，因为是你说的我才会听。”他乖得不行，刚才那点气势竟然都没有了。

骆冰：“……”她是被针对了吧？

男二号：“……”这个圈子太残酷了！

卢胜男松开了手，这不是能好好拍吗，就非要作！

“行了！”卢胜男畅快地喊，“看吧，非得我出绝招！”

其他人心想，难道栗锦就是绝招了？

没等他们想明白，已经在旁边等待了很久的向阳立刻就走了过来："栗锦，能借一步说话吗？"

栗锦想起之前向阳好像就有话要说，点头站起来跟着他走去。

余千樊等他们走了一段了，才冷着脸起身跟上，让想要好好和他聊一聊针对问题的骆冰扑了个空。

"怎么？"栗锦坐在台阶上，看着向阳从一处阴影拐角处背着手走过来，脸上的笑容一如之前安慰人的时候那么温暖。

向阳心神摇曳："我今天是有一件很重要的事情要告诉你。"

栗锦看着他郑重的神情，心里突然"咯噔"一下。

下一刻，一束玫瑰花放在了栗锦眼前。

"栗锦，我喜欢你。"向阳承认他用了一点小心机，因为他觉得像栗锦这样温柔的女孩子，就算要拒绝肯定也是不忍心的。

不远处，一棵树背后，余千樊抿唇看着栗锦的神情变化，没有惊喜，只有满脸煞白的惊恐。

余千樊一怔，刚才那些微妙的醋意全都消失了。

栗锦这个状态不对！这不是正常的人收到表白时该有的神情。

栗锦看着那火红色的玫瑰花，神情一点点地冰冷下来。

曾经何晗也是这样，在她苦苦追求最后决定放弃的时候突然给了她一束玫瑰，然后她就沉浸在所谓的爱情里，眼瞎心盲，最后被打入深渊。

爱情？这种东西她不需要。

向阳的心一点点地沉下来，栗锦的反应和他想象之中一点都不一样。

栗锦神情冷漠："你喜欢我？抱歉，我没有要和任何人交往的意思。"

可能她对爱情已经有了恐惧心理，她看见玫瑰会想吐，恋人的关心在她看来是催命的毒药。

她没办法给别人正常的恋爱感，所以也不会害别人浪费时间。

"没关系，我们、我们可以继续做朋友的，你可以慢慢……"

"向阳。"栗锦喊了他一声，非常认真地说，"如果你还喜欢我，那我们就做不了朋友，抱歉。"

她果决得不像那个在阳光下对他温暖微笑的少女。

向阳手上的玫瑰花掉在了地上，他突然发现，自己好像一点都不了解

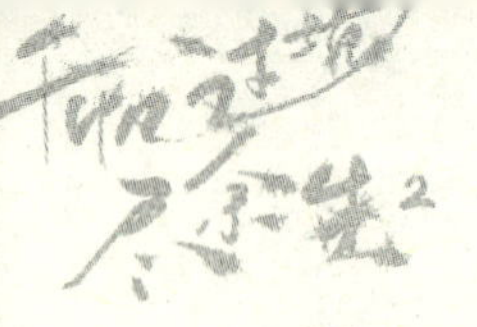

栗锦。

余千樊的目光钉在了栗锦那张冰冷的脸上，他神情难测。

手机振动，那边发了消息过来。

“少爷，之前你让我订购的一车玫瑰和珠宝还要送过来吗？”

余千樊在心底叹了一口气。

“不要送过来了。”他回复完消息，看见栗锦已经丢下向阳往回走了。

余千樊倏然弯起唇，他能让向阳表白的根本原因就是他知道栗锦不会答应。

向阳还是太年轻，对不同的人，就要用不同的方法。

“栗锦。”余千樊从树下走出来，眼神含笑，“要不要和我做一个交易？”

6 陪我去相亲吧

“什么？”栗锦本来心情很复杂，被余千樊这么一弄倒是一愣，脑海里关于向阳的事情都被岔了出去。

“我看见刚才向阳和你表白了。”余千樊抬起手帮栗锦把她脑袋上的一根稻草取了下来，然后盯着她的眼睛，“以后还会有第二个向阳，第三个向阳来纠缠你的。”

栗锦抿唇，原来她在余千樊心里这么受欢迎啊。

不过那时追她的人确实不少，但是以前的她不会对别人的告白感到厌烦，甚至会因为自己魅力大而感到开心……可是现在，她会平白为此感到厌恶就算了，更重要的是，刚才向阳说“喜欢”的那一刻，她心里竟然是觉得害怕的。

“你到底想说什么？”

栗锦扬眉，面无表情地看着对面的余千樊。

“我的意思是，我们可以互相合作，你帮我挡女人，我帮你解决男人。”

栗锦一下子就把眼睛睁大了：“那不行！”她拒绝得十分干脆，“我得被你的粉丝喷死。”

同时她心底觉得有点奇怪，余千樊怎么好好地说起这个了？明明他都自己拒绝了那些女人那么多年，应该早就总结出一套经验了才对，还需要让她帮忙？

“谁让你和我谈恋爱了？”余千樊拿出了自己三金影帝级别的演技，“小丫头片子，少自作多情。”

他眼底的清冷不似作假，栗锦其实也没有自恋到觉得余千樊会喜欢她。

“那你什么意思？”她挑眉。

“如果有人和你表白，或者你觉得有苗头的，你就找我，演一场戏不就行了？”余千樊轻笑，“而我接下来有个相亲晚宴，如果我带一个女伴，那些女人就不会往我身上贴过来，固定合作伙伴，知道了吗？”

栗锦转念一想，觉得可以。如果刚才那会儿余千樊在的话，向阳肯定说不出那些话来，她再让余千樊配合着营造出一种两人特别亲密的感觉，向阳就会不战而退，只要那层窗户纸不捅破，她就也不用说那么绝的话！

但是……栗锦还在纠结。

余千樊挑眉看她，装出转身欲走的样子：“你不行我就去找别人……”

“别呀！”栗锦嘴巴一快，“这个还是可以商量的是不是！”

栗锦越想越觉得很值当！毕竟像余千樊条件这么好的男人没地方找，随便拉一个男的也不够让别人放弃的，而且就算是余千樊，需要她配合的时候还是很少的吧。

毕竟他们两个都忙不是？

余千樊背对着栗锦弯唇，对栗锦这样的，就要先放鱼饵，然后把钩子藏起来，等她咬钩的那一刻，就是她进他掌心的时候。

“那晚上先合作一次试试看。”余千樊巧妙地压住了自己此刻愉悦的心情，他神情平静地对栗锦说，“晚上我正好有个宴会，虽然长辈们说是宴会，但那其实都是打着宴会名号的小辈相亲宴。”

其实他撒了个谎，以前这种相亲宴他根本不会参加的，哪里需要什么女伴？

栗锦感同身受地点点头。

“对了！”她突然想起了一件很重要的事情，目光灼灼地盯着余千樊，“那个宴会都有什么人参加？裴家的裴婉去吗？”

余千樊看了她一眼，沉默了很久。

“裴婉是谁？”

“算了，不问你，我去问别人。”栗锦打开了手机。

“你问谁？”余千樊皱起眉头。

栗锦晃了晃手机往剧组的方向走：“我最信任的人！”

余千樊的脸色唰一下就阴沉了下来，栗锦却已经走远了，她打开了她所谓的最信任的人的联系界面。

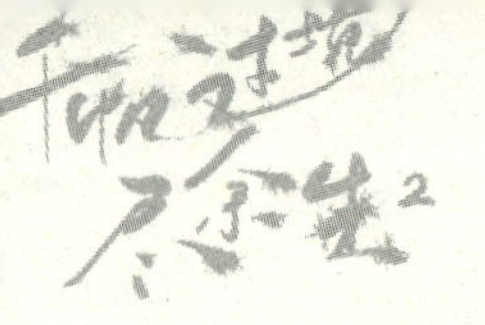

双耳两个字挂在最顶上。

“帮我查一查今天晚上裴婉的行程，如果是参加晚宴的话，帮我查查她今天有没有订什么裙子。”

那边很快就比了一个 OK 的手势。

双耳果然没让她失望，不到一会儿就给她发了全套的消息。

裴婉要去！而且穿的是哪家店的高定都查清楚了。

栗锦轻笑了一声把自己的手机摁得噼里啪啦地响。

“那就晚上见吧，裴婉。”她放下手机笑眯眯地去拍戏了。

接下来的半天，整个剧组的人都很蒙，因为余千樊的拍摄进程拉得飞快，相反的是向阳那边出问题了，他整个人浑浑噩噩不知道在干什么，惹得卢胜男发了好大的火。

因为向阳还在，所以在栗锦的要求下，余千樊极为“不情愿”地和栗锦坐在了一起，时不时还互相递个水果，看起来特别亲近，但是这个度又把握得很好。

余千樊看着向阳笑着说：“你可真的是一个眼神都不给他，对待感情可真狠啊。”

栗锦面色不变：“我已经拒绝了这个人，要是在明知道他喜欢我而我又不喜欢他的情况下还对他勾勾搭搭，温柔地笑，轻声地呵护，一直吊着他……”

“这才叫狠呢。”栗锦很清楚自己想要的是什么，“这种慢刀子割肉的痛，希望这世上不要再有人感受到了。”

不要像舔狗一样追着一个永远都不会爱你的人，因为往往都不会得到好的结果，就算得到好结果了，你在追逐的过程之中也早已满身伤痕，变得不像你自己了。

“晚上记得来接我啊！”

栗锦晚饭都没吃，直奔礼服店，就为了等会儿穿上那条裴婉的同款长裙。

“我们这条裙子简直就像天生为栗锦小姐打造的一样。”店员站在一旁说，“今天还有一位小姐也订了这条长裙呢，但是她的身材没有栗锦小姐好，穿上效果不如你。”

栗锦看着镜子里穿着浅金色长裙的自己。

说的是裴婉吧？金色是挑人的颜色，不说身材，就说她那张素淡的脸怎么撑得起？

栗锦付完款走出去，余千樊的车已经在等着了。

“走吧。”栗锦坐上副驾驶，“以后还能不能愉快的合作就看今天晚上了。”

宴会上，大家正在夸赞裴婉的这条裙子。

“裴小姐就该多穿穿重色的衣服，多好看啊，总是白色的话，虽然素雅，但是不够亮眼。”

“哎哟，金色可挑人了，也不是谁都能穿得了的啊。”

几个女孩子围着裴婉笑眯眯地夸赞。

而就在这时，一个人走过来压低了声音：“余千樊好像过来了。”

裴婉浑身一僵，余千樊会来这种宴会？

她下意识地扫视自己，还好今天穿了这条裙子，平常不穿这种颜色没想到还是挺好看的。

裴婉端着酒杯晃了晃。

下一刻，就听见那个人神情古怪地盯着她说：“但是余千樊带了个女伴。那女人还穿了和你一模一样的衣服。”

裴婉脸色一变，手指失了力气，那杯红酒猛地砸在了地上。

7 谁敢说你不喜欢我

还没来得及收拾地上的残渣，外面有人已经搭着余千樊的手走了进来。

浅金色裙子衬得那人皮肤雪白，玲珑腰身纤细，尤其是那双眼睛，笑起来的时候让人觉得心神都要为之荡漾，但是不笑的时候也甘愿奉她为女王，高跟鞋清脆地敲在地面上，在场的男人眼睛都瞪直了，女人则是笑容有点勉强。

任凭谁也不喜欢会抢夺自己风头的人。

“你看她，是不是冲着裴婉去的？”有人眼尖地发现栗锦挽着余千樊的手直直往裴婉那里走。

这样视线一来一去一对比，顿时就觉得……裴婉好像东施效颦啊。

“你说得对，金色也是挑人的。”刚才还夸裴婉好看的那位立刻悄悄地对旁边的人说，“我还是不要买这条裙子了，这站在栗锦身边不得自惭形秽啊？”

“我要是裴婉我可能都尴尬到想要钻地缝了。”

“嘘！人家丢人着呢！”

大家脸上都是看好戏的神情，她们和裴婉本来就不是真正的朋友，只是凑在一起图个热闹。

在一片窃窃私语里，栗锦已经走到了裴婉面前站定了。

“表姐晚上好啊。”栗锦笑眯眯的，“我和表姐竟然穿了同一条裙子呢。”

裴婉脸上的笑都要裂了！天知道她是真的恨不得把这条裙子立刻就剥了丢到垃圾桶里！

“是吗，还真是巧了。”裴婉看了余千樊一眼，眼睛里嫉恨到快要流出血来。

栗锦这个贱人！她忍不住咬牙切齿地在心里怒骂。

“不是巧了哦。”栗锦突然松开了余千樊的手，仿佛很亲密似的附身来到她旁边，压低了声音说，“我就是故意的。”

裴婉脸上的笑容消失了。

栗锦重新挽起了余千樊的手：“算是小小的回敬吧。”

她正了正自己的神情，挑眉说：“感谢表姐这么关心我的代言工作，连我对家的代言都一并去关心了，还特别体贴地给他们安排了所谓的广告王。”

裴婉手指微颤，下意识地看向了余千樊。

“不是这样的！”她想要解释给余千樊听，她苦心经营的知性人设绝对不能崩塌。

“不用说给我听，说给锦儿听就好。”余千樊压低了声音，“对吗，锦儿？”

栗锦被这声“锦儿”弄得鸡皮疙瘩起了一身，但是对面的这位看起来好像马上就要气疯了。

栗锦完全不在意再火上浇油一点，她娇滴滴地转身说：“对！千樊哥哥说的都对！”

来互相伤害啊！

余千樊似笑非笑地看了她一眼，不接话。

“总之，表姐，你要记住我们之间的账还远远没有清完哦，毕竟我这个人是你给我一，我就还你十。”

栗锦眸光十分危险地眯起：“我们等会儿见。”

裴婉整个人僵在原地。

余千樊带着栗锦直接离开，不过他还扫到了另一个人，一个本来不该出现在这种宴会上的人。

安家那个一点眼力见儿都没有的安培小少爷。

这个没有眼力见儿的少爷看见栗锦的那一刻已经眼睛放光了，然后猛地对着栗锦的方向坚定且毫不动摇地走了过来。

“栗锦！”他高兴得跟见到食物的小奶狗一样。

“最近怎么都没在学校见到你。”安培已经去表演系找过栗锦好多次了，但是得到的回答都是栗锦不在。

“我最近在外面接戏，学校那边请假了。”栗锦挑眉，“你找我有事情吗？”

安培脸色一红：“没什么事情，就是太久没见你了。”

栗锦心口一跳，这话……有点那种苗头啊？

而且安培实在是有点不太会掩饰，脸红，耳尖也红，比向阳段数还低，就差把“我喜欢你”四个字刻在脑门上了。

“你和余千樊也好久没见了吧？”感知突然变得敏锐起来的栗锦猛地将余千樊往自己身边一拉，“打个招呼啊。”

对着余千樊，果然安培那副羞涩的样子就没有了，他神情淡淡：“好久不见啊。”

余千樊也只是笑着点了点头。

当然，面对情敌的腹黑男神才不会什么举动都不做，像根木头桩子一样地杵在这里，他揽着栗锦的肩膀含笑问：“你想不想吃点东西？”他眸光里都带着温柔。

栗锦看了看满桌的小蛋糕，很诚恳地点头：“想。”

余千樊一眼都没看对面的安培，拿起勺子舀起一小勺的奶油：“张嘴。”

这是合作伙伴开始开启恩爱模式了？上道啊！啧！

栗锦不着痕迹地瞄了旁边的安培一眼，生气吧！最好是气到觉得她是个特别渣特别渣的女人，然后转头就遇到自己的真命天女，那她就高兴了。

栗锦美滋滋地尝了一口奶油。

安培的脸色果然就变白了，闷不吭声地转身走人。

“完美！”栗锦点头。

这样就好，不用说那些伤人的话，也不用担心是不是没断干净。

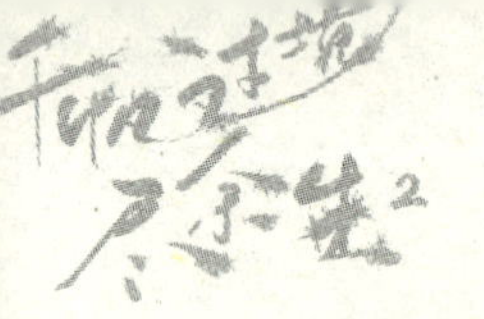

她舔着奶油又充满期待地看向自己优秀的合作伙伴。

可对面的男人已经似笑非笑地放下了小蛋糕，刚才那种温暖仿佛昙花一现：“别吃了，吃多了长肉，上镜不好看。”

栗锦：“……”

见她一脸无语的样子，余千樊眼底泄出几分笑意。

甜食一口气给她吃太多了会腻味，同样的，对她的温柔一口气太多了也会让这个丫头变得警觉，就好像她已经一眼就能看出对面的安培喜欢他。

余千樊得在栗锦觉得她已经离不开他的时候让她察觉到自己的心意。

“我去花园那边走走，你等会儿记得过来找我。”见栗锦还在和食物奋战，余千樊提醒了一句。

栗锦忙不迭地答应。

只是余千樊没想到他前脚刚到花园，后脚裴婉就跟上来了。

“千樊师兄。”裴婉拽紧自己的裙角，“你真的和栗锦在一起了吗？”

余千樊皱着眉头转身，在旁边的长凳上坐下：“怎么，不像吗？”

裴婉咬牙。

“不像！”她往前走了一步，“或许你是喜欢栗锦，但是你有想过栗锦会喜欢你吗？”

她还是咽不下这口气：“何必一直追着一个不爱你的人？我并没有从栗锦的眼神中看出她对你有一点点的爱。”

这些话余千樊都承认，可并不代表他喜欢听，尤其这段时间栗锦身边的男人是一个接着一个地出现！

正好栗锦走到花园入口，余千樊眼底的黑和夜色融为一体，他伸出手对栗锦招了招。

“锦儿，过来。”

栗锦一眼就看见了裴婉，立刻端起架子脚步轻快地走过去。

“千樊哥哥，怎么啦？”

余千樊并没有说话，栗锦走近了才发现余千樊的眼神看起来有点可怕，像是一圈黑洞要将她整个人都吸扯进去。

栗锦刚想要后退，冷不丁儿就被余千樊一下子扯了过去。

她跌坐在余千樊的腿上，下一刻下巴被人扣住，强势的气息笼罩下来。

是余千樊动作温柔却不容拒绝的吻。

✦

她只是暂时病了

第十二章

1 其实我们在同居

拍戏需要的亲吻，和戏外的亲吻真的很不一样。

栗锦被余千樊整个抱住，余千樊的指尖从她的耳侧滑过，栗锦感觉整个世界都仿佛被放大了。

花园里的蝉鸣声越来越响，鼻尖被蹭得发痒，像是有蜻蜓落在了她的眼睫上，世界都开始颤抖。

“你们……”

裴婉倒吸了一口冷气，她脸上火辣辣，从来没有一刻觉得自己站在这里就是个笑话。

余千樊抬起头，在栗锦还没有反应过来的时候将她的脸压进了自己的胸口，虫鸣声消失了，取而代之的是余千樊的心跳声。

一下又一下飞快地跳动着。

“就算她不喜欢我又有什么关系？”余千樊看着裴婉，“我喜欢她就够了。

“现在你可以滚了吗？

“你打扰到我们约会了。”

裴婉被气哭，一路小跑着回去了。

栗锦的脑子有点转回来了，她推开余千樊，沉默地看着他。

“对不起。”余千樊很快道歉，“像刚才那种级别的女人，会很难缠，

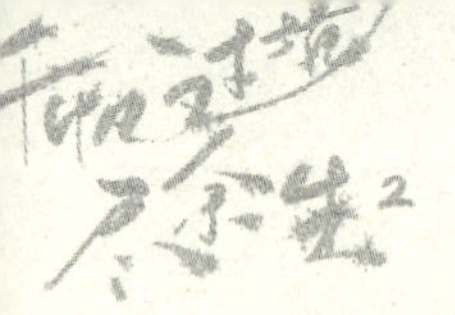

抱歉没有事先经过你的同意，因为我觉得你不会同意。”

余千樊真的是亲完就翻脸不认人了，一本正经的样子好像刚才他和栗锦不是在接吻，而是在讨论一个严肃的学术问题。

但是他下一个动作让栗锦腾地红了脸，他居然不自觉地舔了一下嘴角？

栗锦猛地站起。

“你！”她气得想要扬手打人。

余千樊眉眼清冷，难得地坐在凳子上仰视她，那张漂亮的脸完美地露了出来，从眉骨蜿蜒而下到挺翘的鼻梁，最后再到……

栗锦猛地一晃神，恨不得给自己一个巴掌！都这时候了，怎么能为色所迷呢？

她自顾自地气成了一只蛤蟆。

“你打吧。”余千樊早就做好了挨打的准备，“别生气就行。”

能不生气吗？

栗锦恨恨地扬手，但是那只手在空中晃了两下。最终，她鼓着脸，狠狠一掌……拍在了余千樊的额头上！

“啪”的一声，余千樊被推得整个身子往后倒了一大半。

他愣了下，就听见栗锦咬牙说：“余千樊，我要是再找你合作我就是只傻蟾蜍！”

栗锦气得拔腿就走。

余千樊嘴角忍不住翘了翘，起身跟在栗锦后面，但栗锦显然是气狠了，怎么叫都不应。

宴会上的人看着栗锦气冲冲地往外面走，而余千樊则一直好脾气地在后面追着喊她的名字。

他们简直不敢相信自己的眼睛。

那是余千樊？余千樊会道歉？余千樊也会这样追在别人屁股后面无奈地笑？

“你还说他们两个不是在交往！”其中一个为了余千樊来的女孩子忍不住冲旁边的人抱怨，“你看这像是没有在交往的样子吗？”

那个女孩子也很蒙，完全搞不清现在是什么情况。

“这不是裴婉刚才和我们保证说他们两个没什么的嘛。”

“不对，裴婉呢？”

旁边有个看热闹的年轻男人立刻笑着回了一句：“人家裴婉早就哭着先走一步了，就留下你们还傻乎乎地等着。”

女人们：“……”

安培也见到了这一幕，他那为数不多的情商终于开始发挥作用了，他开着车跟上了栗锦他们。

栗锦是最先下车的，她上楼关门一气呵成。

余千樊一路追过来只剩下一个想法了，就栗锦那两条比他还要短很多的腿，是怎么做到跑那么快的？

余千樊有点无奈地在外面敲了敲门。

“你出来，我们聊聊。”

“有什么好聊的！”里面传出栗锦完全气炸了的声音，“我和你没什么好聊的！回见了您嘞！”

余千樊：“……”

“我说了不合作了！以后都不合作了！”栗锦气鼓鼓地自言自语，对着自己的抱枕一顿暴扣，“要不是……我刚才就打爆他的狗头了！”

这时，电话铃响了起来，她接起来，安培的声音传了过来。

“栗锦，我能和你聊聊吗？”

栗锦皱眉：“你想要聊什么？”

“我想和你当面聊。”

栗锦当即头皮一紧，立刻说：“我有点累了，要不我们下次再聊……”

话还没说完，就听见安培说：“我看见你进的小区了，我有个叔叔是住在这里的，我已经让那个叔叔领我进来了，我马上就到你家门口，就一句话，不会浪费你多少时间的。

“我给你带了玫瑰花，你一定会喜欢的。”

一瞬间，栗锦感觉自己仿佛被扼住了咽喉，那种被向阳表白时不能呼吸的感觉又上来了，而且这次还要更加强烈一些。

极度的紧张感让她胃里一阵猛烈收缩，她忍不住站在原地干呕了两声。

栗锦清晰地认知到她对于“爱”这件事情，确实是有心理阴影了，或许说这已经是一种会产生不良症状的心理疾病。

但凡和“求爱”相关的东西都会引起她的恐惧心理和激烈的症状，她有点害怕自己等会儿面对安培会失控说出更过分的话。

余千樊说她冷漠，可她以前面对告白的人也不会像对向阳那么狠的。

只是男女之间的相处，如果在一方确定是喜欢她的时候，她不喜欢别人确实是不会吊着人家，别说什么大家还能做朋友的屁话，那一方的感情是说收就能收的吗？不过是找借口罢了。

但是现在她好像连正常拒绝都做不到了，一旦想起那个场景心底就止不住地发冷厌恶。

她觉得自己好像得病了。

栗锦紧紧地靠着门，头皮一阵阵发麻。

她不开门就好了，她紧紧用背抵着门。

在她确保自己不会说出更加恶毒的话之前。

敲门的声音并没有响起来，此刻白色灯光笼罩下的楼道里，两人的影子被灯光拉长。

余千樊就站在栗锦的门前冷眼看着捧着鲜花的安培。

一个两个的，简直没完没了。

“你怎么会在这里？”安培的警戒程度拉到了最高。

余千樊转过身用背靠着门。

他并不知道自己和栗锦现在背靠着背，只是隔了一道门的距离。

“因为我和我们家锦儿一起住啊。”他似笑非笑，“只是她生气了，所以不让我进门。”

靠着门的栗锦心口猛然一松，胃里终于不再翻腾。

余千樊一直都没有走?

2 你只是生病了

“你们已经在一起了？”安培的心脏一下子就沉了下来。

余千樊摊手。

“你……”

安培还想说什么，就看见面前的余千樊敲了敲门。

“宝贝，快给我开门，外面太冷了。”他眼神之中满满都是宠溺，说这话的感觉也很自然。

安培还是不信。

下一刻，那道紧闭着的门突然就打开了，“咔嚓”一下，那声音就仿佛敲在他心上。

余千樊推开门进去，顺便关上了门。

安培看了眼自己手上的鲜花，紧紧地抿住了唇。他将鲜花扔进了垃圾桶里，转身难过地走下楼，正好姐姐给他打来了电话。

“情况如何，她喜欢你送的花吗？”

安培坐在楼下的凳子上，有飞蛾在路灯上晃来晃去，发出“砰砰”的碰撞声。

“我都没表白成功，她已经有交往的人了。”安培捂住了自己的脸，“姐姐，我好难过啊。”

“不过也还好。”安培看向天空，上面繁星闪烁，“还好我什么都没说，至少现在我觉得是难过，并没有觉得难堪，至少栗锦应该不知道。”

又和自己的姐姐聊了两句，安培给栗锦发了消息。

“今天我有事先回家了，下次再聊。”

这样就好，她也有了爱她的人。安培在心底默默地想着，知道自己彻底没戏之后反倒是整个人轻松了下来。

余千樊却并没有一开始那么高兴了，因为关上门之后他看见了一个非常狼狈的栗锦。

之前向阳和她告白的那次他就已经隐约有感觉了。

这次栗锦的反应好像更加剧烈，她嘴唇煞白失去了血色，脸上都是虚汗，肩膀都耷拉了下来。

“你怎么了？”余千樊眼瞳一缩。

“没什么。”栗锦在凳子上坐下来，“今天谢谢你。”

余千樊单手垂在身边紧紧地握成了拳头。

“今天我没经过你同意在别人面前亲了你，我也很抱歉。”余千樊耐心地在她面前坐下来，给她倒了一杯茶。

栗锦听见这话抬起头看了一眼他额头上的红印。

“没事，我打回来了。”栗锦抿唇，“而且你晚上也帮了我。”

她垂着头好像没什么精神：“你以后别这样就行了。”

余千樊伸手揉了揉她的头：“身上哪里不舒服吗？要不要找个家庭医生？”

“你回去吧，我就是困了。”栗锦摇头，她想要自己一个人待会儿。

等余千樊走了之后，栗锦才拿起手机给王黎打了个电话。

“黎姐，我想找个心理医生……”

第二天，栗锦很早就去了王黎推荐的那位医生那里。

她推开医生办公室的门，看见了一个烫着栗色鬈发的女人正弯腰在给花草浇水。绿色能让人在第一时间就觉得心情放松，这个办公室里的花草很多，看起来赏心悦目。

“来啦？”女人转过身，三十岁左右的样子，圆圆的脸蛋，精致温和的五官，一下子就让人觉得很温暖。

“栗锦小姐长得可真漂亮。”女人伸出手，“我叫余淼。”

栗锦点了点头和她握手。

“来杯果茶吧？”余淼一点都不着急询问病情，透明的茶水将果干泡开，她的声音亲和温柔，“看看这些漂亮东西，你的心情也会变好。”

栗锦接过果茶。

“最近，有两个人找我表白。”栗锦喝了口果茶，开始描述当时的情景。

余淼鼓励地点头：“然后呢？”

“第一个人表白的时候，我当时只是有点轻微的反应，觉得喘不过气，然后压抑不住内心涌上来的怒意。”栗锦垂下了眸子，果茶在茶杯里噗噗泡开。

“说了很过分的话吗？”余淼问。

“嗯。”栗锦加上一句，“不过还在可控制范围内。”

余淼点头，给她的茶杯里加上了几块糖，继续引导地问：“之后第二位表白的先生怎么样了？”

“我朋友帮我解决了。”栗锦皱眉，“但是第二次我的反应很大，浑身发虚汗，眼前发晕，胃会抽搐想吐，甚至暴躁的感觉都比之前更严重，我觉得如果当时我朋友没有出面的话，我会更加不受控制，说出来的话也会更过分。”

“我以前也不是这样的……”最后一句话栗锦说得很轻，“我是不是不正常了？”

余淼心里已经有数了：“之前谈过恋爱吧？”

栗锦没说话。

“那个人一定是个人渣。”余淼在栗锦面前蹲下来，俯视的视线会给别人带来压迫感，但是仰视不会。

余淼握住了栗锦的手，笑着说：“让我们这个漂亮的小姑娘都产生心理阴影的男人，一定是个坏蛋。”

她神情之中带着点安抚，摸了摸栗锦的脑袋。

“栗锦，你不是不正常，你只是生病了，和其他人一样的，只是暂时生病了，没关系，有我在呢。

“就像感冒一样，都只是暂时的。

“以后会好起来的。”

余淼真的是一个特别温柔的人。

“被爱是一件很幸福的事情。”余淼伸出手，“我一定会让你重新感受到这种幸福的，我能给你一个拥抱吗？”

栗锦一愣，余淼已经轻轻地抱住了她，一下又一下拍着她的背。

从情感上受到的创伤，只能用情感来抚平，这么年轻的一个小姑娘，为什么会露出这样伤痕累累的眼神?

“你的爸爸妈妈对你好吗？”余淼接着问。

大概是栗锦很少被年长的女性这样温柔地抱着，她不自觉就想到了妈妈。

如果妈妈还在的话，知道她生病了也会这样哄她的吧?

她没说话，只是余淼逐渐感觉到自己肩膀上的衣服被温热的泪打湿了。

什么都不用说，余淼明白了。

这种情感上带来的心理阴影，并不是单方面的，可能爱情上的伤害为主导，其他伤害叠加才让她有了这种症状。

“不过我外公他们对我很好。”栗锦很快就把眼泪逼了回去，“只是针对男女之间才有这种反应。”

“好，我知道了。”余淼站起身，开始记录栗锦的档案，“你及时来治疗是正确的，人的大脑是最复杂的东西，精神上的症状不好攻克，如果放任不管的话，可能以后这种反应还会扩大到你的家人朋友身上，甚至引发严重的抑郁症等连带症状。

“尽量多和你信赖的人接触，如果可以的话，多和你信任的男性朋友接触，对你的病情会有好处……”

余淼絮絮叨叨地说了很多，栗锦都一一记下了。

她说这个病不可怕，只要直面它就好。

“栗锦。”余淼最后说，“你要相信，这世上肯定有人会愿意接纳你这个暂时的病症，会愿意陪你一起攻克它。所以不要害怕，好吗？”

等栗锦心态已经被安抚好离开之后，余淼才长叹了一口气。

走之前栗锦问她是不是对所有病人都这么好，她没回答。

“怎么办啊。”余淼有点难过地撑着自己的额头，“我们家余千樊可怎么办啊。”

3 我的救命良药

余淼还在为自己那好不容易开窍一次的堂弟担忧，下一刻余千樊的电话就打过来了。

“堂姐，我问你个事情。”余千樊声音低沉，仿佛是担心什么事情然后一夜都没有睡好。

“我有个朋友，别人和她告白的时候她会全身发虚汗，然后唇色苍白浑身发抖……”

余淼：“……”她大概知道余千樊说的人是谁了。

毕竟婶婶天天在念叨余千樊终于开窍了，她未来的儿媳妇多可爱多漂亮多优秀大方什么什么的……但出于医生的职业道德她是绝对不可能把栗锦在她这里就诊的事情告诉余千樊的，哪怕是家人也不行。

“你这个朋友应该是之前受了严重的情感创伤引起了心理障碍和恐慌。”余淼试探性地问，“我问你，如果是你喜欢上了有这种创伤的女孩，你会怎么做？”

那边余千樊几乎没有半点迟疑：“我当然会陪着她一起，治好就可以了。”

那是他放在心尖上的小姑娘。

余淼松了一口气，至少余千樊的人品她还是信得过的。

“你说得对，那你陪她的时候要更注意一些，像她这样的会比其他女孩子更脆弱一些，至少在情感上。”

“嗯。”这点余千樊认同。

“也不要让别人欺负她。”余淼想起刚才栗锦哭得悄无声息的样子不由得心疼，“听我说，你那个朋友肯定是那种特别好欺负的小姑娘，外面那些人啊，现在一个个都过分得像豺狼！”

余千樊想到被栗锦摁着头弄惨了的那些人，他斟酌着开口：“这我觉得不太对，她……”

“闭嘴！”余淼生气地说，“是你了解她还是我了解她！”

余千樊：“……”

栗锦从医院出来之后，觉得心情放松了很多。

反正她这个症状只是在特定的时候出现，以后肯定能慢慢好转的，再说了她可以和余千樊商量一下，只要他不要一时脑抽，合作还是可以继续的。

“说起来……”栗锦疑惑地自言自语，“怎么他亲我，我就没有那个症状呢？

“是因为最近和他搭戏搭多了？

“是因为他不喜欢我吧。”

栗锦点了点头，她拿出手机把余千樊的备注从“隔壁老地主”变成了“我的救命良药”。

医生说多和自己觉得能轻松相处的男性接触，她多在他身边转两圈，余千樊应该不至于把她轰走吧？

栗锦走到一半，手机振动，栗亮居然打了电话过来。

栗锦挑眉，想到之前李淡淡的事情，她冷笑着接起了电话。

“栗锦，你怎么回事？那么针对你的妹妹！”

栗锦现在已经有充分的自立能力了，她也不是很想继续跟栗亮虚与委蛇，她这个爸爸就是欺软怕硬，在家里窝里横得不成样子，出去外面就不太中用。

只可惜妈妈走之前已经差不多帮他稳定了家族企业，他倒也勉勉强强能撑住。

不过一年不如一年就是了。

“什么怎么回事？”栗锦靠着车座，“我用专业的眼光来判断她压根儿成不了明星，让她退赛不对吗？”

“混账东西！”栗亮见栗锦居然还敢呛声，顿时更气了，“你今天给我回来，看我不抽死你！今天晚上给我回来，不回来我就让人去抓你过来！”

说完，栗亮直接挂断了电话。

“敢忤逆我？”栗亮猛地砸了手机。

李颖赶紧过去给他拍背：“老公不生气，让她回来你当面说就好。”

“只是可怜了我们淡淡。”李颖泫然欲泣，“她那么想为家里赚钱的。”

说起钱，栗亮就更生气了。

刘燕在旁边冷眼看着李颖，最近李颖花了不少心思打扮自己，她娘家那边好像给她拿了挺多钱，让她手上又宽裕了起来。

李颖最近还总是和栗亮一起回忆从前，勾得栗亮又心肝宝贝地喊上了。

这男人耳根子软，但无论如何，刘燕都是不会认输的，她还有小乐！

“小乐。”刘燕推了一把小乐，“快去安慰一下你爸爸，你大姐姐不听话，你以后可要好好听爸爸的话，赚来的钱都给爸爸花，知道了吗？”

小乐可一点都不害怕栗亮，立刻扑过去抱住了栗亮说：“嗯！全世界我最喜欢爸爸了。”

栗亮一见到自己的儿子就忍不住乐开了花，一把抱住小乐将他举得高高的。

“我们小乐才不用像那些赔钱货一样担心这么多呢，小乐只要好好地长大，爸爸就会把所有的东西都留给小乐，知道了吗？”

“嗯！”小乐高兴地抱住了栗亮，“爸爸真好。”

李颖咬牙，刘燕这个狐狸精！当年就应该拽着她去医院做个检查，然后把这个小崽子还在肚子里的时候就给打掉！

栗锦看着自己被挂断的电话，嘲讽地勾起了唇。

栗亮是怎么做到从以前到现在始终如一保持这种盲目的自信感和优越感的？

“有什么事情吗？”郎世涛一边开车一边问。

“没事。”栗锦闭上了眼睛休息，“小事。”

栗锦到了拍摄剧组后就把栗亮给忘到了脑后。

她飞快地奔到了余千樊面前。

“早上好啊！”

余千樊正在思考余淼说的话，脑海里都是昨天栗锦病恹恹的神情，她今天应该也没什么精神吧，说不定还会影响拍戏，到时候实在不行他就带带她的情绪，至少不能让她在剧组里被导演骂。

可就在他想了这么多的时候，栗锦一张元气满满的脸就凑在了他面前。

余千樊：“嗯，早。”

他有点不知道脸上该摆什么神情，刚才内心的沉重还没被驱散呢！

“我坐你旁边好吗？”栗锦觍着脸说。

余千樊更看不太明白了。

工作人员看着栗锦元气满满地冲到了余千樊这坨冰碴子面前，纷纷摇头。

“我们栗锦还是太年轻。”

“多接触一阵她可能就受不了了。”

“但是你们不觉得余千樊对栗锦挺好的吗？”

“也是，哎呀！栗锦这样的小姑娘还有人不喜欢吗！”

其他人也纷纷点头。

接下来的拍摄和余千樊想象的完全不一样，非常顺利，他见栗锦好像不受昨天的影响了，也松了一口气。

“晚上坐我的车一起回去吧？”

“不，我有事情。”栗锦弯唇，抖了抖外套穿上，“我要回栗家一趟。”

余千樊皱紧了眉头，栗家有什么好回的？

“哦，对了。”栗锦晃了晃手机，“欠你的钱我已经还上了。”

余千樊嘴角一沉，这么快就还上了？

栗锦一边往外面走，一边看刘燕发过来的消息。

“你爸爸今天好像很生气，李颖那女人现在又取得你爸爸的欢心了，怎么办啊？”

栗锦眉眼沉下来，一字一句地回：

“慌什么。我回来了。”

4 你的钱就是我的钱

刘燕收到消息之后大大松了一口气。栗锦回来，她也能多一个帮手，迟早要把李颖这个女人给弄出去！还有那个李淡淡，一个臭丫头天天还吃喝住家里，买那些死贵死贵的奢侈品，她用的那些钱都是小乐的！

刘燕恨不得现在就把李淡淡扫地出门。

“栗锦怎么还不回来！”

大家正在饭桌上，栗亮吃着吃着就又发脾气了。

他其实并没有多生气栗锦对付李淡淡的事情，因为李淡淡现在压根儿没有什么咖位，就算去参加综艺也没什么钱。

他气的是现在栗锦正在逐渐脱离他的掌控，变得越来越诡异，更重要的是，上次栗锦问起的方默生让他很在意。

“别生气，老公。”李颖给他盛了一碗汤，放在他面前安慰，“她肯

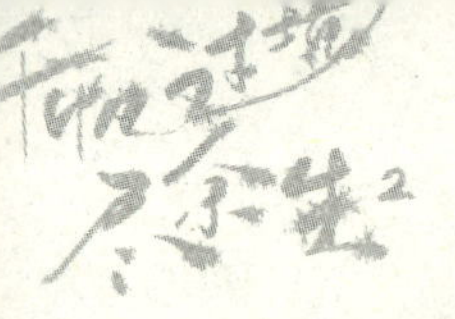

定马上就回来了。”

话音刚落，大门就被打开，栗锦来了。

栗锦刚下车走到门口，就听见栗亮愤怒的声音。

“你还有脸回来！”

李淡淡抿唇压下心底的愉悦，最好让爸爸打她两个巴掌！

不！最好把酒瓶子砸她的脑袋上。

李淡淡恨不得自己亲自动手，李颖也是一样的想法。刘燕因为暂时和栗锦是同盟，她是不希望现在栗锦出什么事情的。

刘燕捅了捅小乐，在他耳边悄悄地说：“妈妈早上是怎么教你的你都忘记了？”

小乐谁都不害怕，就怕这个大姐姐，他的将军被打翻在地上的场景一度让他见到栗锦就两股战战。

“爸爸，大姐姐好久没回来了。”但妈妈的要求小乐还是很听的，他就坐在栗亮的旁边，拽着他的衣袖，“你不要骂大姐姐了，好不好？”

李颖和李淡淡顿时气不打一处来，刘燕这个贱人就会怂恿小崽子来搅和。

小乐都发话了，栗亮这个当爸爸的还算是勉强压住怒气。

“不争气的东西！”他深吸了一口气拿起筷子，“坐过来吃饭吧，要好好感谢你弟弟！不然你要是再敢像刚才那样忤逆我，老子今天就拿皮带抽死你！”

栗锦淡淡地看着栗亮，栗亮也就嘴皮子上厉害，真的要动手抽她那是不可能的。

因为他知道裴家不会放过他。

在他心中栗锦是个不敢违抗他的孩子，不会和裴家去告状，但是如果她身上哪里破了摔了，裴家过问起来……那他的公司就要完了。

栗亮心中万分憋屈，暗自想着，等我之后公司做大做好了，不怕裴家了，老子想抽你就抽你！

两人目光交汇，栗亮被栗锦看得心底一寒，正要再次虚张声势地发火，栗锦已经率先收回了目光，在离他最远的位置入座了。

王妈殷勤地给栗锦端来了汤。

王妈年纪虽然大了，但是眼神可好使得很呢！这一屋子的妖魔鬼怪里面，最蠢的就是栗亮了，被两个女人明争暗斗拉来拉去，最聪明的则是大小姐，闷不作声地就给人下了套。

而且最重要的一点就是，栗亮他们都老喽，是斗不过现在的年轻人的，不然老话怎么说长江后浪推前浪呢？

栗锦慢条斯理地喝着汤，一家人没人发话，这顿饭吃得异常沉默。

等终于吃完之后，栗亮将两只手搭在桌子上轻咳了一声。

“最近呢，爸爸在弄一个很大的项目，资金周转比较困难，所以接下来暂时会停掉你们的零花钱。当然，栗锦，我本来就不用给你零花钱了，既然你已经开始自己赚钱了，你的那份以后都给小乐。”

李颖皱了皱眉，但想到娘家那边……她舒展眉头，没关系，她有办法弄到钱的。

最惨的恐怕就是李淡淡了，现在网上都在嘲笑她没实力，汪月也说暂时接不到工作，而那些跑龙套的角色，她才不会去呢，自降身价。

但是，栗亮这边一旦停掉零花钱……

李淡淡心底一片凄凉，她还怎么出去和朋友们交际？

“虽然爸爸已经找到了合作伙伴，项目也马上就要开始运转了，但启动资金还稍微差了点。”

他铺垫了这么多，终于说出了自己最想说的话。

“栗锦，你在外面当明星赚了不少钱了，先全部拿过来给爸爸，反正你自己还能再赚，开销不成问题。还有你那个经纪人，是哪里找来的经纪人，我问她拿钱她竟然敢直接挂我电话！”

栗亮说到这里还觉得气不打一处来。

栗锦心中冷笑，两手交叉搭在桌子上：“那爸爸，我投资的话，到时候项目盈利了得分我几成？”

栗亮瞪大了眼睛，觉得不可思议。

“投资？你竟然还想投资？女儿把赚来的钱给老子用那不是天经地义的事情吗？你还想要分成？”他嗤笑了一声，“分成你就不要想了，你弟弟还这么小，以后不用留学吗？男人在外面需要打点的事情很多，需要的钱也很多。现在赚的钱肯定都是留给小乐的。”

刘燕虽然觉得栗亮说得很对，但还是面色一变，她暂时还不想惹恼栗锦。

不过栗锦并没有露出失望或者愤怒的样子。

“你弟弟还这么小，你好意思抢你弟弟的钱吗？”

栗亮觉得栗锦真的是一只白眼狼，殊不知栗锦却想到了一些事情，那时候她好像就是这样，赚一百万，就给他一百万，赚一千万，就给他一千万，但是多少钱都不够后面他败起来的速度，他的那些大项目无一成功，最后A市压根儿没有人愿意和他合作。

然后那个男人就出现了……

栗锦紧紧地闭了闭眼睛，然后又看着这满屋子的吸血虫，每一个在心底都恨不得抽干她的血。

“好啊。”栗锦冲着栗亮露出一个笑容，她掏出手机嘭地拍在桌子上，“我的钱都在舅舅那里存着，我打电话让他给你送过来。”

栗亮面色唰地变了，但是栗锦已经直接拨出电话，他几乎是用飞奔的速度来到栗锦面前猛地挂断了她的手机。

“栗锦，你疯了吗？”他再也抑制不住，一巴掌就要狠狠地打下去。

只是这一巴掌被栗锦给扣住了，她眸光狠厉，里面涌动着疯狂的怒火。

“疯？你错了！

“我从来都没觉得自己有像现在这么清醒过！”

5 她回来找我了！

栗亮的手被栗锦直接撇开了。

“想要钱就去找我舅舅。”栗锦冷笑，“还有，爸爸，小乐是你的儿子，不是我的儿子。”

“你说的这都是什么屁话。”栗亮激动得连口水都喷出来了，“你怎么这么自私？你还是我栗亮的女儿吗？小乐难道不是你的家人？我们都是你的家人，让你拿点钱回来怎么了？”

“不要激动，爸爸。按照你说的，大家都是一家人，不要这么计较，那爸爸你手下的公司给我一个。”栗锦的手落在栗亮的肩膀上，慢慢帮他抚平因为动作过于激动弄出来的褶皱，“我也是你的女儿啊。啊，还有，以后我的孩子也要靠长大了的小乐养。”

不等栗亮再说话，栗锦已经一把按住了栗亮的肩膀，她靠过去，眼底闪烁着幽幽冷火：“毕竟大家是一家人，打断骨头……还连着筋。”

这一刻，栗锦眼底只剩下刻骨的恨意，宛如从尸山血海里爬出来的罗刹恶鬼。

“歪理！你只会这些歪理！”栗亮指着栗锦，“你给我滚！”

栗锦还偏偏就在凳子上坐稳了。

“滚？”她失笑，“滚去哪儿？这就是我家啊。”

“不然我从这里滚出去，去外公家啊？”栗锦歪着脑袋威胁说，“正好好久都没有见到外公了。”

“你……”栗亮气得白眼一翻，差点儿没背过气。

正好这时，裴天华的电话打了过来。

“锦儿，怎么了？是不是碰到什么事情了？”因为栗锦当着众人的面开了免提，本来正要出口骂人的栗亮一下子就噤了声。

栗锦的目光慢悠悠地在栗亮身上转了一圈，成功地看见了栗亮眼中的慌乱。

“没什么，舅舅，我刚才打错电话了。”

栗锦可以用舅舅的名头来震慑栗亮，但她不想那么好的舅舅真的搅和到她家里这一团污秽之中，舅舅他们这一辈子只要好好做他们的大老板，然后陪着外公安度晚年就好了，这些肮脏的事情她一个人全部都会处理得干干净净！

以此来还清她曾经对外公一家造成的巨大伤害。

她的罪孽她自己赎完。

裴天华笑了一声：“舅舅以为你是遇到什么事情了，如果遇到麻烦一定要告诉舅舅，知道了吗？我倒是要看看哪个混账东西这么有胆子，敢动我们裴家的孩子！”

不是栗家的孩子！

而是他们裴家的孩子！

栗亮的神情唰地就变了，两条眉毛都气成了丑陋的弯曲蚯蚓。

他的女儿怎么就变成裴家的了？就算这个女儿他再不满意，那身上也是流着他的血，就该为了栗家奋斗付出，死也要给他死在栗家！

但可悲的是，面对强势的裴天华，他只能捏着鼻子不让自己发出声音。

等他这个大项目起来，他非要去裴家讨一个说法不可！

栗锦又笑着和裴天华聊了两句才挂断电话。

她微笑着看向李颖和栗亮他们：“既然爸爸已经没事了的话，那我就先上去睡了。”

栗亮只能看着她慢悠悠又得意地走上去，血压噌噌升高。

“该死的！”他一脚踹翻了凳子，赶又赶不走栗锦，留在家里看见她

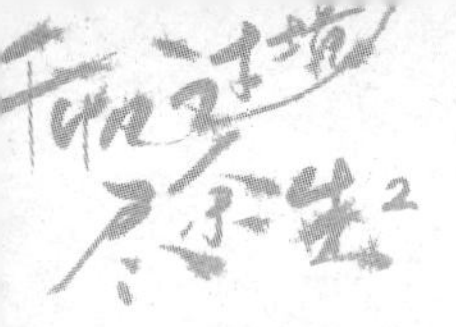

又觉得堵心，他拿起外套往外走。

“老公，你去哪里？”李颖眉心一跳。这段时间栗亮好像总是在外面过夜，他是不是在外面包养情人了？

李颖摸了摸自己日益衰老的脸，有点不甘心地拦着栗亮。

栗亮在这种时候可不会惯着李颖：“不要连你也这样。”他的眼中带上了几分威胁。

李颖不自觉地就松了手，看着栗亮出去，气得七窍生烟。

刘燕嗤笑一声：“有的人自己老了还想靠着容貌拴男人。”她就看不上李颖这副狐狸精的样子，阴阳怪气地说着。

“哼，我看是有的人妒忌我保养得好，自己长得和老树皮一样还天天稀罕得不行！”李颖立刻回击说。

“一张脸有什么用啊！”刘燕一把将小乐抱在怀里，“看看我们小乐，有的人就是生不出来，以后老了我看你去哪里哭。”

两个女人共处一室，还是同一个男人的女人，这种场景完全可以说是见怪不怪了。

栗锦在二楼看着她们两个狗咬狗。

“啧！”栗锦有点嫌弃刘燕，“就只会甩嘴皮子功夫，难怪斗不过李颖，有一个儿子还只能和她斗个旗鼓相当。”

栗锦摇摇头，走到了李颖的卧室，一推开门就看见放在梳妆台上的一串红宝石项链，应该是李颖为了以后在重要的场合戴新买的，目测绝对不会低于三十万。

可是……现在栗亮对李颖应该很抠门才对，她哪里来的这么多钱买红宝石项链？

栗锦沉了眼神，这其中是不是发生了什么她不知道的事情？

外面的争吵暂停了，等会儿李颖就要上来了，栗锦回到了自己的房间，看着妈妈的照片。

“真的很像呢，妈妈和我。”她看着镜子里的自己。

想到今天晚上栗亮不在，栗锦食指在照片上轻轻叩了叩。

晚上十一点钟，李颖做好了全套的保养舒舒服服地躺在床上开始睡觉。

时钟嘀嗒嘀嗒地走过去。

深夜一点钟，一只手悄然推开了李颖的房门，穿着白裙子的身影从外面慢慢地走进来。

栗锦特意挑了妈妈生前最喜欢的睡裙，来到李颖旁边，缓缓蹲下，双眼直视着她。

一秒，两秒，三秒……

“呵呵……”栗锦发出了笑声。

李颖睡眠本来就浅，她挣扎着撑开眼皮，一小片模糊的光明之中，出现了一双眼睛。

一双熟悉的眼睛！

李颖一下子瞌睡全无。

有人蹲在她的床边，是裴瑗！

是裴瑗回来了！

巨大的恐惧袭上李颖的心口。

“啊！”她大声尖叫起来，一把掀开被子就往前面冲，猛地靠在了梳妆台上，“鬼！有鬼！是裴瑗回来找我了！”

她怕得浑身发抖。

梳妆台上那串红宝石项链被她一撞，猛地从桌子上摔下来。

“嘭”的一声，散落满地。

“有鬼！裴瑗回来了！”李颖慌忙要跑，转身一脚踩上了红宝石项链，她痛得往前面摔去。

整个梳妆台被她连带着一起倒下，在她倒下的视线里，“裴瑗”正在用冰冷的目光看着她。

一如裴瑗死的那天！

6 好想要这个镯子啊

刘燕和王妈她们听见了动静纷纷跑过来。

“怎么了？怎么了？”

王妈慌忙按下灯。

满室明亮里，李颖的脚被扎伤，梳妆台倒下，护肤品和化妆品散落满地，而李颖的精神好像受到了很大的冲击，神情恍惚。

另一边，栗锦好好地坐在床上，她瞪大眼睛看着李颖，好像是被李颖吓到了。

“王妈。”栗锦先开口了，“我就是今天做了个噩梦有点害怕，想来找李阿姨一起睡，可我没想到她会反应这么大。”

栗锦抿唇说：“快打电话给爸爸吧，让他回来送李阿姨去医院。”然后又一脸纯真地看着李颖，“李阿姨，你也是做噩梦了吗？”

李颖一阵阵恍惚，那颗狂跳的心脏慢慢冷静了下来。

“栗锦！”李颖快要崩溃了，“你是故意的。”

“我怎么可能是故意的。”栗锦给王妈使了一个眼色，“愣着干什么，还不快给爸爸打电话！”

王妈二话不说立刻就打了，刚打通电话就被李颖抢了过去。

“老公！”她哭得特别真心，“栗锦她假扮成裴瑗来吓我。”

栗亮看着躺在自己怀里的小情人，只觉得李颖这女人早不打晚不打，偏偏现在打过来。

小情人睡眠很浅，下意识地就说了句：“亮哥，怎么了呀。”

李颖愣住了，因为开了免提，所以其他人也都听见了。

刘燕似笑非笑，反正她不指望这个男人喜欢她，但李颖是真的感觉到自己的地位受到了威胁。

栗亮在外面有女人了，他竟然又有女人了！

“老公，那个女人是谁？”李颖声音突然变得尖锐起来。

栗亮耳朵一痛，顿时不高兴了。

“爸爸，我只是做噩梦了想找李阿姨一起睡，她看见我就喊妈妈的名字，说什么鬼来了。”栗锦慢悠悠地说，“难不成是对我妈妈做了什么亏心事？”

栗亮心口一闷，提起裴瑗他还有点紧张和不自在，脱口而出：“哪里有什么亏心事，你李阿姨自己睡迷糊了！早点睡，我这边忙着呢！”说完直接挂断了电话，等王妈再打过去的时候已经是关机状态。

留下家里一团乱自己潇洒的男人说的就是栗亮了。

“既然是这样，那王妈你帮李阿姨看着处理一下伤口吧。”栗锦首战告捷，慢悠悠地起身拍了拍裙子，冲着李颖满意一笑，“真是可惜啊，李阿姨，项链是新买的吧？”

栗锦一脚就将那摔坏的红宝石项链踹开：“果然有些人啊，买了这么贵重的东西也是没福气消受的。”

她走到门口，又转身深深地看了李颖一眼：“有些东西，就算是抢到手了，它也握不住。”

门“嘭”的一声关上。

刘燕是觉得又爽快又害怕，爽快的是李颖被整治得这么惨，害怕的是栗锦。

在场最年长的王妈在内心摇头，她看着狼狈的李颖，更加坚定地要站在栗锦这边了，这一个个怎么光长年纪不长脑子呢？

栗锦回到自己房间，打开手机打字。

“双耳，麻烦你帮我调查一个人……”

这一天晚上大家都没有睡好，脚受伤的李颖气到睡不着，同样对裴瑗心怀愧疚的刘燕梦到裴瑗从泥土里爬出来掐住了她的脖子，而李淡淡则是为自己未来要没有零花钱而感到痛苦，同时也在恨栗亮，没有钱给女儿用，却有钱在外面包情人吗？世上怎么会有脸皮这么厚的父亲？出轨这种事情被大家抓到了还能这么淡定？

这一刻，李淡淡早就忘记了她也是因为栗亮这个男人出轨才有机会来到这个世上的，她和栗锦就相差了一年，李颖怀孕的时候裴瑗都还活着呢！

第二天一早，大家都顶着黑眼圈吃早饭。

“我说了今天早上这份拍品我一定要拿到的。”栗锦一边打着电话，一边从楼梯上走下来，“就在天音大厦三层的那个拍卖会啊，怎么会进不去呢！”

李颖母女第一时间竖起了耳朵。

“裴婉姐姐，我今天早上肯定是没空的，你先去帮我拍了吧，行不行？”

“不行，我一定要拿到那个雕龙手镯的！”

像是那边的人不答应，栗锦直接说：“不管花多少钱我一定要拿到！”

说完，栗锦挂了电话，还对着手机翻了个白眼：“让你帮忙还这么多话！”

李颖默默垂下头，同时心里面各种疑惑。

栗锦想要的镯子？

那么喜欢？

如果她去把这个镯子给拍下来会如何？恐怕就能看见栗锦精彩的表情了吧！

李颖抹了抹嘴巴：“王妈，来把东西收拾掉。”同时她对着李淡淡伸出了手，“淡淡，扶我起来，我们去外面逛逛。”

李颖冲着李淡淡使了一个眼色，李淡淡立刻就明白了母亲的意思。

妈妈想要那个镯子？

也好，她也想看栗锦吃瘪的样子。

李颖因为脚痛坐在了轮椅上，李淡淡连忙推着她出去了，是栗锦那个蠢货自己说出天音大厦三层的，有了地址可不就好找多了？

刘燕有点担忧地看着栗锦："那个，栗锦啊……"

"我知道你想说什么，别担心。"栗锦开始下载图片编辑朋友圈，毕竟是表姐妹，微信还是有的。

"刘燕阿姨，我让你来我们家可不是只和李颖斗斗嘴的。"栗锦抽空看了她一眼，"非要每次等我回来才能收拾她吗？

"多动动脑子，不是每一次都非要等她们自己招惹事情你才反击的。"

也可以自己投放诱饵，等鱼儿们咬钩啊。

栗锦看着自己编辑好的朋友圈，上面是一张在今天拍卖会上会高价拍出的镯子图片，下面是她编辑好的话。

"啊！做梦都想要的这个镯子，但是没空去拍呢，感谢李阿姨愿意代我前去竞拍！一定要得到我的小宝贝才行啊！"

她点击，分组可见。

可见者……裴婉一人！

7 尹叔叔，您好

栗锦一点都不担心裴婉看不见这条消息。

就裴婉那点比针尖还要小的心眼和格局，绝对时时刻刻在找人盯着她的动态，毕竟裴婉每天从起床到睡觉这段时间内想的那些事情就莫过于——

我要怎么才能成为余家少夫人？

栗锦走了是不是我就能成为余家少夫人了？

我得怎么把栗锦弄走？

自从上次余千樊把裴婉气走之后，栗锦就明白自己肯定会成为裴婉的假想敌，而更早之前裴婉针对自己无非就是因为她和余千樊关系好让裴婉心生妒忌。

有仇不报可不是栗锦的风格，一箭双雕才是效率最高的方式。

裴婉果然打开手机就看见了，她立刻让人去查了这个镯子，得知拍卖会的地址后二话不说就拎起包包去了天音大厦。

李阿姨是指栗锦的继母？

裴婉一边开车一边冷笑着自言自语地骂道："真是个蠢货，一个小三继母弄得和自己亲妈一样。"

另一边，正催促司机快点开的李颖也着急得很。

等两人到了拍卖会这边，拍卖还没有开始，李颖松了一口气，矜持地让李淡淡扶着她入座。

"妈妈，"李淡淡还是有点担心的，"镯子万一很贵怎么办？你有这么多钱吗？"

她妈妈就是个购物狂，还是名品重度痴迷者。

李淡淡的很多习惯可以说都是李颖带起来的，她们其实是不自信的，所以需要那些昂贵的衣服首饰来包装自己。

"你放心。"李颖轻笑着看了李淡淡一眼，"你外婆那边有。"

外婆怎么会有钱？外婆的钱不都是从爸爸这里抠的吗？李淡淡在心里暗自想。

很快，她们看见入口处有个样貌清秀的女人走进来了，穿着一身在李颖看来极为做作的长裙，提着裙边的样子就像走红地毯一样。

尤其是她走过来的时候旁边那些太太小姐居然都和她打招呼。

"裴婉来了？"

"婉婉姐姐你也来啦？"

"裴婉小姐有什么看重的东西告诉我，愿意博美人一笑。"还有一些单身男士发出了邀约。

裴婉和李淡淡可不一样，人家虽然不是裴家主支的，但她爸爸自己经营的旁支生意也不算太差，她也不是什么私生女，是正经的裴家小姐。

嗯？李颖和李淡淡豁然转头，裴婉？就是栗锦喊姐姐的那个？

原来是裴家的人，难怪和栗锦那贱人看起来一样讨厌。

裴婉对人的视线是非常敏感的，一眼就看见了李颖母女两个。她疑惑地皱眉，她所交际的太太里并没有李颖这个人。

她在一个熟人的旁边坐下来，装作不经意地压低声音说："王夫人，那位夫人是谁啊？"

王夫人见到她指着的方向，顿时就嗤笑了一声："什么夫人啊，就是个小三，那些小门户的才捧着她喊她一声夫人，你看我们这样的人搭理她吗？"

就算是豪门夫人之间，那也是有等级的。

裴婉弯唇，就听见王夫人接着说："不就是那个栗家的小三嘛。前段时间本来要办婚礼，结果栗家那男人以前养的情人带着私生子闯上门来了，啧啧！"

"当时我们可笑了很久，我要是那个李颖我都没脸出门了！"王夫人冷笑，"也不知道她哪里来的勇气和我们一起坐在这里。"

其实听到这里裴婉就已经确定李颖就是栗锦的那个继母了，她心想，果然是一对"母女"，两人都一样讨人厌！

拍卖会很快就开始了，一件件拍品端了上来。

李淡淡越听这些价格就越心慌，为什么就没有一件低于一百万的？妈妈真的有这么多钱吗？

"妈妈，我们的钱……"她忍不住再一次提醒。

李颖感觉到周围夫人们投过来的鄙夷目光，狠狠掐了一把李淡淡的手，恨铁不成钢地看了她一眼："小声点！"

蠢货！让别人听见了还以为她们母女两个多穷酸呢！

"你妈妈我会没钱吗？"李颖傲气十足也自信十足。

李淡淡这一次是真的心里觉得不对劲了，这么多钱妈妈是不可能会有的，她从哪里拿来的？

下一刻，栗锦要的那个镯子就被端了上来。

"起拍价，十万，五万一次加价。"

听见这话的李颖迫不及待地就举起了自己的牌子。

"十五万。"

全场的目光都集中过来，李颖兜里有钱，一点都不心慌。

裴婉嘲笑地看了李颖一眼，就叫一次价就嘚瑟得不行了？

她动作优雅地举牌。

"二十五万。"

一次性加十万？李颖瞪了裴婉一眼，栗锦那死丫头就这么想拿到这个镯子吗？

不过这样也好！她轻笑了一声，栗锦越想要她抢起来才会越带劲，不是吗？

李颖又一次加价。

"三十万。"

周围的人又看了过来，但是这一次带着审视的意味，因为像这种拍卖场圈子都是有它们自己的一套法则的。

如果是大家族的人过来拍卖，大家一般都意思一下就让过去了，毕竟哄抬价格让人家花两倍到三倍的价格，人家面上不显示心里面肯定是恨死你了。

“四十万。”裴婉脸上的笑容淡了下去——栗锦这个继母还真的是紧咬着不放啊。

“五十万！”

“五十五万！”

……

两人不断开始加价，现场的气氛一下子就紧张了起来。

旁边的人其实有点看不明白，就一个价值最多三十万的镯子而已，难不成你们要以百万的价格拍回去？两人脑子都有包不成？

脑子恐怕是塞了肿瘤的两位还在不断哄抬价格。

“一百一十万！”李颖咬牙喊出了这个价格。

裴婉紧紧握住了自己的手才没怒骂出声。

就一个继女！你弄什么母女情深？

“一百一十万一次，一百一十万两次，一百一十万三次！成交！”

当小槌子落下的那一刻，东西就归李颖了。

李颖从昨天晚上就一直憋着的那口气终于顺畅了，她也不想参加接下来的拍卖了，直接站起来准备拿完东西就走人。

见她站起来了，心有不甘的裴婉也快速跟在后面。

还会有别的办法的，她盯着李颖母女的背影，眯起了眼睛继续跟着。

天音大厦的门口，两拨人马相遇了。

“尹总！”栗亮热情地和对面走过来的男人打招呼，“今日的拍卖会办得很成功啊，听说有个人傻钱多的花一百一十万买了一个价值不过三十万的镯子，恭喜恭喜！”

尹总满脸笑容：“是啊，也不知道哪家的败家娘们这么下得了手。”他一边说一边让开，露出了后面的人，“这个是我儿子，尹辉，可惜啊总想着去当明星，不想回家跟着我学，没什么出息。”

尹总虽然这么说，但这次尹辉能被综艺那边留下来他心里还是满意的，

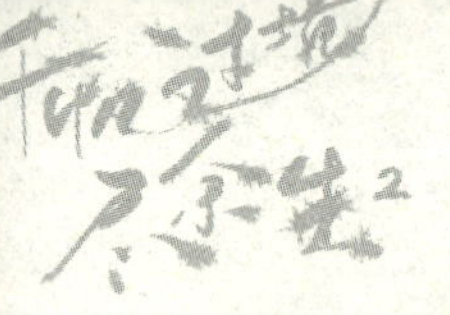

至少这小子是靠自己的实力留下来的，没用老子的名儿。

真不愧是他儿子。

就在一群人和乐融融的时候，一道声音从背后响起来。

“爸爸，你怎么在这里啊？”栗锦从后方带着笑容走过来。

尹辉一愣，他就是之前《新星创造团》的那位10号，也是尹家的小少爷。

“你来干什么？”栗亮现在看见栗锦就头痛，“这是你能来的地方吗？”

尹辉下意识地就皱起了眉头，看向栗锦说：“栗锦前辈好。”

“儿子，这是你说的那个栗锦前辈啊？”尹总眼眸一亮，立刻冲着栗锦伸出手，“栗锦小姐！你好你好，这次多亏你处事公正我儿子才能有机会。”

栗亮眼珠子都要看得掉出来了。

“尹叔叔您好。”栗锦笑着和他握手，完全无视栗亮，态度大方得体，“是尹辉自己实力好。”

8 一箭……三雕！

漂亮话谁都喜欢听。

尹总被栗锦说得眉开眼笑的，完全忘记了站在旁边的栗亮。

栗亮眼看着栗锦好像就要代替他成为这场谈话的主人，脸色沉了下来，他轻咳一声。

栗锦估算了一下时间，转身对尹总说：“你们是要进去的吧？正好我也有想要拍的东西，不如一起？”

尹总点头，栗亮也正了正自己的衣服点了头。

尹辉后退一步和栗锦走在同一排，他压低了声音：“之后的那场你没有来啊？”

他说的是《新星创造团》的录制现场。

栗锦点头，目光却在周围搜索。

“我本来就是一日导师，只去一次的。你们后面的比赛我看了，恭喜你啊，是第一名了吧？

尹辉笑了笑，栗锦说得没错，他只是不自信而已，人一旦自信起来就能玩转舞台，这五年里他每天都在练舞，缺少的并不是所谓的经验而是自信，是别人的一句肯定。

“刚才你爸爸……”想了想，尹辉还是疑惑地开口，“这是你亲爸没错吧？”

栗锦挑眉，栗亮这个父亲做得也真是失败啊，别人都怀疑他是不是她的亲爸了！

栗锦正要说话，就看见另一边的走道上，裴婉匆匆走出来将李颖母女两个给拦住了。

栗锦在内心吹了一声愉悦的口哨说：“亲爸是亲爸没错，不过嘛……”

她眼底的光芒冷下来，正是因为栗亮是她的亲生父亲，这才是最可悲的事情，连个狡辩的借口都没办法为他找。

“你站住！”

那边传来裴婉的声音。

栗亮一行人止住脚步。

尹总看着那边的三个女人，裴婉他倒是认识，裴家最近还和他们家有合作呢，可那个轮椅上的女人是谁，还有推着轮椅的那个又是谁？

“喂，你们两个。”裴婉一副盛气凌人的样子，“把东西给我。”她冲着李颖伸出手。

李颖冷笑，裴婉这目无尊长的样子还真的是和栗锦那死丫头一模一样。

“喂，”李颖端起架子，“你们裴家的人就是这样教育孩子的？对着长辈大吼大叫，不知羞耻！”

裴婉轻笑了一声：“你这样的也算是长辈？你算哪门子的长辈？”

她歪着头，眼带嘲讽地说：“区区一个小三，还真以为你成了夫人不成？”

“你！”李颖气得双眼充血。

裴婉轻笑：“栗家和裴家压根儿就不在一个等级上的事实，我希望你能搞清楚。”

裴婉这段时间也是被栗锦气狠了，这会儿憋不住气全部都发泄了出来。

她蔑视着李颖：“和裴家人抢东西，你们栗家也配？”

裴婉见多了小公司的夫人被欺负但是会为了家里的事业忍气吞声的，可是她忘记了，李颖本就不是大家闺秀出身，她能忍得下这口气？要是有这样的忍耐度，那些夫人还不至于这么瞧不起她。

一个每天只知道拿着老公的钱做做头发买买衣服的人，懂家族和家族之间的制衡之道？懂在外要给大家族的人留面子？

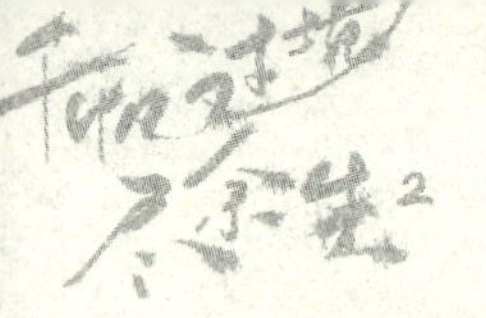

李颖真是对得起裴婉给她的评价，此刻她也顾不上受伤的腿，一下子站起来两手直接扯住了裴婉的头发。

“你个小杂种敢对长辈出言不逊！今天我就拔光你的头发看你嚣不嚣张得起来！”

“啊！放开！你给我放开！”裴婉一头黑色长直发是她最引以为傲的，“你这个泼妇！你竟然敢对我动手，我要让你们栗家吃不了兜着走！”

“呸！”李颖直接一口唾沫吐出来，“我还怕你裴家？你以为裴家就了不起啊？裴家人就能不尊重长辈了，我今天就要代替裴家的长辈好好地收拾你！”

栗亮看得浑身发抖，那个宛如泼妇一样的女人竟然是他的妻子？这种市井里才会出现的闹剧居然会发生在他们眼前？而且还是在合作伙伴的眼前？

他差点儿眼睛一翻没晕过去，那个穿着白裙子天天嘘寒问暖的女人难不成都是假象吗？李颖怎么突然就变成这种面目可憎的样子了？

要知道裴瑗就算是到最后死了，也是仪态端庄的。

他实在是太过震惊了，以至于没有在第一时间去拉开李颖。

而旁边的尹总也从两人的吵架声中听出来了，栗家的小三，可不就是旁边栗亮的现任太太嘛，他不禁看了眼脸色难看的栗亮，心中一笑。

“我告诉你！”李颖一把就将裴婉的头发揪起来，在拉扯之中，裴婉的纽扣都掉了好多颗，周围不少路过的人也都看见了裴婉的丑态。裴婉余光甚至还看见了几个一直和她不对付的女人拿出手机拍照。

“住手！停手！”优雅了十几年的裴婉气得浑身发抖，头皮上还传来尖锐的痛感。

“什么你们裴家，说得和什么皇亲国戚一样，我告诉你，只要我老公把这次的大项目做成功了，超越你们裴家就是分分钟的事情，你看我能不能教训你！”

李颖已经气晕头，一张嘴如喇叭一样不停。

“我老公说了，这次碰到了一个人傻钱多的冤大头，只要他愿意全力资助我们的项目，以后你们裴家算个屁啊！”

栗亮全身僵住，下意识看向旁边的尹总，尹总一张脸果然已经黑透了。

“那个女人说的冤大头，是我？”尹总神情冷漠地注视着栗亮，“栗亮，你真是有个好夫人！辉儿，我们走！”

尹总怒气冲冲地离开，尹辉只和栗锦点了点头也跟着走了。

栗锦看着他们离开的背影，心中惊叹，原本……她也只是抱着试试的态度赌一把这两个女人会不会吵起来，又会不会直接把尹总给气走。

因为她知道这场拍卖会就是尹总主持的，更知道尹总就是栗亮所谓大项目的合作人。

“哇，李颖还真的是……”栗锦看着对面扭打在一起的两个人，打从心眼里对李颖这人感到万分满意，“李颖，一个从来都不会让我失望的女人！”

这次不是一箭双雕了！

她看着被拍了丑照的裴婉，正好裴婉的脸被李颖拉扯着朝向了栗锦这边，她笑着冲裴婉伸出了自己的三根手指头晃了晃。

这次是……一箭三雕！

✦

唯一的男性朋友
第十三章

pinqushang

1 和我一起玩吧，姐姐

是栗锦！

一定是栗锦搞的鬼！

裴婉浑身发抖，而栗亮这时候终于清醒过来，一把将还在不断撒泼的李颖给抓住了。

“你闹够了没有！”栗亮压制着自己快要喷薄而出的怒气，“现在好了，我们家又成了笑话了！新项目的投资人给你气走了，你满意了？”

他的声音就好像是被磨砂纸擦过一样沙哑。

要是栗亮大吼大叫的话李颖还不会这么害怕，但现在栗亮的样子就仿佛是要杀了她一样。

“老公。”李颖抱住栗亮的手，“我也只是气不过，凭什么裴家的孩子都能顶撞我，我不算是长辈……啊！”

李颖被他一把从轮椅上揪了起来。

栗亮咬牙，目光冰冷地注视着她：“你算哪门子的长辈啊？你在人家眼里算个什么东西？”

连他都要暂避裴家，不然怎么会连一根手指头都碰不得栗锦？

“给裴婉小姐道歉。”栗亮木着一张脸，“如果你还想跟我回家你就好好地道歉。”

“老公……”李颖不敢置信地看着栗亮，但是栗亮已经完全不想理她了，他直接转身走人。

“对不起，裴婉小姐对不起！”李颖知道栗亮这是要动真格的了，立刻就抓住裴婉的手，“我刚才就是一时鬼迷心窍。”

栗亮不会不要她吧？她根本不知道那是多少钱的投资，是被她搞砸了吗？可是她明明什么都没做啊。

“呵。”裴婉溢出一声冷笑，直接拂开李颖的手抬脚走人，她的头发刚刚被李颖扯下了大把，这会儿整个头皮都在隐隐作痛。

“淡淡，推上你妈妈，回家。”最后两个字栗亮好像是从牙缝里挤出来的一样。

栗锦不紧不慢地跟在他们身后。

这一路上栗亮都没有说话，更像是暴风雨前的宁静。李淡淡紧紧抓着自己的衣角不敢说话，而李颖则是缩在车子的角落里，小心翼翼地叫了好几声“老公”，但栗亮全都装作没听见。

她每喊一声，栗亮的神情就冷上一分。

终于车子在栗家门口停了下来，栗亮开门下车，正好碰到在花园玩耍的小乐。

“李叔，”栗亮叫来了李叔，“你带着小乐出去转一会儿，晚上再回家。”

他给了李叔一点钱，让李叔把小乐带走。

看到这阵仗，李颖心尖都忍不住颤抖了几分，栗亮想干什么？为什么要把小乐支走？

“你们回来啦？”刘燕听见声音从里面走出来，然后猛地一愣，脚步僵在原地，因为她看见栗亮一脚就踹翻了李颖的轮椅，李颖惨叫一声扑倒在地，要多可怜有多可怜。

这是怎么了？

为什么李颖出去一趟，回来就被栗亮厌恶成这个样子了？

刘燕的视线缓缓从跪在地上抱着栗亮大腿哭号的李颖，转移到了站在最后双手插兜的栗锦身上。

栗锦嘴角含笑，毫不意外地看着这一幕。

栗锦对上刘燕的视线，隔空对着她晃了晃自己的手机。

刘燕拿起手机一看，上面是栗锦发来的短信。

“接下来应该会有很长一段时间，栗亮都不会对李颖有好脸色，我走完了前面的九十九步，后面的收尾你来，接下来不用我教你怎么做吧？”

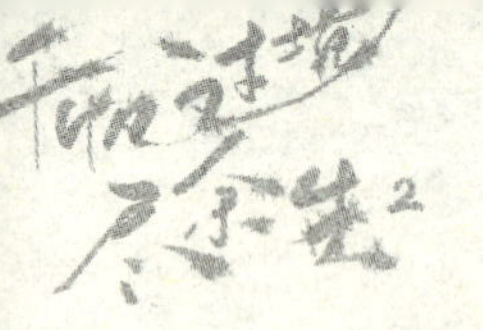

刘燕轻吸了一口气，果然是栗锦！

“我会做好的，你放心吧。”

看见刘燕发过来的消息，栗锦冲着乱成一团的李颖和栗亮吹了声口哨，双手插兜就离开了。

王妈在二楼的窗户上看着这一幕，无奈地摇了摇头，拧干了拖把继续拖地。

所以说，好好地叫人过来干什么呢？最后乱的还不是你们自己？

王妈在心里特别不屑地想。

栗锦在车里戴上口罩和帽子，还换上了男人的衣服做了个变装。

她发了一段语音给双耳。

“双耳，帮我查一查李颖最近都在做什么事情。”

那边双耳很快就回了消息。

“好的。”

“对了，上次你让我查的我已经给你查出来了，地址和名字分别是……”

栗锦截了个图，将地址保存了下来，她紧皱眉头开始思考。

为什么李颖有那么多的钱可以拍下镯子？

栗亮蠢，到现在都还没有发现李颖那个镯子的事情，但是她从最初就注意到了，或者说，从昨天看见那条红宝石项链的时候她就已经有了怀疑。

为什么李颖手上会突然多出这么多的钱？

所以她才设计这一局，既能试探李颖的家底，又能一次性教训两个人。

“没想到试探出来的东西倒是比我想象之中要多得多。”栗锦将额头靠在了车子的方向盘上。

“这其中到底有什么事情呢？”

她紧锁眉头思考了一下，暂时没有思绪，准备还是先从手上的事情着手整理。

栗锦开车去了双耳打听来的地址——博艺花园。

是个花店。

栗锦看着照片，打了个响指笑了笑。

戴着口罩围巾帽子，栗锦走进博艺花园，里面有不少鲜花，几个女孩子正在修剪枝条，长得都挺干净的。

“买花吗？”一个女孩子走上来问。

栗锦压低了声音：“成雪小姐在这里吗？”

“成雪，找你的。”

她们都看向了蹲在最角落的一个女人。

那女人长得白白净净的，看起来还有点畏缩，跟只小白兔似的，模样算不上特别好看，但是年轻。

“您、您找我吗？”成雪走过来怯生生地问，“是想要买花吗？”

“如果我买下这里所有的花，成雪小姐能不能陪我聊十分钟？”栗锦压低了声音，听起来非常男性化。

“哇哦！答应！我们替她答应了！”

旁边的几个小姐姐都开始起哄。

栗锦直接刷卡买下了所有的花，取出其中的两种递给了成雪。

一盆天仙子，一盆紫苑。

旁边那些小姐姐已经自动退开，想要给大客户追人留点空间。

栗锦在凳子上坐下，将帽子取了下来，露出柔软的黑色短发。

“请问你……”成雪的声音听起来很是疑惑。

“成雪小姐，知道紫苑的花语是什么吗？”

成雪点头：“真挚的爱。”

栗锦摇了摇手指：“不，我是说另一个。”

成雪一愣。

栗锦已经自顾自地开始说：“紫苑，代表欺骗，谎言。天仙子，代表邪恶的心。”

栗锦面对着她慢慢拉下了口罩：“每天晚上都去夜店的你，为什么是这副唯唯诺诺的样子？”

成雪垂着头，半晌后，她一松手，花啪地掉在了地上。

“女的？”成雪仔细地盯着栗锦看了眼，瞳孔一缩，“栗锦，你是个明星……调查我这么一个小人物？”她在旁边的沙发上坐下来，整个人气质大变，双脚直接跷在了茶几上。

“说说看，为什么？”

栗锦从口袋里掏出一张卡扔到成雪面前，这段时间她的片酬都陆陆续续来齐了，手上还算是宽裕。

“栗亮，是现在包养着你的人吧？”

栗锦一只手撑在椅子的靠背上，转身似笑非笑地盯着成雪："就他那抠门的性子，一个月给你十万顶天了。

"这卡里有一百万。"

栗锦的眸子里闪烁着光点星辰。

"别管栗亮了，姐姐……要不要和我一起玩啊？"

2 鲜花和豆芽菜

成雪用那双圆眼盯着栗锦，脸上笑容不减，却也没有伸手去拿那张卡。

"栗锦小姐，哪怕你出的价格很高，我也不会陪你玩，不好意思了啊。"成雪将手压在了卡上要给栗锦推回去。

"栗亮……"栗锦开口，"帮我盯紧栗亮，弄清楚一些事情，这些钱就归你了。"

"获取一次有用的相关线索，十万。"

"获取关键性线索，二十万。"

栗锦看着成雪顿在卡上的手指："怎么样？只是让你在应付栗亮那个老男人的同时赚点外快，划算吗？"

成雪舔了舔嘴角，然后把卡收下了。

"密码就等你拿到了线索我再告诉你。"栗锦露出一个愉悦的笑容，"那祝我们合作愉快。"

"你想要找什么线索？"成雪问。

栗锦脸上的笑容淡了几分，她看着旁边的玻璃窗上映出一层浅浅倒影。

"帮我查一查栗亮的原配妻子裴瑗的死因，能套出话或者可以用的线索，我就会告诉你卡的密码。"

栗锦起身往门外走去。

成雪抿唇，刚才还万事尽握手中的女孩这一刻看起来好像有点悲凉又可怜。

"对了。"栗锦突然转过身看着成雪笑，"能给我找一个送花的车子吗？"

成雪："……"

"这么多花你真的要拿走？"

"不然我买来干什么？"栗锦反问，古怪地看着成雪，"都是我花钱买的，我肯定要拿走。"

成雪无奈地给她找来了送花的师傅，还分了好几拨人。

“顾客，请问您这一单要往哪里送？”送花的师傅憨厚地挠着头，因为栗锦又戴上了口罩，加上穿着一身男装，师傅觉得收到花的那个女孩子肯定会幸福到晕过去的。

栗锦压低了声音，在上面写下地址。

“送进去，找到一个叫余千樊的男人，就和他说……是他对门邻居送他的一点小礼物。对了，你把花给我绑一绑，然后加个横条放上面。”栗锦还是想攻克一下自己这个心理障碍的，这就需要多和信得过的男性接触。

她身边现在能算得上是男性朋友的只有一个余千樊，所以得讨好一下，朋友之间的关系也是需要小心维护的。

栗锦还在喋喋不休地说着，师傅已经彻底蒙了。

什么玩意儿？男人？送男人这么多花？

栗锦说完这些事情拍拍屁股就准备回去先小眯一会儿，然后再去剧组。

而此刻的《阴暗面》剧组里，余千樊正在和骆冰对戏。

“请问，哪位是余千樊先生？”老师傅不认识什么明星，就在外面高声喊了起来。

旁边的工作人员转头一看！

哟呵！哪个粉丝这么疯狂，送花都送到剧组来了。

“千樊老师，有粉丝给你送东西了！”工作人员们嘴上这么喊着，都起哄着要看热闹。

毕竟余千樊才不会收。

果然，余千樊只看了一眼就说：“这些东西我不要，你退回去。”心里却在疑惑粉丝是怎么知道剧组位置的，毕竟为了取景，他们的位置是经常变动的。

师傅却说：“那位顾客说，如果你不要的话，就告诉你这些花是你对门的那位朋友送的。”

余千樊皱紧眉头，对门……他眼角猛地一跳。

栗锦这是又作的哪门子的妖？

“大叔你快回去吧。”

“我们千樊老师是不收这些东西的！”

“今天风这么大，大叔你赶紧回去吧。”

工作人员们劝说送花的师傅让他赶紧走。

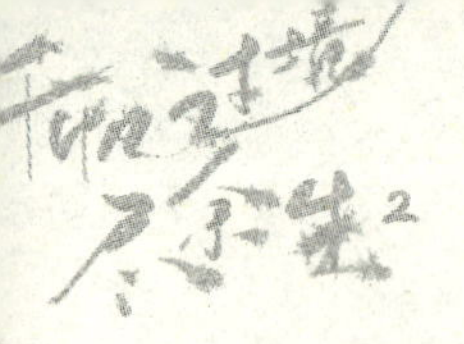

这时，余千樊突然站了起来：“等一下。”

他走过去，看着外面红红白白绿绿粉粉的花觉得无比头痛，但还是压着耐心说：“你送进来吧。”

众人：“？？？”

是他们的耳朵出问题了吗？还是有人悄悄给余千樊下降头了？

“哪个邻居啊，这么有魅力？”

“女邻居男邻居？”

大家纷纷猜测。

师傅也不管这些，他就管送，送到了就行。

一大把一大把的花送进来，那些送花的人是走进来一拨又一拨。

很快，余千樊的休息室摆满了鲜花，香味已经浓郁到了刺激的地步，余千樊觉得自己额头上的青筋跳跃得更加厉害了。

“哦，对了，那位顾客还让我拿过来一个东西。”师傅从自己的大口袋里掏出了一个小横幅，上面写着大大的四个字。

友谊长存！

“给你。”师傅把横幅交到了余千樊的手上，“拿好了啊。”

余千樊用力咬咬牙，下一刻他直接将横幅揉成了一团用力扔进了旁边的垃圾桶里，转身就要去拿手机。

“哎哎，年轻人！”谁知道后面的师傅一个箭步就冲了上来，他用力抓住了余千樊的手臂，“你还没给钱呢？”

余千樊挑眉：“什么钱？”

“运送费啊！那年轻人说了，货到付款，鲜花送到之后就找你要。”大叔憨憨地伸出自己的手，“给我吧。”

余千樊只觉得脑子里那根名为“理智”的弦一下子就被震断了。

中午，栗锦在床上躺得好好的，突然接到了一通电话。余千樊冒着冷气的声音传出，即便栗锦还睡意蒙眬也能感觉到其中的杀气。

“栗锦，有本事你今天就不要出现在剧组。”说完，他挂了电话，但是栗锦直接清醒了。

干什么呀？送花他不高兴吗？难不成他也有情感类心理阴影？

看了眼时间，栗锦觉得差不多了就起身穿衣服去剧组。

刚到剧组就被几个工作人员用眼神暗示。

“怎么啦？”栗锦压低声音凑过去问。

“今天你就不要去千樊老师那边凑啦，他心情不好，不要去招惹他啊。”

“为什么啊？”

栗锦话音刚落，余千樊已经看见了缩头缩脑的她。

“栗锦。”余千樊放下剧本似笑非笑地盯着她，“你过来。”

“哎哟，你倒霉了！”那工作人员充满同情地看了栗锦一眼，“今天不知道哪个倒霉球送了满车子的花过来，还让千樊老师出运费，那香气冲得千樊老师压根儿没法进休息室休息。”

栗锦：“这件事情我是可以解释的……”

余千樊将手伸到了背后。

这是要捞棍揍人？栗锦下意识地抱住脑袋。

下一刻，一个花盆出现在了她面前。

“干什么？”栗锦愣愣地捧过花盆。

“送你的。”余千樊突然弯起了嘴角，眼底寒芒如同冰雪消融，“回礼！”

绿色的嫩苗刚刚破土，那是向日葵的幼苗，花语意为……沉默的爱。

栗锦看着那绿色的一根嫩苗，她忍了忍，还是没忍住，认真地问：“我送了你一大车花，你就回我一棵豆芽菜？”

余千樊：“……”

豆芽菜？

信不信他把她的脑袋拧成豆芽菜？

3 不对，我有问题

栗锦把这棵豆芽菜捧回了自己的休息室，还非常负责任地给它浇了水。

余千樊也没说这是棵什么菜，等长长估计就知道了。

栗锦拿起剧本开始暴风吸收台词。

再过两天她还要回学校补一下学分，尤其是下一周的集体露营活动，学分有很多，是一定要大家一起参加的，不管你多大的腕儿，只要你还是学生，你就得拜倒在学分下乖乖上课。

而且像骆冰等人也是有别的行程的，大家如果都是一遍过的话就可以省下很多的时间来做别的事情。

《阴暗面》现在的拍摄进程正好到了剧中的一个小高潮了，因为这一段的难度比较大，骆冰和栗锦卡了很多次，倒是余千樊仍旧是一次过。

“他都比我小五六岁，是怎么做到这种程度的演技的？”骆冰这么闷的一个人都忍不住发出感慨。

栗锦看向余千樊，他好像把手下接管公司的一些事情都一起拿过来处理了，此刻正在埋头看底下人传过来的业绩报表。

“他是天赋型的人。”栗锦看着余千樊出神。

从很早的时候她就知道了，自己顶多算是努力型，不过理解快一点而已，而余千樊……他既有天赋，又比所有人都努力。

《阴暗面》拍摄进度到女二本性暴露，女主无法接受开始追捕，而她一直喜欢的男主肯定是站在女二号金织黎那边的。

正与邪，朋友与责任，两大矛盾顿时展开。

这个剧里面的人物都是矛盾的，也是疯狂扭曲的，编剧将一些微小的矛盾放大化，变得更加扣人心弦。

而栗锦和余千樊、骆冰两个老戏骨搭戏，演技也在逐渐稳步提升。

不过，栗锦没想到的是露营没等来，《夏初的时光》倒是先开播了。

和她记忆里的一样，《夏初的时光》在连续播出两集之后爆了。

“呜呜呜！我栗宝的绝美爱情。”

“没有人觉得向阳和栗锦配一脸的吗？”

“我高中的时候怎么都是一群人抠脚丫？”

“大家萌剧里 CP 就好，不上升真人好吗？我们栗宝还小。”

栗锦的粉丝又开始飞快增涨，拍电视剧虽然十分耗费时间，但只要出成绩，效果就是显著的。

比如以前还有很多人觉得她不够格搭骆冰和余千樊两人的，现在她的粉丝也能理直气壮地说一句“值得期待”了！

一时之间，有许多关于演员的综艺找上了栗锦。

“那些和之前的综艺有过雷同性的我就不帮你接了，反正也没法超越你之前的《爱豆与演员》，更没有天王天后给你们助阵。”

王黎在电话里和栗锦分析说：“不过有别的综艺，类似恋爱综艺，还有宝贝综艺、旅行综艺，你看看要接哪个。”

栗锦皱紧了眉头，看了眼余千樊那边，他和骆冰今天有点辛苦，正在拍摄雨戏，又是鼓风机又是撒雨器的，非常可怜。

“旅游综艺时间太长，恋爱综艺……”栗锦陷入了沉思，她想到了自己那个病，但这种恋爱都是假的，按照剧本上的来就不会有那么强烈的心理暗示，“恋爱综艺再看吧。”

“至于宝贝综艺绝对不行！”栗锦想都不想就说，“我对小孩子最没办法了。”

王黎那边也有点纠结：“那你再想想，我也帮你再观察一下，拍完这部戏你先不急着接剧，多上点综艺的话时间上会轻松一点，学校那边也得抽时间去。”

栗锦疯狂点头。

挂断电话，她抱着一个苹果就蹭到拍摄现场，搬着小马扎坐在了卢胜男的旁边。

“你苹果会不会太大颗了？”卢胜男转头就对上了一个脸盘子那么大的苹果，这是哪里弄来的变异品种吗？

“这是我今天的晚饭！”体重已经悄悄往上长了四斤的栗锦只能忍痛开始节食，“该多吃点。”

“吃吧吃吧。”卢胜男不在意地挥挥手，拿起喇叭，“各单位准备啊，预备……开始！”

下一刻，雨水哗啦一下就浇了下来。

余千樊身上的衣服被雨淋得透湿，衣料贴在身上露出了精壮有力的轮廓。

“你为什么要这么做！你们为什么都要这样做！”骆冰浑身发抖，先是好友，然后再又是自己喜欢的人，她不知道这个世界怎么了，好像连这个世界都一下子变坏了。

众人被这声嘶力竭的悲痛喊声带入了情景。

突然，旁边传来“咔嚓咔嚓咔嚓”的声音，大家僵着脸看过来，栗锦正在啃苹果。

余千樊任凭雨水打在身上：“我们高兴，你这样的人怎么会明白。”他嘲讽地看着骆冰，“你想理解我们的话，不如先像我们一样在黑暗里长大试试看？”

男人清冷的话夹杂着雨滴声听起来真的非常触动人心，众人再一次感觉心都被揪起来。

“咔嚓咔嚓咔嚓……”栗锦继续咬苹果吃。

雨还在哗啦啦地往他们的头上扣，栗锦越舒服，就衬托得余千樊和骆冰越惨，要不是因为现在还在戏里面，骆冰真想把栗锦的脑袋摁到水里让她冷静一下。

好在两位主演都有超强的实力，在栗锦的强力干扰下都能把这压抑的一幕给完成。

栗锦心想这两人身体还真好，这么大的雨都不感冒。

“千樊老师，喝点姜茶，去寒气。”有人给余千樊端来了姜茶。

余千樊道了声谢就把茶放在了旁边。

“啧啧！”栗锦在一边看得直摇头。

就余千樊这德行，绝对不会喝姜茶，以前他就是葱姜蒜一律不碰，矫情得要死。

眼看他那杯茶就要冷了，栗锦凑过去问：“这是生姜可乐，你不喝给我喝吧。”

余千樊没说话，算是默许了。

栗锦撮了一口觉得浑身都暖起来了，顿时舒坦，而这时候骆冰也把自己那杯端了过来：“我也不喜欢喝，你喝吧。”

“你们连姜茶都不喝，小心感冒！”栗锦照单全收。

余千樊冷笑：“我不会感冒的，我体质非常好。”

两人各自不屑，时间一晃就到了第二天。

卢胜男无奈地看着站在自己面前的余千樊和骆冰：“你们俩都没喝姜茶，是不是？”

“……”

卢胜男接着问：“都感冒了，是不是？”

“……”

余千樊紧皱眉头：“感冒而已，又不是大事，不会影响拍摄的。”

骆冰也绷着一张脸点头。

“你们能对自己的行为负责，那就当我多管闲事。”卢胜男翻了个白眼，“既然都没问题，那就开拍。”

“不是，那个导演……我有问题。”栗锦在后方慢吞吞地举起了手。

卢胜男想到栗锦还是不挑食的，顿时和颜悦色地说：“怎么？”

“我昨天姜茶喝多了，今天有点上火。”栗锦抬起头，鼻头上一颗硕大的红色痘痘招摇得不得了，“我觉得这颗痘我可能扑十层粉都盖不了。”

卢胜男：“……”

4 我可真羡慕你

其他工作人员都忍不住笑出了声，卢胜男也终于体验了一把以前只有余千樊才会体验到的头痛欲裂的无奈感。

晚上，栗锦回到家里的时候发现那棵豆芽菜正噌噌长大，还是叶子和茎一块儿长的。

“啧！这什么玩意儿啊，怎么和窜天猴一样使劲儿长？”栗锦蹲在盆栽的旁边，“再继续让它长下去的话，到时候恐怕都得给它换个盆子吧？”

第二天一大早，宁檬就来敲栗锦家的门。

“宝贝你准备好了吗，咱们要去露营了。记得多带两件衣服，晚上的时候会很冷的。”

栗锦听话地往包里塞了满满一大袋的衣服，走之前还特地往余千樊那边看了一眼。

一片死寂，听不见里面任何声音，可能已经去剧组了吧。

到了学校，栗锦看见班上不少学生都发生了变化，更会化妆了，衣服穿得也越来越贵，本来戴眼镜的人也都戴上了美瞳或者隐形眼镜。

“连栗锦你都过来啦，看来这次的学分是真的很多。”栗锦算是在表演系的新生里发展最好的一个了，一到集合点大家就都一窝蜂地拥了上来，毕竟这里面的很多人连剧组的边角都没有摸到过。

“栗锦，你的校园剧超级好看，我这两天一直都在追。”

“你和向阳私底下关系是不是很好？我看你们的花絮好甜啊。”

栗锦笑了笑：“花絮里面是最基本的交流互动，只是你们代入了电视剧的感觉所以会觉得甜，我和向阳就是普通朋友。”

旁边有些嗑 CP 的人顿时失望地喊了两声。

“车子过来了，我们走吧。”

大家陆续上车，栗锦在自己的班级之中找了找，并没有看见骆渺。

“骆渺呢？”她找到其中一个同学问。

“她啊？她说以后不学这个了，退学了打算重考大学。”那被拉住的女孩还是第一次和栗锦说话，有点小紧张又忍不住想要多说两句，“她说有了新的梦想。”

栗锦一愣：“什么梦想？”

“骆渺说想要当律师。”那女孩子发出感慨，“她说想要帮更多受委屈的人，为承受不公的人分担他们的痛苦，总之就是站在正义的那一

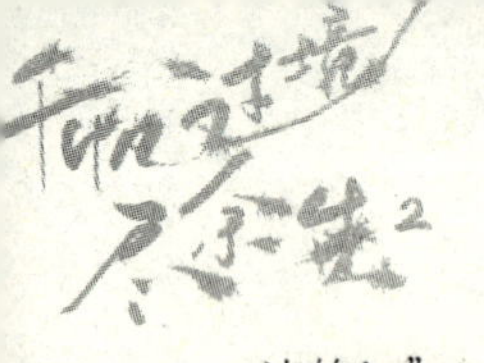

边的！”

栗锦点了点头。

她在靠着窗边的位置坐下，戴上耳机准备闭目养神，下一秒耳机就被坐在她旁边的人给取了下来。

“陪我聊一会儿可以吗？”

浓香伴随着那人的动作在栗锦的鼻子前面散开。

“可以啊。”栗锦转身看向旁边的人，“何佳青，你变了很多。”

穿着更加性感，眼神却比之前还要空洞。

“人怎么可能不变呢？我不像你，走到哪里都一帆风顺的。”何佳青指尖碾了碾，有点想抽烟，但还在车里，她就只好忍住了，“方默生被抓进去了？”

“你不是都知道了吗？”栗锦把眼睛闭上，舒服地靠在车座上。

“呵！”何佳青冷笑了一声，“骆渺那个蠢人，明明都拿到了新的资源，却为了一个毫不相干的人放弃，还指认方教授，害得我们现在的日子也很不好过。”她眼底满是狠厉，“现在还说要去考律师，弄得全世界好像只有她一个人迷途知返道德高尚一样！”

听着她的抱怨，栗锦缓缓将眼睛睁开，她扭头看向何佳青，眼底沉着寒意。

“花烟，是骆渺的表姐。”

何佳青一怔，不敢置信地看向了栗锦。

“道德高尚不高尚我说不好，毕竟每个人的出发点和处境都不同，但是迷途知返这个词你说得很对。”

栗锦微微直起身子，她不解地看向何佳青。

“你们这么多被方默生带歪的人，可不就是只有她一个人迷途知返了吗？”

娱乐圈不用歪门邪道还成功的人当然也有，说到底这些人只是想走捷径，不想从底层做起，也害怕失败，所以想要一个万无一失的路罢了。

“选择当律师对她来说好不好我不知道，但我很尊敬她的这种做法和决心，一个人有更高层次的追求难道是一件可以拿来取笑的事情吗？”栗锦是真的觉得不明白，“你觉得她很可笑？那这种话题你就不要来和我说了，因为我不会认同你的。”

栗锦戴上帽子，重新把耳机塞进耳朵里就不搭理何佳青了。

何佳青脸色阴沉，她怎么不知道骆涉的表姐是花烟？她和骆涉明明在上大学之前一直都是发小和朋友啊。

在上大学之前……

窗外的树影随着车子的行驶匆匆掠过，何佳青突然苦涩地笑了一声。

都是以前的事情了，回不去了。

睡了好一会儿后，栗锦被栗亮的电话给吵醒了，她接起来，旁边的何佳青立刻将目光投了过来。

“锦儿。”那边栗亮的声音有点吞吞吐吐的，旁边还传来了李颖的哭声，“爸爸往你账户里打了二十万。”

栗锦诧异挑眉。

旁边的何佳青也能听见一点，妒忌地咬住了唇，栗家果然很有钱，难怪栗锦能在圈子里这么吃得开。

“你和尹家的儿子很熟吧？你去约他出来聊聊咱们家和他家合作的事情，这个钱就当是给你的零花钱。”栗亮实在是没有办法了，甚至要对栗锦这个他一直不满意的女儿低头，“穿得漂亮点，收一收你的脾气，男人都喜欢顺从的姑娘，你明白我的意思吧？只要能拿到这次的投资，你就尽量满足尹家少爷的要求。”

栗锦直接挂断了电话，老王八念经有什么好听的。

那边栗亮很快又发过来一个消息。

“是西城区三十三号那边的美术馆，爸爸已经帮你约好了尹辉，记得去。”

栗锦直接摁掉手机。

旁边何佳青没忍住，说：“有个这么有钱的爸爸，我可真羡慕你啊。”

栗锦冷笑了一声，没回应她的话。

露营的地方是在这边很有名的一处景观区，可以烧烤，旁边就是一个漂亮的湖泊，还有一大片的农家乐庄园。

今天这一片烧烤区都被 A 大给承包了。

就在栗锦准备搭帐篷的时候，不远处农家乐那片区域有个人在招呼她。

“那个……那个同学。”

栗锦转身，看见拿着两个大袋子的男人佝偻着背站在远处小心翼翼地喊她。

她赶紧走过去：“怎么了，叔叔？”

“你、你认不认识俺们家丫头，她也是A大的哩，俺家丫头叫何佳青，你认识不啊？”男人的一张脸大概是风吹日晒，到处都是干裂又脱皮的痕迹，但是他有一双极其干净的眼睛，像碧蓝海域上投射的那一抹阳光和吹拂过雪山山巅的风。

“我帮你叫她吧。”

“哎！别别！”男人一把抓住了栗锦，“不可以的！”他脸都急红了，“我丫头不让我过来看她，你们城里的孩子都光鲜，要是让别的坏孩子看见俺这副打扮，会看不起俺家丫头的。俺就是想给她带点俺们老家的海鲜干，都是自家晒的，她从小就爱吃，俺怕她在这里吃不惯，麻烦你帮我送给她成吗？”

两大袋海鲜干塞进了栗锦的手里。

在扑鼻而来的腥味里，栗锦想到了栗亮刚才的那通电话，又看了看面前连裤子上都染满了泥巴风尘仆仆的男人。

她很羡慕何佳青。

5 麻将炖排骨

“同学，俺走了啊。”男人好像害怕何佳青看见他会生气，赶紧转身走了。

现在很冷，他走的时候一边缩脖子一边搓手，但他非常高兴，因为自己的心意终于传递到女儿的手上了。

栗锦转身走向了还在搭帐篷的何佳青。

“给你。”她把海鲜干塞进何佳青的手上。

“这什么东西啊？”何佳青皱眉，“这种干货不能用来烧烤，得煮汤，而且这数量也太多了吧？”

“你爸爸拿来的。”栗锦说。

“他来了？”何佳青一下子就紧张了起来，左顾右盼，“除了你之外还有人看见他吗?

栗锦冷笑：“怎么，觉得丢人？”

何佳青一听栗锦这语气就不舒服了，她把手上的东西狠狠扔在地上。

栗锦看着那些海鲜干从袋口掉出来落在泥地上。

“怎么，你爸爸是富豪所以瞧不起我吗？我觉得丢人又怎么了？”何佳青狠狠地道，“是他没本事！这个圈子……不对，这个世界大家都是用有色眼镜看人的，你不知道吗？”

“呵！”何佳青又冷笑了一声，“也是，你这种小公主懂什么叫生活，懂什么叫人性吗？”

见栗锦还盯着海鲜干，她更加气不打一处来，直接把袋子扎紧拖到了垃圾堆。

“谁要吃这种东西！”她恶狠狠地骂道，也不知道是在冲着谁生气。

栗锦勾唇笑了笑：“随你。”

她没有干涉人家父女家事的权利。

何佳青顿时更气了，她转身就钻进自己的帐篷里拉起拉链。

旁边有同学看见何佳青好像和栗锦闹了口角，顿时过来拉栗锦。

“栗锦，你不要管她，何佳青就是那个怪脾气，我们大家都不爱和她玩的！”

“对啊！”旁边也有男生搭腔，其中还有几个是栗锦的粉丝，看她一眼都要脸红的，“过来这边我们一起烧烤吧？”

然后，栗锦就发现表演系这边的烧烤那叫一个丧心病狂！

烤玉米，烤菜叶子，锡纸豆腐，唯一的肉食……还是一个妹子自带的王中王肉肠。

栗锦盯着那满满的素菜，满脸呆滞地看着旁边的同学问：“我们表演系是特别特别穷才不买肉的吗？”

“什么啊，这不是为了保持身材吗？”同学回答，“我们一致认为这样就是最好的，等会儿去别的系那边蹭两块肉尝尝味道就可以，靠咱们系的这个颜值去蹭几口吃的还是容易的。”

那同学认真说：“尤其是你，我觉得无论哪个系的学生都会特别欢迎你去吃肉的！”

“尤其是女学生，你看看她们的眼神。”

男同学往旁边别的学院的地盘指了指，栗锦跟着看过去。

“哇！”

“看我了看我了！”

“栗锦！”

那边一群女孩子疯狂尖叫外加冲她使劲儿招手。

栗锦：“……”

不过栗锦还是没去别人那里蹭肉，除了不方便去之外，还有就是那些看起来可可爱爱的女孩子的眼神实在是太可怕了。

为什么她们的视线一直盯着她的腰不放啊?

偶尔还会听见奇奇怪怪的话。

“我们栗宝的腰和腿……我可以!”

“别说啦，再说流鼻血!”

栗锦就在这样四面八方的饿狼视线之中战战兢兢地吃完了两根玉米棒子，一大碟的菜叶子外加三份锡纸豆腐。

她摸着滚圆的肚子躺进了自己的帐篷里，外面有人吵吵闹闹地说要等星星，还有人在一起做游戏，有人拿出自己的吉他在外面弹唱曲子。

而帐篷里有秋季青草的气息，栗锦躺着躺着就觉得很累，闭着眼睛睡了过去。

附近的农家乐里，余千樊和业内的一些大导演和一流编剧单独开了一桌火锅。

“千樊今天难得请我们出来吃饭啊。”

一个导演笑着说：“是不是要请我们带带新人啊，你收学生了?”

余千樊看了眼时间，这个点那些学生应该都已经睡了吧。

“不是学生。”余千樊揉了揉眉心，“是一个很有潜力的小姑娘。”

“哟呵，千樊你亲自带人，那这个面子我们肯定要给的，你把那个小姑娘叫过来我们看看，实力出色的话不用你说我们也会用她。”

一些特定的圈子，是需要老人带着新人进去的，余千樊也觉得自己是时候把这块敲门砖递到栗锦的手上了，等《阴暗面》播出之后，栗锦在圈子里的影响力和号召力又会上升一个档次。

而这些导演大多都是电影圈的人，电影圈比电视圈更难进。

余千樊给栗锦连续发了三个消息。

已经睡了几个小时的栗锦成功被叫醒，她睁开眼睛看了一眼，凌晨一点……余千樊那家伙给她发了语音。

“我在你们学院露营地附近的农家乐，你过来一趟。”

栗锦当即就翻了个白眼，开始噼里啪啦地打字。

“你当我是你的跟班吗?你想喊就喊，也不看看现在几点!”

余千樊看到这条回复当即笑了一声，他不紧不慢地抬手拍了一张正在沸腾的火锅图片过去。

那火辣辣的锅底和上面正在翻滚的肥牛一下子就抓住了栗锦的眼球，她已经很多天没吃肉了，本来以为今天能吃，结果又没吃到，这一刻她对肉的渴望已经达到了常人无法想象的地步。

“你等着，我马上就到！”栗锦悄悄地穿衣服。

外面突然响起什么东西被拖行的声音，栗锦连忙趴下身子不敢动了。

那声音消失得也挺快的，等重新归于平静之后栗锦又等了五分钟，这种感觉有点像特工做任务似的。

栗锦突然就玩心大发，她打开手机给余千樊发消息。

“等会儿那周围的人估计都睡了，咱们俩对个口号，我说麻将炖排骨，你说火锅二百五，然后你给我开个窗，我从窗里爬进来！走正门外面吃夜宵的人太多，要是认出我就不好了！”

她一本正经地发完就悄悄从帐篷里面钻了出去。

外面一片寂静，大家已经都睡了。

栗锦悄悄往外走，路过垃圾堆附近的时候却发现那两袋海鲜干不见了，倒是地上的草有拖行的痕迹，草尖都倒向一边。

栗锦顺着这个痕迹看去，是何佳青的帐篷。

她好像还没睡，在悄悄打电话。

“阿爸！我不是叫你不要来了吗？

“路那么远你来干什么！

“你是不是又出海了？浪嘢个大你傻不傻！危险不危险，我不是说了我每个月会寄钱回来吗？你再出海我就要生气了啊，妈妈的医药费我会想办法的！

“你莫要给我寄钱！你多少点本事你心里没数吗？你以为你是我那些同学的爸爸动不动给十万二十万的啊！”

她语气凶巴巴的，和今天嫌弃爸爸的语气是一样的。

可栗锦愣在原地，听着听着倒是笑了。

何佳青说得没错，人性这个东西啊，到现在还是看不透。

有的人可能有很多缺点，大家都讨厌她。

但有的时候……她其实并没有想象之中的恶劣。

6 她们怎么敢？

栗锦戴上帽子，往余千樊说的那家火锅店走去。

但是她好像没有发现，因为信号不稳定，所以那句暗号并没有发出去。

余千樊还坐在店里面等着她。

“你干什么对这个小姑娘这么上心啊？”有人忍不住打趣他，“喜欢啊？”

余千樊不置可否，只是笑着给那个说这句话的导演加了点酒。

“哟！”大家开始齐齐起哄，“告白没？”

“没有。”余千樊脸上笑容淡了一点，“暂时不想让她知道。”

直到她克服她的心理障碍之前，他都不会轻举妄动。

“啧！”旁边的中年编剧摇了摇头，“还是你们小年轻好啊，我最近写个爱情素材都要绞尽脑汁，那点少女心早就被榨干了。”

“不过你那个小姑娘怎么样？是什么类型的？端庄温柔，还是古灵精怪？”

他们实在想象不到余千樊会被怎么样的女孩子拿下。

余千樊笑了笑，说：“是个很聪明的人。”

其他人点了点头，也是，能让余千樊喜欢上的女人手段又何止一般。

正说着，栗锦已经来到了窗口，因为拉着窗帘，所以栗锦看不见里面的情况。

她轻轻地叩了叩窗户。

“余千樊！”

众人精神一震，来了！但是……为什么从窗户这里进？

“来！”栗锦很激动，“麻将炖排骨！”

她期待地等着。

一众编导：“？？？”

余千樊：“……”

他眉心一痛，熟悉的感觉又来了，他无奈地伸出手撩开窗帘的一角，看到了扒在外面的栗锦。

“你怎么不说暗号啊，你应该说火锅二百五啊！”

余千樊：“……”这暗号应该配栗锦二百五才对。

“你这个人一点都不配合！”栗锦直接拂开余千樊，一只脚从窗口迈了进去，“起开！我要进去吃火……”

她视线一转，声音一顿，后半只腿还放在窗户的另一边没来得及收回来。

这一切都来得太突然了。

对栗锦是，对一群编导来说也是。

栗锦沉默了许久，扯着嘴角挂上了商业假笑：“晚上好。”

一众编导心情复杂地看着余千樊，那眼神就仿佛在无声地说：

原来这就是你喜欢的类型，真的非常“不一般”！

“这是，电影圈里的……”余千樊无奈地把人从窗口接下来，话说到一半栗锦就打断他了。

“我知道，这位是……”

她一个个喊出这些导演的名字，里面还有一些以前合作过的人，所以她很清楚。

“哟，小姑娘还做了功课。”有个编剧姐姐笑着说。

栗锦悄悄看了一眼余千樊。

这是要带她进电影圈？这些可是真正能撑起电影圈半边天的大佬！

她坐下后有一口没一口地吃着牛肉，这一顿饭不仅吃饱了，还认识了不少的导演编剧，他们也都特别给面子地主动加了她的联系方式。

栗锦知道这不是自己面子有多大，而是余千樊的面子。

等他们都走了，栗锦才放下筷子看着余千樊。

“这么帮我？”栗锦皱眉，“你图什么啊？我好像没什么地方可以帮到你的。”

至少暂时是没有。

余千樊笑了笑，没有说话。

“算啦！”栗锦拍拍余千樊的肩膀，“这个人情我记住了，以后我忘了谁都不会忘了你！要是让我听见谁说你不好的，我肯定第一个冲上去给他套麻袋，打闷棍！”

余千樊见她一脸小地痞的样子，无奈地帮她拎包。

“走吧，我送你回营地。”

栗锦回去之后发现自己的头发都带着火锅味。

第二天大家起来看了个日出，就集体坐车赶回去了。

栗锦又接到了栗亮的一通电话，说让她一定要去见见尹辉，人家已经在等着了。

栗锦又是一句话都没说就给挂断了电话。

她也没买栗亮口中的漂亮裙子，也没打扮自己，就带着一脑袋火锅味

去了画展。

她不耐烦的是栗亮，但没必要让尹辉一直在画展外面等着。

赶到画展的时候，尹辉就站在门口。

“这个美术馆是我们家的，今天只对我们开放。”见栗锦的脸色变了变，尹辉立刻说，“我没有别的意思，也不是因为你爸爸说了我就来了，我是要感谢你这次在选秀场对我的帮助。”

尹辉认真地说：“你给我的梦想带来了一次脱胎换骨升华的机会。

“我听说你的母亲是裴瑗，那位非常出色的画家，所以我想今天的画展你肯定也会喜欢的。”

裴家是书香世家，哪怕底下的那些孩子不擅长这些，也至少有鉴赏能力，毕竟从小耳濡目染。

他话都说到这份上了，不给面子有点说不过去，栗锦欣然接受。

走进展厅，栗锦果然看见了不少的名画，写实派、抽象派应有尽有。

“不错啊。”栗锦由衷夸赞，“都是名画。”

这边的两人气氛不错，栗亮那边的心情也不错。

他派在画展外面盯着的人说栗锦果然还是去了画展，他就知道，只要自己还是她老爸，她就必须听话！更何况她还是明星，他只要上微博说一句栗锦不孝顺，外面的人唾沫星子都能淹死她。

栗亮美滋滋地开始喝茶。

李颖在一旁小心翼翼地看着，眼看栗亮今天心情大好，她连忙温柔地在旁边刷存在感。

“老公，是什么事情这么高兴啊？”栗亮这两天对她非常冷漠，这让她总觉得自己要被抛弃了。

“栗锦去画展了。”栗亮现在心情好，也不吝啬分享好消息，“就尹家那个画展，估摸着她好好伺候人家少爷，工作还是能继续进行的。”

他想那个尹辉肯定是喜欢栗锦，那就能好好利用起来。

“什么？尹家的画展？西城区那个？不行不行！”谁知道李颖一下子就疯了，“她不能去那个画展！绝对不能！”

栗亮吓了一跳，一看她这疯疯癫癫的样子火气就起来了，一巴掌把她打在了地上，又上前狠狠踹了她两脚，打得她满地打滚。

“和你说句话你还蹬鼻子上脸了，是吧？”栗亮满身戾气，“为什么不能去？你就这么想看我这个项目完蛋？”

李颖痛到说不出话来，但她一直在摇头。

不能让栗锦去的啊！

展厅里，尹辉带着栗锦来到了最后一幅画面前，揭开画布。

“这是最后的惊喜，我想你一定会喜欢的。”尹辉笑着说，“我们最近收购到你妈妈的一幅作品，这幅作品的名字叫作《希望》！”

栗锦脸上的笑容缓缓消散，心口一窒往后退了两步，一瞬间愤怒直接冲上脑海！

她整个人气到身子止不住发颤。

为什么？为什么本来在李颖娘家藏着的画，现在被当成商品卖出来了？

他们怎么敢！怎么敢把她妈妈的画真的拿出来当成商品卖掉？

一瞬间，栗锦想到了那串红宝石项链，还有李颖大手大脚花的那些钱！

7 老子有的是钱

“你怎么了？”旁边的尹辉忍不住问，“难道这不是你妈妈的作品吗？”

难不成他们美术馆收到了赝品？

想到这个可能，尹辉就忍不住心底一沉。

“不是。”栗锦深吸了一口气，眼睫颤抖，“这就是我妈妈的画没有错。”

尹辉长松了一口气，但仍旧觉得很奇怪：“那你为什么是这个表情？”

自己妈妈的画放出来展览不是很好吗，能让更多的人看见这样优秀的作品。

“没有，是我自己的原因。”栗锦并不是不想让妈妈的画被更多的人欣赏，她只是不能忍受李颖一家像吸血鬼一样，连她妈妈死后留给女儿的东西都要拿出来榨干。

明明是他们对不起妈妈，现在竟然还拿着本该是妈妈的东西作威作福，享受着人上人的生活？

天底下就没有这么好的事情！

“谢谢你请我来看画展，我还有事就先走了。”栗锦转身走了两步又顿住，“对了，这次你们家和我爸爸公司的合作，”栗锦眼神明亮，真挚地说，“我和你说一句实话吧，我爸爸那个人没什么本事，你们要是投资他的项目绝对是亏损大于盈利的。”

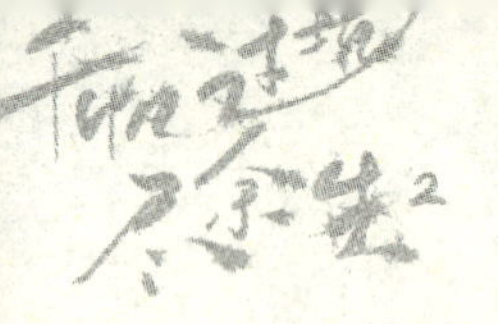

说完这句话，栗锦就走了。

留下尹辉一个人站在原地，看着栗锦离开的背影倒是露出了一个笑容。

他家本来就没打算和栗亮合作了，他爸爸昨天回家之后就把准备的全部资金都撤了回来。

“喂，爸爸。”尹辉给尹总打了个电话，“我今天和栗锦见面了，她说让我们不要投资。”

尹总沉默了一下，然后笑了起来。

“栗锦比她爸聪明，看来是裴家的基因出色，让这孩子好歹没长歪。阿辉，我知道你喜欢娱乐圈，我也举双手赞同，但爸爸只有你这么一个儿子，等你在圈子里闯出来证明过你自己之后，还是要回家来接手事业的，爸爸的公司也得有人接替，你明白吗？”

尹辉沉默了很久：“我明白的，爸爸。”

“不管是娱乐圈，还是咱们的商圈，人脉都是非常重要的。栗锦的爸爸虽然不靠谱，但她的两个舅舅和外公都是圈子里分量极重的人物，要好好和人家做朋友，知道吗？有些小事情该帮忙的时候不要吝啬，她人品比栗亮好，你现在结交了她，往后大家互相之间都是个人情。”尹总轻笑了一声，“阿辉，爸爸这一辈的人逐渐老了，以后A市的未来还是你们这群年轻人的。”

出了画展，栗锦坐上自己的车，点开通讯录打电话。

“在哪儿呢？出来帮我一个忙！”

A市的皇帝朗酒吧里，李帆正在摇头晃脑地喝着酒搜寻“猎物”，一个穿着红色超短裙的女人突然坐到了他身边。

“帅哥哥，怎么一个人啊？”女人的声音听起来非常好听，那雪白的肌肤在李帆面前一晃而过。

李帆长得不好看，满脸痘印，还嗜赌成性，至今也没找到愿意跟着他的女人。

但现在不一样了，他有钱了！

李帆这两天心情好，每天都来酒吧喝得烂醉，此刻神智至少已经模糊一半了。

“小美女，来陪哥哥喝一杯！”他伸出手就要去揽那姑娘。

那姑娘没拒绝。

“哟！”李帆满嘴酒气，“小美女还挺上道的，知道哥哥我现在有钱了，是不是？”

“我告诉你！”他又咚咚咚地灌下去一杯酒，“哥现在……非常有钱！”

女人红唇一抿，凑了过去，一头长发有一部分落在了李帆的手掌心里，刺刺痒痒的，让李帆心都麻了。

“哥哥，你哪里来的钱啊？难道你是哪个公司的老总？”

“呵，不是。”李帆伸出一根手指头晃了晃，“我才不是什么公司的老总呢，我吧，能力是非常够的，但是那些公司的老总又瞎又蠢，像我这么有能力的人居然还要让我从底层做起……我才不屑去给他们打工呢，每天还要和一群社会底层的工薪族混在一起。”

他嘀嘀咕咕的，又干掉了一杯酒。

谁知道刚才还对他好好的女人一下子就翻脸了，猛地把他放在自己肩膀上的手打开：“原来是个无业游民啊，那有什么可拽的，骗人的吧？无业游民能有什么钱？”

这种不屑的口气一下子就把李帆给激起来了，再加上他现在酒喝多上了头，他脸色激动地站起来，不住地炫耀：“你个娘们知道什么！哥就是有钱，跟着我就能保你享受荣华富贵！”

“就那个 A 市很出名的画家裴瑗，你知道吧？那死女人的画我家可是要多少有多少，客厅墙上都挂着她的画，我们上次就卖了一幅！”李帆压低了声音，“你可知道有多少？那臭女人死了之后画居然还升值了！三千万啊！”

他像是发疯了一样笑。

DJ 还在打歌，舞池里面的人都在疯狂地扭动身躯。

深夜的酒吧就像是一个扭曲放大了的世界，那混乱交织的灯光落在李帆的脸上，映照出一个人最贪婪无耻的样子。

这一幕全都收进了一个人的眼里，她站在二楼包间的窗口，朝下看去就能看见一楼的整个舞池和吧台上正在喝酒的李帆。

同时，尹辉也告诉他，李帆是这次《希望》的贩卖者。

栗锦将手指贴在冰冷的落地窗上，她戴在耳朵里的那只耳机里传来李帆和女人的那些对话。

“说起来小美女你也真是有眼光啊。”李帆又伸手去揽那女人的细腰，还别说，女人的腰摸起来就是软。

“吧台上这么多的人，你一眼就看中了我，是不是被哥哥身上的贵族气质给征服了？”

他用被酒精荼毒得差不多的可怜脑细胞苦苦思索，今晚该怎么把这个小美女带回家好好潇洒一下呢?

“说起来，小美人，哥哥还不知道你的名字呢？”李帆喷吐着酒气问。

“我？”女人伸出自己涂着红指甲的手将他的手拍掉，站起来冲着李帆笑，“我叫成雪。”

（第二部完）